SUR MA PEAU

Gillian Flynn a grandi à Kansas City. Après avoir travaillé pour différents journaux, elle est aujourd'hui critique de télévision à *Entertainment Weekly*. Elle vit à Chicago.

Paru dans Le Livre de Poche :

GILLIAN FLYNN

Sur ma peau

ROMAN TRADUIT DE L'ANGLAIS PAR CHRISTINE BARBASTE

CALMANN-LÉVY

Titre original :

SHARP OBJECTS
Publié par Shaye Areheart Brooks
(Crown/Random House), New York, 2006

Pour mes parents,
Matt et Judith Flynn.

1

Je portais un pull neuf, d'un rouge agressif, hideux. On avait beau être le 12 mai, le thermomètre avait chuté sous la barre des dix degrés et après quatre jours à grelotter en petite chemise, plutôt que de fouiller dans mes cartons de fringues d'hiver, j'étais allée acheter de quoi me couvrir dans un magasin qui faisait des promos. Le printemps à Chicago.

J'étais dans mon box tendu de toile de jute, devant l'ordinateur, le regard rivé sur l'écran. Mon papier du jour traitait d'un cas aussi sordide que banal. On avait retrouvé dans le South Side quatre mômes, âgés de deux à six ans, enfermés dans une chambre avec deux ou trois sandwiches au thon et un quart de lait. Cela faisait trois jours qu'ils étaient parqués là, à s'agiter sur la moquette comme des poules en cage, au milieu de la nourriture et des excréments. Leur mère s'en était allée tirer sur une pipe, et les avait tout bonnement oubliés. Ce sont des choses qui arrivent. Pas de brûlures de cigarette, ni d'os brisés. Juste une étourderie, irrattrapable. J'avais vu la mère après son arrestation : Tammy Davis, une femme de vingt-deux ans, blonde et grasse, avec une grosse pastille de fard rose sur chaque joue. Je l'imaginais sans peine affalée sur un canapé déglingué, en train d'arrondir les lèvres sur la pipe, d'inhaler une bouffée âcre. Ensuite, tout se mettait à flotter dans sa tête : oubliés les mômes, loin derrière ; elle revoyait ses années de collège, l'époque où elle plaisait encore aux garçons, où elle était la plus jolie – une ado de treize ans qui mettait du gloss et mâchait des chewing-gums à la cannelle avant d'embrasser ses prétendants.

Un bide. Une odeur – de cigarettes et de café froid. Mon rédacteur en chef, l'estimé, le fourbu Frank Curry, qui a basculé tout son poids sur les talons de ses Hush Puppies crevassées, et dont les dents macéraient dans de la salive parfumée au tabac brun.

« T'en es où du papier, petite ? »

Une punaise argentée traînait sur mon bureau, pointe en l'air. Il l'a enfoncée légèrement sous l'ongle jauni de son pouce.

« Presque terminé. » J'avais écrit dix lignes. Il m'en fallait trente.

« Bien. Mets-lui-en pour son grade ; boucle-moi ça et viens dans mon bureau.

– Je peux venir tout de suite.

– Tu lui règles son compte, tu boucles, et ensuite, tu viens dans mon bureau.

– D'accord. Dans dix minutes. » Je voulais qu'il me rende ma punaise.

Curry s'est détourné, prêt à sortir de mon box, puis s'est ravisé. Sa cravate se balançait devant l'entre-jambe.

« Preaker ?

– Oui, Curry ?

– Mets-lui-en pour son grade. »

Frank Curry croit que je suis du genre sensible. Peut-être parce que je suis une femme. Peut-être parce que je suis sensible.

Le bureau de Curry se trouve au deuxième étage. Je suis sûre que ça le met en boule, et qu'il flippe chaque fois qu'il regarde par la fenêtre et voit un tronc d'arbre. Les bons rédac' chefs n'ont pas une vue sur l'écorce; ils voient du feuillage – si tant est qu'on puisse distinguer les arbres d'un vingtième ou trentième étage. Mais au *Daily Post*, le quatrième quotidien de Chicago, relégué dans les banlieues, il n'y a pas de place pour s'étaler. Il faut se contenter de trois étages, qui s'obstinent à gagner sur l'extérieur sans que personne n'y prête attention au milieu des revendeurs de moquette et des magasins de luminaires. Notre commune était sortie de terre en trois ans – une opération menée tambour battant au début des années soixante par un promoteur qui l'avait ensuite baptisée du nom de sa fille, victime d'un grave accident d'équitation un mois avant la fin des travaux. « Aurora Springs », avait-il décrété avant de poser le temps d'une photo devant le panneau flambant neuf. Cela fait, il avait embarqué sa petite famille et quitté la ville. Sa fille, qui a aujourd'hui la cinquantaine et se porte comme un charme, exception faite de quelques fourmillements occasionnels dans les bras, vit en Arizona et revient de temps à autre se faire tirer le portrait devant le panneau qui porte son nom – exactement comme son cher papa.

J'ai écrit un portrait d'elle, lors de sa dernière visite. Curry l'a détesté – la plupart de ces papiers qui racontent une tranche de vie lui sortent par les yeux. Il s'était cuité en le relisant, avec un cognac hors d'âge, et après son départ, il flottait une odeur de framboise dans son bureau. Curry se soûle assez discrètement, mais souvent. Ce n'est pas pour ça, cependant, qu'il contemple tout à loisir le plancher des vaches depuis sa fenêtre. C'est juste une embardée du sort.

J'ai refermé derrière moi la porte de son bureau – bureau qui ne ressemblait en rien à celui que j'avais pu imaginer pour mon rédac' chef. Je rêvais de lambris en chêne, et d'une porte vitrée barrée du titre *Rédacteur en chef*, à travers laquelle les autres journalistes pourraient nous observer, depuis leurs box respectifs, débattre des droits du 1er amendement. Le bureau de Curry était sans cachet autre qu'administratif, comme le reste du bâtiment. On pouvait y débattre de journalisme, ou y subir un examen gynécologique. Personne n'en avait cure.

« Parle-moi de Wind Gap. » Curry a enfoncé la bille de son stylo contre son menton. J'ai imaginé la petite trace bleue qu'elle allait laisser entre les poils naissants.

« C'est au fin fond du Missouri, dans le talon de la botte. À deux pas de la frontière du Tennessee et de celle de l'Arkansas », ai-je répondu en me grouillant de rassembler mes infos. Curry adorait sonder ses journalistes sur n'importe quel sujet qu'il jugeait pertinent – le nombre de meurtres perpétrés à Chicago au cours de l'année précédente, les données démographiques du comté de Cook, ou encore, pour une raison qui m'échappait, l'histoire de ma ville natale – sujet que je préférais éviter. « La ville a été fondée pendant la guerre de Sécession, ai-je poursuivi. Le Mississippi n'est pas loin, donc à un moment donné, il y a eu une activité portuaire. Aujourd'hui, tout se concentre sur l'industrie porcine. Deux mille habitants environ. Des vieilles fortunes, et des prolos.

– Et toi, tu viens de quel côté ?

– Prolo. Avec de la fortune. » J'ai souri. Il a froncé les sourcils. « Que se passe-t-il ? »

Je me suis tenue coite. Dans ma tête, je dressais la liste des diverses catastrophes susceptibles de s'être produites à Wind Gap. C'est l'une de ces villes navrantes enclines au malheur : collision de bus, tornade, explosion au silo, un petit môme emporté par un torrent. Mais je boudais également un peu. J'avais espéré, comme chaque fois que Curry me convoquait dans son bureau, qu'il allait me complimenter sur l'un de mes récents articles, ou m'octroyer une promotion en m'affectant à un service plus gratifiant, ou encore – pourquoi pas, bon Dieu ! – me notifier discrètement, en me glissant un bout de papier, une augmentation de un pour cent. Mais discuter de l'actualité de Wind Gap, ça me prenait de court.

« Ta mère vit toujours là-bas, n'est-ce pas, Preaker ?

– Ma mère. Mon beau-père. » Une demi-sœur, née quand j'étais à la fac, et dont l'existence me semblait si irréelle que j'oubliais souvent son prénom. Amma. Et puis, il y avait Marian, évidemment. Marian, qui s'en était allée depuis si longtemps.

« Nom d'un chien, tu ne leur téléphones donc jamais ? » Non, pas depuis Noël : un coup de fil glacial et poli, après m'être administré trois bourbons. J'avais eu peur que ma mère ne sente l'odeur de l'alcool à travers la ligne téléphonique.

« Pas récemment.

« – Bon sang, Preaker, jette donc un coup d'œil aux dépêches, de temps à autre. Il y a eu un meurtre, en août dernier, non ? Une petite fille, étranglée ? »

J'ai hoché la tête, comme si j'étais au courant. Pur mensonge. Ma mère était la seule personne de Wind Gap avec laquelle j'avais gardé un contact, si limité soit-il, et elle ne m'en avait rien dit. Bizarre.

« Eh bien, une autre vient de disparaître. D'après moi, ça pourrait bien sentir le tueur en série. Va là-bas, et rapporte-moi toute l'histoire. Tu pars tout de suite. Sois là-bas demain matin. »

Hors de question. « Curry, pour ce qui est des histoires horribles, on a tout ce qu'il faut ici.

– Ouais, et on a aussi trois concurrents qui disposent de deux fois plus de personnel et de fric que nous. » Il s'est passé la main dans les cheveux, qui ressemblaient à des pointes calcinées. « J'en ai ras les bottes de rester toujours à la porte des scoops. Là, on tient une chance. D'en faire un gros. »

Curry est convaincu qu'il nous suffira de dégoter *le* bon sujet pour nous propulser, du jour au lendemain, au rang de premier quotidien de Chicago, et nous faire gagner une crédibilité à l'échelle nationale. L'an passé, un quotidien concurrent a dépêché (contrairement à nous) un journaliste dans sa ville natale, quelque part au Texas, où une bande d'ados venaient de se noyer dans des rapides. Le type avait pondu un papier élégiaque mais bien documenté sur la nature de ces eaux et du regret ; il avait couvert tous les aspects du drame, depuis l'équipe de basket scolaire qui venait de perdre ses trois meilleurs joueurs, jusqu'aux pompes funèbres locales qui étaient désespérément peu douées pour rendre des noyés présentables. Le reportage avait gagné un Pulitzer.

Je ne voulais toujours pas y aller. Et je le voulais si peu, apparemment, que j'étais cramponnée aux accoudoirs du fauteuil, comme si Curry pouvait tenter de m'en extirper de force. Il m'a fixée quelques instants de ses yeux noisette embués d'humidité. Puis il s'est éclairci la voix, il a regardé la photo de sa femme et il a souri, tel un docteur qui s'apprête à annoncer une mauvaise nouvelle. Curry adorait gueuler – ça cadrait avec l'image du rédac' chef à l'ancienne –, mais c'était aussi l'un des plus braves types que je connaissais.

« Écoute, petite, si tu peux pas le faire, tu peux pas. Mais je pense que ça pourrait te faire du bien. Ce serait l'occasion d'évacuer quelques trucs. De te remettre d'aplomb. Et c'est un sacré bon sujet – on en a besoin. Tu en as besoin. »

Curry m'avait toujours soutenue. Il pensait que je pouvais devenir sa meilleure journaliste, il disait que j'avais une tournure d'esprit surprenante. Depuis deux ans que je bossais pour lui, j'avais systématiquement déçu ses attentes. Dans les grandes largeurs, parfois. Et ce jour-là, j'ai senti qu'il me pressait de lui donner quelque espoir. J'ai hoché la tête – avec un semblant d'assurance.

« Je vais faire mon sac. » Mes mains avaient laissé des empreintes de transpiration sur les accoudoirs.

Je n'avais ni animal de compagnie ni plante verte à confier à une voisine. J'ai mis dans un fourre-tout assez de vêtements pour cinq jours, comme pour m'assurer que je serais repartie de Wind Gap avant la fin de la semaine. Et tandis que je jetais un dernier coup d'œil dans l'appartement, il m'est soudain apparu pour ce qu'il était : un appart d'étudiante, meublé de bric et de broc, un lieu de transition, sans grande personnalité. Je me suis promis, sitôt de retour, d'investir dans un canapé digne de ce nom, à titre de récompense pour la saisissante histoire que j'étais certaine de découvrir.

Sur la table près de la porte, il y avait une photo de moi, au seuil de l'adolescence, avec Marian, qui devait avoir dans les sept ans. Je la soulève dans mes bras ; on est toutes les deux hilares. Ses yeux sont écarquillés de surprise ; je ferme les miens, fort. Je la serre contre moi, et ses petites jambes maigres se balancent devant mes genoux. Je suis incapable de me souvenir des circonstances, ou du motif de tant d'hilarité. Au fil des années, ce mystère est devenu agréable. Je crois que j'aime bien ne plus savoir.

Je prends des bains. Pas des douches. Je ne supporte pas le jet d'eau, cela me fait vibrer la peau, comme si quelqu'un avait actionné un interrupteur. J'ai donc roulé en boule une mince serviette du motel sur l'évacuation du bac à douche, j'ai tourné le pommeau en direction du mur, et je me suis assise dans les sept centimètres d'eau qui s'étaient accumulés. Les poils pubiens d'un précédent occupant flottaient à côté de moi.

En sortant de la douche, comme il n'y avait pas d'autre serviette, j'ai foncé jusqu'au lit et je me suis séchée avec le vilain couvre-lit spongieux. Puis, j'ai bu un bourbon tiède en maudissant la machine à glaçons.

Wind Gap est situé à onze heures de route environ au sud de Chicago. Curry m'avait gentiment alloué un budget pour une nuit de motel et un petit déjeuner le matin, à condition de le prendre dans une station-service. Mais une fois arrivée à destination, je devais séjourner chez ma mère. Ça, c'était la décision de Curry. Je savais déjà quelle serait sa réaction lorsque je sonnerais à sa porte. Rougeur fugace, le temps d'accuser le choc, main passée dans les cheveux, et une accolade maladroite et empruntée, qui me déporterait légèrement de côté. Il serait question de désordre dans la maison, ce qui ne serait pas le cas. Elle s'inquiéterait de la longueur de mon séjour, le tout enveloppé de paroles aimables.

« Et combien de temps profiterons-nous de ta présence, ma chérie ? » demanderait-elle. Ce qui signifiait : « Quand repars-tu ? »

C'est la politesse qui me bouleverse le plus.

Je savais que j'aurais dû préparer mon sujet, noter mes questions par écrit. Au lieu de quoi, j'ai continué à boire du bourbon, puis j'ai gobé une aspirine et j'ai éteint la lumière. Apaisée par le ronronnement chuintant du climatiseur et les tintements d'un jeu vidéo dans la chambre voisine, je me suis endormie. Je n'étais qu'à une cinquantaine de kilomètres de ma ville natale, mais j'avais besoin de passer une dernière nuit loin d'elle.

Le matin, j'ai avalé un beignet rassis et j'ai mis le cap vers le sud ; la température grimpait et la forêt, luxuriante, s'imposait de part et d'autre de la route. Ce coin du Missouri est d'une platitude inquiétante – des kilomètres d'arbres sans majesté, fendus uniquement par cette mince bande d'autoroute sur laquelle je roulais. Le même paysage se répète toutes les deux minutes.

Il est impossible d'apercevoir Wind Gap de loin ; le plus haut bâtiment de la ville n'excède pas deux étages.

Mais après vingt minutes de route, je savais que j'approchais du but. J'ai d'abord vu surgir une station-service. Un groupe d'adolescents désœuvrés, les cheveux en bataille, torses nus, s'étaient installés à l'extérieur. Près d'une vieille camionnette, un petit môme en couche-culotte jetait des poignées de graviers en l'air pendant que sa mère faisait le plein. Elle avait des cheveux teints en blond doré, mais avec des racines brunes qui descendaient presque au niveau des oreilles. Au moment où je passais, elle a crié quelque chose aux garçons, que je n'ai pas saisi. Ensuite, rapidement, la forêt est devenue moins dense. J'ai dépassé une sorte de centre commercial, avec des cabines de bronzage, un armurier et une boutique de tissus. Puis un cul-de-sac isolé, bordé de vieilles maisons, vestiges d'un projet avorté de développement urbain. Et enfin, la ville proprement dite.

Sans raison valable, j'ai retenu ma respiration en dépassant le panneau qui me souhaitait la bienvenue à Wind Gap, exactement comme quand, gamin, on longe un cimetière. Cela faisait huit ans que je n'avais pas remis les pieds ici, mais le décor était demeuré inchangé. Droit devant moi se trouvait la maison de mon prof de piano de l'école primaire, une ancienne nonne dont l'haleine puait l'œuf. Ce chemin-là menait à un minuscule parc où j'avais fumé ma première cigarette par un jour d'été moite. Et si je prenais ce boulevard, je faisais route vers Woodberry, et l'hôpital.

J'ai décidé de me rendre sans attendre au commissariat, situé à une extrémité de Main Street, qui est, littéralement, l'artère principale de Wind Gap. Sur Main Street, on trouve un institut de beauté et une quincaillerie, un bazar, baptisé *Bazar*, et une bibliothèque municipale profonde de douze étagères. On trouve aussi une boutique de vêtements, *Candy's Casuals*, où l'on peut acheter des robes chasubles, des pulls à col roulé et des sweat-shirts ornés de canards et de dessins d'école. La plupart des dames comme il faut de Wind Gap sont professeurs ou mères au foyer, ou bien encore elles travaillent dans des magasins tels que *Candy's*. Dans quelques années, on trouvera peut-être sur Main Street un *Starbucks*, qui apportera à la ville ce dont elle rêve : une branchitude conventionnelle préemballée, pré-approuvée. Pour l'instant, cependant, il n'y a qu'une gargote tenue par une famille dont le nom m'échappe.

Main Street était déserte. Pas une voiture, pas un passant. Un chien galopait et bondissait sur le trottoir, sans maître pour le rappeler à l'ordre. Sur tous les réverbères, il y avait des rubans jaunes et la photo, photocopiée et grenue, d'une fillette. Je me suis garée et j'ai détaché un de ces avis de recherche, scotché de traviole sur un feu de circulation, à hauteur d'enfant. Il était de fabrication artisanale. « Avis de recherche », était-il écrit au-dessus de la photo au gros feutre et en lettres capitales. La photo montrait une fillette aux yeux sombres, avec un sourire de sauvageonne et bien trop de cheveux pour sa petite tête. Le genre de fillette qui donne du fil à retordre, comme auraient dit les profs. Elle me plaisait bien.

Natalie Jane Keene
10 ans
Disparue le 5/12
A été vue pour la dernière fois au parc Jacob A.
  Asher,

19

vêtue d'un short en jean et d'un tee-shirt à rayures
   rouges.
Pour toute information, appeler le 588-7377

J'espérais qu'en entrant au commissariat, on allait m'annoncer que Natalie Jane avait déjà été retrouvée. Saine et sauve. Qu'apparemment, elle s'était perdue, ou qu'elle s'était foulé une cheville dans les bois, ou encore qu'elle avait fugué, avant de se raviser. J'espérais que je pourrais remonter dans ma voiture, repartir à Chicago et ne parler à personne.

Il s'est avéré que les rues étaient désertes parce que la moitié de la ville fouillait les bois, au nord. La réceptionniste du commissariat m'a annoncé que je pouvais attendre là – le commissaire Bill Vickery allait bientôt revenir de sa pause déjeuner. La salle d'attente offrait cette impression faussement accueillante d'un cabinet de dentiste. Je me suis assise sur un pouf orange et j'ai feuilleté un numéro de *Redbook*.

Un ventilateur électrique crachotait un parfum synthétique censé évoquer des brises champêtres. Trente minutes plus tard, j'avais parcouru trois magazines et cette odeur commençait à me donner la nausée. Quand Vickery est enfin arrivé, la réceptionniste a fait un signe de tête dans ma direction et a chuchoté, d'une voix chargée de dédain, « la presse ».

Vickery, un type mince, la petite quarantaine, avait déjà transpiré dans son uniforme. Sa chemise collait à son torse et son pantalon plissait derrière, là où il aurait dû y avoir une paire de fesses.

« La presse ? » Il m'a dévisagée derrière une paire de lunettes menaçantes. « Mais encore ? »

– Commissaire Vickery, je suis Camille Preaker, du *Daily Post* de Chicago.

– Chicago ? Que venez-vous foutre ici ?

– J'aimerais m'entretenir avec vous au sujet des petites filles, Natalie Keene et la fillette qui a été assassinée l'an dernier.

– Cré nom de Dieu ! Comment avez-vous entendu parler de ça là-haut ? Seigneur ! »

Il a tourné la tête vers la réceptionniste, puis à nouveau vers moi, comme si nous étions coupables de collaboration. Puis, d'un geste, il m'a invitée à le suivre. « Qu'on ne me dérange pas, Ruth. »

La réceptionniste a levé les yeux au ciel.

Bill Vickery m'a précédée le long d'un couloir lambrissé et décoré de vilaines photos, encadrées, représentant des truites et des chevaux. Puis il m'a introduite dans son bureau, une pièce aveugle, carrée, exiguë, entourée de classeurs métalliques. Il s'est assis, a allumé une cigarette. Sans m'en proposer une.

« Je ne veux pas que cette affaire sorte dans les journaux, mademoiselle. Je n'ai aucune envie qu'elle sorte.

– J'ai bien peur, commissaire, qu'il n'y ait guère le choix. Des enfants ont été pris pour cible. Le public devrait en être informé. » C'était la phrase que j'avais répétée tout en conduisant. Elle rejette la faute sur les dieux.

« En quoi ça vous concerne ? Ce ne sont pas vos gosses, ce sont ceux de Wind Gap. » Il s'est levé, puis s'est rassis et a mis de l'ordre dans quelques papiers. « Je crois pouvoir avancer sans trop me tromper que Chicago ne s'est jamais soucié jusqu'à ce jour des gamins de Wind Gap. » Sa voix s'est fêlée sur les derniers mots. Il a tiré sur sa cigarette, a tripoté la grosse chevalière en or qu'il portait au petit doigt et a cligné plusieurs fois des yeux, rapidement. Brusquement, je me suis demandé s'il n'allait pas se mettre à pleurer.

« Vous avez raison. Probablement pas. Écoutez, ce ne sera pas un article à sensation. C'est important. Et si ça peut vous rassurer, je suis de Wind Gap. » *Tu vois, Curry, je fais des efforts.*

Vickery m'a dévisagée, attentivement.

« Quel est votre nom, déjà ?

— Camille Preaker.

— Comment ça se fait que je ne vous connais pas ?

— Je n'ai jamais eu d'ennuis, monsieur », ai-je répondu en esquissant un sourire.

« Preaker, c'est le nom de votre famille ?

— Ma mère a abandonné son nom de jeune fille quand elle s'est mariée, il y a environ vingt-cinq ans. Adora et Alan Crellin.

— Ah. Eux, je les connais. » Eux, tout le monde les connaissait. L'argent – la fortune –, ça ne courait pas les rues à Wind Gap. « Mais il n'empêche que je ne veux toujours pas de vous ici, mademoiselle. Si vous sortez cet article, les gens ne connaîtront notre existence que pour… ça.

— Un peu de publicité pourrait peut-être aider. Ça a aidé dans d'autres enquêtes. »

Vickery n'a pas répondu tout de suite ; il méditait sur le sac en papier de son déjeuner, froissé en boule sur un coin du bureau. Ça sentait la sauce bolognaise. Il a marmonné un truc, où il était question de JonBenet et de merde.

« Non, sans façon, mademoiselle Preaker. Et je n'ai aucune déclaration à vous faire. Je ne fais aucun commentaire sur les enquêtes en cours. Vous pouvez me citer.

– Écoutez, j'ai le droit d'être ici. Évitons de nous compliquer la vie. Vous me donnez une information. Quelque chose. Et je me tiendrai un petit moment à l'écart. Je ne veux pas rendre votre travail plus difficile qu'il ne l'est. Mais j'ai besoin de faire le mien. » Une autre petite repartie que j'avais concoctée quelque part aux environs de Saint Louis.

J'ai quitté le commissariat avec la photocopie d'une carte de Wind Gap sur laquelle le commissaire Vickery avait indiqué d'un minuscule *x* l'endroit où l'on avait découvert, l'an passé, le corps de la fillette assassinée.

Ann Nash, neuf ans, avait été découverte le 27 août dans Falls Creek, un torrent tumultueux et grondant qui coule dans les profondeurs des bois situés au nord de la ville. Dès le 26 au crépuscule, sitôt la disparition signalée, une battue les avait passés au peigne fin. Mais c'étaient des chasseurs qui étaient tombés sur la fillette, au petit matin. Elle avait été étranglée aux alentours de minuit, avec une banale corde à linge, enroulée deux fois autour de son cou. Puis on avait jeté le corps dans le torrent dont les eaux, en pleine période de sécheresse estivale, étaient basses. La corde à linge s'était entortillée autour d'une grosse pierre, et le corps avait flotté toute la nuit dans le courant paresseux. Les obsèques s'étaient déroulées à cercueil fermé. C'était tout ce que Vickery avait l'intention de me donner. Et il m'avait fallu une heure pour lui extorquer ça.

J'ai appelé le numéro indiqué sur l'affichette depuis la cabine publique de la bibliothèque. Une femme, d'un certain âge d'après sa voix, m'a indiqué en décrochant qu'il s'agissait bien de la ligne spéciale pour Natalie Keene, mais en arrière-fond, j'ai entendu le ronronnement d'un lave-vaisselle. Mon interlocutrice m'a informée qu'aux dernières nouvelles, les recherches se poursuivaient dans les bois, au nord. Les volontaires devaient se présenter par la principale route d'accès et apporter leur propre réserve d'eau. On attendait des records de température.

Sur le site des recherches, quatre gamines blondes étaient installées avec raideur sur une nappe de pique-nique étendue au soleil. Elles m'ont indiqué du doigt un des sentiers, en me disant de marcher jusqu'à ce que je trouve le groupe.

« Qu'est-ce que vous venez faire ici ? » a demandé la plus jolie. Son visage aux joues roses avait la rondeur d'une préado et ses cheveux étaient départagés par une raie irrégulière, mais sa poitrine, qu'elle faisait saillir avec fierté, était celle d'une femme. Une femme bien lotie. Elle souriait comme si elle me connaissait, ce qui était impossible puisqu'elle ne devait même pas être scolarisée lors de ma dernière visite à Wind Gap. Mais son visage me disait quelque chose, cependant. Peut-être était-ce la fille d'une de mes anciennes camarades de classe. L'âge aurait pu coller, si l'une d'elles était tombée enceinte juste après avoir quitté le lycée. Un scénario qui n'avait rien d'invraisemblable.

« Je viens donner un coup de main.

– C'est bien », a-t-elle grimacé, avant de me congédier en concentrant toute son attention sur un orteil dont elle écaillait le vernis.

Je me suis écartée des graviers brûlants qui crissaient sous mes semelles pour m'enfoncer dans les bois, où il semblait faire encore plus chaud. L'atmosphère y était tropicale. Les buissons de verges d'or et de sumac sauvage me frôlaient les chevilles ; les graines vaporeuses des peupliers de Virginie qui saturaient l'air se faufilaient dans ma bouche, s'accrochaient à mes manches. Quand j'étais enfant, on les appelait des « robes de fées », me suis-je brusquement souvenue.

Au loin, des gens appelaient Natalie à tue-tête, les trois syllabes montaient et descendaient comme dans une chanson. Après dix minutes passées à crapahuter, je les ai aperçus : environ cinquante hommes qui avançaient en rangs en sondant les broussailles devant eux à l'aide de bâtons.

« Bonjour ! Du nouveau ? » m'a lancé celui qui se trouvait le plus près de moi, un type avec un bide de buveur de bière. J'ai quitté le sentier et je me suis faufilée entre les arbres pour le rejoindre.

« Je peux donner un coup de main ? » Je n'étais pas tout à fait prête à sortir mon carnet.

« Vous pouvez marcher à côté de moi. Une personne de plus, ça peut jamais faire de mal. Ça fera moins de terrain à couvrir. » Nous avons progressé en silence pendant quelques minutes. De temps à autre, mon coéquipier s'arrêtait pour se racler la gorge d'une toux rocailleuse et grasse.

« Parfois, je me dis qu'on devrait les brûler une bonne fois pour toutes, ces bois, a-t-il lâché. Il semble qu'il ne s'y passe jamais rien de bon. Vous êtes une amie des Keene ?

– Je suis journaliste, en fait. Au *Chicago Daily Post*.

– Mm... vous m'en direz tant. Et vous écrivez là-dessus ? »

Brusquement, un hurlement a déchiré la forêt, un cri de fille : « Natalie ! » Mes paumes sont devenues moites tandis que nous nous précipitions en direction du cri. J'ai vu des silhouettes accourir vers nous. Une adolescente aux cheveux blonds, presque blancs, est passée devant nous pour rejoindre le sentier, le visage rouge et bouffi. Elle titubait comme un poivrot ivre mort et hurlait le nom de Natalie en direction du ciel. Un homme, son père peut-être, l'a rattrapée, il l'a enveloppée de ses bras et a entrepris de la reconduire à la lisière des bois.

« On l'a retrouvée ? » a lancé mon nouvel ami à la cantonade.

Tous ont secoué la tête. « Elle a juste eu la frousse, je pense, lui a répondu quelqu'un. Trop dur pour elle. Les filles ont rien à foutre ici de toute façon, pas dans ces circonstances. » Le type m'a jeté un regard appuyé, puis il a retiré sa casquette de base-ball pour s'essuyer le front, avant de recommencer à battre les broussailles.

« Triste boulot, a souligné mon coéquipier. Triste époque. » Nous progressions lentement. J'ai écarté d'un coup de pied une canette de bière rouillée. Et puis une autre. Un oiseau solitaire est passé à hauteur de nos yeux, avant de s'élancer vers la cime des arbres. Une sauterelle est venue se poser sur mon poignet. Des instants de magie qui donnaient la chair de poule.

« Je peux vous demander ce que vous pensez de tout ça ? ai-je dit en agitant mon carnet.

– Je sais pas si je vais pouvoir vous dire grand-chose.

– Dites-moi simplement ce que vous en pensez. Deux fillettes, dans une petite ville…

– Bon, personne ne sait s'il y a un lien, pas vrai ? À moins que vous sachiez un truc que moi j'ignore. Pour ce qu'on en sait, Natalie va réapparaître saine et sauve. Ça fait même pas deux jours.

– Y a-t-il des théories au sujet d'Ann ?

– C'est sans doute l'œuvre d'un taré, d'un malade. Un type qui traîne en ville, qui oublie de prendre ses cachets, et qui entend des voix. Une histoire dans ce genre.

– Pourquoi dites-vous cela ? »

Il s'est immobilisé pour extraire un paquet de tabac à chiquer de sa poche arrière. Il en a fait disparaître une grosse pincée au creux de sa gencive, et l'a travaillée jusqu'à localiser la première minuscule brèche qui laisserait pénétrer la nicotine. J'ai senti des fourmillements de sympathie à l'intérieur de mes joues.

« Pourquoi sinon arracher les dents d'une petite fille qui est déjà morte ?

– Il lui a arraché les dents ?

– Toutes. Il n'a laissé qu'un chicot de molaire de lait. »

Après une autre heure sans résultat, ni guère d'autres informations, j'ai abandonné mon coéquipier, Ronald Kamens *(« Indiquez l'initiale de mon deuxième prénom, si vous voulez bien : J »)*, pour crapahuter en direction de l'endroit où l'on avait retrouvé le corps d'Ann, l'année passée. Il a fallu un bon quart d'heure avant que le nom de Natalie cesse de retentir à mes oreilles. Et dix minutes après, j'ai entendu Falls Creek et le grondement nerveux de son courant.

Ce devait être difficile de transporter un corps d'enfant dans ces bois. Branches et feuillages obstruent le sentier, lui-même tout accidenté de racines. Si Ann était une vraie petite fille de Wind Gap, une ville qui exige la plus grande féminité de la part des représentantes du beau sexe, elle avait les cheveux longs et libres. Ils avaient dû s'accrocher aux buissons. Je n'arrêtais pas de prendre des toiles d'araignée pour des mèches brillantes.

L'herbe était encore foulée là où le corps avait été découvert, et on avait ratissé les alentours, en quête d'indices. Il traînait là quelques mégots que des curieux désœuvrés avaient abandonnés derrière eux. Sans doute des gamins qui s'ennuyaient, et qui jouaient à se faire peur en imaginant un fou en train de tirer de toutes ses forces sur des dents ensanglantées. Dans le lit du torrent, la rangée de pierres qui avait accroché la corde à linge passée autour du cou d'Ann, et l'avait retenue prisonnière du courant une partie de la nuit, avait disparu. Désormais, l'eau s'écoulait sans rencontrer d'obstacle sur un lit sablonneux. Ronald J. Kamens avait été fier de me raconter l'épisode : les habitants de Wind Gap avaient retiré les pierres et les avaient chargées à l'arrière d'une camionnette pour les balancer à l'extérieur de la ville. C'était un geste de foi poignant, comme si une telle suppression pouvait, à l'avenir, prévenir le mal. Apparemment, ça n'avait pas marché.

Je me suis assise sur le bord du torrent et j'ai fait glisser mes paumes sur le sol caillouteux. J'ai ramassé une pierre lisse et brûlante, que j'ai pressée contre ma joue. Ann était-elle venue ici de son vivant ? Peut-être la jeune génération avait-elle trouvé des façons plus intéressantes de tuer le temps, l'été à Wind Gap. Quand j'étais gamine, nous venions nous baigner un peu plus bas, là où d'énormes rochers plats formaient des piscines peu profondes. Des écrevisses rôdaient autour de nos pieds, nous sautions pour les capturer et poussions des cris si nous en touchions une pour de bon. Personne ne portait de maillot, la prévoyance n'était pas notre point fort. Du coup, pour rentrer chez nous, nous pédalions dans nos shorts et dos-nus ruisselants, en secouant la tête comme des chiens qui sortent de l'eau.

De temps à autre, des grands, munis de carabines et de bières qu'ils avaient dérobées, partaient d'un pas martial tirer sur des écureuils ou sur des lièvres. Des morceaux de viande sanguinolents se balançaient à leur ceinturon. Ces gamins, effrontés, bourrés, empestant la transpiration, m'impressionnaient toujours, même s'ils ne nous accordaient pas la moindre attention. Il existe différentes sortes de chasseurs, je le sais aujourd'hui. Le gentleman chasseur amateur de gros gibier qui se prend pour Teddy Roosevelt et qui, au retour d'une journée à battre la campagne, s'octroie un gin tonic bien tassé, n'est pas le type de chasseurs avec lesquels j'ai grandi. Les garçons que je connaissais, et qui ont commencé jeunes, étaient des sanguinaires. Ce qu'ils recherchaient, c'était ce soubresaut fatal de l'animal foudroyé qui, une seconde durant, filait telle de l'eau qui ondoie, et avait le flanc crevassé par leur balle, la suivante.

Un jour, j'avais environ douze ans, je suis entrée dans la cabane de chasse d'un petit voisin, un abri de planches où il vidait et pelait les animaux, suspendait à des cordes des rubans humides de chair rose qui se transformait ensuite en viande séchée. Le sol en terre battue était maculé de sang; les murs, placardés de photos de femmes à poil. Quelques-unes écartaient grandes les jambes; d'autres, maintenues de force, se faisaient pénétrer. L'une d'elles, ligotée, le regard vitreux, les seins gonflés et nervurés comme des grains de raisin, se faisait prendre par-derrière. Il m'avait semblé que c'était elles que je sentais dans cet air épais et sanguinolent.

À la maison, ce soir-là, j'avais glissé un doigt sous ma culotte et je m'étais masturbée pour la première fois, le souffle court, le cœur au bord des lèvres.

2

Happy Hour. J'avais abandonné les recherches et je m'étais arrêtée chez *Footh*, le rade country de la ville, avant de faire un saut au 1665 Grove Street, domicile de Betsy et Robert Nash – les parents de Ashleigh (douze ans), Tiffanie (onze ans), de feu la petite Ann, neuf ans pour l'éternité, et de Bobby Jr (six ans).

Trois filles avant la naissance – enfin ! – de leur petit garçon. Tout en sirotant mon bourbon et en décortiquant des cacahouètes, j'ai songé au désarroi croissant que les Nash avait dû éprouver chaque fois que se présentait un bébé sans pénis. Ashleigh d'abord – ce n'était pas un garçon, mais elle était mignonne, et en bonne santé. Et de toute façon, ils en avaient toujours voulu deux. Ashleigh avait eu droit à un prénom recherché, ortho-graphié avec originalité, et à une pleine armoire de jolies robes aux couleurs pastel. Les parents avaient croisé les doigts et s'étaient remis au boulot, mais là encore, c'était une fille, Tiffanie. Cette fois, ils étaient nerveux, le retour au foyer avait été moins triomphal. Et quand Betsy Nash était une nouvelle fois tombée enceinte, son mari avait acheté un gant de base-ball miniature, histoire d'asséner au renflement de son ventre un petit coup dans la bonne direction. On imagine la consternation toute légitime à la naissance de la petite Ann. Telle une gifle, on lui colla le prénom de quelque aïeule – et elle n'eut même pas droit à un *e* final d'ornement.

Mais Dieu merci, Bobby était arrivé. Accident ou dernière tentative de brio ? Trois ans après la décevante petite Ann, on baptisa le nouveau-né du prénom de son père, toute la famille s'enticha de lui, et les petites filles découvrirent brusquement combien elles étaient accessoires. Surtout Ann. Personne n'a besoin d'une troisième fille. Mais aujourd'hui, elle recueillait pas mal d'attention.

Après avoir avalé mon second bourbon d'un trait, je me suis dénoué les épaules, tapoté les joues et j'ai regagné ma grosse Buick bleue en rêvant d'en boire un troisième. Je ne suis pas de ces journalistes qui se régalent à fouiller dans l'intimité des gens. C'est sans doute pour cela que je suis un reporter de seconde zone. L'un d'eux, du moins.

Je me souvenais encore du chemin pour me rendre à Grove Street. La rue se trouvait à deux pâtés de maisons derrière mon ancien lycée, qui accueille tous les gamins dans un rayon de cent kilomètres. Le lycée Millard Calhoon fut fondé en 1930 – l'ultime sursaut d'effort de Wind Gap avant de sombrer dans la Dépression – et baptisé en hommage au premier maire de la ville, héros de la guerre de Sécession. Un héros des Confédérés – mais peu importe, héros néanmoins : au cours de la première année du conflit, à Lexington, M. Calhoon se canarda avec tout un bataillon de Yankees et sauva à lui seul cette petite ville du Missouri (à en croire, du moins, la plaque apposée dans le hall d'entrée du

lycée). Déboulant dans les cours de ferme, se faufi-
lant jusque dans les foyers protégés par des piquets
de clôture, il écarta poliment les dames gazouillantes
du chemin afin de leur épargner de se faire abîmer par
les Yankees. Encore aujourd'hui, à Lexington, si on
demande à voir la maison de Calhoon, un bel exemple
d'architecture d'époque, on peut voir les balles des
Tuniques bleues fichées dans ses planches. Les balles
sudistes de M. Calhoon, suppose-t-on, furent enterrées
avec les hommes qu'elles tuèrent.

Calhoon mourut en 1929, presque centenaire, alors
qu'il se trouvait sous un kiosque à musique, aujourd'hui
démoli, sur la place municipale. Une grosse fanfare lui
faisait fête quand tout à coup, il se pencha vers son
épouse de cinquante-deux ans et dit : « C'est beaucoup
trop fort. » Et là, foudroyé par une crise cardiaque, il
s'effondra la tête la première dans les gâteaux qu'on
avait décorés, en son honneur, d'étoiles et de bandes, et
barbouilla toutes ses médailles de la guerre civile.

J'ai une affection particulière pour Calhoon. Parfois,
c'est effectivement beaucoup *trop fort*.

La maison des Nash était conforme à ce que j'avais
imaginé – un de ces pavillons génériques construits à la
fin des années soixante-dix, comme toutes les maisons
situées à l'ouest de Wind Gap. Une de ces maisons
sans charme, de style ranch, et dont tout le plan semble
organisé autour du garage. Dans l'allée, un garçonnet
blond et négligé, juché sur un tricycle en plastique beaucoup trop petit pour lui, pédalait en poussant des grognements. Les roues, sous son poids, ne faisaient que
tourner dans le vide.

« Tu veux que je te pousse ? » ai-je demandé en descendant de voiture. En général, je ne sais pas m'y prendre avec les enfants, mais ça ne coûtait rien d'essayer. Il m'a dévisagée en silence, puis s'est enfoncé un doigt dans la bouche et son débardeur est remonté sur son ventre rond et proéminent. Bobby Jr avait l'air idiot et timide. Les Nash avait eu leur garçon, mais il était décevant.

Quand je me suis avancée, il a sauté de son tricycle qui, l'espace de quelques pas, lui est resté chevillé au corps, avant de dégringoler par terre, bruyamment.

« Papa ! » Le gamin a filé en pleurnichant vers la maison, comme si je l'avais pincé.

Le temps que j'atteigne la porte d'entrée, un homme était apparu. Mon regard a fait le point sur ce qui se trouvait dans son dos, dans l'entrée – une fontaine miniature qui gargouillait. Elle se composait de trois niveaux, en forme de coquillage, chapeautés d'une statue de petit garçon. Ça sentait l'eau croupie jusque de l'autre côté de la porte moustiquaire.

« Je peux vous renseigner ?

– Vous êtes bien Robert Nash ? »

Aussitôt, il a semblé sur ses gardes. Sans doute était-ce la première question que les policiers lui avaient posée, lorsqu'ils étaient venus lui annoncer que sa fille était morte.

« Bob Nash, oui.

– Je suis désolée de venir vous déranger. Je m'appelle Camille Preaker. Je suis de Wind Gap.

– Mm hmm.

– Mais maintenant je travaille au *Daily Post* de Chicago. On couvre le sujet… On est là à cause de Natalie Keene et du meurtre de votre fille. »

Je me suis préparée à entendre des cris, des insultes, une porte qui claque, à recevoir un coup de poing. Bob Nash a enfoncé les mains dans ses poches et s'est balancé sur ses talons.

« On peut discuter dans la chambre. »

Il m'a tenu la porte et j'ai commencé à me frayer un chemin dans le désordre du salon, entre les paniers de linge qui débordaient de draps roulés en boule et de tee-shirts d'enfants. Je suis passée devant une salle de bains où trônait, par terre en plein milieu de la pièce, un rouleau de papier toilette, vide ; puis j'ai longé un couloir mastiqué à coups de photos fanées sous des cadres en Plexiglas crasseux : trois petites filles blondes en adoration devant un bébé ; un Bob Nash jeune, enlaçant avec raideur la taille de sa nouvelle épouse, l'un et l'autre tenant une pelle à gâteau. Quand je suis arrivée dans la chambre – rideaux et couvre-lit assortis, coiffeuse bien rangée –, j'ai compris pourquoi il avait choisi de me recevoir dans cette pièce. C'était le seul endroit de la maison qui possédait un degré de civilisation, tel un avant-poste en lisière d'une jungle de désespoir.

Nash s'est assis sur un coin du lit, et moi sur l'autre. Il n'y avait pas de chaise. On aurait pu être des figurants dans un film porno amateur, sauf que nous avions chacun à la main un verre de soda à la cerise qu'il était allé nous servir. Nash était un homme soigné : petite moustache en brosse, cheveux blonds lissés en arrière avec du gel sur un front dégarni, et polo vert pétard rentré dans le jean. C'était lui, sans doute, qui maintenait cette pièce en ordre ; elle offrait cette propreté sans fioritures d'un célibataire qui fait de son mieux.

Il n'avait pas besoin de préambule pour l'interview, ce dont je lui étais reconnaissante. C'était comme faire la conversation à son cavalier quand on sait, l'un comme l'autre, que ça va se terminer au lit.

« Ann avait passé l'été sur sa bicyclette, a-t-il commencé sans que je lui demande rien. Tout l'été, elle avait fait des tours du pâté de maisons. Ma femme et moi ne voulions pas qu'elle s'aventure plus loin. Elle n'avait que neuf ans. Nous sommes des parents très protecteurs. Mais à la fin, juste avant la rentrée des classes, ma femme a cédé. Ann n'arrêtait pas de pleurnicher, alors ma femme lui a dit : "D'accord, tu peux aller en bicyclette jusque chez ton amie Emily." Elle n'y est jamais arrivée. Et on ne s'en est aperçu qu'à huit heures du soir.

– À quelle heure était-elle partie ?

– Vers sept heures. Donc c'est quelque part en chemin, entre ces dix pâtés de maisons, qu'ils l'ont eue. Ma femme ne se le pardonnera jamais. Jamais.

– Comment ça, *ils* ?

– Eux, lui – qu'importe. Le salopard. Le malade qui tue des enfants. Pendant que ma famille et moi on dort, pendant que vous allez à droite à gauche pour votre reportage, quelqu'un rôde, qui cherche des enfants à tuer. Parce que vous et moi, on sait que la petite Keene ne s'est pas juste perdue. »

Il a vidé son verre d'un trait et s'est essuyé les lèvres. C'étaient de bonnes déclarations, travaillées même. Cela se produit fréquemment, et on peut établir un lien direct avec le temps qu'un individu passe devant sa télé. Quelque temps auparavant, j'avais interviewé une femme dont la fille de vingt-deux ans venait d'être assassinée par son petit ami, et elle m'avait servi une réplique tout droit sortie d'une série policière sur laquelle, par hasard, j'étais tombée la nuit précédente : *J'aimerais dire que j'ai pitié de lui, mais aujourd'hui, je crains de ne plus jamais pouvoir éprouver de pitié.*

« Monsieur Nash, vous ne voyez pas qui aurait pu vouloir vous faire du mal, à vous ou à votre famille, en s'en prenant à Ann ?

– Mademoiselle, je vends des *fauteuils*, des *fauteuils* ergonomiques – par *téléphone*. Je bosse dans un bureau, pas loin d'ici, à Hayti, avec deux autres collègues. Je ne rencontre jamais personne. Ma femme travaille à mi-temps dans un bureau, à l'école primaire. Il n'y a pas d'histoires ici. Quelqu'un a décidé de tuer notre petite fille, c'est tout. » Il avait prononcé cette dernière phrase du ton de l'homme aux abois, comme s'il avait fini par accepter l'idée.

Il s'est levé et a fait coulisser la porte-fenêtre qui donnait sur une petite terrasse, mais il est resté à l'intérieur. « C'est peut-être un homo qui a fait ça », a-t-il lâché. Le choix de ce mot avait en fait valeur d'euphémisme.

« Pourquoi dites-vous cela ?

– Il ne l'a pas violée. Tout le monde dit que c'est inhabituel dans ce type de crime. Moi, je dis que c'est la seule bénédiction que nous ayons eue. Je préfère qu'il l'ait tuée, plutôt que violée.

– Il n'y avait aucune trace de violences sexuelles ? ai-je demandé dans un murmure que j'espérais doux.

– Non. Et pas d'hématomes, ni d'entailles, ni aucune trace de… torture. Il l'a juste étranglée. Il lui a arraché les dents. Je ne pensais pas ce que je viens de dire – qu'il valait mieux qu'il la tue plutôt qu'il la viole. C'était idiot de dire ça. Mais vous voyez ce que je veux dire. »

Je n'ai rien répondu, j'ai laissé le dictaphone tourner et enregistrer ma respiration, le tintement des glaçons dans le verre de Nash, les clameurs d'un match de volley qui se disputait dans le jardin voisin, dans la lumière déclinante.

« Papa ? » Une jolie fillette, avec de très longs cheveux blonds attachés en queue-de-cheval, a passé la tête dans l'entrebâillement de la porte.

« Pas maintenant, ma puce.

— J'ai faim.

— Tu peux te préparer quelque chose. Il y a des gaufres au congélateur. Assure-toi que Bobby en mange lui aussi. »

La fillette s'est attardée un instant, les yeux rivés sur la moquette, puis elle a tranquillement refermé la porte. Je me suis demandé où était leur mère.

« Vous étiez chez vous quand Ann a quitté la maison pour la dernière fois ? »

Il m'a regardée, la tête penchée de côté, en se passant la langue sur les dents. « Non. Je rentrais de Hayti. J'étais sur la route. C'est à une heure de voiture. Je n'ai pas fait de mal à ma fille.

— Je ne sous-entendais rien de tel, ai-je menti. Je me demandais juste si vous aviez eu l'occasion de la voir ce soir-là.

— Je l'avais vue le matin. Je ne me souviens pas si nous avons parlé. Sans doute que non. Quatre gosses, le matin, c'est du boulot, vous savez. »

Nash a fait tourner, au fond de son verre, les glaçons qui s'étaient agrégés en une seule masse, solide. Il a passé un doigt sous les poils drus de sa moustache. « Personne n'a été d'un grand secours, jusque-là, a-t-il repris. Vickery est complètement noyé. Ils ont envoyé un inspecteur de Kansas City, une grosse pointure. C'est un gamin, et arrogant en plus. Il compte les jours jusqu'à ce qu'il puisse se tirer d'ici. Vous voulez voir une photo d'Ann ? » Il a extrait de son portefeuille la photo scolaire d'une fillette avec un grand sourire de traviole, et des cheveux châtain clair, irrégulièrement coupés au carré.

« Ma femme voulait lui mettre des rouleaux, la nuit avant les photos de classe. Ann a préféré attraper les ciseaux et tout couper. Elle avait une sacrée caboche. Un vrai garçon manqué. Pour tout dire, je suis étonné que ce soit tombé sur elle. Ashleigh a toujours été la plus jolie, vous comprenez. Celle qu'on regarde. » Il a fixé la photo, une fois de plus. « Ann a dû en souffrir horriblement. »

Alors que je partais, Nash m'a donné l'adresse de l'amie qu'Ann était partie voir le soir où elle avait été enlevée. Je m'y suis rendue en roulant lentement. Les pâtés de maisons dessinaient des carrés parfaits. Ces quartiers ouest sont les plus récents de la ville. On le voyait aux pelouses, d'un vert plus vif, qui avaient été débitées en dalles prédécoupées à peine trente étés aupa- ravant. Rien à voir avec cette herbe vert sombre, roide et piquante qui poussait devant la maison de ma mère. Ces brins-là faisaient de meilleurs sifflets. On pouvait en partager un par le milieu, souffler et obtenir un son flûté, jusqu'à ce que les lèvres commencent à picoter.

Il n'aurait pas fallu plus de cinq minutes à Ann pour pédaler jusqu'à la maison de son amie. Comptons dix minutes supplémentaires, au cas où elle aurait décidé de prendre le chemin des écoliers, de se dégourdir les jambes en profitant de cette première occasion qui lui était donnée de tout l'été de pédaler pour de bon. Neuf ans, c'est trop grand pour être condamnée à tournicoter autour du même pâté de maisons. Qu'était-il advenu de la bicyclette ?

Je suis passée lentement devant la maison d'Emily Stone. Tandis que la nuit pointait en un bleu profond, j'ai entrevu une fillette qui passait en courant derrière une fenêtre éclairée. Je parie que les parents d'Emily disent à leurs amis des choses telles que : « Maintenant, chaque soir, nous la serrons un peu plus fort dans nos bras. » Je parie qu'Emily se demande où Ann a été emmenée pour mourir.

Moi, je me le demandais. Arracher une vingtaine de dents, même petites, même sur un corps sans vie, c'est du boulot. Ça n'avait pas pu se faire n'importe où, il avait fallu trouver un lieu sûr, où l'on pouvait s'accorder quelques minutes pour souffler de temps en temps.

J'ai regardé la photo d'Ann, dont les bords se recroquevillaient, comme pour la protéger. La coupe de cheveux rebelle et ce grand sourire me rappelaient Natalie. Cette fillette-là aussi me plaisait bien. J'ai rangé la photo dans la boîte à gants. Puis j'ai retroussé la manche de ma chemise, et j'ai écrit son nom complet – Ann Marie Nash – au stylo à bille bleu foncé, sur l'intérieur de mon bras.

J'ai renoncé à m'engager dans une allée privative pour exécuter mon demi-tour. Les gens du coin devaient avoir suffisamment la frousse sans que des voitures inconnues viennent rôder autour de chez eux. Je me suis contentée de bifurquer à gauche au bout du pâté de maisons et de faire un détour pour me rendre chez ma mère. Allais-je d'abord l'appeler ? Ou pas ? À quelques centaines de mètres de chez elle, j'ai décidé que ce coup de fil arriverait trop tard, qu'il ne serait que de la fausse courtoisie. Une fois franchie la frontière de l'État, il n'est plus temps d'appeler pour demander si on peut passer.

La maison de ma mère est située à l'extrême sud de Wind Gap, dans le quartier huppé, si tant est que trois pâtés de maisons puissent constituer un quartier. Elle vit – comme j'y ai moi aussi autrefois vécu – dans une imposante demeure victorienne au plan tarabiscoté, et agrémentée d'un belvédère, d'une véranda en rotonde, d'une galerie couverte qui se prolonge jusque vers l'arrière de la bâtisse, et d'un dôme qui s'élance du sommet du toit. Ça regorge de cagibis, de recoins, de passages alambiqués. Au dix-neuvième siècle, les gens, en particulier dans les États du Sud, avaient besoin d'espace pour se tenir à l'écart les uns des autres, pour éviter de contracter la tuberculose et la grippe, ou se préserver d'appétits sexuels trop avides ; il leur fallait des murs pour se protéger des émotions fortes. De l'espace en plus, c'est toujours bon.

La maison est juchée au sommet d'un coteau très abrupt. En première, il est possible de gravir la vieille allée fissurée jusqu'en haut, jusqu'à l'auvent à calèches qui protège les voitures de la pluie. Mais on peut également se garer au pied du coteau et grimper les soixante-trois marches en se tenant à la mince rampe qui court sur la gauche. Quand j'étais petite, j'empruntais toujours l'escalier pour monter et je dévalais l'allée au galop. Je m'imaginais que la rampe se trouvait du côté gauche parce que je suis gauchère et que quelqu'un avait pensé que cette attention pourrait me faire plaisir. C'est curieux de songer que j'ai pu, un jour, m'abandonner à de telles présomptions.

Je me suis garée en bas, comme pour atténuer l'effet d'intrusion. Arrivée en haut, je ruisselais ; j'ai levé les bras en l'air, je me suis éventé la nuque, j'ai secoué plusieurs fois mon chemisier bleu orné aux aisselles d'auréoles vulgaires. Comme dirait ma mère, je sentais le *fauve*.

La sonnette, qui, dans ma petite enfance, évoquait le piaulement d'un chat écorché, a émis un *ding !* bref et feutré, comme celui qui signale, sur les disques pour enfants, qu'il est temps de tourner la page du livret. Il était vingt et une heure quinze, juste assez tard pour qu'ils soient peut-être déjà couchés.

« Qui est là ? » La voix flûtée de ma mère derrière la porte.

« Salut, maman. C'est Camille. » Je m'efforçais de garder une voix neutre.

« Camille. » Elle a ouvert la porte. Elle n'a manifesté aucune surprise, elle ne s'est pas avancée pour me serrer dans ses bras, pas même mollement comme je m'y étais attendue. « Quelque chose ne va pas ?

– Non, maman, tout va bien. Je suis là pour le boulot.

– Le boulot. Le boulot ? Bonté divine, je suis désolée, ma chérie, mais entre, entre donc. La maison n'est guère en état pour recevoir des visites, j'en ai bien peur. »

La maison était impeccable, jusqu'aux gros bouquets de tulipes dans les vases du hall d'entrée. L'air était si saturé de pollen que j'ai eu aussitôt les larmes aux yeux. Naturellement, ma mère ne m'a pas demandé quel genre de boulot pouvait m'amener jusqu'à Wind Gap. Elle posait rarement des questions dotées d'une quelconque puissance. Soit par respect exagéré de l'intimité d'autrui, soit tout simplement par manque d'intérêt. Je vous laisse deviner en faveur de quelle option je penchais.

« Puis-je t'offrir quelque chose à boire, Camille ? Alan et moi buvions justement des *amaretto sour*, a-t-elle dit en agitant le verre dans sa main. J'ai juste ajouté un trait de Sprite, ça les adoucit. Mais j'ai également du jus de mangue, du vin, du thé glacé, ou de l'eau fraîche. Ou encore de l'eau pétillante. Où loges-tu ?

– C'est marrant que tu me poses cette question. J'espérais pouvoir m'installer ici. Pour quelques jours. »

Après un léger silence, elle a tapoté son verre de ses ongles longs et vernis en rose transparent. « Bon, c'est possible, évidemment. Mais j'aurais aimé que tu appelles. Pour me prévenir. Je t'aurais prévu quelque chose pour dîner. Viens dire bonsoir à Alan. On est derrière, sous le porche.

Tandis qu'elle me devançait dans le couloir – et que les grands, les petits salons et les salons de lecture apparaissaient de part et d'autre – je l'ai observée. C'était la première fois qu'on se revoyait depuis presque un an. J'avais changé de couleur de cheveux – j'étais passée du roux au châtain –, mais apparemment, elle ne l'avait pas remarqué. Elle, en revanche, n'avait pas changé, et ne semblait pas beaucoup plus vieille que moi, bien qu'approchant de la cinquantaine. Une peau pâle et lumineuse, de longs cheveux blonds et des yeux bleu clair. On aurait dit une poupée – la préférée d'une petite fille, celle avec laquelle on ne joue pas. Elle portait une longue robe de coton rose et des mules blanches. Elle faisait tourner son *amaretto sour* dans son verre sans en renverser une goutte.

« Alan, Camille est ici. » Elle a disparu dans l'une des arrière-cuisines (la plus petite des deux) et je l'ai entendue déloger des glaçons d'un bac en métal.

« Qui ? »

J'ai passé la tête sous le porche, avec un sourire. « Camille. Désolée de débarquer comme ça. »

On aurait pu penser qu'un joli brin de femme comme ma mère était destinée à partager la vie d'une ex-star du football. Elle aurait été parfaite aux côtés d'un géant moustachu et baraqué. Alan était, si tant est que ce soit possible, plus mince qu'elle. Il avait des pommettes si saillantes, si hautes, si osseuses que ses yeux semblaient être des lamelles d'amandes. Quand je le voyais, j'avais envie de le mettre sous perfusion. Il était toujours vêtu avec trop d'élégance, même pour une soirée passée simplement avec ma mère, à boire un digestif. Ce soir-là, il portait un bermuda blanc, d'où ses jambes maigres sortaient comme des tiges de fil de fer, et un pull bleu pâle par-dessus une chemise en oxford amidonnée. Il ne transpirait absolument pas. Alan est le contraire de la moiteur.

« Camille. Quel plaisir. Vraiment, a-t-il murmuré de sa voix monocorde. Tu es descendue jusqu'à Wind Gap. Je pensais que tu avais un moratoire ou Dieu sait quoi d'autre au sud de l'Illinois.

– Non, je travaillais, c'est tout.

– Le travail. » Il a souri. Pour ce qui était des questions, je n'aurais droit à rien d'autre. Ma mère a réapparu, les cheveux retenus par un nœud bleu ciel, très Wendy Darling devenue adulte. Elle m'a tendu un verre glacé d'*amaretto* pétillant, m'a tapoté l'épaule et est allée s'asseoir loin de moi, à côté d'Alan.

« Ces petites gamines, Ann Nash et Natalie Keene, ai-je lâché. Je couvre l'histoire pour mon journal.

– Oh, Camille. » Ma mère m'a imposé le silence en détournant les yeux. Quand elle est piquée au vif, elle a un tic très particulier : elle tire sur ses cils. Parfois, ils s'arrachent. Quand j'étais petite, durant quelques années particulièrement difficiles, elle n'avait plus du tout de cils et ses yeux étaient en permanence poisseux, rosis, aussi vulnérables que ceux d'un lapin de laboratoire. En hiver, il en coulait des filets de larmes sitôt qu'elle mettait le nez dehors. Ce qui n'arrivait pas souvent.

« C'est la mission dont on m'a chargée.

– Bonté divine, quelle mission ! » a-t-elle dit en approchant les doigts de ses yeux. Elle a gratté la peau juste en dessous et a reposé la main sur ses genoux. « Tu ne trouves pas que ces parents souffrent assez sans que tu viennes écrire leur histoire pour qu'elle fasse le tour du monde ? "Wind Gap assassine ses enfants !" C'est ce que tu veux que les gens pensent ?

– On a assassiné une petite fille, et une autre a disparu. C'est mon boulot d'en informer les gens, oui.

– Je connaissais ces petites filles, Camille. Pour moi, c'est très dur, comme tu peux t'en douter. Assassiner des petites filles. Qui peut faire une chose pareille ? »

J'ai bu une gorgée. Des grains de sucre sont restés accrochés sur ma langue. Je n'étais pas prête à discuter avec ma mère. Ma peau bourdonnait.

« Je ne resterai pas longtemps. Promis. »

Alan a replié les poignets de son pull, lissé les plis de son bermuda. Généralement, ces rajustements constituaient sa contribution à nos conversations : il rentrait son col, recroisait une jambe.

« Je ne supporte pas qu'on parle de ça devant moi, a dit ma mère. Qu'on parle d'enfants à qui on a fait du mal. Ne me raconte rien de ce que tu fais, rien de ce que tu sais. Je vais faire comme si tu étais venue pour les grandes vacances. » Elle a suivi du doigt le tressage de l'osier sur le fauteuil d'Alan.

« Comment va Amma ? ai-je demandé pour changer de sujet.

– Amma ? » Ma mère a semblé affolée, comme si elle se souvenait brusquement d'avoir oublié sa fille quelque part. « Elle va bien. Elle est en haut. Elle dort. Pourquoi cette question ? »

Je savais, d'après les bruits de pas furtifs que j'entendais à l'étage – de la salle de jeux à la salle de couture, à la fenêtre du palier qui offrait le meilleur poste d'observation pour espionner ce qui se passait sous cette partie du porche –, qu'Amma ne dormait certainement pas, mais je ne lui en voulais pas de m'éviter.

« Par simple politesse, maman. Dans le Nord aussi, ça se fait. » J'ai souri, pour montrer que je la taquinais, mais elle a baissé le nez dans son verre. Quand elle l'a relevé, ses joues étaient roses, et elle avait un air résolu.

« Reste aussi longtemps que tu le souhaites, Camille, vraiment, a-t-elle dit. Mais il te faudra être gentille avec ta sœur. Ces filles étaient des camarades de classe.

– Il me tarde de mieux faire sa connaissance, ai-je marmonné. Je compatis à sa douleur. » Je n'avais pas pu résister à l'envie d'ajouter ces derniers mots, mais ma mère n'a pas remarqué la note d'amertume dans ma voix.

« Tu dormiras dans la chambre qui jouxte la salle de jeux. Ton ancienne chambre. Il y a une baignoire. J'achèterai des fruits et du dentifrice. Et des steaks. Tu manges du steak ? »

Quatre heures d'un pauvre sommeil élimé, comme quand on s'allonge dans une baignoire, les oreilles à moitié immergées. À me dresser dans le lit toutes les vingt minutes, avec le cœur qui cognait si fort que je me demandais si c'étaient ses battements qui m'avaient réveillée. J'ai rêvé que je préparais mon sac pour partir en voyage, pour des vacances d'été, et que je m'apercevais que je n'avais emporté que des vêtements inappropriés – des pulls. J'ai rêvé que je n'avais pas rendu le bon article à Curry avant de partir : au lieu du papier sur cette pauvre Tammy Davis et ses quatre gamins bouclés dans l'appartement, on allait passer un publirédactionnel sur des soins de peau.

J'ai rêvé que ma mère découpait une pomme en gros quartiers de viande et me les faisait manger, lentement, avec douceur, parce que j'étais en train de mourir.

Peu après cinq heures, j'ai fini par repousser les couvertures. Je me suis lavé le bras pour effacer le nom d'Ann, mais sans trop savoir comment, tout en m'habillant, en me brossant les cheveux et en me mettant un peu de rouge à lèvres, j'avais écrit le nom de Natalie Keene à sa place. J'ai décidé de ne pas y toucher, pour lui porter chance. Dehors, le soleil se levait à peine, mais la poignée de ma voiture était déjà brûlante. J'avais le visage endolori par le manque de sommeil ; j'ai écarquillé les yeux, ouvert grande la bouche, comme une actrice qui hurle dans un film de série B. Les recherches dans les bois reprenaient à six heures ; je voulais obtenir une déclaration de Vickery avant que la journée ne débute. Faire le pied de grue devant le commissariat me semblait un bon pari.

À première vue, Main Street semblait déserte, mais en descendant de voiture, j'ai aperçu deux personnes, deux à trois intersections plus bas. La scène ne faisait pas sens. Une femme d'un certain âge était assise au beau milieu du trottoir, jambes légèrement écartées, le regard rivé sur le flanc d'un bâtiment ; un homme se tenait debout à côté d'elle. La femme secouait frénétiquement la tête, comme un gosse qui refuse de la nourriture. Et ses jambes étaient allongées selon un angle qui devait être douloureux. Une mauvaise chute ? Une attaque, peut-être. Je me suis empressée de les rejoindre ; leurs murmures me parvenaient hachés.

L'homme, qui avait des cheveux blancs et un visage dévasté, m'a regardée avec des yeux laiteux. « Allez chercher la police, a-t-il dit d'une voix décomposée. Et appelez une ambulance.

— Que se passe-t-il ? » ai-je demandé, mais immédiatement, j'ai vu.

Coincé dans la trentaine de centimètres qui séparaient les murs de la quincaillerie de ceux de l'institut de beauté se trouvait un petit corps, assis face au trot-toir. On aurait dit qu'elle nous attendait, avec ses yeux bruns grands ouverts. J'ai reconnu les boucles indisci-plinées. Mais le sourire, lui, avait disparu. Les lèvres de Natalie Keene s'affaissaient contre ses gencives, en formant un petit cercle. Elle ressemblait à ces poupons en plastique, ceux qui sont dotés d'un petit orifice pour y enfoncer un biberon. Natalie n'avait plus de dents.

Aussitôt, j'ai senti un afflux de sang me monter au visage ; ma peau s'est couverte d'une pellicule de transpiration. Mes jambes, mes bras sont devenus tout mous, et un instant, j'ai cru que j'allais m'effondrer à côté de la femme, qui à présent priait paisiblement. J'ai reculé pour m'adosser contre une voiture garée là, et j'ai appuyé les doigts sur mon cou, fort, pour obliger mon pouls à ralentir. Mes yeux collectaient des images dans une succession de flashs privée de sens : le spara-drap crasseux sur la canne du vieil homme ; une excrois-sance rose sur la nuque de la femme ; le pansement sur le genou de Natalie Keene. Je sentais son nom luire comme une brûlure sous la manche de ma chemise.

Puis, il y a eu d'autres voix, et le commissaire Vickery a accouru vers nous, accompagné d'un autre homme.

« Nom de Dieu, a éructé Vickery quand il l'a vue. Nom de Dieu. Seigneur. » Il a appuyé son visage contre la façade de l'institut de beauté, en cherchant son souffle. L'autre homme, qui avait environ mon âge, s'est penché au-dessus de Natalie. Un hématome violet lui encerclait le cou ; il a appuyé deux doigts juste au-dessus de la trace, pour chercher le pouls. C'était une tactique pour gagner du temps, histoire de se reprendre

– la gamine était morte, ça crevait les yeux. La grosse pointure de Kansas City, me suis-je dit, le petit jeune arrogant.

Mais il a su s'y prendre, cependant, pour arracher la bonne femme à ses prières et lui faire raconter calmement la découverte. Les deux étaient mari et femme, et propriétaires de ce *diner* dont je n'avais pas réussi à retrouver le nom la veille. Broussard. Ils partaient ouvrir la boutique quand ils l'avaient découverte. Ils étaient arrivés cinq minutes avant moi.

Un policier en uniforme est arrivé à son tour, et quand il a vu ce pour quoi on l'avait appelé, il s'est couvert le visage derrière les mains.

« Monsieur, madame, vous allez devoir suivre cet officier ici présent au commissariat pour qu'on puisse recueillir vos dépositions, a annoncé Kansas City. Bill… » Il y avait une sévérité paternelle dans sa voix. Vickery était agenouillé à côté du corps, immobile. Il remuait les lèvres, comme s'il priait lui aussi. Il a fallu répéter par deux fois son nom pour qu'il revienne parmi nous.

« Je ne suis pas sourd, Richard. Montre-toi humain une seconde. » Bill Vickery a pris Mme Broussard par les épaules et lui a parlé en murmurant jusqu'à ce qu'elle lui tapote la main.

J'ai passé deux heures dans une pièce couleur jaune d'œuf pendant que l'officier recueillait ma déposition. Pendant tout ce temps, je pensais à Natalie, qui allait partir à l'autopsie, et à l'envie qui me démangeait de me faufiler dans la salle pour remplacer ce pansement sur son genou.

3

Ma mère s'était habillée en bleu pour les obsèques. Le noir, c'était désespérant, et toute autre couleur aurait été indécente. Elle portait également des vêtements bleus aux obsèques de Marian, tout comme Marian. Elle était sidérée que je ne m'en souvienne pas. Pour moi, Marian avait été inhumée dans une robe rose pâle. Mais cela n'avait rien d'étonnant. En général, ma mère et moi ne sommes jamais d'accord sur tout ce qui a trait à ma sœur disparue.

Le matin des funérailles, Adora passait d'une pièce à l'autre en faisant cliqueter ses talons, s'aspergeant de parfum par-ci, accrochant une boucle d'oreille par-là. Je l'observais tout en buvant du café noir qui me brûlait la langue.

« Je ne les connais pas bien, disait-elle. Ils restent en famille. Mais je trouve que toute la communauté devrait les soutenir. Natalie était tellement adorable. Et les gens ont été si gentils avec moi quand… » Un regard mélancolique en direction du sol. Sincère, peut-être.

Cela faisait cinq jours que j'étais à Wind Gap et Amma demeurait une présence invisible. Ma mère ne parlait pas d'elle. Jusque-là, j'avais également échoué à recueillir une déclaration de la part des Keene. Je n'avais pas davantage reçu de la famille la permission d'assister aux obsèques, mais Curry voulait ce reportage plus que je ne l'avais jamais entendu vouloir quelque chose, et moi, je voulais lui prouver que j'étais capable d'assurer. Les Keene, me disais-je, n'en sauraient jamais rien. Personne ne lit notre canard.

Notre-Dame-des-Douleurs. Condoléances murmurées et accolades parfumées ; j'ai eu droit à quelques signes de tête polis de la part de femmes qui, après s'être extasiées devant ma mère (quel *courage* de la part d'Adora d'être venue !), se sont écartées pour lui faire une place. Notre-Dame-des-Douleurs est une pimpante église catholique construite dans les années soixante-dix : dorée et parée comme une bague de bazar. Wind Gap, fondée par un groupe d'Irlandais, constitue un minuscule bastion de catholicisme dans une région où les baptistes sont en forte progression. Au milieu du dix-neuvième siècle, tous les McMahon et les Malone, fuyant la grande famine, avaient débarqué à New York et, s'y étant fait copieusement maltraiter, ils mirent le cap vers l'ouest (du moins les plus futés d'entre eux). Comme les Français régnaient déjà à Saint Louis, ils bifurquèrent en direction du sud pour fonder leurs propres villes. D'où ils furent chassés sans cérémonie quelques années plus tard, lors de la reconstruction de l'Union. Le Missouri, éternel lieu de conflits, tentait de se défaire de ses racines sudistes, de se réinventer en État non esclavagiste, et ces encombrants Irlandais en furent balayés en même temps que quelques autres indésirables. Mais ils laissèrent derrière eux leur religion.

Dix minutes avant que la messe ne débute, les gens faisaient la queue pour pénétrer dans l'église. J'ai observé ceux qui se serraient déjà sur les bancs. Quelque chose clochait. Il n'y avait pas un seul gosse dans l'église. Ni garçonnets en pantalon sombre, jouant à faire rouler des petits camions sur les genoux de leur mère, ni fillettes berçant une poupée de chiffon. Pas un seul visage de moins de quinze ans. Était-ce par respect pour les parents, ou par crainte ? Était-ce une réaction instinctive de défense, pour éviter que son enfant ne devienne la prochaine proie ? Je me suis représenté des centaines de fils et de filles, planqués dans des antres obscurs, se suçotant le dos de la main tout en regardant la télé, indemnes.

Privés d'enfants auxquels tenir la bride, les fidèles semblaient statiques. Dans le fond, j'ai aperçu Bob Nash en costume noir. Toujours pas d'épouse en vue. Il m'a adressé un signe de la tête, puis il a froncé les sourcils.

L'orgue a expiré les notes sourdes de « N'ayons pas peur », et la famille de Natalie Keene, qui jusque-là pleurait, se réconfortait et s'agitait près de la porte comme un seul cœur gros et défaillant, s'est resserrée en rang. Deux hommes suffisaient pour porter le cercueil laqué blanc. Plus nombreux, ils se seraient gênés les uns les autres. La mère et le père de Natalie ouvraient la marche. Elle avait dix centimètres de plus que lui, c'était une femme forte, avec une expression chaleureuse, et des cheveux blond sable retenus par un bandeau. Elle avait un visage ouvert, le genre de visage qui incite des inconnus à demander l'heure ou leur chemin.

M. Keene était petit et maigre, avec un visage poupin ; ses lunettes à fine monture métallique, qui évoquaient des roues de bicyclette en or, accentuaient encore cette rondeur. Derrière eux suivait un beau garçon de dix-huit ou dix-neuf ans, brun, qui sanglotait, tête inclinée sur la poitrine. « Le frère de Natalie », a chuchoté une femme dans mon dos.

Des larmes ruisselaient sur les joues de ma mère et s'écrasaient bruyamment sur le sac posé sur ses genoux. Sa voisine lui a tapoté la main. J'ai sorti mon carnet et j'ai griffonné quelques notes jusqu'à ce que ma mère abatte sa main sur la mienne et siffle : « Tu es irrespectueuse et embarrassante. Arrête, ou je t'oblige à partir. »

J'ai arrêté d'écrire, sans toutefois ranger mon carnet, par esprit agressif de rébellion. Mais j'avais rougi.

Le cortège est passé à côté de nous. Le cercueil semblait ridiculement petit. Je me suis représenté Natalie à l'intérieur, et j'ai revu ses jambes – le fin duvet, les genoux noueux, le pansement. Un élan de douleur m'a traversée, fort, comme un point qu'on imprime à la fin d'une phrase.

Pendant que le prêtre, dans ses plus beaux atours, murmurait les prières d'ouverture et que nous nous levions, nous rasseyions, nous relevions, on nous a distribué les feuilles de prière. Au recto, la Vierge Marie dardait son cœur écarlate vers l'Enfant Jésus. Au verso, on avait imprimé :

Natalie Jane Keene
Fille, sœur et amie chérie
Le paradis accueille un nouvel ange

On avait disposé près du cercueil une grande photo de Natalie, plus formelle que celle que j'avais vue. Natalie avait été une gentille fillette sans grand charme, avec un menton pointu et des yeux légèrement globuleux – le genre de fille qui, en grandissant, aurait pu développer une beauté étrange. Elle aurait pu enchanter les hommes avec des histoires véridiques de vilain petit canard. Ou bien rester une gentille fille sans grand charme. À dix ans, les filles ont un physique capricieux.

La mère de Natalie s'est dirigée vers l'estrade, les doigts crispés sur une feuille de papier. Son visage était couvert de larmes, mais quand elle a pris la parole, sa voix était assurée.

« Ceci est une lettre adressée à Natalie, ma fille unique. » Elle a inspiré dans un frémissement et les mots se sont déroulés. « Natalie, ma petite fille, je t'adorais. Je n'arrive pas à croire que tu nous as été enlevée. Jamais plus je ne chanterai pour t'endormir, jamais plus je ne te chatouillerai le dos, jamais plus ton frère ne jouera à tirer sur tes couettes. Ton père ne te tiendra plus sur ses genoux, il ne te conduira pas à l'autel. Ton frère ne sera jamais oncle. Tu vas nous manquer quand nous dînerons en famille le dimanche, et l'été, quand nous partirons en vacances. Tes rires vont nous manquer. Tes larmes vont nous manquer. Et surtout, ma très chère petite fille, c'est toi tout entière qui vas nous manquer. Nous t'aimons, Natalie. »

Alors que Mme Keene regagnait sa place, son mari s'est précipité vers elle, mais elle ne semblait pas avoir besoin de soutien. Dès qu'elle s'est rassise, le garçon s'est à nouveau blotti entre ses bras, en pleurant au creux de son cou. M. Keene s'est retourné pour contempler l'assistance, en plissant les yeux, comme s'il cherchait quelqu'un à cogner.

« C'est une terrible tragédie de perdre un enfant, a entonné le prêtre. C'est doublement terrible de le perdre dans des circonstances si malfaisantes. Car c'est bien de malfaisance qu'il s'agit. La Bible nous dit : "Œil pour œil, dent pour dent." Cependant, éloignons de nos cœurs toute tentation de revanche et pensons plutôt au message de Notre-Seigneur Jésus-Christ : "Aime ton prochain." Et en ces temps de douleur, soyons bons envers notre prochain. Élevons notre cœur vers Dieu.

– Je préférais le truc du "œil pour œil" », a grommelé un homme derrière moi.

N'y avait-il eu personne pour tiquer sur le « dent pour dent », me suis-je demandé ?

En sortant de l'église, dans la lumière vive du jour, j'ai aperçu quatre gamines assises en rang d'oignons sur un muret, de l'autre côté de la rue. Longues jambes de pouliches pendantes. Des seins arrondis par des soutiens-gorge rembourrés. C'étaient les mêmes filles que celles que j'avais croisées à la lisière de la forêt. Serrées les unes contre les autres, elles rigolaient, jusqu'à ce que l'une d'elles, la plus jolie, encore une fois, me désigne d'un geste ; aussitôt, elles ont toutes piqué du nez. Mais les ventres continuaient à tressauter.

Natalie a été inhumée dans la concession familiale, à côté d'une pierre tombale déjà gravée au nom de ses parents. Je sais qu'on dit que jamais parents ne devraient assister à la disparition de leur enfant, que c'est contraire à la loi de la nature. C'est pourtant la seule façon de garder vraiment son enfant tout à soi. En grandissant, les gosses nouent des liens plus forts. Ils trouvent un mari, une épouse, un amant ou une amante. Ils ne seront pas enterrés auprès de leurs parents. Les Keene, eux, resteraient à jamais une famille dans sa forme la plus pure. Sous terre.

Après la cérémonie, les gens se sont réunis au domicile des Keene, une imposante ferme en pierre de taille, version aisée de l'Amérique bucolique. Cette maison était sans équivalent à Wind Gap. Dans le Missouri, l'argent prend ses distances avec le pittoresque agreste. Songez plutôt : quand, dans l'Amérique coloniale, les dames fortunées se paraient de délicates nuances de bleu et de gris pour contrecarrer l'image grossière du Nouveau Monde qui leur collait à la peau, leurs homologues britanniques s'attifaient comme des oiseaux exotiques. En deux mots, la maison des Keene avait des airs trop typiques du Missouri pour appartenir à des gens du cru.

Le buffet, pour l'essentiel, se composait de viandes : dinde, jambon, bœuf et venaison. Il y avait également des légumes au vinaigre, des olives et des œufs à la diable, des petits pains à la croûte brillante, des terrines. Les invités s'étaient scindés spontanément en deux groupes – les éplorés en larmes, et ceux qui gardaient les yeux secs. Les stoïques avaient investi la cuisine, où ils buvaient du café et sirotaient des alcools forts tout en discutant des prochaines élections au conseil municipal et de l'avenir des écoles. De temps à autre, ils s'interrompaient pour déplorer, dans des murmures hargneux, l'absence de progrès dans l'enquête.

« Je vous jure que si jamais je vois un inconnu s'approcher de mes filles, je descends ce fils de pute sans même lui laisser le temps de dire bonjour », a affirmé un homme au visage en lame de couteau, tout en refermant un sandwich au rôti de bœuf. Ses copains ont approuvé d'un hochement de tête.

« Je me demande bien pourquoi Vickery n'a pas vidé la forêt – putain, il n'y a qu'à tout raser ! On sait bien qu'il est là-dedans, s'est emporté un homme plus jeune, aux cheveux roux.

– Donnie, demain, j'y vais avec toi, a repris l'homme au visage en lame de couteau. On va tout ratisser, acre par acre. On va le trouver, ce fils de pute. Vous voulez venir, vous autres ? » Les hommes ont acquiescé d'un murmure en se resservant de la liqueur. J'ai noté dans un coin de ma tête d'aller faire un tour le long des chemins à la lisière de la forêt, le lendemain matin, histoire de voir si les gueules de bois étaient passées à l'action ou pas. Mais j'entendais déjà les coups de fil penauds, le matin venu :

« Tu y vas ?

– Bon, je sais pas trop ? Et toi ?

– Ben, j'avais promis à Maggie de démonter les fenêtres antitempête. »

Rendez-vous serait pris pour écluser quelques bières, plus tard dans la journée, et l'on reposerait les récepteurs très lentement pour étouffer le clic assourdissant de culpabilité.

Les éplorés – des femmes, en majeure partie – se tenaient dans la pièce principale, assis sur de beaux canapés et des ottomanes en cuir. Le frère de Natalie se trouvait là, tout tremblant dans les bras de sa mère, qui le berçait et caressait ses cheveux bruns, en pleurant en silence. Il était mignon, ce gamin, de chialer si ouvertement. Je n'avais jamais vu ça. Des dames venaient leur proposer de la nourriture sur des assiettes en carton, mais mère et fils secouaient la tête – non, merci. Ma mère papillonnait autour d'eux comme un geai bleu survolté, mais ils ne lui prêtaient aucune attention, et assez rapidement, elle a rejoint son groupe d'amies. À l'écart, dans un coin, M. Keene et M. Nash fumaient, sans échanger un mot.

Des traces récentes de la présence de Natalie étaient encore disséminées dans la pièce. Un petit pull gris sur le dossier d'une chaise ; une paire de tennis aux lacets bleu pétard près de la porte. Un cahier à spirale dont la couverture s'ornait d'une licorne traînait sur une étagère ; un exemplaire corné d'*Un raccourci dans le temps* était glissé dans un porte-magazines.

J'ai été nulle. Je ne me suis pas approchée de la famille, je ne me suis pas présentée. Je me suis baladée dans leur maison et j'ai espionné, le nez dans ma bière, tel un fantôme honteux. J'ai aperçu Katie Lacey, ma meilleure amie du temps du lycée, au milieu de ses copines aux brushings impeccables – une bande qui était le reflet exact de celle de ma mère, avec vingt ans de moins. Quand je me suis approchée, Katie m'a embrassée.

« J'ai entendu dire que tu étais en ville, j'espérais que tu m'appellerais », a-t-elle dit en fronçant ses sourcils épilés aussi fin qu'un trait de crayon. Puis elle m'a poussée dans les pattes des trois autres filles qui ont fait cercle autour de moi pour me donner des accolades molles. Elles avaient toutes, à un moment donné, été mes amies, j'imagine. Nous avons échangé des condoléances et murmuré des paroles attristées. Angie Papermaker (née Knightley) semblait toujours aux prises avec la boulimie depuis le lycée. Elle s'était rabougrie avec la maladie et son cou était aussi décharné et noueux que celui d'une vieille femme. Mimi, une fille riche et gâtée (papa possédait des hectares d'élevage de poulets dans l'Arkansas) qui ne m'avait jamais beaucoup aimée, m'a demandé comment ça se passait pour moi à Chicago, puis s'est immédiatement détournée pour discuter avec la minuscule Tish, qui s'était mis en tête de me tenir la main – un geste réconfortant, mais curieux.

Angie m'a annoncé qu'elle avait une fille de cinq ans – son mari était resté à la maison, avec un fusil, pour veiller sur elle.

« Les petits vont trouver l'été bien long, a murmuré Tish. Je crois que tout le monde va garder ses mômes sous clé. » J'ai repensé aux gamines que j'avais vues devant l'église, et qui n'étaient guère plus âgées que Natalie. Pourquoi leurs parents ne s'inquiétaient-ils pas ?

« Tu as des enfants, Camille ? a demandé Angie d'une voix aussi fluette que son corps. Je ne sais même pas si tu es mariée.

– Non, et non. » J'ai bu une gorgée de bière, et dans un flash, j'ai soudain revu Angie en train de vomir, chez moi après les cours, puis émerger de la salle de bains, rose et triomphante. Curry se trompait : connaître les choses de l'intérieur, c'était plus gênant qu'utile.

« Mesdames, vous ne comptez pas monopoliser l'étrangère toute la soirée ! » Je me suis retournée et j'ai vu une amie de ma mère, Jackie O'Neele (née O'Keefe), qui à l'évidence sortait d'un lifting. Ses yeux étaient encore boursouflés, la peau de son visage suintait, rouge et tendue comme celle d'un bébé exaspéré qui se démène pour sortir du ventre de sa mère. Des diamants étincelaient sur ses doigts bronzés et quand elle m'a serrée dans ses bras, elle sentait le Juicy Fruit et le talc. La soirée ressemblait un peu trop à des retrouvailles. Et j'avais un peu trop l'impression de retomber en enfance. Avec ma mère qui rôdait toujours dans les parages en me décochant des regards lourds d'avertissements, je n'avais même pas osé sortir mon carnet.

« Ma cocotte, tu es absolument ravissante », a roucoulé Jackie. Jackie, avec sa tête ronde comme un melon, ses cheveux blond platine, presque blancs, et son sourire lascif. Elle était rosse et superficielle, mais toujours entièrement elle-même. Elle était également plus à l'aise avec moi que ne l'était ma propre mère. C'était Jackie – et non Adora – qui m'avait donné ma première boîte de tampons, en m'invitant, avec un clin d'œil, à lui passer un coup de fil si j'avais besoin d'instructions. Et c'est elle encore qui m'avait toujours taquinée à propos des garçons. Des petits gestes, qui comptaient énormément. « Comment vas-tu, ma chérie ? Ta maman ne m'a pas dit que tu étais ici. Mais en ce moment, ta maman ne me parle plus – j'ai encore dû la décevoir. Tu sais comment ça se passe. Je *sais* que

tu le sais ! » Elle a ri – un rire rocailleux de fumeuse –
et m'a gratifiée d'une pression sur le bras. Sans doute
était-elle ivre.

« J'ai probablement oublié de lui envoyer une carte
à je ne sais quelle occasion, a-t-elle babillé en gesticu-
lant de la main qui tenait un verre de vin. Ou alors,
le jardinier que je lui ai recommandé ne lui a pas plu.
J'ai entendu dire que tu écrivais un article sur *les
petites filles* ; c'est rude, ça. » Sa conversation était si
décousue et saccadée qu'il m'a fallu une minute pour
en débrouiller le fil. Le temps que je commence à lui
répondre, elle me caressait le bras et me dévisageait
d'un regard humide. « Camille, ma cocotte, je ne t'ai
pas vue depuis si longtemps. Et là, quand je te regarde,
je te revois quand tu avais l'âge de ces petites filles. Et
ça me rend tellement triste. Toutes ces choses qui ont
mal tourné. Je n'y comprends plus rien. » Une larme a
coulé le long de sa joue. « Regarde-moi, d'accord ? On
peut se parler. »

J'ai quitté la maison des Keene sans avoir recueilli
aucune déclaration. J'étais fatiguée de parler, et pourtant, je n'avais pas dit grand-chose.

J'ai appelé les Keene plus tard dans la soirée, après
avoir bu davantage – de la vodka, d'une flasque que
j'avais subtilisée chez eux – et une fois que je me suis
sentie en sécurité, séparée par les lignes téléphoniques.
J'ai expliqué qui j'étais, et ce que j'allais écrire. Ça ne
s'est pas bien passé.

Voici ce que j'ai écrit ce soir-là :

Ce mardi à Wind Gap, petite ville du Missouri, les avis de recherche de la petite Natalie Jane Keene, dix ans, étaient encore placardés dans les rues alors qu'on enterrait la fillette. Ni le pardon ni le salut évoqués par le prêtre au cours de ces funérailles vibrantes d'une ardente émotion n'ont réussi à apaiser la nervosité ou à guérir les plaies. Et ce parce que cette adorable fillette débordante de santé est, selon les présomptions de la police, la seconde victime d'un tueur en série. Un tueur en série qui s'en prend à des enfants.

« Tous les enfants ici sont adorables, souligne Ronald J. Kamens, un fermier des environs qui a participé aux recherches. Je ne comprends pas pourquoi ça nous arrive à nous. »

Le corps de Natalie a été découvert le 14 mai dans une venelle entre deux bâtiments de Main Street. La fillette a été étranglée. « Son rire va nous manquer », a déclaré Jeannie Keene, 52 ans, sa mère. « Ses larmes vont nous manquer. Elle va nous manquer. »

Cette tragédie, cependant, n'est pas la première à laquelle cette petite ville, située aux confins de l'État, dans le talon de la botte, est confrontée. Le 27 août dernier, Ann Nash, neuf ans, a été retrouvée sans vie dans un torrent des environs, étranglée elle aussi. Elle avait été kidnappée alors qu'elle se rendait à bicyclette chez une amie, à quelques pâtés de maisons de chez elle. Le meurtrier aurait édenté les deux victimes.

Déconcertées par ces meurtres et manquant d'expérience face à des actes d'une telle sauvagerie, les cinq personnes qui composent les forces de police de Wind Gap ont obtenu de l'aide du département des homicides de Kansas City, qui a dépêché un officier entraîné à dresser le profil psychologique des criminels. Les habitants de la ville (au nombre de 2 120) ont cependant une certitude : l'auteur de ces meurtres tue sans mobile particulier.

« Quelqu'un rôde, qui cherche des enfants à tuer », dit le père d'Ann, Bob Nash, 41 ans, vendeur de fauteuils. « Il n'y a là ni drame caché, ni secrets. Quelqu'un a tué notre petite fille, c'est tout. »

L'extraction des dents demeure un point mystérieux et les indices, jusque-là, sont rares. La police locale s'est refusée à tout commentaire. Jusqu'à ce que ces meurtres soient élucidés, Wind Gap se protège – on a instauré, dans cette ville autrefois si paisible, un couvre-feu et des rondes de surveillance dans le voisinage.

Les habitants tentent également de panser leurs plaies. « Je ne veux parler à personne, a dit Jeannie Keene. Je veux qu'on me fiche la paix. Nous voulons tous qu'on nous fiche la paix. »

Du travail de journaleux – inutile de me le faire remarquer. En envoyant ma copie par mail à Curry, j'en regrettais déjà presque chaque phrase. Affirmer que la police présumait que les meurtres étaient l'œuvre d'un tueur en série était une extrapolation. Vickery n'avait jamais rien dit de tel. La première déclaration de Jeannie Keene était une citation détournée de son éloge funèbre. La seconde, je l'avais extraite du vitriol qu'elle m'avait craché aux oreilles lorsque, au téléphone, elle avait compris que mes condoléances n'étaient qu'une façade. Elle savait que j'avais l'intention de disséquer le meurtre de sa fille, d'en étaler les détails sur du papier de boucherie pour que des étrangers s'en repaissent.

« Nous voulons qu'on nous fiche la paix ! avait-elle hurlé. On a enterré notre enfant aujourd'hui. Honte à vous. » Toutefois, une déclaration reste une déclaration, et il m'en fallait une, puisque Vickery ne voulait pas entendre parler de moi.

Curry a trouvé que l'article se tenait – rien de génial, attention, mais pour un début, c'était solide. Il avait même laissé passer cette phrase complètement bateau : « Un tueur en série qui s'en prend à des enfants. » Elle aurait dû être sabrée, je le savais moi-même, mais j'avais désespérément eu besoin de délayer, pour la tension dramatique. Curry devait certainement être soûl quand il avait relu l'article.

Il m'a commandé un papier avec un angle plus large, sur les deux familles, dès que j'aurais réuni les informations nécessaires. Une autre chance de me racheter. J'avais du bol – apparemment, le *Chicago Daily Post* avait pour quelque temps encore l'exclusivité des événements de Wind Gap. Un délicieux scandale sexuel ébranlait le Congrès, détruisant non pas un seul représentant de la Chambre, mais trois. Dont deux femmes. Une histoire à sensations, bien juteuse. Plus important : un tueur en série sévissait dans une ville bien plus prestigieuse – Seattle. Entre le *fog* et les *coffeeshops*, quelqu'un éventrait des femmes enceintes et s'amusait à composer des tableaux morbides avec leurs entrailles. C'était donc notre jour de chance – aucun journaliste spécialisé dans le fait divers n'était disponible. Il n'y avait que moi, pauvre misérable couchée dans le lit de mon enfance.

J'ai dormi jusqu'à tard le lendemain, enfouie sous les couvertures et les draps humides de transpiration. J'ai été réveillée à plusieurs reprises – par la sonnerie du téléphone, par l'aspirateur que la bonne passait devant ma chambre, par les ronflements d'une tondeuse à gazon. Je voulais à tout prix continuer à dormir, mais la journée piaffait à ma porte. Je gardais les yeux fermés et je m'imaginais à Chicago, sur le matelas mince de mon lit branlant, dans mon studio qui donnait sur l'arrière en brique d'un supermarché. J'avais une commode en carton, achetée dans ce même supermarché quatre ans auparavant lorsque j'avais emménagé, et une table en plastique sur laquelle je mangeais dans des assiettes jaunes, très légères, et des couverts en aluminium tout tordus. Je me suis inquiétée du sort de mon unique plante verte – une fougère légèrement jaunie trouvée à côté de la poubelle de mes voisins – avant de me souvenir que je m'étais débarrassée de sa dépouille deux mois avant. J'ai essayé de penser à d'autres détails de ma vie à Chicago : mon box au journal ; mon concierge, qui ne connaissait toujours pas mon nom ; les guirlandes lumineuses vertes et tristounettes que le supermarché n'avait toujours pas décrochées. Quelques connaissances amicales par-ci par-là, qui ne s'étaient probablement pas aperçues de mon départ.

Être à Wind Gap n'avait rien d'une partie de plaisir, mais chez moi, ce n'était guère plus réconfortant.

J'ai sorti une flasque de vodka de mon fourre-tout et je me suis remise au lit. Tout en sirotant l'alcool tiède, j'ai examiné ce qui m'environnait. Je pensais que ma mère se réapproprierait ma chambre aussitôt après mon départ de la maison, mais non, elle était restée telle qu'elle était plus de dix ans auparavant. Je regrettais d'avoir été une adolescente si sérieuse : il n'y avait aucun poster de mes pop stars ou de mes films préférés aux murs, ni collection de photos ou de fleurs de corsage. À la place, on trouvait des peintures représentant des voiliers, des dessins au pastel de scènes bucoliques, un portrait d'Eleanor Roosevelt. Ce dernier, tout particulièrement, était curieux, car je ne savais pas grand-chose sur Mme Roosevelt, sinon que c'était une femme de cœur, ce qui à l'époque, j'imagine, me suffisait. S'il n'avait tenu qu'à moi, à présent, j'aurais préféré un instantané de l'épouse de Warren Harding, « la Duchesse », qui notait toutes les offenses dont elle était la victime, même les plus infimes, dans un petit carnet rouge, et se vengeait en conséquence. Aujourd'hui, je préfère les premières dames qui ont de la personnalité.

J'ai bu un peu plus de vodka. Mon vœu le plus cher, c'était de sombrer à nouveau dans l'inconscience, de baigner dans le noir, loin d'ici. J'avais les nerfs à vif. Je me sentais gonflée de larmes potentielles, tel un ballon rempli d'eau, prêt à éclater et qui supplie qu'on le crève de la pointe d'une épingle. Wind Gap était malsain pour moi. Cette maison était malsaine pour moi.

On a frappé à la porte, discrètement.

« Oui ? » J'ai planqué le verre de vodka au pied du lit.

« Camille ? C'est ta mère. »

« – Oui ?

– Je t'apporte de la lotion hydratante. »

J'ai marché jusqu'à la porte, enveloppée d'une brume légère ; la vodka me procurait cette première couche indispensable pour faire face à cet endroit particulier, en ce jour particulier. Ma mère est restée à rôder sur le pas de la porte, inspectant l'intérieur de la pièce d'un regard aussi méfiant que s'il s'agissait de la chambre d'un enfant défunt transformée en sanctuaire. On n'en était pas loin. Elle tenait un grand tube vert pâle à la main.

« Elle contient de la vitamine E. Je suis allée l'acheter ce matin. »

Ma mère croit aux effets palliatifs de la vitamine E, comme si, à force de m'enduire de crème, ma peau allait redevenir lisse et impeccable. Jusque-là, c'est demeuré sans effet.

« Merci. »

Son regard a erré sur mon cou, mes bras, mes jambes – toutes ces parties de mon corps que dénudait le tee-shirt dans lequel j'avais dormi – puis, avec un froncement de sourcils, il est revenu se poser sur mon visage. Elle a soupiré et secoué la tête, imperceptiblement, et est restée plantée là.

« Les obsèques ont été très pénibles pour toi, maman ? » Même après tout ce temps, je ne pouvais pas résister à la tentation de l'inviter timidement à me parler.

« Oui. Il y avait tellement de similitudes. Ce petit cercueil.

– C'était dur pour moi aussi, l'ai-je encouragée. J'étais même étonnée que ça le soit autant. Elle me manque. Encore aujourd'hui. N'est-ce pas bizarre ?

– Ce serait *bizarre* qu'elle ne te manque pas. C'était ta sœur. C'est presque aussi douloureux que de perdre son enfant. Même si tu étais très jeune. » Au rez-de-chaussée, Alan sifflotait des trilles élaborés, mais ma mère ne semblait pas les entendre. « Je n'ai pas été très émue par cette lettre à cœur ouvert qu'a lue Jeannie Keene, a-t-elle poursuivi. C'étaient des obsèques, pas un meeting politique. Et pourquoi personne n'avait-il fait l'effort de s'habiller pour la circonstance ?

– J'ai trouvé la lettre touchante. Ça venait du fond du cœur. Tu n'as rien lu aux obsèques de Marian ?

– Non, non. Je tenais à peine debout, alors pour ce qui était des discours… J'ai du mal à croire que tu ne t'en souviennes pas, Camille. J'aime à penser que tu es embarrassée d'avoir oublié tant de choses.

– Je n'avais que treize ans quand elle est morte, maman. Souviens-toi – j'étais jeune. » Presque vingt ans avaient passé. N'était-ce pas normal ?

« Oui, bon. Ça suffit. Aimerais-tu faire quelque chose en particulier, aujourd'hui ? Les rosiers sont en fleur à Daly Park, si tu as envie de te promener.

– Il faudrait que je passe au commissariat.

– Ne parle pas de ça tant que tu es ici, sous mon toit, a-t-elle lancé d'un ton cinglant. Dis que tu as des courses à faire, ou des amies à voir.

– J'ai des courses à faire.

– Parfait. Amuse-toi bien. »

Elle s'est éloignée le long du couloir, puis j'ai entendu des craquements dans l'escalier, sous l'effet de ses pas précipités.

Je me suis lavée dans un fond d'eau fraîche, lumières éteintes, un nouveau verre de vodka posé en équilibre sur le rebord de la baignoire, et je me suis habillée. Quand je suis sortie dans le couloir, la maison était silencieuse, du moins autant que peut l'être une bâtisse centenaire. J'ai entendu le ronronnement d'un ventilateur dans la cuisine tandis que, postée à l'extérieur, je m'assurais qu'elle était déserte. Puis je suis entrée, j'ai attrapé une pomme vert vif, j'ai mordu dans sa chair et je suis sortie. Dehors, il n'y avait pas un seul nuage.

Sous le porche, j'ai cru qu'il s'était produit un échange d'enfant en découvrant une fillette dont toute l'attention se concentrait sur une énorme maison de poupée, conçue pour être la réplique exacte de la maison de ma mère. Elle me tournait le dos, et je ne voyais que ses longs cheveux blonds qui ruisselaient en mèches disciplinées. Quand elle s'est retournée, j'ai compris que c'était la gamine à laquelle j'avais parlé à la lisière des bois, et celle qui, la veille, aux obsèques de Natalie, rigolait avec ses copines devant l'église. La plus jolie des quatre.

« Amma ? » Elle a éclaté de rire.

« Évidemment. Qui d'autre jouerait sous le porche d'Adora avec une version miniature de la maison d'Adora ? »

Elle portait une robe de petite fille à carreaux assortie au chapeau de paille posé à côté d'elle. Pour la première fois depuis que je la croisais, elle paraissait parfaitement son âge – treize ans. En fait – non. Elle semblait même plus jeune dans cette robe qui aurait mieux convenu à une fillette de dix ans. En voyant que je la jaugeais, elle m'a jeté un regard noir.

« Je m'habille comme ça pour Adora. Quand je suis à la maison, je suis sa petite poupée.

– Et quand tu n'es pas à la maison?

– Je suis d'autres choses. Toi, tu es Camille. Tu es ma demi-sœur. La première fille d'Adora, avant *Marian*. Toi, tu es *pré*-Marian, et moi *post*. Tu ne m'avais pas reconnue.

– Ça fait trop longtemps que je suis partie. Et Adora a arrêté de m'envoyer des photos de Noël depuis cinq ans.

– Elle a peut-être arrêté de te les envoyer, mais on fait toujours ces saletés de photos. Chaque année, Adora m'achète une robe écossaise vert et rouge juste pour ces photos. Et sitôt qu'elles sont prises, je la jette au feu. »

Elle a plongé la main dans le salon de sa maison miniature et en a extrait un repose-pieds qu'elle a brandi sous mes yeux. « Il faut le retapisser. Adora a changé de thème de couleur. De pêche, on est passé au jaune. Elle a promis de m'emmener chez le marchand de tissus pour que je puisse l'assortir. Cette maison de poupée est ma marotte. » *Ma marotte* – l'expression semblait presque naturelle dans sa bouche, émergeant d'entre ses lèvres aussi douces et rondes qu'un caramel dans un murmure accompagné d'une imperceptible inclinaison de tête; pourtant, elle appartenait indubitablement à ma mère. Une petite poupée qui apprenait à s'exprimer exactement comme Adora.

« Tu te débrouilles très bien, on dirait, ai-je répondu en esquissant faiblement un geste d'adieu.

– Merci. » Son regard s'est concentré sur la réplique miniature de ma chambre, puis elle a touché le lit du doigt. « J'espère que tu apprécies ton séjour », a-t-elle murmuré comme si elle s'adressait à une Camille, elle aussi miniature, que personne ne pouvait voir.

J'ai trouvé Vickery en train de rectifier à coups de marteau une bosselure sur le panneau « stop », au croisement de la Deuxième Rue et de Ely, une paisible artère bordée de petits pavillons, à quelques pâtés de maisons du commissariat. Il tressaillait à chaque impact sonore contre le métal. Le dos de sa chemise était déjà trempé et ses lunettes avaient glissé jusqu'au bout de son nez.

« Je n'ai rien à dire, mademoiselle Preaker. » *Bang !*

« Je sais qu'on peut facilement s'en indigner, commissaire. Je me serais passée de cette mission. On m'a obligée à l'accepter parce que je suis d'ici.

– Vous n'étiez plus revenue depuis des années, d'après ce que j'ai entendu. » *Bang !*

Je n'ai pas répondu. J'ai regardé la touffe de digitaire sanguine qui poussait dans une fissure du trottoir. Ce *mademoiselle* m'avait un peu piquée au vif. Était-ce une politesse à laquelle je n'étais pas accoutumée ? Ou une façon d'insister sur le fait que je n'étais pas mariée ? Une femme célibataire, même de trente ans à peine, c'était vraiment inhabituel dans le coin.

« Toute personne comme il faut aurait démissionné plutôt que d'écrire sur des morts d'enfants. » *Bang !* « Opportunisme, mademoiselle. »

De l'autre côté de la rue, un vieil homme qui agrippait un carton de lait trottinait en direction d'une maison blanche à bardeaux.

« Je ne me sens pas très "comme il faut", là, vous avez raison. » Je ne voyais aucun inconvénient à caresser un peu le bonhomme dans le sens du poil. Je voulais qu'il m'apprécie, parce que cela me faciliterait la tâche, mais aussi parce que ses coups de gueule me rappelaient Curry, qui me manquait. « Mais un peu de publicité pourrait attirer l'attention sur cette enquête, et aider à la résoudre. Cela s'est déjà produit.

— Cré nom de nom. » Il a lâché le marteau, qui s'est écrasé au sol avec un bruit sourd, et il m'a toisée, les yeux dans les yeux. « On a déjà demandé de l'aide. Et on a récolté un inspecteur spécialisé de Kansas City. Qui fait la navette depuis des mois. Et qui n'a pas été fichu de résoudre quoi que ce soit. Il a dit que ce pourrait être un auto-stoppeur maboule qu'on a largué sur la route à côté d'ici – un type qui aurait trouvé le coin sympa et se serait posé là pendant près d'un an. À ceci près que cette ville n'est pas bien grande, et que je suis foutrement sûr de n'avoir vu aucun visage étranger. » Il m'a décoché un coup d'œil lourd de sous-entendus.

« Il y a pas mal de bois, dans le coin, et assez touffus, ai-je suggéré.

— Un étranger n'a rien à voir dans cette histoire, et j'aurais cru que vous l'auriez compris.

— J'aurais cru que vous auriez préféré que ce soit un étranger. »

Vickery a soupiré, il a allumé une cigarette et passé la main autour du panneau, dans une sorte de geste protecteur.

« Évidemment que j'aurais préféré. Mais je ne suis pas complètement idiot. C'est la première fois que j'enquête sur un homicide, mais je ne suis pas crétin. »

À ce moment-là, j'ai regretté de n'y avoir pas été plus doucement sur la vodka. Mes pensées étaient volatiles ;

je n'arrivais pas à me concentrer sur ce qu'il disait, ni à poser les bonnes questions.

« Vous croyez que c'est quelqu'un de Wind Gap qui a fait ça ?

— Pas de commentaires.

— Officieusement, pourquoi un habitant de Wind Gap tuerait-il des mômes ?

— On m'a appelé une fois parce que Ann avait embroché l'oiseau d'une voisine sur un bâton. Elle l'avait affûté elle-même avec un couteau de chasse de son père. Quant à Natalie, sa famille a quitté Philadelphie pour s'installer ici il y a deux ans, parce que la petite avait éborgné une camarade de classe avec des ciseaux. Volontairement. Son père a démissionné de la grosse boîte dans laquelle il travaillait pour qu'ils puissent prendre un nouveau départ. Dans l'État où avait grandi son grand-père. Dans une petite ville. Comme si les petites villes n'avaient pas, elles aussi, leurs lots de problèmes.

— Et que tout le monde sache ici quelles sont les mauvaises graines n'est pas le moindre du lot.

— Ah ça, c'est bien vrai.

— Donc, vous pensez qu'il pourrait s'agir de quelqu'un qui n'aimait pas ces enfants ? Ces fillettes, en particulier ? Peut-être lui avaient-elles fait quelque chose ? Et c'était une façon de se venger ? »

Vickery s'est trituré le bout du nez, puis s'est gratté la moustache. Il a regardé par terre et j'ai bien senti qu'il hésitait entre ramasser son marteau et m'envoyer paître, ou en dire davantage. Juste à ce moment-là, une berline noire est venue se garer en souplesse près de nous, et n'était même pas encore à l'arrêt qu'on avait descendu la vitre côté passager. Le conducteur, visage barré par des lunettes de soleil, s'est penché vers nous.

« Salut Bill. Je croyais qu'on avait rendez-vous à ton bureau, là maintenant.

— J'avais un truc à faire. »

C'était le type de Kansas City. Il m'a regardée en faisant glisser ses lunettes sur l'arête de son nez d'un geste bien rodé. Une mèche rebelle, châtain clair, a dégringolé devant son œil gauche. Bleu. Il m'a souri. Des dents aussi blanches que des Chiclets.

« Bonjour. » Son regard a obliqué un instant vers Vickery — qui s'est ostensiblement baissé pour ramasser son marteau — avant de revenir se poser sur moi.

« Bonjour. » J'ai tiré mes manches jusque sur mes mains, j'ai entortillé leur extrémité dans mes poings et j'ai basculé le poids du corps sur une jambe.

« Bill, je te dépose ? Ou tu préfères marcher — je pourrais aller chercher des cafés et te retrouver ici.

— Je bois pas de café. T'aurais dû le remarquer depuis le temps. Je serai là-bas dans un quart d'heure.

— Essaie plutôt d'y être dans dix minutes, d'ac ? On est déjà à la bourre. » Kansas City m'a regardée encore une fois. « T'es sûr que tu veux pas que je te dépose, Bill ? »

Vickery s'est contenté de secouer la tête.

« Qui est ton amie, Bill ? Je croyais qu'à l'heure qu'il est, j'avais rencontré tous les habitants qui comptent. » Il a fait un grand sourire. J'ai gardé le silence, comme une écolière, en espérant que Vickery allait me présenter.

Bang ! Vickery avait choisi de ne pas entendre. À Chicago, j'aurais tendu la main, je me serais présentée avec un sourire et j'aurais savouré la réaction. Ici, je dévisageais Vickery, frappée de mutisme.

« Bon, ben… on se retrouve au commissariat. »

La vitre a coulissé et la voiture s'est éloignée.

« C'est lui, l'inspecteur de Kansas City ? »

Pour toute réponse, Vickery a allumé une autre cigarette et s'est mis en route. De l'autre côté de la rue, le vieil homme venait tout juste d'arriver en haut de son perron.

4

Sur les jambes du château d'eau, dans le Jacob J. Garrett Memorial Park, quelqu'un avait peint à la bombe des fioritures bleues qui lui donnaient un air curieusement chochotte, comme s'il avait enfilé des chaussons au crochet. Le parc en lui-même – le dernier endroit où Natalie Keene avait été vue vivante – était désert. Les poussières qui se soulevaient sur le terrain de base-ball restaient en suspension à quelques centimètres du sol. Je les sentais m'irriter l'arrière de la gorge, comme du thé qui a trop infusé. Les herbes étaient hautes en lisière des bosquets. Je me suis étonnée que personne n'ait ordonné de les couper, de les éradiquer comme ces pierres sur lesquelles s'était accroché le corps d'Ann Nash.

Du temps où j'étais au lycée, Garrett Park était l'endroit où tout le monde se retrouvait le week-end pour boire des bières, fumer de l'herbe ou jouer à touche-pipi dans les bosquets. C'est là, à treize ans, qu'on m'avait embrassée pour la première fois – un mec de l'équipe de foot qui avait gardé une boule de tabac à chiquer coincée contre sa gencive. Le goût puissant du tabac m'avait fait plus d'effet que le baiser ;

j'avais vomi derrière sa voiture – du *wine cooler** où flottaient de minces tranches de fruits, luisantes.

« James Capisi était là. »

Je me suis retournée et me suis retrouvée nez à nez avec un gosse d'une dizaine d'années, aux cheveux blonds, tondus, et qui tenait à la main une balle de tennis pelucheuse.

« James Capisi ?

– Mon ami, il était là quand elle a emmené Natalie, a repris le gamin. James l'a vue. Elle était en chemise de nuit. Ils étaient en train de jouer au Frisbee, là-bas, près du bois, et elle a emmené Natalie. Ç'aurait pu tomber sur James, mais il avait préféré rester là, sur le terrain. Alors c'était Natalie qui était à côté du bois. James voulait rester là à cause du soleil. Il ne doit pas se mettre au soleil, parce que sa maman a un cancer de la peau, mais il le fait quand même. Enfin – il le faisait. » Il a fait rebondir sa balle, qui a soulevé un nuage de poussière autour de lui.

« Il n'aime plus le soleil ?

– Il aime plus rien.

– À cause de Natalie ? »

Il a haussé les épaules avec animosité.

« Parce que James est une mauviette. »

Le gamin m'a toisée, puis brusquement, il a lancé sa balle droit sur moi, fort. Elle a percuté ma hanche, avant de s'éloigner, par rebonds.

Il a lâché un petit rire. « Désolé. » Il a galopé après la balle, il a fondu sur elle avec une adresse remarquable,

---

* Boisson à base de vin, de jus de fruits et d'eau gazeuse. *(N.d.T.)*

78

puis il a sauté en l'air et l'a relancée violemment en direction du sol. La balle a rebondi à quelque trois mètres de lui, et a dribblé jusqu'à s'immobiliser.

« Je ne suis pas sûre d'avoir bien compris ce que tu as dit. Qui était en chemise de nuit ? » ai-je demandé, les yeux rivés sur la balle.

« La femme qui a emmené Natalie.

– Attends, que veux-tu dire ? » D'après l'histoire que j'avais entendue, Natalie avait joué dans le parc avec des camarades qui étaient tous rentrés chez eux les uns après les autres, et on supposait qu'elle avait été kidnappée, à un moment donné, sur la courte distance qui la séparait de chez elle.

« James a vu la femme qui a emmené Natalie. Ils étaient plus que tous les deux, ils jouaient au Frisbee et Natalie l'a raté, alors elle est allée dans l'herbe, près du bois, et là, la femme a tendu les bras et l'a attrapée. Après, elles ont disparu. Et James a filé chez lui. Il est plus sorti depuis.

– En ce cas, comment sais-tu ce qui s'est passé ?

– Je suis allé le voir, un jour. Il m'a raconté. James, c'est mon copain.

– Il habite près d'ici ?

– Qu'il aille se faire foutre. Je vais peut-être aller chez ma mamie pour l'été, de toute façon. Dans l'Arkansas. C'est mieux qu'ici. »

Le gamin a lancé la balle en direction du grillage qui délimitait le terrain de base-ball, où elle s'est coincée au creux d'une alvéole, émettant une vibration métallique.

« T'es d'ici ? a-t-il demandé en soulevant des nuages de poussière à coups de pied.

– Ouais. J'étais. Je n'habite plus ici. Je suis de passage. » J'ai retenté le coup : « James habite dans le coin ?

– T'es au lycée ? » Il avait le visage tanné par le soleil. On aurait dit un marine, en version bébé.

« Non.

– À la fac ? » Son menton luisait de bave.

« Plus vieille que ça.

– Faut que j'y aille. » Il s'est reculé d'un bond pour aller déloger la balle du grillage, comme une dent pourrie, puis il s'est retourné et m'a regardée de nouveau, en dandinant nerveusement du bassin. « Faut que j'y aille. » Il a lancé la balle en direction de la rue, où elle est allée percuter ma voiture avec un bruit sourd impressionnant. Le gamin s'est élancé à sa poursuite et a filé.

J'ai cherché *Capisi, Janel* dans un annuaire téléphonique guère plus épais qu'un magazine dans la seule et unique station-service de Wind Gap. J'ai rempli un sachet grand modèle de biscuits à la fraise. Et je suis partie vers Holmes Street, n° 3617.

La maison des Capisi était située à l'orée du quartier des habitations à loyer modéré, tout à l'est de la ville, un lotissement de maisons de deux pièces, déglinguées, et dont la plupart des locataires sont employés dans l'industrie porcine, une société privée du coin, un élevage doublé d'une usine qui fournit presque deux pour cent de la consommation de porc du pays. Si jamais vous tombez sur un pauvre à Wind Gap, il vous dira presque à tous les coups qu'il travaille là, comme son père. L'élevage consiste à étiqueter des porcelets et à les mettre en cage, à féconder des truies puis à les parquer, à s'occuper des fosses à fumier. Le côté abattoir est pis. Des ouvriers chargent les porcs et les poussent le long d'un couloir où les attendent les assommeurs. D'autres leur empoignent les pattes arrière, qu'ils ligotent, puis l'animal se retrouve soulevé, tête en bas ; les bêtes hurlent et se débattent. On leur tranche la gorge avec des couteaux de boucher aux pointes affilées, et le sang qui jaillit sur le carrelage est aussi épais que de la peinture. De là, on les plonge dans la cuve où ils seront ébouillantés. Les cris incessants – des cris frénétiques, métalliques, aigus – obligent la plupart des ouvriers à porter des protège-tympans ; toute la journée, ils baignent dans une fureur silencieuse. Le soir, ils picolent et écoutent de la musique, fort. Au bar du coin, *Chez Heelah*, le porc est interdit de séjour à la carte, on n'y sert que des blancs de poulet, qui ont très certainement été débités avec une identique fureur par les ouvriers de quelque autre ville merdique.

Pour que ces renseignements soient complets, je me dois d'ajouter que ma mère est propriétaire de l'élevage et de l'usine, une affaire qui lui rapporte environ 1,2 million de dollars par an. Elle laisse à d'autres le soin de la diriger à sa place.

En approchant de la maison des Capisi, j'ai distingué le brouhaha d'un talk-show télévisé. Un chat de gouttière miaulait sous le porche. J'ai tambouriné à la porte moustiquaire et j'ai attendu. Le chat est venu se frotter entre mes jambes ; je sentais ses côtes à travers mon pantalon. J'ai frappé à nouveau, et la télé s'est tue. Le chat a détalé sous la balancelle avec un miaulement plaintif. De la pointe de l'ongle, j'ai tracé le mot *cri* sur ma paume droite, et j'ai frappé à nouveau.

« Maman ? » Une voix d'enfant, près d'une fenêtre ouverte.

Je me suis approchée, et à travers l'écran poussiéreux de la moustiquaire, j'ai aperçu un garçon menu, avec des boucles brunes et de grands yeux ébahis.

« Bonjour. Désolée de venir t'embêter. C'est toi, James ?

— Qu'est-ce que vous voulez ?

— Bonjour James, je suis désolée de te déranger. C'était bien, ce que tu regardais ?

— Vous êtes de la police ?

— J'essaie d'aider à découvrir qui a fait du mal à ton amie. Je peux te parler ? »

Il n'a pas fui ; il s'est contenté de passer le doigt sur l'appui de la fenêtre. Je me suis assise à une extrémité de la balancelle, loin de lui.

« Je m'appelle Camille. Un de tes amis m'a raconté ce que tu avais vu. Un garçon blond, avec des cheveux très, très courts.

— Dee.

— C'est son nom ? Je l'ai rencontré dans le parc – le parc où tu jouais avec Natalie.

— Elle l'a emmenée. Personne me croit. J'ai pas peur. Faut juste que je reste à la maison. Ma maman a le cancer. Elle est malade.

— Oui, Dee me l'a dit. Je ne te reproche rien. J'espère que je ne t'ai pas fait peur, en venant comme ça. » Il a commencé à gratter la moustiquaire d'un ongle très long. Le frottement métallique m'a donné des démangeaisons dans les oreilles.

« Vous ne lui ressemblez pas. Si vous lui ressembliez, j'appellerais la police. Ou je vous tuerais ; j'ai un fusil.

– À quoi ressemblait-elle ? »

Il a haussé les épaules. « Je l'ai déjà dit. Cent fois.

– Redis-le encore une fois.

– Elle était vieille.

– Vieille comme moi ?

– Vieille comme une mère.

– Quoi d'autre ?

– Elle portait une chemise de nuit blanche, et elle avait les cheveux blancs. Elle était toute blanche, mais pas comme un fantôme. C'est ce que j'arrête pas de dire.

– Blanche comment, alors ?

– Comme si elle était jamais sortie dehors.

– Et elle a attrapé Natalie quand elle s'est approchée du bois ? ai-je demandé, de cette même voix que ma mère prenait pour enjôler ses serviteurs préférés.

– Je ne mens pas.

– Naturellement. La femme a empoigné Natalie pendant que vous étiez en train de jouer ?

– Et drôlement vite, a-t-il dit en hochant la tête. Natalie marchait dans l'herbe, elle cherchait le Frisbee. Et j'ai vu la femme sortir du bois, et l'observer. Je l'ai vue avant que Natalie ne la voie. Mais je n'ai pas eu la frousse.

– Je veux bien te croire.

– Même quand elle a empoigné Natalie, au début, j'avais pas peur.

– Mais ensuite, tu as eu peur.

– Non. » Sa voix a déraillé. « Non, j'ai pas eu peur.

– James, tu peux me dire ce qui s'est passé quand elle a empoigné Natalie ?

– Elle l'a tirée contre elle, comme si elle la serrait dans ses bras. Et après, elle m'a regardé. Moi.

– La femme ?

– Ouais. Elle m'a souri. Au début, je me suis dit que tout allait bien. Mais elle n'a rien dit. Et puis, elle a arrêté de sourire. Elle a posé un doigt sur ses lèvres, pour me dire de pas faire de bruit. Et après, elle a disparu dans le bois. Avec Natalie. » De nouveau, il a haussé les épaules. « J'ai déjà raconté tout ça.

– À la police ?

– D'abord à ma maman, et après à la police. Ma maman m'y a obligé. Mais la police s'en fichait.

– Pourquoi ?

– Ils croyaient que je mentais. Mais j'aurais pas inventé ça. C'est idiot.

– Natalie n'a pas réagi, quand c'est arrivé ?

– Non. Elle a pas bougé. À mon avis, elle savait pas quoi faire.

– Cette femme, tu l'avais déjà vue ?

– Non. Je vous l'ai dit. » Il s'est reculé de la moustiquaire, et s'est mis à regarder par-dessus son épaule, dans le salon.

« Bon, désolée de t'avoir embêté. Tu devrais peut-être demander à un ami de passer te voir. Pour te tenir compagnie. » Encore une fois, il a haussé les épaules et s'est rongé un ongle. « Tu te sentirais peut-être mieux, si tu sortais.

– J'ai pas envie. De toute façon, on a un flingue. » Il a désigné, derrière son épaule, un pistolet posé en équilibre sur le bras du canapé, à côté d'un sandwich au jambon en partie mangé. Seigneur.

« Tu es sûr que c'est raisonnable de laisser ça là, James ? Tu ne vas pas t'en servir ? Les armes, c'est dangereux.

– Pas si dangereux que ça. Ma maman, elle s'en fiche. » Il m'a regardée bien en face pour la première fois. « Vous êtes jolie. Vous avez de jolis cheveux.

– Merci.

– Faut que j'y aille.

– D'accord. Sois prudent, James.

– C'est ce que je fais. » Il a soupiré, avec détermination, et s'est éloigné de la fenêtre. Une seconde plus tard, j'ai entendu la télé qui recommençait à jacasser.

Il y a onze bars à Wind Gap. Je suis entrée dans un que je ne connaissais pas, le *Sensors*, et qui, à en juger par les néons qui zigzaguaient sur le mur et la minipiste de danse au centre, avait dû éclore dans une de ces fulgurances de bêtise des années quatre-vingt. Je buvais un bourbon en griffonnant mes notes du jour quand Kansas City s'est laissé choir sur le fauteuil capitonné en face de moi. Il a posé sa bière bruyamment sur la table, entre nous deux.

« Je croyais que les journalistes n'étaient pas censés parler aux mineurs sans autorisation. » Il a souri et a bu une gorgée de bière. La mère de James avait dû passer un coup de fil.

« Les journalistes doivent se montrer plus offensifs quand la police les tient à l'écart de l'enquête, ai-je répondu, sans lever les yeux.

– La police ne peut pas vraiment faire son travail si les journalistes relatent en détail les progrès de l'enquête dans les journaux de Chicago. »

Ce petit jeu commençait à me fatiguer. Je suis retournée à mes notes, détrempées par la transpiration du verre.

« Essayons une nouvelle approche. Je m'appelle Richard Willis. » Il a bu une autre gorgée et a fait claquer ses lèvres. « Vous pouvez sortir votre blague cochonne tout de suite. Ça marche à plusieurs niveaux*.

– Tentant.

– Dick, comme flic. Dick, comme trique.

– Oui, c'est ça.

– Et vous êtes Camille Preaker, une fille de Wind Gap qui a réussi à la grande ville.

– Oh, c'est tout à fait moi. »

Il m'a offert une fois de plus ce sourire d'une blancheur affolante, et il s'est passé la main dans les cheveux. Pas d'alliance. Quand m'étais-je mise à faire gaffe à ce genre de détails ?

« OK, Camille. Que diriez-vous de faire une trêve, vous et moi ? Pour l'instant, du moins. On voit comment ça marche. Je suppose que c'est inutile de vous faire la leçon à propos du petit Capisi.

– Je suppose que vous êtes conscient qu'il n'y a pas lieu de me faire la leçon. Pourquoi la police a-t-elle écarté le témoignage du seul témoin oculaire du kidnapping de Natalie Keene ? » J'ai repris mon stylo pour lui signifier que c'était un entretien officiel.

« Qui a dit que nous l'avions écarté ?

– James Capisi.

– Ah. C'est une source fiable. » Il a éclaté de rire. « Je vais vous donner un petit tuyau, *mademoiselle* Preaker. » Il imitait assez bien Vickery et il poussait le sens du détail jusqu'à tripoter une bague imaginaire au petit doigt. « Nous ne tenons pas spécialement les

* *Willy*, mot d'argot, peut se traduire par « zizi » ; *dick*, diminutif de Richard, par « bite ». *(N.d.T.)*

86

petits garçons de neuf ans au courant des progrès d'une enquête en cours, de quelque manière que ce soit. Que nous croyions, ou pas, à leur histoire.

– Vous la croyez ?

– Je ne peux faire aucun commentaire.

– Il me semble que si on avait une description assez détaillée d'une personne soupçonnée de meurtre, on souhaiterait la communiquer aux gens du coin pour qu'ils ouvrent l'œil. Mais vous ne l'avez pas fait. J'en conclus donc que vous n'avez pas pris en compte son histoire.

– Encore une fois, je ne peux faire aucun commentaire.

– D'après ce que j'ai compris, Ann Nash n'a subi aucune agression de nature sexuelle, ai-je poursuivi. Est-ce également le cas de Natalie Keene ?

– *Mademoiselle* Preaker, je ne peux faire aucun commentaire à ce propos pour l'instant.

– Alors, pourquoi êtes-vous assis là, en train de me parler ?

– Eh bien, premièrement, je sais que l'autre jour, vous avez consacré du temps – pris sur votre temps de travail, sans doute – à notre officier, pour lui donner votre version de la découverte du corps de Natalie. Je voulais vous en remercier.

– Ma *version* ?

– Tout le monde a sa propre version d'un souvenir. Par exemple, vous avez dit que les yeux de Natalie étaient ouverts. D'après les Broussard, ils étaient fermés.

– Je ne peux faire aucun commentaire à ce propos. » Je me sentais d'humeur venimeuse.

« Je suis enclin à croire une femme qui gagne sa vie comme journaliste plutôt que deux restaurateurs d'un certain âge, a répondu Willis. Mais j'aimerais vous entendre dire que vous en êtes sûre.

– Natalie a-t-elle été agressée sexuellement ? De vous à moi. » J'ai posé mon stylo.

Il n'a pas répondu tout de suite. Il faisait tourner sa bouteille de bière entre les mains.

« Non.

– Je suis certaine de ce que j'avance. Elle avait les yeux ouverts. Mais vous étiez là.

– Tout à fait.

– Donc, vous n'avez pas besoin de moi pour ça. Quel était le second point ?

– Le second point ?

– Vous avez dit : "Premièrement"…

– Ah oui. Eh bien, la seconde raison pour laquelle je voulais discuter avec vous, pour être franc – une qualité que vous semblez apprécier –, c'est que je suis prêt à tout pour bavarder avec quelqu'un qui n'est pas d'ici. » Un flash aveuglant de dents. « Enfin, je sais que vous êtes d'ici. Et je me demande comment vous avez survécu. Je fais des allers-retours depuis août dernier et je deviens fou. Non pas que Kansas City soit une métropole trépidante, mais il y a une vie de nuit. Une vie cult… enfin, quelques activités culturelles. Il y a du monde.

– Je suis sûre que vous vous y ferez.

– Il vaudrait mieux pour moi. Il se pourrait que je reste encore un petit moment.

– Oui. » Je lui ai désigné mon carnet. « Alors, quelle est votre théorie, monsieur Willis ?

– Inspecteur Willis, en fait. » Il m'a gratifiée d'un nouveau sourire. J'ai vidé mon verre cul sec et j'ai commencé à mâchonner ma paille cabossée. « Puis-je vous offrir une tournée, Camille ? »

J'ai secoué mon verre vide en hochant la tête. « Bourbon. Sec.

– Formidable. »

Pendant qu'il commandait au bar, j'ai écrit *dick* sur mon poignet, d'une écriture chantournée. Il est revenu avec deux verres de Wild Turkey.

« Bien. » Il m'a dévisagée en tortillant ses sourcils. « Je vous propose de discuter un peu de tout et de rien. Comme deux simples citoyens. J'en ai vraiment besoin. On ne peut pas dire que Bill Vickery meure d'envie de mieux me connaître.

– On est deux.

– Touché. Donc, vous êtes originaire de Wind Gap, et vous travaillez maintenant pour un quotidien de Chicago. Le *Tribune* ?

– Le *Daily Post*.

– Je ne le connais pas, celui-là.

– Normal.

– Hou, susceptible, hein ?

– Pas du tout. Tout va très bien. » Je n'étais pas d'humeur à lui faire un numéro de charme, ni même certaine de me rappeler comment m'y prendre. C'est Adora, la charmeuse de la famille – même le type qui vient vaporiser le produit anti-termites une fois l'an lui envoie à Noël des cartes dégoulinantes d'adoration.

« Vous ne me facilitez pas la tâche, Camille. Si vous voulez que je parte, je pars. »

À la vérité, non – je ne voulais pas qu'il parte. Il était agréable à regarder, et le son de sa voix m'apaisait. En outre, le fait qu'il ne soit pas du coin ne gâchait rien.

« Désolée si je suis un peu cassante. Le retour a été un peu raide. Et écrire sur tout ça n'aide pas.

— Depuis combien de temps n'étiez-vous pas revenue ?

— Des années. Huit, pour être précise.

— Mais vous avez encore de la famille, ici ?

— Oh oui. D'indécrottables citoyens de Wind Gap. Qui n'ont jamais envisagé d'en partir. Bien trop d'amis. Une maison de rêve. Et cetera.

— Vos deux parents sont nés ici ? »

Des types d'environ mon âge, aux visages familiers, se sont installés dans un box voisin, avec chacun un pichet débordant de bière. J'ai espéré qu'ils ne me voient pas.

« Ma mère est d'ici. Mon beau-père, lui, vient du Tennessee. Il s'est installé à Wind Gap quand ils se sont mariés.

— Ça remonte à quand ?

— Presque trente ans, je crois. » J'ai essayé de ralentir ma descente d'alcool pour ne pas le devancer.

« Et votre père ? »

Je lui ai fait un sourire qui en disait long. « Et vous, vous avez grandi à Kansas City ?

— Ouais. J'ai jamais envisagé d'en partir. Bien trop d'amis. Une maison de rêve. Et cetera.

— Et être flic, là-bas, c'est… intéressant ?

— Il s'y passe quelques trucs. Assez pour que je ne tourne pas comme Vickery. L'an dernier, j'ai bossé sur quelques bons dossiers. Des meurtres, pour la plupart. Et on a eu un type qui commettait des agressions sexuelles en série.

– Un violeur ?

– Non, il s'asseyait à califourchon sur ses victimes, il leur enfonçait la main dans la bouche et il leur déchiquetait la gorge.

– Seigneur.

– On l'a chopé. C'était un type entre deux âges, représentant en spiritueux, qui vivait avec sa mère. On a retrouvé des tissus de la gorge de sa dernière victime sous ses ongles. *Dix jours* après l'agression. »

Je n'aurais pas su dire s'il déplorait la stupidité du bonhomme, ou son manque d'hygiène.

« Bravo.

– Et maintenant, je suis ici. La ville est plus petite, mais pour faire ses preuves, c'est un meilleur terrain. Quand Vickery nous a appelés, comme l'affaire n'avait pas encore pris cette ampleur, ils ont envoyé quelqu'un à mi-parcours sur le mât totémique. Moi. » Il a souri, presque avec modestie. « Ensuite, il s'est avéré qu'on avait affaire à un tueur en série. Et ils m'ont laissé le dossier, pour l'instant – en me faisant bien comprendre que je n'avais pas intérêt à tout foirer. »

Sa situation m'a semblé familière.

« Ça fait un effet bizarre d'avoir l'opportunité de faire sa grande entrée en scène avec un truc aussi horrible, a-t-il poursuivi. Mais bon, vous devez savoir ça – quel genre d'histoires vous couvrez, à Chicago ?

– Je suis assignée aux rondes de police, alors je traite sans doute les mêmes merdes que vous : les agressions sexuelles, les viols, les meurtres. » Je voulais qu'il sache que, moi aussi, j'avais mon lot d'histoires sordides. C'était bête, mais je me suis accordé ce plaisir. « Le mois dernier, c'était un homme de quatre-vingt-deux ans. Son fils l'avait tué, puis l'avait mis à macérer dans la baignoire, dans du déboucheur liquide, pour le faire fondre. Le type a avoué, mais évidemment, il était infichu de trouver une raison à son geste. »

Je regrettais d'avoir taxé de *merdes* des agressions sexuelles, des viols et des meurtres. C'était irrespectueux.

« On dirait qu'on a tous les deux vu pas mal d'atrocités, a observé Richard.

– Oui. » J'ai fait tourner mon verre entre mes mains. Je n'avais rien à ajouter.

« Je suis désolé.

– Moi aussi. »

Il m'a étudiée. Le barman a tamisé les éclairages, signal officiel du début de la soirée.

« On pourrait se faire un film, un de ces quatre. » Il avait dit ça d'un ton conciliant, comme si passer une soirée dans le multiplex local pouvait tout arranger pour moi.

« Pourquoi pas. » J'ai vidé mon verre. « Pourquoi pas. »

Il a décollé l'étiquette de sa bouteille vide et l'a aplatie sur la table. C'était crade. Un signe évident qu'il n'avait jamais bossé dans un bar.

« Bon, Richard, merci pour le verre. Je dois rentrer.

– C'était sympa de bavarder avec vous, Camille. Puis-je vous raccompagner à votre voiture ?

– Non, ça ira.

– Vous êtes en état de conduire ? Je vous promets que ce n'est pas le flic qui parle.

– Ça va.

– Parfait. Faites de beaux rêves.

– Vous aussi. La prochaine fois, je veux des déclarations officielles. »

À mon retour, Alan, Adora et Amma se trouvaient réunis dans le salon. La scène était saisissante, tant elle ressemblait à celles d'autrefois, avec Marian. Installée sur le canapé avec Amma – en chemise de nuit en laine en dépit de la chaleur –, ma mère la berçait tout en tenant un glaçon contre ses lèvres. Ma demi-sœur m'a dévisagée avec béatitude, avant de recommencer à jouer avec une table de salle à manger en acajou, réplique exacte de celle qui se trouvait dans la pièce voisine, à ce détail près que celle-ci n'avait pas plus de dix centimètres de hauteur.

« Rien d'inquiétant, a indiqué Alan en levant les yeux de son journal. Amma a juste une petite fièvre saisonnière. »

J'ai été prise d'un élan de panique, qui s'est vite muée en contrariété : je retombais dans le panneau des vieilles habitudes, et j'étais à deux doigts de courir à la cuisine préparer du thé, comme je le faisais toujours pour Marian quand elle était malade. J'étais prête à traînailler à côté de ma mère, à attendre qu'elle me prenne moi aussi sous son aile. Ma mère et Amma n'ont pas prononcé un mot. Ma mère ne m'a même pas accordé un regard ; elle s'est contentée de serrer Amma plus près d'elle en lui roucoulant dans l'oreille.

« Nous autres Crellin, nous sommes un peu fragiles », a observé Alan, un soupçon de culpabilité dans la voix.

Les médecins de Woodberry, en fait, voyaient probablement un Crellin par semaine – tant ma mère qu'Alan étaient d'authentiques hypocondriaques. Quand j'étais petite, je me souviens de ma mère essayant de m'enduire de pommades et d'onguents, me poussant à avaler des potions confectionnées par ses soins, et autres sottises homéopathiques. Parfois, j'acceptais d'ingurgiter ces breuvages infects, mais la plupart du temps, je refusais. Ensuite, Marian est tombée malade, vraiment malade, et Adora avait d'autres soucis que de me convaincre d'avaler de l'extrait de germes de blé. Mais à présent, mon cœur se serrait : tous ces sirops, tous ces cachets qu'elle m'avait proposés, et que j'avais refusés. C'était la dernière fois que j'avais bénéficié de son attention maternelle. Brusquement, j'ai regretté de n'avoir pas été plus conciliante.

Les Crellin. Tout le monde ici est un Crellin, sauf moi, ai-je songé puérilement.

« Désolée que tu sois malade, Amma.

– Le motif sur le pied n'est pas juste », a-t-elle pleurniché tout d'un coup, en brandissant avec indignation la table sous le nez de ma mère.

Adora a examiné la miniature en plissant les yeux.

« Tu as vraiment l'œil, Amma. Mais on le remarque à peine, mon bébé. Il n'y a que toi qui le saches, a-t-elle protesté en dégageant quelques mèches du front moite d'Amma.

– Je ne supporte pas que ce ne soit pas pareil, a insisté Amma, en scrutant le détail défectueux d'un regard noir. À quoi bon faire faire spécialement quelque chose, si ce n'est pas pareil ?

– Chérie, je te promets, ça ne se remarque pas. » Ma mère lui a caressé la joue, mais Amma était déjà en train de se lever.

« Tu avais dit que ce serait parfait ! Tu avais promis ! » Sa voix chevrotait ; des larmes ont commencé à couler le long de ses joues. « C'est gâché. Tout est gâché. C'est la salle à manger – on ne peut pas y mettre une table qui ne va pas. Je la déteste !

– Amma… » Alan a replié son journal et il a tenté de la prendre dans ses bras, mais Amma s'est dégagée avec brusquerie.

« C'est tout ce que je veux, c'est tout ce que j'ai demandé, et tu t'en fiches que ce soit pas pareil ! » Elle hurlait à travers ses larmes à présent, en proie à une explosion de colère, le visage marbré.

« Amma, calme-toi », a dit posément Alan en tentant à nouveau de l'attraper.

« C'est tout ce que je veux ! » a glapi Amma en lançant violemment par terre la table, qui a éclaté en cinq morceaux sur lesquels elle s'est acharnée, jusqu'à les réduire en charpie. Après quoi, elle a enfoui la tête contre le canapé et elle s'est mise à sangloter.

« Eh bien…, a dit ma mère. Il semblerait qu'il nous faille en commander une autre, maintenant. »

Je me suis réfugiée dans ma chambre, loin de cette horrible petite fille qui ne ressemblait en rien à Marian. Mon corps se dirigeait droit vers un embrasement. J'ai fait les cent pas un moment, en essayant de me souvenir comment respirer, comment calmer ma peau. Mais ma peau beuglait. Parfois, mes cicatrices n'en font qu'à leur tête.

Je me coupe, voyez-vous. Je me taillade la peau, je l'incise. Je la creuse. Je la troue. Je suis un cas très particulier. Je n'agis pas ainsi sans raison : ma peau hurle. Elle est couverte de mots – *cuire, bonbon, minou, boucles* –, comme si un élève de cours préparatoire avait appris à écrire sur ma chair, avec un canif. Parfois – parfois seulement – j'éclate de rire. Quand je sors de la baignoire et que, du coin de l'œil, j'aperçois sur le flanc d'un mollet : *baby-doll*. Quand j'enfile un pull et que, soudain, *nocive* flashe sur mon poignet. Pourquoi ces mots-là en particulier ? Des milliers d'heures de thérapie ont inspiré quelques idées à de brillants cliniciens. Il s'agit souvent de mots à connotation féminine. Ou bien négative. J'ai gravé sur ma peau un certain nombre de synonymes pour « anxieux » : onze en tout. Tout ce que je sais, c'est que, sur le moment, c'était crucial de voir ces lettres sur moi – et pas simplement de les voir, mais de les sentir, aussi. Comme cette brûlure sur ma hanche gauche : *jupon*.

Et près de lui, mon premier mot, gravé un jour d'angoisse, l'été de mes treize ans : *mauvaise*. Ce jour-là, au réveil, j'avais chaud, j'en avais marre, je redoutais les heures à tuer. Comment s'y prend-on pour demeurer saine d'esprit quand les journées sont aussi infinies et vides que le ciel ? Tout peut arriver. Je me souviens de la sensation – le mot lourd et légèrement poisseux en travers de mon pelvis. Je me souviens du couteau – le couteau à steak de ma mère. Je me revois en train d'inciser ma peau en suivant des lignes rouges imaginaires, comme un enfant. De me nettoyer. Puis de creuser plus profondément. De me nettoyer. Je me revois verser de l'eau de Javel sur le couteau, puis le remettre en place dans la cuisine en catimini. *Mauvaise*. Le soulagement. J'avais passé le restant de la journée à bichonner ma blessure. À enfoncer un coton-tige imbibé d'alcool dans les sillons du *M*. À me tapoter la joue, jusqu'à ce que la brûlure se dissipe. Crème. Bande. Répéter l'opération.

Le problème ne datait pas de la veille, évidemment. Les problèmes commencent toujours bien avant qu'ils ne vous crèvent les yeux. À neuf ans, avec un crayon décoré de pois, je copiais tous les dialogues de tous les épisodes de *La Petite Maison dans la prairie*, mot par mot, dans des cahiers à spirale aux couvertures vert brillant.

À dix ans, j'écrivais tout ce que disait la maîtresse au stylo-bille bleu sur mes jeans. Telle une coupable, je les lavais en cachette dans le lavabo de ma salle de bains avec du shampoing pour bébé. Les mots bavaient, se délavaient et laissaient des hiéroglyphes indigo sur la toile, comme si un minuscule oiseau avait trempé ses pattes dans un encrier et sautillé le long de mes jambes.

À onze ans, je notais de façon obsessionnelle tout ce qu'on me disait dans un petit carnet – une journaliste en herbe, déjà. Chaque phrase devait être capturée sur le papier, sinon elle n'était pas réelle, elle s'esquivait. Je voyais les mots flotter devant moi – Camille, passe-moi le lait – puis commencer à se déliter, tel un jet en perte de puissance, et là, l'angoisse m'étreignait. En les écrivant, je les tenais. Plus d'inquiétude à avoir : ils n'allaient pas disparaître. J'étais la conservatrice d'un trésor linguistique. J'étais la tarée de la classe, une élève de quatrième qui griffonnait frénétiquement des phrases (« M. Feeney est gay », « Jamie Dobson est monstrueux », « Ils n'ont jamais de chocolat au lait »), avec une exaltation qui confinait à la ferveur religieuse.

Marian est morte le jour de mon treizième anniversaire. Ce matin-là, sitôt réveillée, j'étais partie à pas feutrés le long du couloir pour lui dire bonjour – c'était toujours la première chose que je faisais – et je l'avais trouvée, les yeux ouverts, la couverture remontée sous le menton. Je me souviens que je n'ai pas été surprise outre mesure. Elle mourait depuis aussi longtemps que remontaient mes souvenirs.

Cet été-là, d'autres événements se sont produits. Je suis devenue, soudainement, mais incontestablement, belle. L'inverse aurait tout aussi bien pu arriver. De nous deux, c'était Marian la beauté confirmée : de grands yeux bleus, un petit nez, un menton pointu, parfait. Mes traits se sont mis à changer jour après jour, comme si, dans le ciel, des nuages projetaient sur mon visage des ombres flatteuses, tantôt disgracieuses. Mais une fois stabilisés – une fois ma beauté devenue un fait acquis aux yeux de tout le monde, au cours de cet été-là, ce même été où j'ai découvert des éclaboussures de sang sur mes cuisses, et où j'ai commencé à me masturber frénétiquement, jusqu'à l'obsession –, j'étais accro. J'étais éprise de moi-même, je flirtais avec tous les miroirs que je pouvais trouver. Sans la moindre honte. Et les gens m'adoraient. Je n'étais plus celle qui inspirait pitié (et dont la sœur – quelle bizarrerie ! – était morte). J'étais la jolie fille (et dont – quelle tristesse ! – la sœur avait disparu). Du coup, j'étais populaire.

C'est également cet été-là que j'ai commencé à me couper, avec presque autant de ferveur que celle que je vouais à ma beauté fraîchement découverte. J'adorais m'occuper de moi. Éponger un filet de sang avec un gant de toilette mouillé et faire apparaître juste au-dessus du nombril, comme par magie : *nausée*. Tamponner de l'alcool avec un coton-tige dont les fibres restaient prisonnières des lignes ensanglantées de : *gai*. En terminale, j'ai traversé une période où j'affectionnais les mots cochons, que j'ai plus tard rectifiés. En quelques coups de lame, *con* s'est métamorphosé en *don, bite* en *bile, clit* en un *clip* sorti d'on ne sait trop où.

Le dernier mot que j'ai creusé sur ma peau, seize ans après avoir commencé : *disparaître*.

Parfois, je peux entendre tous ces mots se chamailler de part et d'autre de mon corps. Sur mon épaule, *slip* se prend le bec avec *cerise*, à l'intérieur de ma cheville droite. Sous un gros orteil, *cousue* profère des menaces étouffées à *bébé*, sous mon sein gauche. Pour les faire taire, je pense à *disparaître* qui, sans jamais se départir de sa réserve majestueuse, règne sur ces autres mots, du haut de son refuge, sur ma nuque.

Et puis aussi : au milieu du dos – une zone trop difficile à atteindre – un rond de peau intacte, de la taille d'un poing.

Au fil des années, j'ai inventé tout un répertoire de plaisanteries pour initiés. *On peut me lire à livre ouvert. Vous voulez que je vous l'épelle ? Je me suis condamnée à vie.* Elles sont drôles, non ? Je ne supporte pas de me regarder dans un miroir sans être couverte de la tête aux pieds. Un jour, peut-être, j'irai consulter un chirurgien et demander ce qu'il peut faire pour me lisser, mais pour l'heure, je ne suis pas capable d'encaisser sa réaction. En attendant, je bois pour éviter de trop penser à ce que j'ai fait subir à mon corps et du coup, je ne me coupe plus. Mais il n'empêche que la plupart du temps, hormis quand je dors, l'envie me démange. Et pas celle d'écrire des petits mots de rien du tout. *Équivoque. Inexprimable. Hypocrite.* À l'hôpital où j'étais, dans l'Illinois, on désapprouverait cette envie.

Pour ceux qui ont besoin d'étiquettes, il existe une pleine corbeille de termes médicaux. Tout ce que je sais, moi, c'est que l'automutilation me procurait un sentiment de sécurité. C'était une preuve. Pensées et mots, capturés là où je pouvais les voir, les retrouver. La vérité, cuisante sur ma peau, dans un code saugrenu, insolite. Dites-moi que vous allez chez le médecin, et je vais vouloir entailler *préoccupant* sur mon bras. Racontez-moi que vous êtes tombé amoureux, et c'est comme si je traçais le mot *tragique* sur ma poitrine, tel un bourdonnement. Je n'ai pas forcément voulu guérir. Mais je n'avais plus d'endroit où écrire. Tel un junkie qui cherche une dernière veine, je m'étais déjà coupée entre les orteils – *mal, cri*. Et c'est *disparaître* qui l'a fait pour moi. J'avais sauvé mon cou, un endroit de premier choix, pour une dernière bonne fois. Cela fait, je me suis livrée. J'ai passé douze semaines à l'hôpital. Dans un établissement spécialisé pour les gens qui se coupent, où presque tous les patients sont des femmes, de moins de vingt-cinq ans pour la plupart. Quand j'y suis allée, j'en avais trente. J'en étais sortie depuis six mois. C'était une période délicate.

Curry m'a rendu visite une fois. Il avait apporté un bouquet de roses jaunes. Avant de l'admettre dans la salle des visites, le personnel avait retiré toutes les épines, et les avait placées dans des flacons en plastique – on aurait cru des flacons de médicaments, avait observé Curry – qu'ils avaient mis sous clé jusqu'au passage du camion poubelles. Nous nous étions assis dans la salle de séjour commune, tout en angles arrondis et canapés moelleux, et pendant qu'on parlait du journal, de sa femme, des dernières nouvelles de Chicago, j'auscultais son corps, en quête de quelque chose, n'importe quoi, de pointu. Une boucle de ceinture, une épingle de sûreté, une breloque de montre.

« Je suis tellement désolé pour toi, mon petit », m'avait-il dit à la fin de la visite, et je savais, aux larmes dans sa voix, qu'il était sincère.

Après son départ, je me dégoûtais tellement que j'ai vomi dans les toilettes ; et pendant que je vomissais, j'ai remarqué les écrous, à l'arrière de la lunette des toilettes. Ils étaient recouverts de caoutchouc. J'ai retiré le capuchon de l'un d'eux et j'ai abrasé ma paume jusqu'à ce que les garçons de salle me sortent de là ; la blessure, tel un stigmate, crachotait du sang.

Plus tard cette même semaine, ma camarade de chambre s'est suicidée. Pas en se coupant – et c'était là, naturellement, toute l'ironie. Elle a avalé un flacon de nettoyant pour vitres qu'un employé avait oublié derrière lui. Elle avait seize ans ; c'était une ancienne majorette, qui se coupait au-dessus des cuisses afin que personne ne remarque rien. Quand ils étaient venus récupérer ses affaires, ses parents m'avaient dévisagée d'un regard noir.

On dit toujours, quand on est déprimé, qu'on a le blues, mais j'aurais été heureuse de me réveiller devant un horizon bleu pervenche. Pour moi, la dépression est jaune – jaune pisseux. C'est un interminable filet de pisse décoloré, exténué.

Les infirmières nous donnaient des médocs pour soulager nos peaux fourmillantes. Et d'autres médocs pour apaiser nos cerveaux incandescents. Deux fois par semaine, nous avions droit à une fouille au corps, au cas où nous aurions caché un objet tranchant, et nous participions à des séances de groupe censées, en théorie, nous purger de notre colère et de notre haine de soi. Nous apprenions à ne retourner ni l'une ni l'autre contre nous-même. À rejeter la responsabilité à l'extérieur. Au bout d'un mois de bonne conduite, nous avions droit à des bains et des massages aux huiles. On nous apprenait les bienfaits d'un toucher tout en douceur.

Mon seul autre visiteur avait été ma mère, que je n'avais pas revue depuis cinq ans. Elle sentait la violette et portait un bracelet à breloques qu'enfant je convoitais. Lorsque nous nous sommes retrouvées seules, elle m'a parlé des feuillages et d'un nouveau règlement municipal qui obligeait à décrocher les éclairages de Noël avant le 15 janvier. Quand mes médecins nous ont rejointes, elle s'est mise à pleurer, à me cajoler, en disant combien elle s'inquiétait pour moi. Et tout en me caressant les cheveux, elle s'est interrogée sur les raisons qui m'avaient poussée à me faire ça.

Et là, inévitablement, elle a parlé de Marian. Elle avait déjà perdu un enfant, voyez-vous. Et cela avait failli la tuer. Pourquoi l'aînée (bien que nécessairement moins aimée) se blessait-elle délibérément? J'étais si différente de la fille qu'elle avait perdue, et qui – *pensez donc* – aurait presque trente ans si elle avait vécu. Marian avait étreint la vie – le peu dont elle avait pu profiter. Seigneur, avec quel appétit elle avait absorbé le monde – *tu te souviens, Camille, comme elle riait, même à l'hôpital?*

Je répugnais à faire remarquer à ma mère que c'était dans la nature d'une enfant de six ans déboussolée, près d'expirer. À quoi bon? Avec les morts, il n'y a pas de compétition possible. J'aurais aimé être capable de ne plus essayer.

5

Lorsque je suis descendue pour le petit déjeuner, Alan, en pantalon blanc au pli aussi net que sur une feuille de papier, et en chemise en oxford vert pâle, était installé, seul, devant l'imposante table d'acajou de la salle à manger ; son ombre luisait discrètement sur le bois ciré. J'ai jeté un coup d'œil lourd de sous-entendus sur les pieds de la table, pour tenter de comprendre la raison de l'esclandre de la veille. Alan a préféré feindre de ne rien remarquer. Il mangeait un bol d'œufs glaireux à la petite cuillère. Quand il a levé la tête vers moi, un mince ruban jaune s'est balancé devant son menton, comme un crachat.

« Camille. Assieds-toi donc. Qu'est-ce que Gayla peut t'apporter ? » Il a fait tinter la sonnette en argent posée à portée de sa main, et les portes à battants qui menaient à la cuisine ont livré passage à Gayla, une fille de fermier qui, dix ans auparavant, avait laissé tomber les porcs pour une place de femme de chambre et de cuisinière chez ma mère. C'était une grande fille – aussi grande que moi –, mais qui ne devait pas peser plus de cinquante kilos. Elle flottait dans la blouse blanche d'infirmière amidonnée qui lui servait d'uniforme.

Ma mère est entrée à sa suite, a embrassé Alan sur la joue, et a disposé une poire devant elle, sur une serviette en coton blanc.

« Gayla, tu te souviens de Camille.

– Bien sûr, madame », a répondu Gayla en tournant vers moi son museau de renard. Elle m'a souri, en découvrant des dents irrégulières sous des lèvres gercées et hérissées de peaux mortes. « Bonjour Camille. J'ai des œufs, des toasts, des fruits…

– Juste un café, s'il vous plaît. Avec du lait et du sucre.

– Camille, on a fait des courses spécialement pour toi, a protesté ma mère en grignotant la partie ventrue de la poire. Prends au moins une banane.

– Et une banane. » Gayla est repartie vers la cuisine avec un sourire crispé.

« Camille, je te dois des excuses pour hier soir, a commencé Alan. Amma traverse une période difficile.

– Elle est très crampon, a ajouté ma mère. En général, c'est mignon, mais parfois, elle passe un peu les bornes.

– Plus qu'un peu, non ? ai-je relevé. C'était un sacré caprice pour une fille de treize ans. C'était un peu effrayant. » C'était mon autre moi qui refaisait surface – celui, plus assuré et carrément plus grande gueule, de la fille de Chicago. Un vrai soulagement.

« Oui, mais au même âge, tu n'étais pas exactement calme toi non plus. » À quoi ma mère faisait-elle allusion ? À mes scarifications ? Mes crises de sanglots après la mort de ma sœur ? Ou à la frénésie sexuelle dans laquelle je m'étais embarquée ? J'ai préféré me contenter d'un hochement de tête.

« Bon… J'espère qu'elle va mieux, ai-je lâché d'un ton sans réplique en me levant pour prendre congé.

– Camille, rassieds-toi, s'il te plaît, a dit Alan d'une voix faiblarde en s'essuyant la commissure des lèvres. Et parle-nous de la Ville des vents. Accorde-nous une minute.

– La Ville des vents se porte bien. Et au boulot, ça se passe toujours bien. J'ai eu de bons retours.

– Ça englobe quoi, de bons retours ? » Alan s'est penché vers moi, mains jointes, comme s'il trouvait sa question piquante.

« On me confie des sujets plus intéressants. J'ai couvert trois meurtres rien que depuis le début de l'année.

– Et tu trouves que c'est une bonne chose, Camille ? » Ma mère avait cessé de grignoter son fruit. « Je ne comprendrai jamais d'où te vient ce penchant pour les atrocités. N'en as-tu pas assez dans ta vie, qu'il te faille encore en chercher ailleurs ? » Elle a ri – un trille aigu, comme un ballon emporté par une bourrasque.

Gayla est réapparue avec mon café et une banane curieusement présentée dans un bol. Au moment où elle s'est retirée, Amma est entrée – on aurait dit deux actrices dans un vaudeville. Elle a embrassé ma mère, salué Alan, et s'est assise en face de moi. Elle m'a lancé un coup de pied sous la table et a éclaté de rire. *Oh, c'était ta jambe ?*

« Je suis désolée que tu m'aies vue dans cet état, Camille. Surtout qu'on ne se connaît pas vraiment. Je traverse une période difficile, m'a-t-elle dit, avec un sourire exagéré. Mais maintenant, la famille est réunie. Toi, tu es comme la pauvre Cendrillon, et moi, la sœur diabolique. La demi-sœur.

– Il n'y a absolument rien de diabolique en toi, ma chérie, a protesté Alan.

– Mais c'est Camille, l'aînée. Tout ce qui vient en premier est généralement meilleur. Maintenant qu'elle est de retour, vous allez l'aimer plus que moi ? » Elle avait posé la question d'un ton taquin, mais tandis qu'elle attendait la réponse de ma mère, ses joues se sont empourprées.

« Non », a indiqué Adora sans se démonter.

Gayla a placé une assiette de jambon devant Amma, qui l'a décorée d'une dentelle de fil de miel.

– Parce que tu m'adores », a repris Amma, la bouche pleine. Une odeur écœurante de viande et de sucre a flotté jusqu'à moi. « Je regrette de n'avoir pas été assassinée.

– Amma, ne dis pas des choses pareilles ! » s'est indignée ma mère. Elle avait pâli ; ses doigts sont allés voleter près de ses cils, avant de revenir se poser avec détermination sur la table.

« Comme ça, je n'aurais plus eu à m'inquiéter. Quand tu meurs, tu deviens parfaite. J'aurais été comme la princesse Diana. Tout le monde l'adore, maintenant.

– Tu es la fille la plus populaire de l'école, Amma, et à la maison, on t'adore. Ne sois donc pas si avide. »

Amma m'a balancé un nouveau coup de pied et a souri énergiquement, comme si on venait d'établir un point important. Elle a rabattu un pan de vêtement par-dessus son épaule, et je me suis aperçue que ce que j'avais pris pour une robe d'intérieur était en fait un drap, bleu, drapé avec habileté. Ma mère s'en est également aperçue.

« Peux-tu m'expliquer avec quoi tu t'es habillée, Amma ?

« – C'est ma tunique de pucelle. Je vais aller dans la forêt jouer Jeanne d'Arc. Les filles me brûleront.

– Il n'en est pas question, ma chérie, a lancé sèchement Adora en lui arrachant des mains le miel dans lequel elle s'apprêtait à noyer son jambon. Deux fillettes de ton âge sont mortes, et tu t'imagines que tu vas aller jouer dans la forêt ? »

Les enfants, dans les bois, s'adonnent à des jeux féroces et secrets – le premier vers d'un poème que je connaissais autrefois par cœur.

« Ne t'inquiète pas, il ne nous arrivera rien, l'a-t-elle rassurée avec un sourire exagérément sirupeux.

– Tu vas rester ici. »

Amma a poignardé sa tranche de jambon en marmonnant une vacherie. Ma mère s'est tournée vers moi, tête inclinée de côté. Le diamant, à l'annulaire de sa main gauche, me lançait comme un message de détresse aveuglant.

« Bien, Camille, pourrions-nous au moins faire quelque chose d'agréable pendant que tu es parmi nous ? a-t-elle demandé. Un pique-nique dans la cour ? Ou une promenade en décapotable ? On pourrait aller jouer au golf à Woddberry. Gayla, apportez-moi du thé glacé, s'il vous plaît.

– Tout ça est très tentant. Je dois juste calculer combien de temps je vais encore rester.

– Oui, nous aimerions également le savoir. Tu es naturellement la bienvenue. Tu peux rester aussi longtemps que tu le souhaites, mais ce serait bien que nous sachions, pour pouvoir faire nos propres projets.

– Bien sûr. » J'ai mordu dans la banane. Elle avait un goût fade, de chair verte.

« Alan et moi pourrions peut-être te rendre visite, cette année. Nous ne connaissons pas vraiment Chicago. » Mon hôpital se trouvait à quatre-vingt-dix minutes de route au sud de la ville. Ma mère était venue en avion, et à O'Hare, elle avait pris un taxi. La course lui avait coûté cent vingt-huit dollars, cent quarante avec le pourboire.

« Pourquoi pas ? On a de très beaux musées. Et le lac te plairait beaucoup.

– Je ne crois pas être encore capable d'apprécier l'eau.

– Pourquoi donc ? »

Je connaissais la réponse.

« À cause de cette fillette, la petite Ann Nash, qu'on a retrouvée dans le torrent. » Elle a bu une gorgée de thé. « Je la connaissais, tu sais. »

Amma a lâché un gémissement et a commencé à s'agiter sur sa chaise.

« Oui, mais elle n'est pas morte noyée, ai-je observé, en sachant pertinemment que ma rectification allait l'agacer. Elle a été étranglée. On ne l'a transportée dans le torrent qu'après.

– Et ensuite, la petite Keene. Je les appréciais beaucoup, l'une et l'autre. Énormément. » Son regard s'est perdu au loin avec mélancolie, et Alan a posé ses mains sur les siennes. Amma s'est levée, elle a lâché un petit cri, comme un jappement d'excitation, et s'est précipitée à l'étage.

« La pauvre petite, a dit ma mère. C'est presque aussi dur pour elle que pour moi.

– Sûrement, puisqu'elle voyait ces filles tous les jours. » Je n'avais pas pu contenir mon exaspération. « Comment se fait-il que tu les connaissais ?

– Wind Gap, je n'ai pas besoin de te le rappeler, est une petite ville. Elles étaient adorables, de belles petites filles. Vraiment belles.

– Mais tu ne les connaissais pas vraiment.

– Si. Je les connaissais très bien.

– Comment ?

– Camille, essaie s'il te plaît de ne pas jouer à ça. Je te dis que je suis bouleversée, que j'ai les nerfs à vif, et au lieu de me réconforter, tu m'agresses.

– Bien. Tu t'es donc juré d'éviter à l'avenir tout ce qui a trait aux corps en contact avec l'eau. »

Ma mère a lâché un son bref et discordant. « Il faut que tu te taises, à présent, Camille. » Elle a emmailloté les reliefs de sa poire dans sa serviette et s'est retirée. Alan lui a emboîté le pas en sifflotant avec frénésie, tel un pianiste du temps du muet soulignant la tension dramatique d'un film.

Chaque tragédie qui frappe le monde frappe ma mère, et c'est, de tous les traits de sa personnalité, ce qui me retourne le plus l'estomac. Elle se fait du souci pour des gens qu'elle n'a jamais rencontrés et sur lesquels le mauvais sort s'est abattu. Les nouvelles de ce qui se passe tout autour de la planète lui tirent des larmes. Toute cette cruauté humaine, c'en est trop pour elle.

Après la mort de Marian, elle est restée recluse dans sa chambre une année entière. Une chambre superbe : un lit à baldaquin aussi vaste qu'un bateau, une coiffeuse sur laquelle s'alignent des flacons de parfum en verre translucide. Un sol d'une telle beauté qu'il a été photographié par plusieurs magazines de décoration : entièrement réalisé en petites mosaïques d'ivoire, il éclaire la pièce. Cette chambre, avec son sol décadent, m'inspirait une admiration craintive, surtout parce que l'accès m'en était interdit. Des notables venaient chaque semaine en visite, comme Truman Winslow, le maire de Wind Gap, par exemple. Il apportait des fleurs, des romans classiques. De temps à autre, quand la porte de la chambre s'ouvrait pour livrer passage à ces visiteurs, je pouvais apercevoir ma mère. Elle était invariablement au lit, dos calé contre une avalanche d'oreillers blancs, vêtue de l'un de ses innombrables peignoirs en mousseline fleurie. Jamais je n'étais autorisée à entrer.

Selon l'échéance fixée par Curry, il ne me restait que deux jours pour boucler mon papier, et je n'avais pas grand-chose à raconter. Allongée sur mon lit, mains jointes comme un cadavre, j'ai résumé mentalement les infos dont je disposais et j'ai essayé de les organiser. Aucun témoin n'avait assisté à l'enlèvement d'Ann Nash, au mois d'août précédent. Elle s'était tout bonnement évanouie dans la nature, et son corps avait réapparu une dizaine d'heures plus tard, quelques kilomètres plus loin, dans le torrent. Elle avait été étranglée environ quatre heures après avoir été kidnappée. On n'avait jamais retrouvé sa bicyclette. Si j'en avais été réduite à des conjectures, j'aurais dit qu'elle connaissait son ravisseur. Embarquer de force une gamine et son vélo, ça aurait fait du boucan, dans ces rues tranquilles. Le ravisseur était-il quelqu'un qui fréquentait l'église ? Une personne du voisinage ? Quelqu'un dont il n'y avait rien à redouter à première vue ?

Mais à quoi rimait, après tant de discrétion pour commettre le premier meurtre, d'avoir kidnappé Natalie en plein jour, devant un de ses camarades ? Ça n'avait pas de sens. Si James Capisi s'était, lui aussi, trouvé à la lisière du bosquet, au lieu de s'exposer coupablement aux rayons du soleil, serait-il mort à l'heure qu'il était ? Ou bien Natalie Keene avait-elle été la cible intentionnelle ? Le ravisseur l'avait également gardée plus longtemps : sa disparition remontait à plus de quarante heures quand son corps avait été découvert, dans un lieu on ne peut plus passant.

Qu'avait vu James Capisi ? Ce garçon m'avait troublée. Je ne crois pas qu'il mentait. Mais les enfants digèrent la peur différemment. Le gamin avait assisté à une scène terrifiante, où l'épouvante s'était transformée en méchante sorcière de conte de fées, en cruelle Reine des neiges. Cependant, n'aurait-il pas pu s'agir de quelqu'un qui avait simplement un air féminin ? Un homme efflanqué, avec des cheveux longs, un travesti, un jeune homme androgyne ? Les femmes ne tuaient pas comme ça – jamais. On pouvait compter la liste des tueuses en série sur les doigts d'une seule main, et leurs victimes étaient presque toujours des hommes – en général, il s'agissait d'histoires de cul qui avaient dégénéré. Mais encore une fois, ces fillettes n'avaient été victimes d'aucune agression sexuelle – encore un élément qui ne cadrait pas.

Le choix des deux fillettes semblait lui aussi dépourvu de sens. Si Natalie Keene n'avait pas été l'une d'elles, j'aurais pu croire qu'elles avaient été victimes d'un mauvais coup du sort. Or, si James Capisi avait dit vrai, cela avait demandé un effort particulier de kidnapper cette fillette-là dans le parc, et si c'était effectivement après elle qu'en avait le meurtrier, alors il n'avait pas davantage choisi Ann par caprice. Aucune des deux filles n'était belle au point de susciter une obsession. Comme l'avait souligné Bob Nash, c'était Ashleigh la plus jolie. Natalie était issue d'une famille aisée, encore assez nouvelle à Wind Gap ; Ann, des couches les plus pauvres de la classe moyenne, et sa famille était établie à Wind Gap depuis des générations. Les deux gamines n'étaient pas amies. Leur seul lien, à en croire les anecdotes que racontait Vickery, tenait à leur tendance commune à l'agressivité. Et puis, il y avait la théorie de l'auto-stoppeur. Se pouvait-il que ce soit vraiment là ce que pensait Richard Willis ? Wind Gap était proche d'un axe très fréquenté par les camions qui se rendaient, ou revenaient de Memphis. Mais neuf mois, ça faisait long pour qu'un étranger demeure dans le coin sans se faire remarquer, et les battues dans les bois environnants n'avaient rien donné jusque-là, pas même des animaux. Les chasseurs les avaient décimés il y avait des années de cela.

Je sentais bien que mes pensées revenaient en boucle sur elles-mêmes, encrassées par de vieux préjugés et ma trop grande connaissance des lieux. Brusquement, j'ai eu une envie folle de discuter avec Richard Willis, de parler avec quelqu'un qui n'était pas de Wind Gap, et aux yeux de qui ces événements n'étaient que les pièces d'un patient travail d'assemblage avant de pouvoir enfoncer le dernier clou à sa place, bien proprement, sans débordements émotionnels. J'avais besoin de penser comme ça.

J'ai pris un bain frais, toutes lumières éteintes. Puis je me suis assise sur le rebord de la baignoire et j'ai étalé un peu de la lotion de ma mère sur tout mon corps, par effleurements rapides. Les aspérités et les stries me donnaient envie de rentrer sous terre.

J'ai enfilé un pantalon léger, en coton, et un tee-shirt à manches longues et ras de cou. Je me suis brossé les cheveux et je me suis regardée dans le miroir. En dépit de ce que j'ai infligé au reste de mon corps, mon visage n'a rien perdu de sa beauté. Aucun de mes traits n'est remarquable en soi, mais l'ensemble s'équilibre parfaitement, et offre une harmonie saisissante. De grands yeux bleus, des pommettes hautes qui encadrent un nez petit, au dessin parfait. Des lèvres pleines, dont les commissures s'affaissent légèrement vers le bas ; je suis agréable à regarder, tant que je suis couverte de pied en cap. Si les choses avaient tourné différemment, j'aurais pu m'amuser à briser des cœurs à la chaîne. J'aurais pu badiner avec des hommes brillants. J'aurais pu me marier.

À l'extérieur, notre portion de ciel du Missouri était, comme d'habitude, d'un bleu électrique. J'ai eu les larmes aux yeux, rien que d'y penser.

J'ai trouvé Richard au *diner* des Broussard. Il mangeait des gaufres sans sirop d'érable, en compagnie d'une pile de classeurs qui lui arrivait presque à hauteur d'épaule. En me laissant choir en face de lui, je me sentais bizarrement heureuse – d'humeur conspiratrice, détendue.

Il a levé la tête et a souri. « Mademoiselle Preaker. Prenez donc un toast. Chaque fois que je viens ici, je leur dis, *Pas de toast*. Mais ça n'a pas l'air de marcher. À croire qu'ils ont un quota à atteindre coûte que coûte. »

J'ai accepté une tranche, sur laquelle j'ai étalé une noix de beurre. Le pain était froid, dur, et en y mordant, j'ai fait dégringoler des miettes sur la table. Je les ai époussetées sous l'assiette et j'en suis venue à ce qui m'intéressait.

« Écoutez, Richard, parlez-moi. Officiellement, ou officieusement. Je ne m'en sors pas. Je manque d'objectivité. »

Il a tapoté sa pile de dossiers et agité son bloc-notes sous mes yeux. « Pour ce qui est de l'objectivité, j'en ai à revendre – de 1927 à nos jours, du moins. Personne ne sait où sont passés les dossiers d'avant 1927. D'après moi, c'est une réceptionniste qui les a jetés, pour éviter d'encombrer le commissariat.

– Quel genre de dossiers ?

– Je compile l'histoire de la criminalité à Wind Gap : un portrait de la violence dans la ville. » Il a déposé un des dossiers devant moi. « Saviez-vous qu'en 1975, deux adolescentes ont été retrouvées mortes, les poignets tranchés, sur la berge de Falls Creek, tout près de l'endroit où l'on a découvert Ann Nash ? La police a conclu que les gamines s'étaient fait ça elles-mêmes. Elles étaient *beaucoup trop proches, et partageaient une intimité malsaine pour leur âge. On soupçonne des liens de nature homosexuelle.* Mais on n'a jamais pu retrouver le couteau. Curieux.

– L'une d'elles s'appelait Murray.

– Ah, vous étiez au courant.

– Elle venait d'avoir un bébé.

– Oui, une petite fille.

– Faye Murray. Nous étions dans le même lycée. On l'appelait Fag Murray. Les garçons l'emmenaient dans les bois après les cours, et couchaient avec elle à tour de rôle. Sa mère se suicide, et seize ans plus tard, Faye doit se taper tous les garçons de l'école.

– Je ne suis plus…

– Pour prouver qu'elle n'est pas lesbienne. Telle mère, telle fille, d'accord ? Si elle ne s'était pas tapé ces mecs, personne n'aurait voulu entendre parler d'elle. Donc, elle se les est tapés. Elle a prouvé qu'elle n'était pas lesbienne, mais qu'elle était bel et bien une salope. Par conséquent, personne ne voulait entendre parler d'elle. C'est Wind Gap. On connaît tous les secrets des autres. Et on s'en sert.

– Charmant patelin.

– Oui. Faites-moi une déclaration.

– C'est que je viens de faire. »

Ça m'a fait rire, à mon grand étonnement. Je m'imaginais expédier ma copie à Curry : *La police n'a encore aucune piste, mais trouve que Wind Gap est un « charmant patelin ».*

« Camille, je vais vous proposer un marché : je vous fais une déclaration officielle, et vous m'aidez à compléter ces vieilles histoires. J'ai besoin de quelqu'un qui me raconte à quoi ressemble vraiment cette ville, et Vickery ne le fera pas. Il se montre très… protecteur.

– Vous me faites votre déclaration officielle. Mais je veux aussi des infos, officieusement. Je n'utiliserai rien sans votre feu vert. Vous pouvez utiliser tout ce que je vous dirai. » Ce n'était pas le plus équitable des marchés, mais j'allais devoir m'en contenter.

« Quelle déclaration souhaitez-vous entendre ? »
Richard a souri.

« Pensez-vous vraiment que ces meurtres ont été
commis par un étranger ?

– Vous voulez imprimer la réponse ?

– Ouais.

– Nous n'avons encore écarté personne. » Il a mangé
sa dernière bouchée de gaufre et a réfléchi un instant en
contemplant le plafond. « Nous observons de près des
suspects potentiels, membres de la communauté, mais
nous considérons tout aussi attentivement la possibilité
que ces meurtres soient l'œuvre d'un étranger.

– Donc, vous n'avez aucune piste. »

Il m'a dévisagée avec un grand sourire et a haussé
les épaules. « Vous avez votre déclaration.

– OK. Officieusement, vous avez des pistes ? »

Il a joué un instant avec le bouchon poisseux de la
bouteille de sirop, puis a posé ses couverts en travers
de son assiette.

« Camille, vous êtes journaliste judiciaire. De vous
à moi, vous trouvez vraiment que ça ressemble à un
crime commis par un étranger ?

– Non. » Le reconnaître à voix haute m'a ébranlée.
J'ai essayé de détourner les yeux des piques de la fourchette posée devant moi.

« Vous êtes une fille intelligente.

– Vickery a dit que vous pensiez à un auto-stoppeur,
quelqu'un de passage…

– Oh, la barbe ! J'ai évoqué cette possibilité lorsque
je suis arrivé ici – il y a neuf mois de ça. Vickery s'y
est accroché comme s'il tenait là la preuve de mon
incompétence. Lui et moi avons quelques problèmes
de communication.

– Avez-vous de vrais suspects ?

– Laissez-moi vous inviter à boire un verre, cette semaine. Je veux que vous me racontiez tout ce que vous savez sur tout le monde ici. »

Il a attrapé l'addition et a repoussé la bouteille de sirop contre le mur. Elle a laissé un rond poisseux sur la table. Sans réfléchir, j'y ai trempé le doigt et je l'ai porté à ma bouche. La manche de mon tee-shirt a remonté sur le poignet, laissant apparaître des cicatrices. Richard a relevé la tête pile au moment où je glissais à nouveau les mains sous la table.

Je n'avais rien contre l'idée de lui raconter les petites histoires de Wind Gap. La ville ne m'inspirait aucun sentiment d'allégeance particulier. C'était là que ma sœur était morte, là que j'avais commencé à me couper. Une ville si étouffante, si petite, qu'on y croisait chaque jour des gens qu'on détestait. Des gens qui savaient des choses sur vous. C'est le genre d'endroit qui laisse des marques.

Je dois ajouter cependant qu'en apparence, du temps où j'y vivais, je n'aurais pas pu être mieux traitée. Ma mère y a veillé. Toute la ville l'adorait ; elle était comme une décoration sur le gâteau : la plus belle, la plus adorable jeune fille que Wind Gap eût jamais vue grandir. Ses parents – mes grands-parents – possédaient l'industrie porcine et la moitié des maisons alentour, et avaient imposé à ma mère les mêmes règles strictes qu'à leurs ouvriers : pas d'alcool, pas de cigarettes, pas de jurons, messe obligatoire. Je ne peux qu'imaginer comment ils ont accueilli la nouvelle, quand ma mère, à dix-sept ans, est tombée enceinte. D'un gars du Kentucky qu'elle avait rencontré dans un camp de vacances de l'église, qui était venu lui rendre visite à Noël et m'avait laissée dans son ventre. Pour accompagner l'expansion de celui-ci, mes grands-parents avaient chacun développé une tumeur de courroux, et le cancer les avait emportés, moins d'un an après ma naissance.

Ils avaient des amis dans le Tennessee, et je n'étais pas encore sevrée que leur fils commençait déjà à courtiser Adora ; il venait la voir presque chaque week-end. Je ne peux qu'imaginer une cour raide et empruntée. Alan, tout amidonné et tiré à quatre épingles, en train de discourir sur la pluie et le beau temps. Ma mère, seule et livrée à elle-même pour la première fois de sa vie, dans le besoin de trouver un bon parti, en train de rire à ses... blagues ? Je doute qu'Alan ait jamais fait une blague de sa vie, mais je suis sûre que ma mère a trouvé motif à glousser et minauder pour lui. Et moi, où étais-je, pendant ce temps ? Probablement dans quelque pièce reculée, où la bonne, moyennant un supplément de cinq dollars qu'Adora lui glissait pour le trouble occasionné, me faisait tenir tranquille. J'imagine comment Alan a demandé sa main à ma mère, en regardant par-delà son épaule, ou en tripotant une plante, ou n'importe quoi d'autre lui permettant d'éviter un contact oculaire. J'imagine comment ma mère a gracieusement accepté, avant de lui resservir une tasse de thé. Peut-être ont-ils échangé un baiser sec.

Peu importe. Quand j'ai prononcé mes premiers mots, ils étaient mariés. De mon vrai père, je ne sais presque rien. Le nom qui figure sur l'extrait de naissance – Newman Kennedy – est faux, inventé de toutes pièces d'après, respectivement, l'acteur et le président préférés de ma mère. Elle a toujours refusé de me révéler sa vraie identité, de crainte que je ne parte à sa recherche. Non, il faudrait me considérer comme l'enfant d'Alan. Ce qui a été difficile, vu qu'elle a rapidement eu un enfant de lui, huit mois après l'avoir épousé. Elle avait vingt ans, il en avait trente-cinq, et possédait une fortune de famille dont ma mère n'avait nul besoin, puisqu'elle avait plein d'argent de son côté. Aucun d'eux n'a jamais travaillé. Je n'ai pas appris grand-chose de plus sur Alan au fil des années. C'est un cavalier émérite qui a renoncé à monter parce que ça rend Adora nerveuse. Il est souvent malade, et même quand ce n'est pas le cas, la plupart du temps, il se tient immobile. Il lit quantité d'ouvrages sur la guerre de Sécession et semble heureux de laisser à ma mère la charge de l'essentiel de la conversation. Il est aussi lisse et transparent que du verre. Encore une fois, Adora n'a jamais essayé de forger le moindre lien entre nous. J'étais considérée comme la fille d'Alan, mais jamais il ne s'est comporté avec moi réellement comme un père. Il ne m'a jamais encouragée à l'appeler autrement que par son prénom. Il ne m'a jamais donné son nom, et je ne le lui ai jamais demandé. Je me souviens qu'une fois, quand j'étais petite, j'ai essayé de l'appeler papa, et le choc qui s'est peint sur son visage a suffi à me dissuader de recommencer. Franchement, je pense qu'Adora préfère que nous nous sentions étrangers l'un à l'autre. Elle veut que toutes les relations dans la maison transitent par elle.

Ah, mais revenons-en au bébé. Marian était un adorable catalogue de maladies. Dès le départ, elle éprouvait des difficultés à respirer. Elle se réveillait au milieu de la nuit en toussotant, en manque d'air, le visage marbré, le teint cendreux. Je l'entendais, tel un vent malsain soufflant de l'autre extrémité du couloir, dans la chambre voisine de celle de ma mère. Des lumières s'allumaient, et j'entendais des cajoleries ou parfois des larmes et des cris. Régulièrement, il fallait partir aux urgences à Woodberry, à quelque cinquante kilomètres de la maison. Plus tard, Marian a eu des difficultés à digérer et elle passait son temps assise sur le lit médicalisé qu'on avait installé dans sa chambre, à murmurer à ses poupées, pendant que ma mère lui injectait des substances par le biais des IV et des perfusions.

Au cours de ces dernières années, ma mère s'est arraché tous les cils. Ses doigts ne leur laissaient aucun répit. Elle en abandonnait de petits tas sur les tables. Je me racontais que c'étaient des nids de fées. Je me souviens qu'une fois, j'ai retrouvé deux longs cils blonds collés sur le côté de mon pied, et je les ai conservés des semaines durant près de mon oreiller. Le soir, je m'en chatouillais les joues et les lèvres, jusqu'à ce qu'un matin, au réveil, je découvre qu'ils s'étaient envolés.

Quand ma sœur a fini par mourir, en un sens, je lui en étais reconnaissante. Il me semblait qu'elle avait été expulsée dans ce monde sans avoir été entièrement formée. Elle n'était pas prête à en supporter le poids. Pour nous réconforter, les gens nous murmuraient que Marian avait été rappelée au paradis, mais ma mère refusait de se laisser distraire de son chagrin. Aujourd'hui encore, il reste pour elle un véritable passe-temps.

Ma voiture, avec sa carrosserie bleu délavé, couverte de chiures d'oiseaux, et ses sièges en cuir qui devaient à coup sûr être brûlants, ne m'inspirait trop rien. J'ai décidé de partir faire un tour à pied. Sur Main Street, quand je suis passée devant le volailler, dont les poulets sont livrés directement des abattoirs du Kentucky, l'odeur m'a embrasé les narines. Une douzaine ou plus de volatiles plumés pendaient lascivement en vitrine ; quelques duvets blancs s'étaient déposés sur le rebord, en dessous.

Vers le bas de la rue, à l'endroit où l'on avait érigé un autel de fortune à la mémoire de Natalie, j'ai aperçu Amma et ses trois camarades. Elles fouillaient dans le tas de ballons et de bibelots de pacotille, telles trois sentinelles, pendant que ma demi-sœur s'emparait de deux bougies, d'un bouquet de fleurs et d'un ours en peluche. Tout a disparu directement dans son immense sac, sauf la peluche qu'elle a gardée à la main tandis que les quatre filles se prenaient par le bras et faisaient mine de gambader vers moi. Droit sur moi, plus exactement ; elles ne se sont immobilisées qu'à quelques dizaines de centimètres de distance ; l'air s'est chargé d'un parfum lourd, semblable à ceux qui imbibent les papiers poudrés à l'intérieur des magazines.

« Tu nous as vues ? Tu vas raconter ça dans ton article ? » a lancé Amma d'une voix stridente. La grosse colère de la veille semblait loin derrière elle. Ces enfantillages, à l'évidence, ne sortaient pas de la maison. Elle avait troqué sa robe d'été contre une minijupe, des chaussures à plate-forme et un petit haut tubulaire. « Si tu le fais, écris mon vrai nom en entier : Amity Adora Crellin. Les filles, je vous présente… ma sœur. De Chicago. *La bâtarde de la famille.* » Elle a tortillé des sourcils dans ma direction, et les autres filles ont gloussé. « Camille, voici mes adooooorables amies, mais c'est inutile de parler d'elles. C'est moi le chef.

— Uniquement parce que c'est elle la plus grande gueule, a précisé une des filles, petite, avec des cheveux blond miel et une voix cassée.

— Et qu'elle a les plus gros nichons », a ajouté une autre plus grande, à la chevelure blond cuivré.

La troisième, aux cheveux blond-roux, a capturé un des seins en question et l'a pressé dans sa main. « Moitié vrai, moitié toc.

— Ta gueule, Jodes », s'est rebiffée Amma. Et de la même façon qu'elle aurait discipliné un chat, elle lui a asséné une petite tape sur la mâchoire. Le visage de la fille s'est marbré de plaques rouges et elle a marmonné des excuses.

« Bon, c'est quoi ton affaire, sœurette ? a demandé Amma avec autorité en regardant sa peluche. Et puis, pourquoi t'écris un article sur deux mortes que personne ne remarquait de toute façon ? Comme si le seul fait d'être assassinée te rendait populaire. » Deux des filles ont lâché un rire bruyant ; la troisième gardait le regard rivé au sol. Une larme s'est écrasée sur le trottoir.

J'ai reconnu ces propos de provocation entre filles : ils équivalaient, verbalement, à labourer mes platesbandes. Une part de moi appréciait le spectacle, mais je me sentais mue par un élan protecteur envers Ann et Natalie, et l'irrespect agressif de ma sœur me hérissait. Pour être franche, je devrais ajouter que j'étais aussi jalouse d'Amma. (Son second prénom était Adora ?)

« Je parie qu'Adora ne serait pas contente de lire que sa fille a volé des objets offerts en hommage à l'une de ses camarades de classe, ai-je observé.

– Camarade de classe, ce n'est pas pareil qu'amie, m'a rétorqué la grande bringue, en regardant les autres pour avoir confirmation de ma stupidité.

– Oh, Camille, on rigolait, a protesté Amma. Je me sens nulle. Elles étaient gentilles. Bizarres, c'est tout.

– Totalement bizarres, a confirmé une de ses copines en écho.

– Hé, les filles, et si jamais il avait dans l'idée de tuer toutes les tarées du coin ? a gloussé Amma. Ce serait génial, non ? » À ces mots, la fille qui pleurait a redressé la tête et souri. Amma l'a ignorée, ostensiblement.

« *Il* ? ai-je relevé.

– Tout le monde sait bien qui l'a fait, a dit la blonde à la voix cassée.

– Le frère de Natalie. C'est des tarés, c'est de famille, a décrété Amma.

– Il a un truc avec les petites filles, a ajouté la pré-nommée Jodes d'un air boudeur.

– Oui, il invente toujours des prétextes pour venir me parler, a expliqué Amma. Au moins, maintenant, je sais qu'il ne me tuera pas. C'est trop cool. » Elle a souf-flé un baiser, a tendu la peluche à Jodes puis elle a pris les deux autres par la taille. Elle m'a lancé un « 'scuse-nous » insolent et les a entraînées, en me bousculant au passage. Jodes a suivi, à quelques pas.

Dans la remarque sardonique d'Amma, j'avais sur-pris une bouffée de désespoir sincère. Tout comme elle avait pleurniché au petit déjeuner : « *Je regrette de n'avoir pas été assassinée.* » Amma ne voulait pas que quelqu'un recueille plus d'attention qu'elle. Et certaine-ment pas des filles qui, de leur vivant, n'avaient pas pu lui faire concurrence.

J'ai appelé Curry aux alentours de minuit, chez lui. Chaque soir, Curry fait le même trajet que les banlieusards, mais à contre-courant – quatre-vingt-dix minutes de bagnole pour regagner, depuis nos locaux en périphérie, le petit appartement que ses parents lui ont légué à Mt Greenwood, une enclave ouvrière et irlandaise du South Side. Lui et sa femme, Eileen, n'ont pas d'enfants. N'en ont jamais voulu, aboie-t-il toujours, mais j'ai bien vu comment, les rares fois où le môme d'un membre de la rédaction fait une apparition dans nos bureaux, il l'observe attentivement de loin. Curry et sa femme se sont mariés sur le tard. Trop tard pour concevoir, j'imagine.

Eileen est une femme tout en courbes généreuses, avec des cheveux roux et des taches de rousseur, qu'il a rencontrée à quarante-deux ans, à la station de lavage de voitures de son quartier. Il s'est avéré ultérieurement qu'elle était cousine de son meilleur ami d'enfance. Ils se sont mariés trois mois après s'être parlé pour la première fois. Et sont ensemble depuis vingt-deux ans. Ça me plaît que Curry aime bien raconter cette histoire.

Eileen m'a accueillie avec chaleur au téléphone, ce dont j'avais besoin. Non, bien sûr qu'ils ne dormaient pas, m'a-t-elle assuré en rigolant. Curry, en fait, travaillait sur l'un de ses puzzles – 4 500 pièces –, qui avait entièrement envahi le salon. Elle lui avait donné une semaine pour le terminer.

J'ai entendu Curry approcher du téléphone en grommelant, je pouvais presque sentir l'odeur de son tabac. « Alors, petite, ça donne quoi ? Tu vas bien ?

– Ça va. Mais je n'avance pas vite. Il m'a fallu tout ce temps uniquement pour obtenir une déclaration de la police.

– À savoir ?

– Ils n'écartent personne de la liste des suspects.

– Pfff, c'est du pipeau. Ils ont forcément une piste. Trouve-la. Tu as reparlé aux parents ?

– Pas encore.

– Va discuter avec eux. Si tu n'as rien à révéler, je veux un portrait des victimes. Un papier qui s'attache à la dimension humaine, pas juste au rapport de police. Discute également avec d'autres parents, vois s'ils ont des théories. Demande-leur s'ils prennent des précautions supplémentaires. Va voir les serruriers, les armuriers, demande-leur s'ils bossent plus que d'habitude. Trouve aussi un homme d'église, et quelques profs. Et peut-être également un dentiste, demande-lui si c'est dur d'arracher autant de dents, s'il faut avoir de l'expérience, demande-lui quel genre d'instrument il faudrait utiliser. Interviewe aussi quelques gamins. Je veux des voix. Des visages. Je veux six feuillets pour dimanche. Profitons-en, tant qu'on a encore l'exclusivité. »

J'ai pris des notes sur mon carnet, puis dans ma tête, quand j'ai commencé à dessiner de la pointe de mon feutre les cicatrices sur mon bras droit.

« Avant qu'il y ait un autre meurtre, vous voulez dire ?

– À moins que la police n'en sache sacrément plus que ce qu'elle a t'a donné, il y en aura un autre, ouais. Ce genre de gus ne s'arrête pas à deux, pas quand c'est à ce point ritualisé. »

Curry n'a aucune expérience de première main en matière de meurtres ritualisés, mais chaque semaine, il potasse des récits de crimes sordides, en édition de poche au papier jauni qu'il dégotte chez son bou-

126

quiniste. *Deux pour un dollar, Preaker, voilà ce que j'appelle du divertissement.*

« Alors, Cubby*, c'est un autochtone ou pas ? Il y a des théories là-dessus ? »

Curry aimait bien me donner ce surnom – moi, sa préférée de l'équipe. Il y avait toujours comme un pico-tement dans sa voix quand il le prononçait, comme si le mot lui-même piquait un fard. J'imaginais Curry, dans son salon, en train de couler un regard oblique vers son puzzle, pendant qu'Eileen, tout en lui volant une bouffée de sa clope, mélangeait une salade de thon aux *pickles* pour son déjeuner du lendemain. Curry en mangeait trois fois par semaine.

« Officieusement, la réponse est oui.

– Nom d'un chien ! Débrouille-toi pour qu'il te dise ça officiellement. C'est ce dont on a besoin. C'est bon, ça.

– Il s'est passé un truc étrange, Curry. J'ai parlé avec un petit garçon qui dit qu'il se trouvait avec Natalie quand elle a été kidnappée. Et il a dit que c'était une femme.

– Une femme ? Non, ce n'est pas une femme. Que dit la police ?

– Aucun commentaire.

– C'est qui, ce môme ?

– Le fils d'un ouvrier de l'usine porcine. Un gentil gamin. Il semble vraiment terrorisé, Curry.

– Et la police ne le croit pas, sinon tu en aurais entendu parler. C'est ça ?

– Franchement, je n'en sais rien. Ils sont bouche cou-sue sur le sujet.

* Abréviation de *cubbicle*, soit « box ». *(N.d.T.)*

127

« – Sacredieu ! Preaker, vas-y au forcing. Obtiens des infos – officiellement.

– Plus facile à dire qu'à faire. J'ai comme l'impression que c'est presque un handicap d'être d'ici. Ils m'en veulent d'en profiter, et d'être revenue pour ça.

– Débrouille-toi pour qu'ils t'apprécient. Tu es quelqu'un d'appréciable. Ta maman se portera garante.

– Ma maman n'est pas ravie que je sois là, elle non plus. »

Silence, puis, à l'autre bout du fil, un soupir qui a bourdonné dans mes oreilles. Mon bras droit s'était transformé en carte routière tracée à l'encre bleu foncé.

« Tu vas bien, Preaker ? Tu prends soin de toi ? »

Je n'ai rien répondu. Il me semblait, soudain, que je pourrais me mettre à pleurer.

« Ça va. C'est cet endroit, il ne vaut rien. Je me sens… pas à ma place.

– Tu vas tenir le coup, petite. Tu te débrouilles comme un chef. Ça va aller. Et si jamais tu sens que ça ne va pas, tu m'appelles, et je te tire de là.

– OK, Curry.

– Eileen te fait dire d'être prudente. Putain, et je te le dis moi aussi. »

6

Les petites villes pourvoient en général aux habitudes d'un seul profil de buveurs. Qui peut varier : il y a les villes bastringues qui cantonnent leurs bars en périphérie, ce qui donne aux habitués l'impression d'être un peu des hors-la-loi. Il y a les villes bourgeoises, où l'alcool se sirote dans des bars qui facturent leur verre de gin la peau du bas du dos, si bien que les pauvres n'ont plus qu'à picoler chez eux. Il y a les villes commerçantes, peuplées par les classes moyennes, où la bière est servie avec des beignets aux oignons et des sandwiches aux noms coquets.

Par chance, à Wind Gap, tout le monde picole, donc nous avons tous ces types de bars, et plus encore. La ville a beau n'être pas bien grande, pour ce qui est de rouler sous les tables, on peut en remontrer à plus d'un. L'abreuvoir le plus proche de chez ma mère consistait en une espèce de boîte entièrement vitrée, aux tarifs prohibitifs, et spécialisée dans les salades et les spritz – l'unique restaurant haut de gamme de Wind Gap. C'était l'heure du brunch et l'idée de contempler Alan et sa soupe aux œufs étant au-dessus de mes forces, je suis partie, à pied, à *La Mère*. J'ai arrêté le français en cinquième, mais à en juger par le thème nautique tapageur du restaurant, il me semble que les propriétaires ont confondu « la mer » et « la mère ». Ce dernier nom cependant ne manquait pas d'à-propos puisque la mienne fréquentait les lieux, tout comme ses amies. Elles adorent leur salade César – qui, soit dit en passant, n'a rien à voir ni avec la France ni avec les produits de la mer.

« Camille ! » Une blonde en tenue de tennis est accourue en trottinant depuis l'autre bout de la salle, toute étincelante de colliers et de gros bracelets. C'était la meilleure amie d'Adora – Annabelle Gasser, née Anderson, et surnommée Annie-B. Personne n'ignorait qu'Annabelle détestait le nom de son mari – elle fronçait même le nez quand elle le prononçait. Il ne lui avait jamais traversé l'esprit qu'elle n'était nullement obligée de le porter.

« Bonjour, ma chérie, ta maman m'a dit que tu étais là. » Contrairement à cette pauvre Jackie O'Neele, évincée des bonnes grâces d'Adora, et que j'ai également aperçue à la table, l'air tout aussi éméchée qu'aux obsèques. Annabelle m'a embrassée puis s'est reculée pour me toiser. « Toujours aussi ravissante. Viens donc t'asseoir avec nous. On papote en buvant quelques bouteilles de vin. Tu feras baisser la moyenne d'âge. »

Annabelle m'a entraînée vers la table où Jackie baratinait deux autres blondes bronzées. Elle ne s'est même pas interrompue quand Annabelle a procédé aux présentations : elle a continué, d'une voix monocorde, à parler des nouveaux meubles de sa chambre, et quand elle s'est tournée vers moi d'un mouvement brusque, elle a envoyé dinguer un verre d'eau.

« Camille ? Tu es là ! Je suis tellement contente de te revoir, ma cocotte. » Elle semblait sincère. Une bouffée de ce Juicy Fruit s'est de nouveau échappée d'elle.

« Ça fait cinq minutes qu'elle est là », a ronchonné une autre blonde en repoussant, d'un revers de sa main brune, la flaque d'eau et les glaçons par terre. Des diamants ont étincelé sur deux doigts.

« C'est vrai, je me souviens. Tu es venue couvrir les meurtres, vilaine, a poursuivi Jackie. Adora doit détester ça. Que tu dormes sous son toit avec ton vilain petit esprit mal tourné. » Elle a souri, d'un sourire qui devait avoir été coquin vingt ans auparavant, mais qui aujourd'hui évoquait légèrement la démence.

« Jackie ! l'a gourmandée une des blondes en lui faisant les gros yeux.

— Naturellement, avant qu'Adora ne devienne maîtresse des lieux, nous avons toutes dormi chez Joya avec nos vilains esprits mal tournés. La même maison, une autre folle au gouvernail, a-t-elle dit à mon intention en se tripotant derrière les oreilles – les points du lifting, me suis-je demandé ?

— Tu n'as pas connu ta grand-mère Joya, n'est-ce pas, Camille ? a ronronné Annabelle.

— Ah, c'était un sacré numéro ! s'est exclamée Jackie. Une femme effrayante. Effrayante !

— Comment ça ? » ai-je demandé. Je n'avais jamais entendu autant de détails concernant ma grand-mère. Adora admettait qu'elle avait été une mère sévère, sans jamais s'étendre davantage.

« Oh, Jackie exagère, a nuancé Annabelle. On n'aime jamais sa mère quand on est au lycée. Et Joya est morte peu après. Elles n'ont pas vraiment eu le temps de nouer des relations d'adultes. »

L'espace d'une seconde, j'ai ressenti une navrante bouffée d'espoir. Et si c'était là la raison pour laquelle ma mère et moi étions si distantes : elle manquait de pratique ? L'idée s'est éteinte avant même qu'Annabelle ait terminé de me resservir du vin.

« C'est ça, Annabelle, a ironisé Jackie. Si Joya était encore en vie, je suis sûre qu'elles s'amuseraient bien. Joya, du moins. Elle se régalerait à déchiqueter Camille. Tu te souviens de ses ongles ? Longs, longs ! Et jamais vernis. J'ai toujours trouvé ça curieux.

– On change de sujet, a annoncé Annabelle – elle souriait, mais chaque mot de la phrase avait tinté comme une cloche de service.

– Je trouve le travail de Camille totalement fascinant, a dit poliment une des blondes.

– Surtout en ce moment, a renchéri une autre.

– Ouais. Dis-nous qui est le coupable, Camille », a lâché Jackie en me resservant une fois de plus son sourire coquin. Puis elle a cligné plusieurs fois des yeux. Elle m'évoquait une marionnette de ventriloque qui aurait pris vie. Avec une peau parcheminée et des vaisseaux éclatés.

Il me fallait passer quelques coups de fil, mais j'ai décidé que cet intermède pourrait s'avérer plus fructueux. Un quatuor de femmes au foyer vipérines, ivres et rongées d'ennui qui étaient au courant de tous les cancans de la ville ? Je pourrais le faire passer sans problème en déjeuner de travail.

« En fait, c'est moi qui aimerais savoir ce que vous en pensez. » Une phrase qu'elles ne devaient pas entendre très souvent.

Jackie a trempé un morceau de pain dans une coupelle de sauce ranch, qu'elle a laissée dégouliner sur son plastron. « Bon, tout le monde ici connaît mon point de vue. Le papa d'Ann, Bob Nash. C'est un pervers. Chaque fois que je le croise au supermarché, il me mate les seins.

– Des seins ? Où ça ? a plaisanté Annabelle en me donnant un petit coup de coude.

– Je ne plaisante pas, et ça n'a rien à voir. J'avais l'intention d'en parler à Steven.

– J'ai une nouvelle croustillante », a annoncé la quatrième blonde. Dana ou Diana ? J'avais oublié son prénom sitôt qu'Annabelle nous avait présentées.

« Ah, DeeAnna a toujours un bon scoop, Camille », a prévenu Annabelle en me pressant le bras. DeeAnna a marqué une pause pour ménager son effet, s'est resservi un verre de vin et nous a toutes dévisagées par-dessus son verre.

« John Keene est parti de chez ses parents.

– Quoi ?

– Tu plaisantes ?

– Ça alors !

– Et…, a poursuivi DeeAnna avec le sourire triomphant d'une présentatrice de jeu télévisé qui s'apprête à attribuer un prix. Il s'est installé chez Julie Wheeler. Dans la remise à voitures, derrière la maison.

– Oh non, c'est trop génial ! a jubilé Melissa – ou Melinda.

– Bon, au moins, on *sait* qu'ils le font, maintenant, a conclu Annabelle dans un éclat de rire. Impossible avec ça que Meredith continue à jouer la petite fille modèle. John Keene est le grand frère de Natalie, a-t-elle ajouté à mon intention. Et quand la famille s'est installée ici, il est devenu la coqueluche de toute la ville. Bon, il est sublime. Vraiment sublime. Julie Wheeler est une amie de ta maman, et la nôtre aussi. Elle n'a pas eu d'enfants jusqu'à environ trente ans, et quand elle en a eu un, elle est devenue insupportable. Une de ces mères dont les gosses n'ont pas le droit à l'erreur. Alors quand Meredith – sa fille – a alpagué John, Seigneur ! On a cru qu'on allait en entendre parler jusqu'à la nuit des temps ! Meredith, la petite vierge, la première de la classe, qui a décroché la vedette du lycée. Mais pas question qu'un garçon comme lui, à son âge, sorte avec une fille qui ne s'allonge pas. Ça ne marche pas. Maintenant, c'est drôlement pratique pour eux. On devrait prendre des Polaroid et les glisser sous les essuie-glaces de Julie.

– Bah, on sait déjà ce qu'elle va en dire, est intervenue Jackie. Elle va nous seriner combien elles sont généreuses d'accueillir John, de lui permettre de respirer à son aise le temps qu'il se remette de son deuil.

– Mais pourquoi partir de chez ses parents ? s'est étonnée Melissa/Melinda – dont je commençais à penser qu'elle était la voix de la raison. En pareil moment, ne devrait-il pas rester auprès de sa famille ? Pourquoi a-t-il besoin de *respirer* ?

– Parce que c'est *lui* le meurtrier, a lâché DeeAnna, et aussitôt des rires ont fusé autour de la table.

– Oh, ce serait absolument délicieux que Meredith Wheeler donne sa fille à un tueur en série ! » s'est extasiée Jackie.

Les rires se sont tus d'un coup. Annabelle a lâché un hoquet nasillard et a consulté sa montre. Jackie a calé le menton dans le creux de sa main, en respirant assez fort pour faire voler les miettes de pain sur son assiette.

« J'ai du mal à croire qu'une telle tragédie ait vraiment pu se passer, a dit DeeAnna en contemplant ses ongles. Chez nous, dans la ville où nous avons grandi. Ces pauvres gamines. J'en suis malade. Malade.

– Je suis tellement heureuse que mes filles soient grandes, a renchéri Annabelle. Si ce n'était pas le cas, je ne crois pas que j'aurais pu le supporter. La pauvre Adora doit être malade d'inquiétude pour Amma. »

J'ai picoré un morceau de pain, en imitant les minauderies de gamines de mes hôtesses, avant d'éloigner la conversation d'Adora. « Les gens croient vraiment que John Keene est peut-être impliqué là-dedans ? Ou bien ce sont juste des racontars malveillants ? » J'ai senti ces deux derniers mots sortir de ma bouche comme un crachat. J'avais oublié à quel point des bonnes femmes de la trempe de celles-ci pouvaient rendre Wind Gap invivable pour ceux qu'elles n'aimaient pas. « Je vous demande ça parce que hier, des gamines – des élèves du collège, sans doute – m'ont dit la même chose. » J'ai jugé préférable de ne pas préciser qu'Amma était l'une d'elles.

« Laisse-moi deviner, a dit Jackie. Quatre blondinettes à la langue bien pendue qui se croient plus jolies qu'elles ne le sont en réalité ?

– Jackie, chérie, tu sais à qui tu dis ça ? s'est indignée Melissa/Melinda en lui assénant une tape sur l'épaule.

– Oh merde ! J'oublie toujours que Camille et Amma sont sœurs – c'est des époques différentes, vous comprenez. » Jackie a souri. Un petit bruit sec et amical a retenti dans son dos et elle a levé son verre sans même tourner la tête vers le serveur. « Camille, autant que tu l'apprennes ici : ta petite Amma est un vrai démon.

– J'ai entendu dire qu'elles vont à toutes les boums du lycée, a ajouté DeeAnna. Qu'elles accaparent tous les garçons. Et qu'elles font des choses que nous n'avons pas faites avant d'être mariées depuis des années – et qui plus est, non sans avoir négocié d'abord une jolie breloque en contrepartie. » Elle a fait tourner un bracelet en diamants.

Toutes ont éclaté de rire ; Jackie a même frappé des deux poings sur la table, comme une môme qui pique une crise.

« Mais vous...

– Que les gens soient convaincus que c'est John le coupable, j'en sais rien. En revanche, je sais que la police l'a interrogé, a repris Annabelle. C'est une famille incontestablement bizarre.

– Je pensais que vous étiez proches, me suis-je étonnée. On s'est croisées chez eux, après les obsèques. » *Sales connes*, ai-je ajouté à part moi.

« Tous les gens qui comptent à Wind Gap étaient chez eux après les obsèques, a expliqué DeeAnna. Comme si on allait louper une réception comme celle-là ! » Elle a essayé de ressusciter les rires, mais Jackie et Annabelle étaient en train d'opiner avec solennité. Melissa/Melinda a balayé la salle du regard, comme si, en en faisant le vœu, elle pouvait se transporter à une autre table.

« Où est ta maman ? a bafouillé brusquement Annabelle. Il faut qu'elle vienne nous rejoindre. Ça lui ferait du bien. Elle a un comportement vraiment étrange depuis que tout ça a commencé.

– Elle se comportait tout aussi étrangement avant que ça commence », a corrigé Jackie en branlant des mâchoires. Avait-elle envie de vomir ?

« Oh, Jackie, arrête !

— Non, c'est vrai. Et laisse-moi te dire ceci, Camille : en ce moment, vu la situation avec ta mère, tu es bien mieux à Chicago. Et tu devrais repartir sans tarder. » Il n'y avait plus rien de survolté dans son expression – Jackie semblait entièrement posée et réfléchie. Et sincèrement inquiète. J'ai senti renaître mon affection pour elle.

« Je t'assure, Camille…

— Jackie, boucle-la », l'a interrompue Annabelle en lui lançant énergiquement un petit pain au visage. Il a rebondi sur son nez, avant de s'écraser sur la table avec un bruit mat. Une flambée de violence gratuite, comme quand le petit Dee m'avait visée avec sa balle de tennis – c'est moins l'impact que le geste qui laisse sous le choc. Jackie a accusé réception du coup d'un petit geste et a poursuivi : « Je dirai ce que j'ai envie de dire, et ce que je dis, c'est qu'Adora peut faire du mal à… »

Annabelle s'est levée et est allée tirer Jackie par le bras.

« Jackie, il faut que tu te fasses vomir, a-t-elle dit d'un ton entre la cajolerie et la menace. Tu as beaucoup trop bu, et si tu ne vomis pas, tu vas être malade pour de bon. Laisse-moi t'accompagner aux toilettes et t'aider à te soulager. »

Jackie a d'abord voulu repousser sa main d'une claque, mais Annabelle a resserré sa prise et les deux femmes sont parties en titubant. Silence autour de la table. J'étais bouche bée.

« Ce n'est rien, a dit DeeAnna. Nous les vieilles, on se chamaille tout comme vous les jeunes. Dis donc, Camille, tu sais qu'on va peut-être avoir un Gap ? »

La phrase de Jackie me trottait dans la tête : *Vu la situation avec ta mère, tu es bien mieux à Chicago.* De quel autre signe avais-je besoin pour quitter Wind Gap ? Et pourquoi, exactement, Adora et Jackie étaient-elles en froid ? Il ne devait pas s'agir uniquement d'une carte de vœux oubliée. J'ai noté dans un coin de ma tête de passer voir Jackie quand elle serait dégrisée. Si tant est que ça lui arrive jamais. Mais encore une fois, ce n'était pas à moi de lui jeter la pierre.

Flottant agréablement après ces quelques verres de vin, j'ai appelé les Nash de la cabine d'une épicerie ; une voix chevrotante de petite fille a dit « Allô », puis s'est tue. J'entendais une respiration, mais je n'ai obtenu aucune réponse quand j'ai demandé à parler à maman, ou à papa. Puis j'ai entendu qu'on raccrochait, lentement, et la communication a été coupée. J'ai décidé de tenter ma chance en chair et en os.

À en croire le minivan – une caisse à savon de l'ère disco – et la berline moutarde garés côte à côte dans l'allée des Nash, Bob et Betsy étaient tous les deux à la maison. C'est leur fille aînée qui a répondu à mon coup de sonnette, mais quand je lui ai demandé si ses parents étaient là, elle n'a pas bougé de derrière la porte moustiquaire, se contentant de me fixer le nombril. Chez les Nash, on n'était pas bien grand. Je savais que cette fille, Ashleigh, avait douze ans, mais tout comme le môme grassouillet que j'avais vu lors de ma première visite, elle paraissait beaucoup plus jeune que son âge. Et se comportait en conséquence. Elle a suçoté une mèche de cheveux, et c'est à peine si elle a cillé quand le petit Bobby, qui venait de la rejoindre en se dandinant, a éclaté en larmes à ma vue. Avant de se mettre carrément à brailler. Une bonne minute s'est écoulée avant que Betsy Nash ne vienne à la porte. Elle avait l'air aussi hébété que ses deux rejetons, et quand je me suis présentée, elle a paru déroutée.

« Mais… on n'a pas de quotidien, ici.

– C'est exact. Je travaille pour le *Chicago Daily Post*. À Chicago, Illinois.

– C'est mon mari qui s'occupe de ce genre d'achat, a-t-elle expliqué en passant les doigts dans les cheveux blonds de son fils.

– Je ne vends pas des abonnements… Votre mari est-il là ? Peut-être pourrais-je bavarder un instant avec lui ? Je ne serai pas longue. »

Les trois Nash se sont reculés en bloc et quelques instants plus tard, Bob Nash m'a fait entrer. Il a débarrassé le canapé du linge qui l'encombrait pour m'offrir un siège.

« Nom d'un chien, cette baraque est un dépotoir, a-t-il marmonné sans discrétion en direction de sa femme. Je m'excuse de l'état de notre maison, mademoiselle. Tout part de travers, depuis Ann.

– Soyez sans inquiétude, ai-je dit en extirpant un slip d'enfant de sous mes fesses. Chez moi, c'est en permanence comme ça. » C'était tout le contraire de la vérité. J'ai hérité d'une qualité de ma mère : l'obsession de l'ordre. Je dois me faire violence pour ne pas repasser les chaussettes. Quand je suis rentrée de l'hôpital, j'ai même traversé une période où je faisais tout bouillir : la pince à épiler, le recourbe-cils, les pinces à cheveux, les brosses à dents. Un petit plaisir que je m'accordais. Cela dit, j'ai fini par jeter la pince à épiler à la poubelle. Tard dans la nuit, je pensais un peu trop à ses pointes brillantes et tièdes. Une bien vilaine fille, je vous l'accorde.

J'aurais aimé que Betsy Nash disparaisse. Littéralement. Elle était d'une telle inconsistance que je l'imaginais en train de s'évaporer lentement, sans rien laisser d'autre qu'une tache poisseuse sur le bord du canapé. Mais elle restait là, à nous jeter, à son mari et à moi-même, des regards furtifs. Comme si elle voulait clore la conversation avant même qu'elle ne démarre. Les enfants rôdaient également autour de nous, petits fantômes blonds emprisonnés dans des limbes où l'indolence le disputait à la balourdise. La plus jolie des filles s'en sortirait peut-être. Mais sa cadette, qui venait de faire son apparition avec un air ahuri, était destinée à une vie de misère sexuelle et d'excès de grignotages sucrés. Le garçon, lui, était du genre à finir par picoler sur les parkings des stations-service, comme ces gamins agressifs à force de dépérir d'ennui, que j'avais croisés en arrivant en ville.

« Monsieur Nash, j'ai besoin de m'entretenir un peu plus avec vous au sujet d'Ann. Pour écrire un papier plus complet, ai-je commencé. Vous avez été très aimable de me consacrer un peu de temps, et j'espérais que vous pourriez m'en accorder davantage.

— Tout ce qui est susceptible d'attirer un peu d'attention sur cette affaire est bon à prendre. Que voulez-vous savoir ?

— Quels jeux aimait-elle ? Qu'aimait-elle manger ? Comment la décririez-vous, en quelques mots ? Était-elle plutôt une meneuse, ou une suiveuse ? Avait-elle beaucoup d'amies, ou juste quelques camarades dont elle était proche ? Aimait-elle l'école ? Comment

occupait-elle ses samedis ? » Les Nash m'ont dévisagée un instant sans rien répondre. « Pour commencer,
ai-je ajouté avec un sourire.

— Ma femme serait plus qualifiée pour répondre
à la plupart de ces questions. C'est elle... qui s'en
occupait. » Il s'est tourné vers l'intéressée, qui pliait
et repliait obsessionnellement la même robe sur ses
genoux.

« Elle aimait bien la pizza, et le poisson pané,
a-t-elle commencé. Et elle s'entendait bien avec beaucoup de filles, mais elle n'avait que quelques amies
proches, si vous voyez ce que je veux dire. Elle jouait
beaucoup toute seule.

— Regarde maman, Barbie a besoin de vêtements »,
l'a interrompue Ashleigh en lui agitant une poupée
dénudée sous le nez. Comme ses parents et moi-même
l'ignorions, elle a abandonné le jouet par terre et s'est
mise à virevolter dans la pièce en singeant des pas de
ballerine. Sautant sur l'occasion, Tiffanie s'est emparée de la Barbie et a commencé à écarter et refermer,
écarter et refermer ses jambes en caoutchouc caramel.

« C'était une dure à cuire. La plus coriace de tous nos
enfants, a dit Bob Nash. Si elle avait été un garçon, elle
aurait pu jouer au football. Elle passait son temps à se
cogner, à force de galoper dans tous les sens, elle était
en permanence couverte d'égratignures et de bleus.

— Ann était ma bouche », a ajouté paisiblement
Betsy. Sans développer.

« Comment ça, madame ?

— C'était un moulin à paroles, elle disait tout ce qui
lui passait par la tête. Mais dans un bon sens. La plupart du temps. » Elle s'est tue à nouveau, mais, devi-

nant qu'elle faisait un effort de mémoire, je ne l'ai pas brusquée. « Je me disais qu'un jour, elle serait peut-être avocate, ou conférencière, parce qu'elle était… Elle ne prenait jamais le temps de peser ses mots. Comme moi. Je pense que tout ce que je dis est idiot. Ann, elle, pensait que tout le monde devait écouter ce qu'elle avait à dire.

– Vous avez mentionné l'école, mademoiselle Preaker, est intervenu Bob Nash. Et c'est là que cette exubérance lui causait des problèmes. Elle voulait parfois mener son monde à la baguette, et au cours des années, on a reçu quelques coups de fil des professeurs, pour nous dire qu'elle avait des problèmes d'adaptation en classe. Elle était un peu dissipée.

– Mais, parfois, je me dis que c'est parce qu'elle était trop intelligente », a ajouté Betsy Nash.

Son mari a hoché la tête.

« Ah, pour ça, elle était sacrément maligne. Des fois, je la trouvais plus intelligente que son papa. Et d'autres fois, c'était *elle* qui se trouvait plus intelligente que son papa.

– Maman, regarde-moi ! » La petite Tiffanie, qui jusque-là mâchouillait distraitement les orteils de Barbie, s'est précipitée au centre de la pièce en exécutant des pirouettes. Ashleigh, en proie à un brusque accès de rage en voyant l'attention de sa mère se reporter sur la cadette, a glapi et repoussé sa sœur avec violence, avant de lui tirer les cheveux, une seule fois, d'un geste décidé. Tiffanie a grimacé, viré à l'écarlate et lâché un vagissement qui a ranimé les pleurs de Bobby Jr.

« C'est la *faute* à Tiffanie ! » a hurlé Ashleigh, tout en se mettant à pleurnicher à son tour.

142

Ma présence avait fait voler en éclats une dynamique fragile. Une maisonnée de plusieurs enfants est une mine de jalousies mesquines, je ne le savais que trop, et les petites Nash paniquaient à l'idée qu'en plus d'être en concurrence l'une avec l'autre, elles allaient devoir rivaliser avec une sœur disparue. Je compatissais.

« Betsy », a marmonné tranquillement Bob Nash, avec un imperceptible haussement de sourcils. En deux temps trois mouvements, sa femme a ramassé Bobby Jr, l'a juché sur sa hanche, a hissé d'une main Tiffanie du sol et a passé le bras autour des épaules d'Ashleigh qui était à présent inconsolable ; et les quatre ont débarrassé le plancher.

Bob Nash les a suivis un instant du regard.

« Ça fait presque un an que ça dure, maintenant. Ces petites se comportent comme des bébés. Et moi qui croyais qu'elles étaient impatientes de grandir… Le fait qu'Ann soit partie bouleverse cette maison plus que… » Il a changé de position sur le canapé. « C'est juste que c'était une *personne* à part entière, vous comprenez ? On se dit : neuf ans, c'est rien, ça compte pas. Mais Ann avait une vraie *personnalité*. J'arrivais à deviner ce qu'elle pensait des choses. Quand on regardait la télé, je savais ce qu'elle trouvait drôle, et ce qu'elle jugeait débile. Avec mes autres gosses, je n'y arrive pas. Merde ! Je n'y arrive pas avec ma femme. Ann, on sentait qu'elle était… *là*. Je… » Sa gorge s'est nouée. Il s'est levé, m'a tourné le dos, puis s'est retourné avant de s'éloigner. Il a décrit un cercle derrière le canapé, et s'est finalement planté devant moi. « Nom de Dieu, je veux qu'elle revienne. Je veux dire – et maintenant ? C'est tout ? » Il a embrassé la pièce d'un geste ample, main tendue vers la porte par laquelle étaient sortis sa femme et les enfants. « Parce que si c'est tout, ça ne rime pas à grand-chose, non ? Et nom de Dieu, il faut que quelqu'un mette la main sur cet homme, parce qu'il faut qu'il m'explique : pourquoi Ann ? J'ai besoin de le savoir. J'avais toujours pensé que c'était celle qui s'en sortirait. »

Je n'ai pas répondu tout de suite. Je sentais la pulsation de mon pouls dans le cou.

« Monsieur Nash, on a suggéré que la personnalité d'Ann, qui, comme vous l'avez souligné, était très forte, pouvait avoir caressé quelqu'un à rebrousse-poil. Pensez-vous qu'il puisse y avoir un lien ? »

J'ai remarqué que je venais d'éveiller sa méfiance à mon égard. Je l'ai vu à la façon dont il s'est rassis sur le canapé – en s'adossant d'un mouvement étudié, étirant les bras, feignant la décontraction.

« Qui aurait-elle caressé à rebrousse-poil ?

– Eh bien, j'ai cru comprendre qu'il y avait eu un incident avec l'oiseau d'un voisin ? Qu'elle avait peut-être blessé l'animal. »

Bob Nash s'est frictionné les paupières et a contemplé ses pieds.

« C'est fou ce que les gens peuvent cancaner dans cette ville. Jamais personne n'a pu prouver que c'est Ann qui avait fait ça. Entre elle et les petites voisines, il y avait déjà de l'eau dans le gaz. Et le père s'en est mêlé. Ses filles sont plus âgées que ne l'était Ann, elles lui cherchaient souvent des noises, elles la taquinaient. Un jour, elles l'ont invitée à jouer chez elles. Je ne sais pas exactement ce qui s'est passé, mais quand Ann est

144

rentrée à la maison, les gamines hurlaient qu'elle avait tué leur maudit volatile. (Il a ri et haussé les épaules.) Et si c'était vrai, je n'y voyais rien à redire – c'était une bestiole bruyante.

– Vous pensez qu'Ann, si on l'avait provoquée, aurait été capable d'une chose pareille ?

– Ben… fallait être fou pour provoquer Ann. Elle ne prenait pas ça très bien. Ce n'était pas exactement une jeune fille bien élevée.

– Vous pensez qu'elle connaissait la personne qui l'a tuée ? »

Nash a pris un tee-shirt rose qui traînait sur le canapé et l'a plié en quatre, comme un fichu. « Au début, je pensais que non. Maintenant, je pense que oui. Je pense qu'elle a suivi quelqu'un qu'elle connaissait.

– Et elle aurait suivi plus facilement un homme ou une femme ?

– Ah. Vous avez entendu parler de l'histoire de James Capisi. »

J'ai hoché la tête.

« Bon, une petite fille aura plus tendance à faire confiance à quelqu'un qui lui rappelle sa maman, non ? »

Tout dépend de la maman, ai-je songé.

« Mais je persiste à croire qu'il s'agit d'un homme. Je n'arrive pas à imaginer une femme faire tout… *ça* à une petite fille. Il paraît que John Keene n'a pas d'alibi. Peut-être qu'il était possédé par l'envie de tuer une petite fille, et comme il avait Natalie toute la journée, tous les jours sous les yeux, il n'en pouvait plus, l'envie était de plus en plus pressante, alors il est sorti, et il a tué un autre garçon manqué – une autre petite fille, qui

145

ressemblait à Natalie. Mais pour finir, il n'a pas pu résister, il s'en est pris aussi à Natalie.

– C'est ça qu'on raconte ?

– En partie, j'imagine. »

Betsy Nash est réapparue brusquement sur le seuil. Les yeux rivés sur ses genoux, elle a dit : « Bob, Adora est ici. » Mon estomac s'est noué, sans ma permission.

Ma mère est entrée d'un air dégagé, embaumant un parfum qui évoquait des eaux bleu vif. Elle paraissait plus à l'aise chez les Nash que Betsy Nash ne l'était elle-même. Chez Adora, donner aux autres femmes l'impression de n'être qu'accessoire était un don inné. Betsy Nash s'est retirée, telle une domestique dans un film des années trente. Ma mère m'a ignorée et s'est avancée droit vers Bob Nash.

« Bob, quand Betsy m'a dit que vous aviez la visite d'une journaliste, j'ai immédiatement compris qu'il s'agissait de ma fille. Je suis affreusement désolée. Je ne sais pas comment m'excuser de cette intrusion. »

Bob Nash nous a dévisagées. Adora d'abord, puis moi. « Votre fille ? Mais je n'en savais rien.

– Je m'en doute. Camille n'a pas le type de la famille.

– Pourquoi ne m'avez-vous rien dit ? m'a demandé Nash.

– Je vous ai dit que j'étais de Wind Gap. Comment aurais-je pu deviner que ça vous intéresserait de savoir qui est ma mère ?

– Oh, ne vous méprenez pas – je ne suis pas en colère. Simplement, votre mère est une grande amie, a-t-il expliqué, d'un ton qui donnait l'impression qu'Adora était un genre de cliente au grand cœur. Elle aidait Ann en anglais et en orthographe. Votre mère et elle étaient très proches. Ann était très fière d'avoir une amie adulte. »

Ma mère s'est assise, mains jointes sur les genoux, jupe étalée sur le canapé, et m'a regardée en clignant des paupières. J'ai cru deviner là un avertissement – comme pour me prévenir de ne pas dire quelque chose, mais quoi, je l'ignorais.

« Je n'étais pas au courant », ai-je fini par dire. C'était la vérité. J'avais cru que ma mère jouait la comédie, feignait d'avoir connu ces petites filles et exagérait son chagrin. À présent, je m'étonnais de sa discrétion. Mais pourquoi diable donnait-elle des cours à Ann ? Certes, quand j'étais gamine, elle avait pris part avec d'autres mamans aux activités extrascolaires de mon école – principalement pour être en compagnie d'autres femmes au foyer de Wind Gap –, mais qu'elle ait poussé sa générosité jusqu'à consacrer des après-midi à une fillette négligée des quartiers ouest, j'avais du mal à l'imaginer. De temps à autre, il m'arrivait de la sous-estimer. Du moins, je suppose.

« Camille, je crois que tu devrais prendre congé, a dit Adora. Je suis venue faire une visite de courtoisie, et ces temps-ci, j'ai du mal à me détendre quand tu es dans les parages.

– Je n'ai pas entièrement terminé ma conversation avec M. Nash.

– Si, tu as terminé. » Adora a regardé Nash pour recueillir sa confirmation ; il a souri bizarrement, comme quelqu'un qui vient de fixer le soleil.

« Peut-être pourrons-nous reprendre ça plus tard, mademoiselle... Camille ? » Un mot, soudain, s'est réveillé sur ma hanche : *punie*. Je le sentais devenir brûlant.

« Merci de m'avoir accordé de votre temps, monsieur Nash », ai-je répondu avant de prendre congé d'un pas décidé, sans un regard pour ma mère. Je n'avais pas atteint ma voiture que je commençais déjà à pleurer.

7

Un jour, à Chicago, j'attendais à un carrefour que le feu passe au vert quand un aveugle s'est approché dans un cliquètement de canne. *À quel croisement sommes-nous ?* a-t-il demandé, et comme je ne répondais pas, il s'est tourné vers moi et a ajouté : *Il y a quelqu'un ?*

Oui, je suis là, ai-je dit, et ça a été un choc de découvrir à quel point ces mots me réconfortaient. Quand je panique, je les prononce à voix haute. *Je suis là.* En général, je n'ai pas l'impression d'être là. Je me sens comme quelqu'un qu'une simple bourrasque de vent tiède suffirait à effacer, à faire disparaître à jamais, sans laisser de trace. Certains jours, je trouve cette pensée apaisante ; d'autres, elle me glace.

Cette sensation d'impondérabilité vient, je pense, du fait que je sais si peu de choses sur mon passé – c'est du moins les conclusions auxquelles a abouti le psy, à la clinique. Il y a longtemps que j'ai renoncé à découvrir quoi que ce soit concernant mon père. Quand je me le représente, c'est une image générique du « père » qui apparaît. Il m'est insupportable de penser à lui trop précisément, de me l'imaginer faire ses courses au super-marché, boire son café le matin, rentrer à la maison le soir et retrouver ses gosses. Vais-je un jour tomber par hasard sur une fille qui me ressemble physiquement? Enfant, je cherchais désespérément les signes irréfutables d'une ressemblance entre ma mère et moi, un quelconque lien susceptible de prouver que je venais bien d'elle. Je l'étudiais à son insu, je dérobais, dans sa chambre, des photos d'elle encadrées, et j'essayais de me convaincre que j'avais hérité de ses yeux. Ou d'un détail, ailleurs que dans le visage. La courbe d'un mollet ; le creux dans la nuque.

Elle ne m'avait jamais raconté comment elle avait rencontré Alan. Ce que je savais de leur histoire, je l'avais appris par d'autres. On n'encourage pas les questions, elles sont considérées comme de l'indiscrétion. Je me souviens du choc que j'avais éprouvé en entendant ma camarade de chambre, à la fac, discuter au téléphone avec sa mère : ce luxe de menus détails, cette absence de censure – ça me semblait décadent. Elle racontait des anecdotes sans intérêt. Comment, par exemple, elle avait oublié de s'inscrire à un cours – elle était supposée assister trois fois par semaine au cours Géographie 101, mais ça lui était complètement sorti de la tête ! – et elle disait ça du ton vantard d'un môme de maternelle qui aurait dessiné des étoiles au feutre doré.

Je me souviens que j'ai fini par rencontrer sa mère. Je la revois encore en train de s'agiter dans notre chambre, de poser une foule de questions, tout en sachant déjà des tas de choses à mon sujet. Elle avait donné à Alison un gros sachet rempli d'épingles de nourrice, dont elle pensait qu'elles pourraient nous être utiles, et quand la mère et la fille sont parties déjeuner, je me suis surprise à éclater en sanglots. Ce geste – si banal et si attentionné à la fois – m'avait déconcertée. Était-ce là ce que faisaient les mères – se demander si vous pouviez avoir besoin d'épingles de nourrice ? La mienne me téléphonait une fois par mois et me posait toujours des questions d'ordre pratique (les notes, les cours, les dépenses à venir).

Je ne me souviens pas, enfant, d'avoir jamais dit à Adora quelle était ma couleur favorite, ou quel prénom j'aimerais donner à ma fille quand je serais grande. Je ne pense pas qu'elle ait jamais su quel était mon plat préféré, et jamais, absolument jamais, je ne me suis faufilée dans sa chambre aux petites heures du matin, en larmes, au réveil d'un cauchemar. J'éprouve toujours de la tristesse pour la petite fille que j'étais – cette petite fille qui n'a jamais pensé que sa mère pourrait la consoler. Elle ne m'a jamais dit qu'elle m'aimait, et jamais je n'ai supposé que c'était le cas. Elle s'occupait de moi. Elle gérait les aspects pratiques de ma vie. Ah oui – et une fois, elle m'a acheté de la lotion à la vitamine E.

Un temps durant, je me suis persuadée que la distance d'Adora était une barrière de protection qu'elle s'était construite après Marian. Mais en vérité, je pense qu'elle a toujours eu plus de problèmes avec les enfants qu'elle ne l'admettra jamais. Je pense, pour tout dire, qu'elle les déteste. Il y a une jalousie, un ressentiment, qu'aujourd'hui encore je peux détecter dans mes souvenirs. À un moment donné, probablement a-t-elle bien aimé l'idée d'avoir une fille. Quand elle était petite, je parie qu'elle rêvait d'être mère, de dorloter son enfant, de le lécher, tel un chaton repu de lait. Les enfants lui inspirent cette sorte de voracité. Elle leur fond littéralement dessus. Même moi, en public, j'étais une enfant choyée. Une fois son deuil terminé après la disparition de Marian, elle m'exhibait en ville, souriante, et elle me taquinait, me chatouillait tout en bavardant avec des gens sur le trottoir. Quand nous rentrions à la maison, elle disparaissait dans sa chambre, s'estompant comme une phrase laissée en suspens, et je m'asseyais devant la porte close, visage collé au battant, en me repassant la journée dans ma tête, en cherchant des indices – qu'avais-je bien pu faire pour lui déplaire ?

J'ai un souvenir précis, coincé dans ma mémoire comme un déplaisant caillot de sang. Marian était morte depuis deux ans environ, et ma mère, un après-midi, recevait quelques amies autour d'un verre. L'une d'elles avait amené un bébé. Des heures durant, il avait eu droit à des roucoulades, on l'avait couvert de baisers, barbouillé de traces de rouge à lèvres, puis on l'avait essuyé avec des mouchoirs en papier, avant de recommencer à le peinturlurer. J'étais censée lire dans ma chambre, mais en fait, j'observais la scène, assise en haut de l'escalier.

Finalement, quelqu'un avait tendu le bébé à ma mère, et elle l'avait bercé avec férocité. *Oh, que c'est merveilleux de tenir à nouveau un bébé dans ses bras !* Adora le faisait sauter doucement sur ses genoux, le promenait d'une pièce à l'autre, lui parlait en chuchotant, et moi, de là-haut, j'observais tout ça, tel un petit Dieu malveillant, le dos de la main collé contre ma joue en imaginant la sensation d'être joue contre joue avec ma mère.

Quand ces dames sont parties dans la cuisine pour aider à débarrasser, un changement s'est produit. Je me souviens que ma mère, restée seule dans le salon avec le bébé, l'a contemplé d'un regard presque voluptueux. Elle a pressé ses lèvres, fort, contre la petite joue aussi blanche qu'un quartier de pomme. Puis elle a entrouvert les lèvres, elle a pris un minuscule morceau de cette chair entre ses dents, et elle a mordu.

Le bébé s'est mis à hurler. Tandis qu'elle recommençait à le bercer, la rougeur s'est dissipée, et Adora a expliqué aux autres femmes qu'il faisait juste un petit caprice. Je m'étais précipitée dans la chambre de Marian, où je m'étais enfouie sous les couvertures.

De retour chez *Footh*, pour boire un verre après l'épisode avec ma mère chez les Nash. Je picolais trop, certes, mais jamais jusqu'à être ivre, me rassurais-je. J'avais juste besoin d'un petit verre. J'ai toujours eu un faible pour l'image de l'alcool comme lubrifiant – c'est comme une couche protectrice contre toutes les pensées aiguës que l'on trimballe dans la tête. Le barman était un type à la bouille ronde, qui était deux classes derrière moi au lycée. J'étais presque sûre qu'il s'appelait Barry, mais pas assez cependant pour le saluer par son prénom. « Bienvenue au bercail », a-t-il marmonné en remplissant mon verre aux deux tiers de bourbon et en rajoutant un peu de cola. « Offert par la maison », a-t-il dit, le regard fixé sur le porte-serviettes. « L'argent des jolies filles n'a pas cours ici. » Son cou a viré au rouge et il a brusquement prétendu que des tâches urgentes le réclamaient à l'autre bout du comptoir.

Pour rentrer à la maison, j'ai emprunté Neeho Drive. Plusieurs de mes amies avaient habité dans cette rue qui traverse la ville de part en part et devient de plus en plus cossue au fur et à mesure qu'on approche de chez Adora. J'ai aperçu l'ancienne maison de Katie Lacey, une grande demeure pas très solide que ses parents avaient fait construire quand nous avions dix ans – après avoir réduit leur ancienne maison victorienne à un tas d'échardes.

À un pâté de maisons devant moi, une gamine au volant d'une voiturette de golf décorée de stickers à fleurs avançait par petites saccades. Sa coiffure – avec ses nattes qui évoquaient une jeune paysanne suisse sur une boîte de cacao – était élaborée. Amma. Qui avait profité de la visite d'Adora chez les Nash pour prendre la poudre d'escampette – à Wind Gap, depuis le meurtre de Natalie, les gamines en vadrouille, seules, étaient devenues une vision insolite.

Plutôt que de continuer vers la maison, elle a bifurqué vers l'est – en direction des quartiers miteux et donc, de l'usine. Je l'ai suivie, en roulant si lentement que j'ai failli caler.

La route offrait une jolie descente en pente douce, et la voiturette l'a dévalée si vite que les tresses d'Amma volaient derrière elle. En dix minutes, nous étions en rase campagne. De hautes herbes desséchées ; des vaches qui dépérissaient d'ennui ; des corps de ferme penchés comme des vieillards. Je me suis arrêtée quelques minutes pour laisser à Amma une bonne longueur d'avance, puis je suis repartie, en roulant juste assez vite pour ne pas la perdre de vue. À sa suite, j'ai dépassé des fermes et un étal de bord de route où un garçon, qui tenait sa cigarette avec une coquetterie de star de cinéma, vendait des noisettes. Très vite, une odeur de merde et de salive éventée a saturé l'air et j'ai compris vers où nous nous dirigions. Dix minutes plus tard, j'ai vu apparaître les enclos à cochons, des cages métalliques longues et rutilantes comme des rangées d'agrafes. Les braillements m'ont donné des sueurs froides. On aurait dit les couinements d'une manivelle de puits rouillée. Mes narines se sont dilatées, mes yeux se sont emplis de larmes. Si vous vous êtes un jour approché d'un abattoir, vous voyez ce que je veux dire. L'odeur n'a rien à voir avec celle de l'eau, ou de l'air ; elle est solide. On a l'impression qu'on pourrait découper un trou dans cette puanteur pour soulager un peu ses narines. Ce qui est impossible.

Amma a franchi sans s'arrêter le portail de l'usine. À l'entrée, le type dans la cahute l'a juste saluée d'un geste. Pour moi, ça a été plus ardu, jusqu'à ce que je prononce le sésame : Adora.

« Exact. Adora a une grande fille. Je me souviens », a dit le type. D'après son badge, il s'appelait José. J'ai tenté de voir s'il lui manquait des doigts. Les Mexicains n'ont accès à des boulots pépères que si on leur doit quelque chose. Ici, c'est comme ça que ça marche dans les usines : les Mexicains se tapent les boulots les plus merdiques, et les plus dangereux, et les Blancs trouvent encore le moyen de se plaindre.

Amma a garé sa voiturette à côté d'un pick-up et s'est époussetée. Puis, du pas décidé de celle qui a des affaires à mener à bien, elle a dépassé l'abattoir, les soutes à cochons, où les groins roses et humides se tortillaient entre les lames d'aération, et elle s'est dirigée droit vers le grand bâtiment métallique où l'on sèvre les porcelets. Les reproductrices sont inséminées inlassablement, portée après portée, jusqu'à épuisement du corps, après quoi elles sont conduites à l'abattoir. Mais tant qu'elles peuvent encore servir, on les oblige à allaiter, sanglées sur le flanc, dans une cage de mise bas, pattes écartées, tétines exposées. Les cochons sont des créatures extrêmement intelligentes, sociables, et cette promiscuité de chaîne d'usine à laquelle on contraint les truies qui allaitent leur donnent envie de mourir. Ce qu'elles font, sitôt que leur lait est tari.

La seule idée de ces méthodes est répugnante. Mais les voir à l'œuvre pour de vrai, ça laisse des traces, ça vous rend moins humain. C'est comme être témoin d'un viol, et ne pas intervenir. J'ai aperçu Amma tout au fond du bâtiment, postée devant une cage de mise bas. Une poignée d'hommes en sortait une grappe de porcelets couinants, avant d'y jeter la fournée suivante. Je me suis déplacée de sorte à me poster derrière Amma, sans qu'elle me voie. La truie était allongée sur le flanc, dans un état proche du coma ; entre les barreaux métalliques, on voyait son ventre, exposé, et ses tétines rouges, ensanglantées, pointées comme des doigts. Un des hommes a enduit d'huile la tétine la plus amochée, avant de la gratifier d'une chiquenaude, en gloussant. Les ouvriers ne prêtaient aucune attention à Amma, comme si sa présence n'avait rien d'anormal. Elle a décoché un clin d'œil à l'un d'eux tandis qu'ils brutalisaient une autre truie avant d'aller chercher la portée suivante.

Dans la cage, les porcelets grouillaient sur la truie comme des fourmis sur un tas de gelée. Ça bataillait ferme autour des tétines, qui entraient et sortaient des gueules, roides et branlantes comme du caoutchouc. La truie avait les yeux révulsés. Amma s'est assise en tailleur et a observé la scène, comme fascinée. Cinq minutes après, elle était encore dans la même position, alternant sourires et haut-le-corps. Il fallait que je parte. J'ai commencé à regagner ma voiture d'un pas normal, puis je me suis mise à courir. J'ai claqué la portière, poussé le volume de la radio à fond, j'ai avalé une rasade de bourbon tiède qui m'a piqué la gorge, et j'ai filé loin de cette puanteur, et de ces bruits. Loin de cette gamine.

8

Amma. Pendant tout ce temps, je ne m'étais pas vraiment intéressée à elle. Là, je m'y suis intéressée. Ce que j'avais vu à l'usine m'avait noué la gorge.

Ma mère avait dit qu'elle était la fille la plus populaire de son école, et je le croyais. Jackie, elle, avait dit qu'elle était la plus teigne, et je la croyais tout autant. Vivre dans le sillage de l'amertume d'Adora rendait forcément un peu vicieux. Et puis, comment Amma vivait-elle l'histoire de Marian ? Ce devait être terriblement déstabilisant de vivre dans l'ombre d'une ombre. Mais Amma était intelligente. Elle vivait sa vie loin de la maison. En présence d'Adora, elle était docile, gentille, en demande d'attention – exactement comme il fallait qu'elle soit pour obtenir l'amour de ma mère.

Mais cette tendance à la violence – la crise de colère, la gifle que je l'avais vue donner à son amie, et là, cette monstruosité… Ce penchant pour faire et contempler des vilenies. Cela m'a brusquement rappelé les histoires que j'avais entendues à propos d'Ann et Natalie. Amma n'avait rien de commun avec Marian, mais peut-être avait-elle quelques points communs avec les deux petites disparues.

L'après-midi tirait à sa fin, l'heure du dîner approchait, j'ai décidé de repasser chez les Keene. J'avais besoin d'une déclaration pour mon article, et si je ne l'obtenais pas, Curry allait me rapatrier. Quitter Wind Gap ne m'aurait nullement chagrinée, mais j'avais besoin de prouver que j'étais capable de me débrouiller, surtout avec ma crédibilité vacillante. Une fille qui se coupe n'arrive pas en tête de liste pour les missions difficiles.

J'ai dépassé l'endroit où l'on avait découvert le corps de Natalie. Ce qu'Amma n'avait pas jugé digne d'être volé formait un tas bien triste à voir : trois grosses bougies, depuis longtemps éteintes ; des fleurs ordinaires, encore enveloppées dans la Cellophane du supermarché ; un ballon ramolli, en forme de cœur, qui flottait avec apathie.

Une décapotable rouge était garée dans l'allée des Keene. Le frère de Natalie, assis à la place du passager, discutait avec une blonde presque aussi belle que lui. Je me suis rangée derrière eux, j'ai vu qu'ils me regardaient à la dérobée, avant de feindre de ne m'avoir pas remarquée. La fille s'est mise à rire avec animation, en enfouissant ses ongles laqués rouge dans les cheveux bruns du garçon. En passant près de leur voiture pour gagner la porte d'entrée, je leur ai adressé un petit hochement de tête maladroit, qui leur a très certainement échappé.

C'est la mère de Natalie qui est venue répondre. Derrière elle, la maison était silencieuse, plongée dans l'obscurité. Son visage est demeuré accueillant à ma vue ; elle ne me reconnaissait pas.

« Madame Keene, je suis vraiment désolée de vous déranger en pareil moment, mais j'ai absolument besoin de vous parler.

– De Natalie ?

– Oui. Puis-je entrer ? » C'était un sale tour que de m'introduire chez elle sans me présenter. Curry aime bien dire que les journalistes sont comme des vampires. Ils ne peuvent pas pénétrer chez vous sans y avoir été invités, mais une fois dans la place, impossible de vous débarrasser d'eux avant qu'ils aient sucé tout votre sang. Elle a ouvert la porte.

« Ah, il fait frais chez vous, c'est agréable. Merci. Ils avaient annoncé trente-deux degrés, mais je pense qu'on les a dépassés.

– J'ai entendu dire qu'il fait trente-cinq.

– Je le crois volontiers. Sans vous embêter, pourrais-je vous demander un verre d'eau ? » Encore un stratagème qui a fait ses preuves : une femme qui vous a offert son hospitalité sera moins susceptible de vous ficher à la porte. Si vous souffrez d'une allergie ou d'un rhume, demandez un mouchoir en papier – c'est encore mieux. Les femmes adorent la vulnérabilité. Enfin, la plupart.

« Bien sûr. » Elle a marqué une pause et m'a dévisagée, comme si elle sentait qu'elle aurait dû savoir qui j'étais, mais qu'elle se sentait gênée de le demander. Entre les entrepreneurs des pompes funèbres, les prêtres, la police, les toubibs, la foule qui avait assisté aux obsèques – sans doute avait-elle rencontré au cours de ces derniers jours plus de gens que pendant toute l'année passée.

Tandis qu'elle disparaissait dans la cuisine, j'ai inspecté la pièce du regard. Elle semblait complètement différente ce jour-là ; les meubles avaient retrouvé leur place habituelle. À quelques pas de moi, sur une table, se trouvait une photo des deux petits Keene, prenant appui contre le tronc d'un gros chêne, en jean et pull rouge. Lui avait un sourire contrit, comme s'il était occupé à quelque activité qu'il valait mieux ne pas dévoiler. Sa sœur, moitié moins grande que lui, avait l'air résolument sérieux, comme un personnage sur un vieux daguerréotype.

« Comment s'appelle votre fils ?

– John. C'est un très gentil garçon, très doux. J'en ai toujours été très fière. Il vient de passer son bac.

– Ils ont un peu avancé les dates – quand j'étais à l'école ici, ils nous faisaient lambiner jusqu'en juin.

– Mm. C'est bien d'avoir un été plus long. »

J'ai souri. Elle a souri. Je me suis assise et j'ai siroté mon verre d'eau. J'étais infichue de me souvenir de ce que Curry préconisait, une fois qu'on avait réussi à s'insinuer chez quelqu'un.

« Nous ne nous sommes jamais rencontrées à proprement parler. Je m'appelle Camille Preaker. Du *Chicago Daily Post*. Nous nous sommes brièvement parlé l'autre soir, au téléphone. »

Son sourire s'est évanoui. Sa mâchoire s'est crispée.

« Vous auriez dû me dire ça plus tôt.

– Je sais combien c'est un moment atroce pour vous, mais si je pouvais juste vous poser quelques questions…

– Non.

– Madame Keene, nous voulons être honnêtes avec votre famille, et c'est pour cela que je suis ici. Plus nous pourrons donner d'informations aux gens…

– Plus vous vendrez de journaux. J'en ai marre de tout ce cirque. Je vais vous le dire, une bonne fois pour toutes : ne vous avisez pas de revenir. Ni de nous appeler. Je n'ai absolument rien à vous dire. » Elle s'est levée et m'a dominée de sa hauteur tout en se penchant vers moi. Son collier en perles de bois – le même qu'elle portait le jour des obsèques, et au milieu duquel pendait un gros cœur rouge – s'est balancé devant sa poitrine comme un pendule d'hypnotiseur. « Pour moi, vous êtes un parasite, m'a-t-elle craché. Je vous trouve répugnante. J'espère qu'un jour, vous regarderez en arrière et vous verrez à quel point vous êtes ignoble. Maintenant, partez, s'il vous plaît. »

Elle m'a escortée jusqu'à la porte, comme si elle allait refuser de croire que j'étais vraiment partie avant de m'avoir vue la franchir, et elle l'a refermée derrière moi, avec assez de force pour faire tinter légèrement la sonnette.

Je me suis retrouvée sur le perron, le visage en feu, et tandis que je songeais combien ce collier orné d'un cœur ferait un bon détail pour mon papier, j'ai vu que la fille dans la décapotable rouge me fixait. Le garçon, lui, n'était plus là.

« Tu es Camille Preaker, pas vrai ? a-t-elle lancé.

– Oui.

– Je me souviens de toi. J'étais petite à l'époque où tu habitais à Wind Gap, mais ici, tout le monde te connaît.

– Comment t'appelles-tu ?

– Meredith Wheeler. Tu ne peux pas te souvenir de moi, quand tu étais au lycée, je n'étais pas plus grosse qu'une balle de golf. »

La copine de John Keene. Son nom m'était familier grâce aux amies de ma mère – sinon, jamais je ne me serais souvenue d'elle. Elle ne devait guère avoir plus de six ou sept ans quand j'étais partie d'ici. Cependant, je n'étais pas surprise qu'elle me connaisse. À Wind Gap, les petites ados étudiaient leurs aînées avec une attention obsessionnelle : qui sortait avec les stars de l'équipe de foot, qui était la reine du bizutage, qui comptait. On s'échangeait les favorites comme on l'aurait fait de cartes de base-ball. Je me souviens encore de CeeCee Wyatt, la reine de beauté de Calhoon High School du temps où moi, j'étais gamine. Une fois, j'avais acheté onze tubes de rouge à lèvres au drugstore pour essayer de trouver exactement la même nuance de rose que celle qu'elle portait quand elle m'avait saluée, un matin.

« Je me souviens de toi, ai-je répondu. Et j'ai du mal à croire que tu aies l'âge de conduire. »

Elle a ri, mon mensonge semblait lui faire plaisir.

« Tu es journaliste maintenant, pas vrai ?

– Oui, à Chicago.

– Je vais convaincre John de te parler. On reste en contact. »

Meredith a filé. Je suis sûre qu'en se faisant une retouche de gloss, elle s'est offert une petite bouffée d'autosatisfaction pour ce *« on reste en contact »* – sans songer une seule seconde à la fillette de dix ans, morte, qui serait le sujet de la conversation.

J'ai appelé la principale quincaillerie de la ville – celle à côté de laquelle on avait retrouvé le corps de

Natalie. Sans décliner mon identité, j'ai expliqué que j'envisageais de rénover ma salle de bains, et peut-être d'en changer le carrelage. De là, faire dévier la conversation vers les meurtres n'a pas été trop ardu. Sans doute, ai-je suggéré, pas mal de gens avaient-ils renforcé la sécurité de leur maison, dernièrement ?

« C'est un fait, m'dame. On a eu une ruée sur les chaînes de sécurité et les doubles verrous, ces derniers jours, a maugréé mon interlocuteur.

— C'est vrai ? Vous en avez vendu combien ?

— Pas loin d'une quarantaine, je pense.

— À des familles, essentiellement ? Des gens avec enfants ?

— Ouais. Ce sont eux qui ont des raisons de s'inquiéter, pas vrai ? Quelle histoire horrible. On espère pouvoir faire une sorte de don à la famille de la petite Natalie. » Il a marqué une pause, avant d'ajouter : « Vous voulez passer jeter un œil à nos échantillons de carrelages ?

— Oui, peut-être bien, merci. »

Et une corvée journalistique en moins sur ma liste – sans même avoir eu besoin de me faire traiter de tous les noms par une mère éplorée.

Pour notre dîner, Richard avait choisi *Gritty*, un « restaurant de cuisine familiale » avec un bar à salades qui proposait de tout, sauf de la salade. La laitue était toujours reléguée dans un petit récipient en bout de comptoir, comme une arrière-pensée flétrie et huileuse. Quand je suis arrivée en trombe, avec douze minutes de retard, Richard baratinait l'hôtesse, une petite grosse joviale, dont le visage était assorti aux tourtes qui tournaient dans la vitrine derrière elle. Elle n'avait pas remarqué ma présence, trop absorbée par les possibles ouvertures avec Richard : elle imaginait déjà ce qu'elle allait écrire dans son journal intime ce soir-là.

« Preaker, a lancé Richard, sans quitter la fille des yeux. Vous êtes scandaleusement en retard. Vous avez de la chance que JoAnn ait été là pour me tenir compagnie. » La fille a gloussé, puis m'a décoché un regard agacé avant de nous conduire dans un box. Elle a abattu un menu graisseux devant moi. J'ai remarqué, sur la table, le rond qu'avait laissé le verre du précédent client.

La serveuse est apparue, a fait glisser devant moi un verre d'eau de la taille d'un dé à coudre, puis a tendu à Richard un grand gobelet de soda. « Salut Richard – je me suis souvenue, vous voyez ?

– C'est pour ça que vous êtes ma serveuse préférée, Kathy. » Charmant.

« Salut Camille, j'ai entendu dire que tu étais de retour. » Une phrase que je ne voulais jamais plus entendre de ma vie. À y regarder à deux fois, la serveuse était une ancienne camarade de classe. On avait été copines, l'espace d'un semestre en première, parce que nous sortions avec une paire de meilleurs amis – le mien s'appelait Phil, le sien Jerry ; c'étaient des sportifs – foot en automne, lutte en hiver, et toute l'année, ils organisaient des fêtes chez Phil, dans la salle de jeux au sous-sol. Une image a flashé dans ma mémoire : elle et moi, main dans la main pour garder l'équilibre, en train de pisser dans la neige juste devant la porte-fenêtre coulissante, trop ivres pour affronter la mère de Phil en haut. Je me souviens qu'elle m'avait raconté s'être envoyée en l'air avec Jerry sur la table de billard. Ce qui expliquait pourquoi le feutre poissait un peu.

« Salut Kathy, ça fait plaisir de te voir. Comment ça va ? »

Elle a écarté les mains et a balayé la salle des yeux.

« Oh, tu peux sans doute le deviner. Mais bon, c'est ce que tu gagnes à rester dans le coin, pas vrai ? Tu as le bonjour de Bobby. Bobby Kidder.

– Mais oui, bon sang, c'est vrai... » J'avais oublié qu'ils s'étaient mariés. « Comment va-t-il ?

– Pareil à lui-même. Tu devrais passer un de ces quatre. Si tu as le temps. On habite sur Fisher. »

Je voyais déjà la scène : l'horloge qui égrènerait bruyamment les minutes, et moi, assise au salon avec Bobby et Kathy Kidder, en train de me creuser la tête pour trouver un truc à dire. Kathy se chargerait de toute la conversation, comme elle l'avait toujours fait. C'était le genre de fille qui préférerait lire à voix haute les plaques de rues plutôt que d'endurer le silence. Quant à ce bon vieux Bobby, s'il n'avait pas changé, c'était un type peu disert mais affable, qui ne s'intéressait pas à grand-chose et dont le regard bleu ardoise ne s'animait que lorsque la conversation en arrivait à la chasse. Au lycée, il collectionnait les sabots de tous les chevreuils qu'il avait tués ; il avait toujours la dernière paire en date dans sa poche, et sitôt qu'une surface dure lui tombait sous la main, il sortait ses sabots pour jouer de la batterie. Il me semblait toujours entendre le défunt chevreuil lancer en morse un appel de détresse différé au gibier du lendemain.

« Bon, vous prenez le buffet ? »

J'ai commandé une bière – ce qui a été accueilli par un silence imposant. Kathy a jeté un regard dans son dos, vers la pendule murale. « Mm, on n'a pas le droit

166

de servir d'alcool avant huit heures. Mais je vais voir si je peux arranger ça en douce – en souvenir du bon vieux temps, pas vrai ?

– Je ne veux pas te créer de problème. » Ç'était typique de Wind Gap, d'édicter des règles arbitraires quant à la consommation d'alcool. Cinq heures, on aurait pu comprendre. Mais huit heures – c'était sorti de la tête de quelqu'un qui voulait juste faire culpabiliser.

« Seigneur, Camille, ce serait le truc le plus intéressant qui me soit arrivé depuis un bon moment. »

Pendant que Kathy allait me dérober une bière, Richard et moi avons rempli nos assiettes d'escalopes de poulet, de gruaux de maïs, de purée, et pour Richard, d'un tas tremblotant de gelée qui, le temps de regagner notre table, avait déjà fondu sur les autres aliments. Kathy, discrètement, avait déposé une bière sur ma banquette.

« Vous commencez à boire toujours aussi tôt ?

– Je bois juste une bière.

– Votre haleine sentait l'alcool quand vous êtes arrivée. Masquée par un parfum de bonbon – wintergreen ? » Il m'a souri, comme si la remarque n'était dictée que par la curiosité, et exempte de tout jugement. Je parie qu'il faisait des étincelles dans une salle d'interrogatoire.

« Les pastilles, oui ; l'alcool, non. »

Pour être franche, c'était là la raison de mon retard. Juste avant de m'engager sur le parking du restaurant, je me suis rendu compte que le petit verre que j'avais bu en sortant de chez les Keene avait besoin d'un petit maquillage rapide, et j'avais poussé jusqu'à la supérette, quelques centaines de mètres plus loin, pour acheter des pastilles. Au wintergreen.

« D'accord, Camille, a-t-il repris avec douceur. Pas de souci. Ce n'est pas mes affaires. » Il a mangé une bouchée de purée, colorée en rouge par la gelée, et est demeuré silencieux. Et a eu l'air légèrement confus.

« Alors, que voulez-vous savoir sur Wind Gap ? » J'avais l'impression de l'avoir profondément déçu, comme si j'étais sa mère et que je venais de renier ma promesse de l'amener au zoo pour son anniversaire. Du coup, pour me racheter, je me suis juré de lui dire la vérité, de répondre à sa prochaine question, d'être intarissable – et brusquement, je me suis interrogée : était-ce pour cela qu'il m'avait d'emblée provoquée à propos de l'alcool ? Un flic malin.

Il m'a dévisagée. « Je veux des informations sur la violence qui a cours ici. Chaque endroit suit un courant particulier. S'agit-il d'une violence offerte aux regards, ou bien dissimulée ? De violences collectives – des rixes dans les bars, des viols en bande – ou bien d'actes individuels ? Qui les commet ? Qui sont les cibles ?

– Je ne sais pas si je peux faire une généralisation à l'emporte-pièce sur toute l'histoire de la violence de la ville.

– Citez-moi un incident vraiment violent auquel vous avez assisté en grandissant. »

Ma mère, avec le bébé.

« J'ai vu une femme faire mal à un enfant.

– Comment ça ? Une fessée ? Un coup ?

– Elle l'a mordu.

– OK. Fille ou garçon ?

– Une fille, je crois.

– C'était son enfant ?

– Non.

– Bon, c'est bien ça. Donc, un cas de violence indivi-
duelle, sur un enfant de sexe féminin. Qui l'a commis ?
Je chercherai dans les archives.

– Je ne connais pas le nom de la femme. C'était une
parente de quelqu'un, qui n'était pas d'ici.

– Qui pourrait connaître son nom ? Si elle a des liens
familiaux avec quelqu'un d'ici, ça vaudrait le coup d'y
regarder de plus près. »

J'ai senti mes membres se détacher de mon corps,
et flotter à côté de moi, tels des morceaux de bois sur
les eaux huileuses d'un lac. J'ai pressé l'extrémité de
mes doigts sur les dents de la fourchette. Le seul fait de
raconter cette histoire à voix haute m'avait paniquée.
Jamais je n'aurais imaginé que Richard voudrait entrer
dans les détails.

« Hé, je pensais que vous vouliez juste un tableau
d'ensemble. » J'ai entendu ma voix résonner derrière
le bourdonnement du sang dans mes oreilles. « Je ne
connais pas les détails. Le visage de la femme ne me
disait rien, et je ne sais pas qui l'accompagnait. Du
coup, j'ai supposé qu'elle n'était pas de Wind Gap.

– Je croyais que les journalistes ne faisaient jamais
de suppositions. » Il a souri.

« Je n'étais pas journaliste, à l'époque. Je n'étais
qu'une petite fille…

– Camille, je vous taquine, je suis désolé. » Il a détaché la fourchette d'entre mes doigts, l'a posée ostensiblement de son côté, puis il m'a pris la main et l'a
embrassée. J'ai vu le mot *lèvres* émerger de sous ma
manche droite. « Pardonnez-moi. Je ne voulais pas
vous cuisiner. Je jouais au méchant flic.

– J'ai du mal à vous imaginer dans la peau d'un méchant flic. »

Grand sourire. « C'est vrai. Ça demande un effort d'imagination. C'est la faute à cette tête de gentil petit garçon ! »

Nous nous sommes tus pour siroter nos verres. Il a joué avec la salière, puis a ajouté : « Je peux vous poser encore quelques questions ? » J'ai hoché la tête. « De quel autre incident vous souvenez-vous ? »

L'odeur puissante de la salade de thon dans mon assiette me soulevait l'estomac. J'ai regardé Kathy pour lui demander une autre bière.

« En classe de huitième. Deux garçons ont coincé une fille pendant la récréation et l'ont obligée à s'introduire un bâton...

– *Obligée ?* En usant de la force ?

– Mm... un peu, je crois. C'étaient des petites brutes. Ils lui ont dit de le faire, et elle l'a fait.

– Vous l'avez vu, ou bien on vous l'a raconté ?

– Ils avaient dit à quelques-unes d'entre nous de regarder. Quand c'est arrivé aux oreilles de la maîtresse, on a dû s'excuser.

– Auprès de la fille ?

– Non, la fille elle aussi a dû s'excuser. Auprès de la classe. Les jeunes filles doivent garder le contrôle de leur corps parce que les garçons sont incapables de contrôler le leur.

– Nom d'un chien. On oublie parfois combien les choses étaient différentes autrefois – et sans que ça remonte à des siècles. Combien on manquait... d'informations. » Richard a pris des notes sur son calepin et gobé une cuillerée de gelée. « De quoi vous souvenez-vous d'autre ?

– Une fois, une fille de quatrième s'est soûlée, lors d'une boum du lycée, et quatre ou cinq types de l'équipe de football ont couché avec elle, à tour de rôle. Ça compte ?

– Camille. Évidemment que ça compte. Vous le savez bien, non ?

– Euh…, je ne savais pas si ça comptait comme un acte de vraie violence ou…

– Une bande de petits voyous qui violent une gamine de treize ans, pour moi, c'est de la violence pure et simple.

– Tout se passe bien ? » Kathy s'est matérialisée à côté de nous, souriante.

« Tu crois que tu pourrais me trouver une autre bière ?

– Deux, a corrigé Richard.

– D'accord, celle-là, c'est une fleur que je fais à Richard parce qu'il laisse les pourboires les plus généreux de la ville.

– Merci Kathy », a répondu l'intéressé avec un sourire.

Je me suis penchée par-dessus la table. « Je ne discute pas le fait que ce soit violent, Richard ; j'essaie simplement de cerner vos critères.

– Oui, et le simple fait que vous me demandiez si ça entre en ligne de compte me donne une idée assez juste du genre de violence qui a cours ici. La police a été avertie ?

– Bien sûr que non.

– C'est étonnant qu'on n'ait pas demandé à la gamine de s'excuser de les avoir autorisés à la violer. Quatrième… Ça me rend malade. » Il a essayé de me reprendre la main, mais je l'ai mise en lieu sûr, sur mes genoux.

« Donc, c'est l'âge qui en fait un viol.

– Ç'aurait été un viol à n'importe quel âge.

– Si ce soir, je buvais plus que de raison, perdais la tête et couchais avec quatre mecs, ce serait un viol ?

– D'après la loi, je ne sais pas, ça dépendrait de pas mal de choses – de votre avocat, notamment. Mais d'un point de vue éthique, c'en serait un, sans aucun doute.

– Vous êtes sexiste.

– Quoi ?

– Vous êtes sexiste. J'en ai ma claque des types de gauche libéraux qui pratiquent la discrimination sexuelle au motif de protéger les femmes contre la discrimination sexuelle.

– Je peux vous assurer que je ne fais rien de tel.

– J'ai un collègue, au journal – un mec *sensible*. Quand une promotion m'est passée sous le nez, il m'a suggéré d'engager des poursuites pour discrimination. Je n'étais pas victime de discrimination – j'étais une mauvaise journaliste. Et parfois, les femmes ivres ne se font pas violer ; elles font juste des choix idiots – et arguer qu'une femme ivre a droit à un traitement de faveur au motif qu'elle est une femme, dire qu'on a besoin d'être traitées avec des égards, je trouve ça insultant. »

Kathy est revenue avec nos bières, que nous avons bues en silence, jusqu'à la dernière goutte.

« Mince alors, Preaker. OK, je suis d'accord.

– Bien.

– Vous voyez tout de même bien se dessiner un schéma, non ? Dans les agressions perpétrées sur les femmes ? Dans la réaction que suscitent ces agressions ?

— Sauf que ni Ann Nash ni la petite Keene n'ont été molestées sexuellement. Pas vrai ?

— Je pense que dans l'esprit de notre type, arracher des dents équivaut à un viol. C'est une manifestation de pouvoir – un acte agressif, qui réclame une sacrée force, et chaque dent qui saute est comme… une délivrance.

— C'est une déclaration officielle ?

— Si jamais je lis ça dans votre journal, si jamais je lis la moindre allusion à cette conversation sous votre plume, vous et moi ne nous reparlerons plus jamais. Et ce serait vraiment triste, parce que j'aime bien bavarder avec vous. Santé. » Richard a trinqué avec sa canette vide. Je suis demeurée silencieuse.

« En fait, laissez-moi vous inviter à boire un verre. Histoire de se détendre. On ne parlera pas boutique. Mon cerveau a désespérément besoin d'une soirée de break. On pourrait faire un truc qui cadre avec la vie dans une petite ville. »

J'ai haussé les sourcils.

« Tirer des sucres d'orge au distributeur ? Grimper à un mât de cocagne ? » Il a énuméré les activités sur ses doigts. « Aller acheter des glaces ? Se balader sur Main Street à bord d'un quad ? Il n'y aurait pas une bonne vieille fête foraine, dans un patelin du coin ? Je pourrais vous faire une démonstration de force sur quelque stand.

— Voilà qui vous gagnerait l'affection des autochtones.

– Kathy m'aime bien.

– Oui, à cause des pourboires. »

Nous avons fini à Garrett Park, coincés sur des balançoires trop étroites pour nous, à tanguer mollement dans
l'air chaud et poussiéreux. C'était là que Natalie Keene
avait été vue vivante pour la dernière fois, mais aucun
de nous ne l'a mentionné. De l'autre côté du terrain de
base-ball, une vieille fontaine d'eau potable crachotait
infatigablement un filet d'eau.

« Le soir, je vois des tas de gamins du lycée qui
viennent ici pour faire la fête, a dit Richard. Vickery
est trop occupé, ces derniers temps, pour jouer au gen-
darme.

– C'était déjà comme ça, de mon temps. C'est
jamais un problème de picoler, ici. Sauf chez *Gritty*,
apparemment.

– J'aurais bien aimé vous connaître à seize ans.
Laissez-moi deviner : vous ressembliez à la fille du pré-
dicateur illuminé. Un physique qui en jette, du fric, et
de la jugeote. La recette idéale pour s'attirer des emmer-
dements, dans le coin, je suppose. Je vous imagine très
bien ici, a-t-il dit en embrassant d'un geste les gradins
lézardés. Défiant les garçons à des concours de boisson. »

Le plus inoffensif des outrages auxquels je m'étais
adonnée dans ce parc – théâtre non seulement de mon
premier baiser, mais aussi de ma première fellation, à
treize ans. Un senior de l'équipe de base-ball m'avait
prise sous son aile – puis emmenée dans le bois. Il avait
refusé de m'embrasser tant que je ne lui avais pas fait
sa petite gâterie. Ensuite, il avait refusé de m'embras-

ser parce que ma bouche avait été là, en bas. Amour de jeunesse. Peu après, il y avait eu ma folle nuit, lors de la fête de l'équipe de foot – cette histoire qui avait tellement agacé Richard. Classe de quatrième, quatre mecs. Il s'était passé ce soir-là bien plus de choses qu'au cours des dix années écoulées. J'ai senti le mot *mauvaise* s'embraser près de mon pelvis.

« Je ne me suis pas ennuyée, ai-je dit. Le physique et le fric, à Wind Gap, ça vous mène loin.

– Et la jugeote ?

– La jugeote, on la cache. J'avais beaucoup d'amies, mais aucune dont j'étais proche.

– J'imagine aisément. Vous étiez proche de votre maman ?

– Pas spécialement. » J'avais bu un verre de trop. Je sentais que mon visage était fermé et brûlant.

« Pourquoi ? a demandé Richard en pivotant sur sa balançoire pour me faire face.

– Je pense que certaines femmes n'ont pas vocation à être mère. Et que d'autres ne l'ont pas à être fille.

– S'en est-elle déjà prise à vous, physiquement ? » La question m'a mis les nerfs à vif, surtout à la suite de notre conversation, pendant le dîner. Ne s'en était-elle jamais prise à moi ? J'étais certaine qu'un jour, en rêve, me reviendrait un souvenir d'elle en train de me griffer, de me mordre, de me pincer. J'avais l'impression que cela s'était vraiment passé. Je me suis vue en train d'enlever mon chemisier pour lui montrer mes cicatrices, en hurlant : « *Oui, regardez !* » Complaisance.

« C'est une question étrange, Richard.

– Je suis désolé, mais il y avait comme… de la tristesse dans votre voix. Ou de la colère. Quelque chose.

– C'est la marque de quelqu'un qui a une relation saine avec ses parents.

– Je plaide coupable ! » Il a éclaté de rire. « Et si on changeait de sujet ?

– Oui.

– D'accord, voyons… Un sujet de conversation léger. Un sujet pour balançoires. » Son visage s'est chiffonné, pour singer un effort de réflexion. « Bien : quelle est votre couleur, votre glace et votre saison préférée ?

– Le bleu, le café, l'hiver.

– L'hiver ? Personne n'aime l'hiver.

– La nuit tombe tôt. Ça me plaît bien.

– Pourquoi ? »

Parce que ça signifie que la journée est terminée. J'aime bien barrer les jours sur un calendrier – cent cinquante et un jours barrés et il ne s'est rien produit de franchement horrible. Cent cinquante-deux, et le monde n'est pas en ruine. Cent cinquante-trois, et je n'ai détruit personne. Cent cinquante-quatre, et personne ne me hait vraiment. Parfois, j'ai l'impression que je ne serai pas en sécurité tant que je ne pourrai pas compter mes derniers jours à vivre sur les doigts d'une main. Trois jours encore à traverser, avant que je n'aie plus à me soucier de la vie.

« Parce que j'aime la nuit. » J'étais sur le point d'en dire davantage – pas beaucoup plus, mais un peu plus – quand une voiture de compétition jaune, déglinguée, s'est arrêtée dans un grondement de l'autre côté de la rue. Amma et ses blondes ont jailli de l'arrière, en se bousculant. Amma est allée se pencher par la fenêtre ouverte du conducteur, en aguichant de son décolleté le garçon, qui, comme attendu de la part de quelqu'un conduisant encore ce genre de bagnole, avait des cheveux longs et gras, d'un blond terne. Les trois autres filles se sont tenues en retrait derrière elle, en se déhanchant ; la plus grande leur a tourné le dos, et toutes fesses offertes, s'est ployée en avant, mince et longue, pour faire semblant de renouer son lacet. Jolis mouvements.

Les filles se sont avancées dans notre direction ; Amma a agité les mains pour protester démonstrativement contre l'exhalaison de fumée noire. Je devais reconnaître que ces gamines étaient drôlement sexy. De longues chevelures blondes, des visages en cœur, des jambes menues. Des minijupes et des tee-shirts étriqués qui découvraient leurs ventres plats d'adolescentes. Et mis à part la prénommée Jodes, dont la poitrine était trop haute et trop roide pour être authentique, les autres avaient des seins – lourds et oscillants, bien trop développés. Toutes ces jeunes années nourries au lait, au porc, au bœuf. Toutes ces hormones dont nous gavons notre bétail. On verra sous peu des gamines de maternelle avec des nichons.

« Salut Dick, a lancé Amma, qui tétait une sucette rouge géante.

— Bonsoir, mesdemoiselles.

— Salut Camille, alors ça y est – tu as fait de moi une star ? » a repris Amma en enroulant sa langue autour de la sucette. Les tresses à la Heidi et les vêtements dans lesquels je l'avais vue à l'usine, qui devaient empester, avaient disparu. Elle portait un débardeur et une jupe qui ne dépassait son entrejambe que de quelques centimètres.

« Pas encore. » Avec sa peau de pêche, lisse et sans rides, avec son visage parfait et qui ne trahissait rien de sa personnalité, elle aurait aussi bien pu sortir à l'instant du ventre maternel. Toutes ces gamines semblaient inachevées. Je voulais qu'elles déguerpissent.

« Dick, quand est-ce que tu nous emmènes faire une balade en voiture ? a demandé Amma, en se laissant choir par terre devant nous, jambes relevées pour laisser apercevoir sa culotte.

— Pour ce faire, il faudrait que je vous arrête. Et il se pourrait que je sois obligé d'arrêter aussi ces garçons avec lesquels vous traînez tout le temps. Les garçons du lycée sont trop vieux pour vous.

— Ils sont pas au lycée, a protesté la fille la plus grande.

— Ouais, a gloussé Amma. Ils ont laissé tomber.

— Amma, quel âge as-tu ? a demandé Richard.

— Je viens d'avoir treize ans.

— Pourquoi tu t'intéresses toujours autant à Amma ? est intervenue la blonde cuivrée. On existe, nous aussi. Je parie que tu connais même pas nos prénoms.

— Camille, je vous présente Kylie, Kelsey et Kelsey, a dit Richard en désignant la grande perche, la blonde cuivrée et la fille que ma sœur appelait…

— Elle, on l'appelle Jodes, a précisé Amma. Comme il y a deux Kelsey, on l'appelle par son nom de famille. Pour éviter les confusions. Pas vrai, Jodes ?

— Ils peuvent m'appeler Kelsey, s'ils le veulent », a répondu l'intéressée – dont le point faible et qui méritait punition était, vraisemblablement, d'être la moins belle des quatre. Menton fuyant.

« Et Amma est votre demi-sœur, n'est-ce pas ? a poursuivi Richard en s'adressant à moi. Je suis plus au jus qu'il n'y paraît.

— Oui, tu sembles même très au jus », a repris Amma. Dans sa bouche, la phrase semblait se charger d'une allusion sexuelle, dont le double sens, cependant, m'échappait. « Alors, vous sortez ensemble, vous deux ? J'ai entendu dire que la petite Camille ici présente est un sacré bon coup. Ou qu'elle l'était, du moins. »

Richard, dans un hoquet, a lâché un rire étranglé et choqué. *Indigne* s'est réveillé sur ma jambe.

« C'est vrai, Richard. J'étais un drôle de numéro, dans le temps.

— *Un drôle de numéro* », a répété Amma en me singeant. Deux des filles ont ri. Jodes s'est mise à tracer nerveusement des lignes dans la terre avec un bâton. « Tu devrais entendre les histoires, Dick. Ça t'exciterait drôlement. À moins que ce ne soit emballé.

— Mesdemoiselles, nous allons devoir vous quitter, mais comme toujours, c'était un drôle de numéro », a dit Richard. Il m'a pris la main pour m'aider à m'extraire de la balançoire, ne l'a pas lâchée et l'a serrée à deux reprises tandis que nous marchions vers la voiture.

« Quel gentleman ! a lancé Amma tandis que toute la troupe se relevait pour nous emboîter le pas. Pas fichu de résoudre un meurtre, mais il trouve le temps d'aider Camille à monter dans son tas de ferraille. » Elles nous collaient au train ; Amma et Kylie nous talonnaient. J'ai senti *malsaine* rutiler là où, de sa sandale, Amma m'avait éraflé le tendon d'Achille. Puis, elle s'est mise à entortiller sa sucette humide dans mes cheveux.

« Arrête », ai-je marmonné. J'ai fait volte-face et j'ai attrapé son poignet, en serrant si fort que j'ai senti son pouls. Plus lent que le mien. Au lieu de se contorsionner pour se dégager, elle s'est collée davantage contre moi. J'ai senti au creux de ma nuque son haleine parfumée à la fraise.

« Vas-y, fais quelque chose, a-t-elle dit en souriant. Tu pourrais me tuer, là, et Dick en resterait encore comme deux ronds de flan. » J'ai laissé couler, je l'ai repoussée, et Richard et moi avons filé vers la voiture, avec plus de précipitation que je ne l'aurais souhaité.

9

À neuf heures, j'ai sombré, sans crier gare, dans un sommeil de plomb, et je me suis réveillée à sept heures le lendemain matin, baignée par un soleil agressif. Un arbre desséché frottait ses branches contre la moustiquaire de ma fenêtre, comme s'il voulait venir se réconforter à mes côtés.

J'ai enfilé mon uniforme – les manches longues, la jupe longue – et je suis descendue. Gayla, avec sa blouse blanche d'infirmière qui irradiait sur fond de verdure, illuminait l'arrière-cour, avec dans les mains un plateau en argent sur lequel ma mère, en robe d'été couleur de beurre frais assortie à ses cheveux, déposait des roses défectueuses. Armée d'un sécateur, elle traquait les imperfections dans les bouquets de grosses fleurs roses et jaunes ; elle scrutait chacune d'elles avec avidité, éliminait des pétales, dépouillait, arrachait.

« Il faut les arroser davantage, Gayla. Regardez ce que vous leur avez fait. »

Elle a écarté une rose très pâle d'un arbuste, a courbé la tige vers le sol, l'a retenue délicatement du pied et l'a sectionnée à la base. Gayla devait avoir deux douzaines de roses sur son plateau. Je ne voyais pas vraiment ce qu'on leur reprochait.

« Camille, toi et moi nous allons faire du shopping à Woodberry aujourd'hui, a lancé ma mère sans relever la tête. D'accord ? » Elle n'a pas évoqué le face-à-face qui avait eu lieu chez les Nash, la veille. Cela aurait été trop frontal.

« J'ai quelques trucs à faire, ai-je répondu. Au fait, je ne savais pas que tu étais amie avec les Nash. Avec Ann. » Je me sentais un peu coupable de l'avoir raillée au sujet de la petite fille, l'autre matin au petit déjeuner. Enfin, je ne me sentais pas mal d'avoir bouleversé ma mère – disons plutôt que je détestais être sa débitrice.

« Mm mm. Alan et moi recevons samedi prochain. C'était organisé bien avant que nous sachions que tu venais. Cela dit, nous n'avons jamais vraiment su que tu venais avant que tu ne sois là. »

Une autre rose décapitée.

« Je pensais que tu ne connaissais qu'à peine ces filles ; je n'avais pas saisi…

– Bien. Ce sera une jolie garden-party, avec plein de gens charmants, et il va te falloir une robe. Je suis sûre que tu n'as pas apporté de robe ?

– Non.

– Parfait, ce sera une bonne occasion pour nous de rattraper le temps perdu et de passer un moment ensemble. Cela fait plus d'une semaine que tu es ici, je pense qu'il est grand temps. » Elle a déposé une dernière tige sur le plateau. « Ça ira, Gayla, vous pouvez aller les jeter. Nous en cueillerons quelques-unes pour la maison, plus tard.

– Je vais prendre celles-là pour ma chambre, maman. Elles m'ont l'air bien.

– Non, elles ne le sont pas.

– Je m'en fiche.

– Camille, je viens de les trier, et elles ne sont pas belles. » Elle a lâché le sécateur par terre et a commencé à s'acharner sur une tige.

« Mais elles me conviennent très bien. C'est pour ma chambre.

– Ah, regarde ce que tu as fait ! Je saigne. » Elle a brandi ses mains piquées par les épines et des filets de sang incarnat ont commencé à ruisseler le long de ses poignets. Fin de la conversation. Elle a regagné la maison, Gayla sur ses talons, et moi sur ceux de Gayla. Le bouton de la porte de la cuisine était gluant de sang.

Alan a bandé les mains de ma mère avec ostentation, et quand nous avons littéralement failli trébucher sur Amma, qui trafiquait à nouveau dans sa maison de poupée sous le porche, Adora, par provocation, lui a tiré sa tresse en lui ordonnant de nous accompagner. Elle s'est exécutée sans protester, et j'ai attendu qu'elle recommence à me bourrer les talons de coups. Mais non – pas en présence de Mère.

Adora voulait que je conduise sa décapotable bleu ciel jusqu'à Woodberry, qui se targuait de posséder deux boutiques de prêt-à-porter de luxe, mais elle ne voulait pas baisser la capote. « On se gèle », a-t-elle expliqué en adressant un sourire de conspiratrice à Amma. Celle-ci avait pris place derrière ma mère et gardait le silence ; quand je l'ai surprise à m'observer dans le rétroviseur, elle a grimacé un sourire, très mademoiselle Je-sais-tout. Régulièrement, elle caressait les cheveux de ma mère du bout des doigts, si légèrement que celle-ci ne s'apercevait de rien.

Tandis que je garais la Mercedes devant sa boutique préférée, Adora m'a demandé d'une voix faible de lui ouvrir la portière. C'étaient les premiers mots qu'elle m'adressait depuis vingt minutes. Sympa, comme façon de rattraper le temps perdu. Je lui ai également tenu la porte de la boutique, qui s'est ouverte avec un tintement au timbre féminin, et assorti à l'accueil enjoué de la vendeuse.

« Adora ! » Et là, froncement de sourcils. « Bonté divine, très chère, qu'est-il arrivé à vos mains ?

— Rien, rien – un petit accident. En faisant quelques menus travaux dans la maison. J'irai voir mon médecin cet après-midi. » Évidemment. Elle irait le consulter si elle s'était entaillée avec une feuille de papier.

« Que s'est-il passé ?

— Oh, je n'ai vraiment pas envie d'en parler. Je *tiens* à vous présenter ma fille, Camille. Elle est de passage. »

La vendeuse a regardé Amma, puis m'a gratifiée d'un sourire hésitant.

« Camille ? » Elle s'est vite ressaisie. « Je crois que j'avais oublié que vous aviez une troisième fille. » Elle a baissé la voix en prononçant le mot *fille*, comme si c'était un gros mot. « Elle doit tenir de son père, a ajouté la femme, en détaillant mon visage comme si j'étais un cheval qu'elle envisageait d'acheter. Amma vous ressemble tellement, et Marian aussi, sur vos photos. Celle-ci, en revanche...

184

– Oui, elle n'a pas pris grand-chose de moi, a dit ma mère. Elle a les cheveux de son père, et ses pommettes aussi. Et son caractère, aussi. »

Jamais je n'avais entendu ma mère parler autant de mon père. À combien d'autres vendeuses avait-elle distillé avec désinvolture ces détails croustillants ? Un instant, je me suis imaginée aller baratiner toutes les vendeuses du sud du Missouri, pour recomposer un portait flou de cet homme.

Ma mère m'a flatté les cheveux de ses mains enturbannées de gaze. « Il nous faut une robe pour ma petite chérie. Quelque chose de coloré. Elle a tendance à ne s'habiller qu'en noir et en gris. Du 36. »

La femme, si maigre que les os de son bassin pointaient sous sa jupe comme une ramure, s'est faufilée entre les portants circulaires pour cueillir un bouquet de robes dans les tons vert, bleu et rose criards.

« Ça, ça serait beau sur toi, a observé Amma en tendant à ma mère un haut doré à paillettes.

– Ça suffit, Amma. C'est vulgaire.

– Je te fais vraiment penser à mon père ? » Je n'avais pas pu me retenir de poser la question. J'ai senti mon audace m'embraser les joues.

« Je savais bien que tu n'allais pas laisser passer ça », a-t-elle répondu en retouchant son rouge à lèvres devant un des miroirs. La gaze, sur ses mains, était demeurée immaculée.

« Simple curiosité ; je ne t'avais jamais entendue dire que ma personnalité te faisait penser à lui…

– Ta personnalité me fait penser à quelqu'un de très différent de moi. Et comme tu ne dois rien à Alan, j'en conclus que ça doit venir de ton père. Et maintenant, ça suffit.

— Mais, maman, je voulais juste savoir…

— Camille, tu me fais saigner encore plus. » Elle a brandi ses mains bandées ; la gaze était à présent tachetée de rouge. J'ai eu envie de la griffer.

La vendeuse est revenue à la charge avec un ballot de robes.

« Vous devez absolument essayer celle-ci », a-t-elle dit en brandissant une robe d'été turquoise. Bustier. « Et notre petite cocotte, a-t-elle ajouté en inclinant la tête vers Amma. Elle peut probablement entrer dans nos petites tailles.

— Amma n'a que treize ans. Elle n'a pas l'âge pour ce genre de vêtements, a rétorqué ma mère.

— Que treize ans — bonté divine ! Je l'oublie tout le temps. Elle fait tellement grande ! Vous devez être malade d'inquiétude, avec tout ce qui se passe à Wind Gap en ce moment. »

Ma mère a enlacé Amma et déposé un baiser sur le haut de son crâne. « Certains jours, je me dis que toute cette inquiétude sera au-dessus de mes forces. J'ai envie de l'enfermer, quelque part à l'abri.

— Comme les épouses de Barbe-Bleue, a marmonné Amma.

— Comme Rampunzel, a rectifié ma mère. Allons, Camille, vas-y, montre à ta sœur combien tu peux être jolie. »

Elle m'a traînée vers le salon d'essayage, silencieuse et raide comme la justice. Une fois dans la petite cabine tapissée de miroirs, avec ma mère qui patientait à l'extérieur, sur une chaise, j'ai passé en revue mes options :

robe bustier ; robe à fines bretelles ; robe à manches courtes. Ma mère me punissait. J'ai trouvé dans le lot un modèle à manches trois quarts, rose ; je me suis désha- billée prestement et je l'ai enfilé. Le décolleté était plus profond que je ne l'avais cru : sous l'éclairage au néon, les mots, sur ma poitrine, paraissaient avoir enflé, comme si des vers avaient creusé des galeries sous la peau. *Plainte, lait, blessée, saignée.*

« Camille ? Montre-moi.

— Euh… celle-ci n'ira pas.

— Montre-moi. » Une brûlure sur ma hanche droite : *dénigrer*.

« Je vais en essayer une autre. » J'ai examiné les autres modèles. Tous étaient pareillement décolletés. J'ai de nouveau aperçu mon reflet dans le miroir. Un spectacle horrifiant.

« Camille, ouvre cette porte !

— C'est quoi, son problème ? a demandé Amma.

— Celle-ci ne me va pas. » La fermeture à glissière s'était enrayée. Mes bras nus envoyaient des flashs rose foncé et violets. Même sans regarder directement dans le miroir, je les voyais se réfléchir vers moi – une masse confuse de peau écorchée.

« Camille ! a craché ma mère.

— Pourquoi elle ne veut pas nous montrer ?

— Camille.

— Maman, tu as vu les robes. Tu sais pourquoi elles ne vont pas, ai-je plaidé.

— Laisse-moi voir.

— Je vais en essayer une, maman, a dit Amma d'une voix enjôleuse.

— Camille…

– Très bien. » J'ai ouvert la porte avec violence. Ma mère, qui avait le visage au niveau de mon encolure, a cillé.

« Oh mon Dieu. » J'ai senti son souffle sur ma peau. Elle a levé une main bandée, comme si elle s'apprêtait à la poser sur mon buste, puis l'a laissée retomber. Derrière elle, Amma a poussé un gémissement de chiot. « Regarde ce que tu t'es fait, a dit Adora. Regarde.

– Je regarde.

– J'espère que ça te plaît. J'espère que tu peux te supporter. »

Elle a refermé la porte de la cabine et j'ai voulu arracher la robe ; la fermeture à glissière était toujours coincée, mais à force d'acharnement, j'ai réussi à écarter ses dents suffisamment pour faire glisser la robe par-dessus mes hanches et, après de multiples contorsions, à m'en extirper. La fermeture a laissé une estafilade rose sur ma peau. J'ai roulé la robe en boule, je l'ai écrasée sur ma bouche et j'ai hurlé.

J'entendais ma mère, dans l'autre pièce, parler d'une voix pondérée. Quand je suis sortie de la cabine, la vendeuse emballait un chemisier en dentelle à manches longues et col montant, et une jupe corail qui me couvrirait les chevilles. Amma m'a dévisagée, les yeux rosis, le regard perçant, puis elle est partie nous attendre à côté de la voiture.

De retour à la maison, quand je suis entrée sur les talons d'Adora, Alan se trouvait dans le hall ; il affectait une pose décontractée, mains enfoncées dans les poches de son pantalon en lin. Adora l'a dépassé pour gagner l'escalier.

« Votre promenade s'est-elle bien passée ? lui a-t-il lancé.

– C'était épouvantable », a gémi ma mère. J'ai entendu la porte de sa chambre, à l'étage, se refermer. Alan m'a regardée, sourcils froncés, puis est monté s'occuper d'Adora. Amma, elle, avait déjà disparu.

Je suis allée à la cuisine, et me suis dirigée droit vers le tiroir à couteaux. Je voulais simplement regarder ceux, qu'autrefois, j'avais utilisés. Je n'allais pas me couper, je voulais juste me concéder cette sensation aiguë que procure la pointe du couteau. Je sentais déjà la pression délicate contre les coussinets de mes doigts, la tension subtile qui précède l'entaille.

Le tiroir a coulissé de quelques centimètres, puis s'est coincé. Ma mère l'avait cadenassé. J'ai insisté, j'ai tiré, tiré. J'ai entendu le cliquetis argentin des lames qui s'entrechoquaient. Comme des poissons en métal qui auraient rouspété. La peau me brûlait. J'étais sur le point d'aller téléphoner à Curry quand le tintement civilisé de la sonnette de la porte d'entrée s'est faufilé dans la maison.

J'ai jeté un œil par la fenêtre et j'ai vu Meredith Wheeler et John Keene, sur le seuil.

Je suis allée répondre en me mordillant le gras de la joue, aussi gênée que si j'avais été surprise en train de me masturber. Meredith est entrée d'un pas décidé et a virevolté d'une pièce à l'autre, en s'extasiant à coups d'exclamations parfumées à la menthe, et en répandant dans son sillage des bouffées d'un parfum opulent, qui aurait mieux convenu à une dame d'un certain âge qu'à une adolescente en uniforme vert et blanc de majorette. Elle a vu que je la dévisageais.

« Je sais, je sais, l'école est finie. C'est ma dernière occasion de porter ce costume, en fait. On a une réunion avec les filles de l'an prochain. Pour leur passer le flam-beau, en quelque sorte. Toi aussi, tu as été *pom-pom girl*, pas vrai ?

– Oui, même si ça paraît invraisemblable. » Je n'étais pas particulièrement douée, mais la jupe m'allait bien. À l'époque où je ne me coupais que sur le buste.

« Non, ça n'a rien d'invraisemblable. Tu étais la plus jolie fille de la ville. Mon cousin était en seconde l'année où tu as passé le bac. Dan Wheeler ? Il parlait sans arrêt de toi. Belle et intelligente, il répétait ça à tout bout de champ. Et sympa. Il me tuerait, s'il savait que je te raconte ça. Il vit à Springfield, maintenant. Mais il n'est pas marié. »

Son ton enjôleur me faisait penser à ces filles avec lesquelles je n'avais jamais été à l'aise – celles qui s'adonnaient à une sorte de copinage artificiel, qui me confiaient, les concernant, des secrets qu'on ne devrait dire qu'aux amies, et qui se décrivaient comme des filles « sociables ».

« Voilà John », a-t-elle dit, comme si elle était éton-née de le découvrir à côté d'elle.

C'était ma première occasion de le voir de près. Grand, mince, des lèvres charnues, presque obscènes, et des yeux couleur de glacier. Il était vraiment beau – d'une beauté presque androgyne. Il a rabattu une mèche brune derrière l'oreille et a souri à la main qu'il me ten-dait, comme s'il s'agissait d'un animal domestique qui allait tenter un nouveau tour.

« Bon, où voulez-vous qu'on s'installe pour discu-ter ? » a demandé Meredith. J'ai hésité un instant à me débarrasser d'elle, inquiète à l'idée qu'elle ne sache pas quand, ou comment, la boucler. Mais John semblait avoir besoin d'être entouré, et je ne voulais pas l'effrayer.

« Allons au salon, ai-je dit. Je vais nous faire apporter du thé glacé. »

Mais auparavant, j'ai fait un saut dans ma chambre où j'ai glissé une cassette vierge dans mon magnéto. Puis je suis allée coller l'oreille contre la porte de ma mère. Tout était silencieux, à l'exception du ronronnement d'un ventilateur. Dormait-elle ? Et si c'était le cas, Alan était-il pelotonné contre elle ? Ou se contentait-il de la contempler, assis sur le tabouret de la coiffeuse ? Même après toutes ces années, je n'avais pas la moindre idée de ce à quoi pouvait ressembler leur intimité. En passant devant la chambre d'Amma, je l'ai vue, sagement assise sur un rocking-chair, plongée dans la lecture d'un volume intitulé *Les Déesses de la Grèce antique*. Depuis mon arrivée, je l'avais vue se prendre pour Jeanne d'Arc, la femme de Barbe-Bleue et la princesse Diana – trois martyres, ai-je pensé. Elle allait trouver des personnages encore plus malsains dans son panthéon féminin. Je l'ai laissée à sa lecture.

Je suis allée dans la cuisine nous servir à boire, puis j'ai enfoncé les pointes d'une fourchette dans ma paume ; j'ai compté jusqu'à trente, lentement. Ma peau a commencé à s'apaiser.

Quand je suis revenue dans le salon, Meredith avait passé les jambes sur les genoux de John et l'embrassait dans le cou. Elle ne s'est pas interrompue quand j'ai posé bruyamment le plateau avec les verres sur la table. John, lui, m'a regardée et s'est dégagé, lentement.

« T'es pas marrant, aujourd'hui, a-t-elle protesté avec une moue aguicheuse.

– Bien, je suis vraiment contente que tu aies décidé de me parler, John, ai-je commencé. Je sais que ta maman a eu quelques réticences.

– Oui, elle ne veut pas parler à grand monde, et surtout pas à… la presse. Elle ne se confie pas.

– Mais toi, ça ne te pose pas de problème ? Tu as dix-huit ans, je suppose ?

– Je viens de les avoir. » Il a siroté son thé avec cérémonie, comme s'il comptait les cuillerées qu'il ingurgitait.

« Ce que je veux avant tout, c'est pouvoir décrire ta sœur à nos lecteurs. Le père d'Ann Nash parle d'elle, et je ne veux pas que Natalie soit oubliée de l'article. Ta mère sait que tu es venu me parler ?

– Non, mais ce n'est pas un problème. Je crois qu'il faut qu'on reconnaisse que nous sommes en désaccord là-dessus. » Il a égrené un rire qui évoquait un bégaiement.

« Sa maman est un peu flippée, en ce qui concerne la presse, a souligné Meredith en buvant dans le verre de John. C'est quelqu'un de très secret. Je crois même qu'elle ne sait pas qui je suis, alors que ça fait plus d'un an qu'on est ensemble, pas vrai ? » John a hoché la tête. Elle a froncé les sourcils – déçue, sans doute, qu'il n'ait pas rebondi sur l'histoire de leur idylle. Elle a retiré ses jambes de ses genoux, les a croisées, et a commencé à gratter le bord du canapé.

« J'ai entendu dire que tu habitais chez les Wheeler, maintenant ?

– On a une annexe à l'arrière, une ancienne remise à voitures, a précisé Meredith. Ma petite sœur est folle de rage ; c'était leur repaire, à elle et ses affreuses copines.

Je ne dis pas ça pour ta sœur. Ta sœur, elle est cool. Tu connais la mienne, pas vrai ? Kelsey ? »

Évidemment – cet épisode professionnel allait avoir des liens avec Amma.

« La grande ou la petite ?

– Bien vu. Il y a beaucoup trop de Kelsey dans cette ville. La mienne, c'est la grande.

– Oui, je l'ai rencontrée. Amma et elle semblent très proches.

– Il vaudrait mieux, a lâché Meredith d'un ton tendu. La petite Amma fait la loi dans cette école. Ce serait de la folie de se la mettre à dos. »

Ça suffira comme ça en ce qui concerne Amma, ai-je songé, mais des images d'elle en train de tourmenter, près des casiers, des filles de moindre importance ont jailli dans ma tête. Les années de collège sont une période bien moche.

« Alors, John, tu t'adaptes bien, chez les Wheeler ?

– Il va bien, a tranché Meredith. On lui a fait un petit trousseau avec tout ce dont un garçon a besoin – ma maman lui a même dégoté un lecteur de CD.

– Non, vraiment ? » J'ai posé un regard appuyé sur John. *Il est temps de prendre la parole, mon pote. Ne me fais pas perdre mon temps en te laissant mener à la baguette par ta copine.*

« En ce moment, j'ai simplement besoin de prendre un peu de distance avec la maison. On est un peu à cran, tu comprends ; les affaires de Natalie traînent partout, et ma mère défend à quiconque d'y toucher. Il y a ses chaussures dans l'entrée, son maillot de bain pendu dans la salle de bains commune, et tous les matins, quand je me douche, je suis obligé de le voir. Je n'y arrive pas.

– J'imagine très bien. » C'était vrai : je me souviens que le petit manteau rose de Marian est resté suspendu dans le placard de l'entrée jusqu'à mon départ pour la fac. Peut-être y est-il encore.

J'ai enclenché le magnétophone et je l'ai fait glisser sur la table en direction de John.

« Raconte-moi comment était ta sœur, John.

– Euh… c'était une gentille gamine. Elle était extrêmement intelligente. C'était incroyable.

– Quelle sorte d'intelligence ? Elle était bonne élève, ou juste futée ?

– Bon – à l'école, elle ne faisait pas des étincelles. Elle avait quelques soucis avec la discipline. Mais à mon avis, c'est simplement parce qu'elle s'ennuyait. Je crois qu'elle aurait dû sauter une ou deux classes.

– D'après sa maman, ça l'aurait stigmatisée, est intervenue Meredith. Elle avait toujours peur que Natalie se démarque. »

J'ai interrogé John d'un haussement de sourcils.

« C'est vrai. Ma mère voulait que Natalie s'intègre. C'était une gamine un peu loufoque, un peu garçon manqué, un peu toquée. » Il a ri, en contemplant ses pieds.

« Tu penses à une histoire en particulier ? » ai-je demandé. Pour Curry, les anecdotes ont valeur d'espèces sonnantes et trébuchantes. De plus, ça m'intéressait.

« Une fois, par exemple, elle a inventé une autre langue. Avec une autre gamine, ça aurait donné du charabia. Mais Natalie avait inventé un alphabet complet – on aurait dit du russe. Et elle me l'a enseigné. Elle a essayé, du moins. Elle s'est énervée assez vite. » Il a rigolé de nouveau – de ce même rire étranglé qui semblait monter des entrailles de la terre.

« Elle aimait bien l'école ?

– Ben… c'est pas facile d'être la petite nouvelle, et les filles ici… Bon, j'imagine que toutes les filles, où que ce soit, peuvent se montrer un peu pestes.

– Johnny ! C'est pas sympa ! » Meredith a fait semblant de lui donner une bourrade. Il l'a ignorée.

« Ta sœur, par exemple… Amma, d'accord ? » J'ai hoché la tête. « Elle a été copine avec elle, un petit moment. Elles partaient galoper dans les bois, et Natalie rentrait à la maison, toute griffée et déchaînée.

– Ah bon ? » Vu le dédain avec lequel Amma avait mentionné Natalie, je n'arrivais pas à me représenter la scène.

« Oui, elles ont été inséparables pendant un petit moment. Mais je pense qu'Amma s'est lassée, vu que Natalie avait quelques années de moins qu'elle. Je ne sais pas. Elles se sont plus ou moins brouillées. » Amma avait appris ça de sa mère – l'art de mettre ses amies au rebut avec désinvolture. « Mais rien de grave, cela dit, a repris John, comme pour me rassurer – ou se rassurer, *lui*. Elle avait un ami avec lequel elle jouait souvent, James Capisi. Un fils de fermier, d'un an son cadet environ, auquel personne d'autre ne parlait. Ils semblaient bien s'entendre.

– Il dit qu'il est le dernier à avoir vu Natalie vivante.

– C'est un menteur, a asséné Meredith. Moi aussi, j'ai entendu cette histoire. Il passe son temps à inventer des trucs. Sa mère est en train de mourir d'un cancer. Il n'a pas de papa. Personne pour s'occuper de lui. Alors il a inventé cette histoire complètement saugrenue. N'écoute rien de ce qu'il te raconte. »

J'ai regardé John, qui a haussé les épaules.

« C'est un peu tiré par les cheveux, non ? a-t-il dit. Une folle qui kidnappe Natalie en plein jour. D'autant que… pourquoi une femme ferait ça ?

– Pourquoi un homme le ferait-il ? ai-je contré.

– Qui peut dire pourquoi les hommes font des trucs aussi tordus ? a ajouté Meredith. C'est dans leurs gènes.

– Il faut que je te pose une question, John : as-tu été interrogé par la police ?

– Oui, en même temps que mes parents.

– Et tu as un alibi pour les deux soirs où les meurtres ont eu lieu ? » J'ai attendu une réaction, mais il a continué à siroter son thé paisiblement.

« Aucun. Je me baladais en voiture. J'ai vraiment besoin de prendre l'air, de temps en temps, tu comprends. » Il a coulé un regard furtif vers Meredith, qui, lorsqu'elle s'en est aperçue, a pincé les lèvres. « Cette ville est plus petite que celle à laquelle j'ai été habitué. De temps en temps, ça fait du bien de se perdre un peu. Je sais que tu ne piges pas, Meredith. »

Meredith n'a pas relevé.

« Moi je pige, ai-je dit. Je me souviens d'avoir souffert de claustrophobie ici, en grandissant, et j'ai du mal à imaginer ce que ce doit être de s'installer ici, quand tu viens d'ailleurs.

– Johnny dit ça par générosité, est intervenue Meredith. Il était avec moi, les deux soirs en question. Mais il ne veut pas me créer de problèmes. Imprime ça. » Meredith se balançait sur le bord du canapé, le

196

buste raide, bien droit, et l'air légèrement ailleurs, comme si quelque esprit venait de s'exprimer par sa propre bouche.

« Meredith. Non, a murmuré John.

— Je ne vais pas laisser les gens penser que mon copain est un assassin de petites filles, John. Merci bien, pas question.

— Si tu vas raconter cette histoire à la police, ils connaîtront la vérité en moins d'une heure. Et pour moi, ça fera encore plus mauvais effet. Personne ne croit vraiment que j'ai tué ma propre sœur. » John a pris une mèche de Meredith et l'a lissée lentement entre ses doigts de la racine à la pointe. Le mot *chatouille*, au hasard, a flashé sur ma hanche droite. Je croyais volontiers ce garçon. Il pleurait en public, il racontait des anecdotes bébêtes à propos de sa sœur, il jouait avec les cheveux de sa petite amie. Oui, je le croyais. Et j'entendais d'ici Curry s'étrangler de rire devant tant de naïveté.

« À propos d'histoires, ai-je dit, j'ai des questions à te poser concernant l'une d'elles. Est-ce vrai que Natalie a blessé une de ses camarades de classe, à Philadelphie ? »

John s'est raidi. Il s'est tourné vers Meredith et pour la première fois, une expression déplaisante s'est peinte sur son visage – une expression qui illustrait avec justesse l'idée qu'on se fait d'une « moue de mépris ». Tout son corps a tressailli, et j'ai cru qu'il allait se lever d'un bond pour se précipiter vers la porte, mais non – il s'est reculé contre le dossier, en inspirant.

« Génial. Voilà pourquoi ma maman déteste les journalistes, a-t-il maugréé. Il y a eu un article à ce sujet dans le journal, chez nous. Quelques paragraphes à peine. Ça donnait l'impression que Natalie était un animal.

— En ce cas, raconte-moi ce qui s'est passé. »

Il a haussé les épaules. S'est rongé un ongle. « C'était pendant le cours d'arts plastiques. Les gamins étaient en train de faire du découpage, de peindre, et une fillette a été blessée. Natalie avait son caractère, et cette gamine cherchait toujours à la commander. Un jour, il s'est trouvé que Natalie tenait une paire de ciseaux à la main. Ça n'avait rien d'une agression préméditée. Franchement – elle avait neuf ans, à l'époque. »

L'espace d'un flash, j'ai cru voir la scène : Natalie, la petite fille au visage grave des photos, chez les Keene, brandissant les lames vers les yeux d'une camarade ; le sang écarlate qui se mêle, de façon inattendue, aux couleurs pastel de la peinture à l'eau.

« Qu'est-il arrivé à la petite fille ?

— Ils ont sauvé son œil gauche. Le droit était, euh… foutu.

— Natalie s'en est prise aux deux yeux ? »

John s'est levé et s'est planté devant moi ; ça m'a rappelé la scène avec sa mère. « Après ça, Natalie a vu un psy pendant un an, pour essayer de gérer le truc. Pendant des mois, elle se réveillait la nuit, à cause des cauchemars. Elle avait neuf ans. C'était un accident. On était tous désespérés. Mon père a constitué une rente pour la petite fille. Nous avons dû quitter la ville, pour que Natalie prenne un nouveau départ. C'est pour ça qu'on a dû venir ici – papa a pris le premier boulot qu'il a trouvé. On a déménagé en pleine nuit, comme des criminels. Pour venir ici. Dans cette maudite ville.

– Mince alors, je ne savais pas que tu en avais autant bavé, ici, John », a murmuré Meredith.

Et là, il s'est mis à pleurer ; il s'est rassis, la tête dans les mains.

« C'est pas ce que je voulais dire. Je voulais dire que je regrette qu'elle soit venue ici, parce que maintenant, elle est morte. On essayait de l'aider. Et elle est morte. » Il a lâché un gémissement presque silencieux et Meredith, à contrecœur, l'a enlacé. « Quelqu'un a tué ma sœur. »

Il ne serait pas servi de dîner ce soir-là, m'a annoncé Gayla, car Mlle Adora ne se sentait pas bien. Sans doute était-ce par affectation que ma mère exigeait qu'on fasse précéder son nom de ce *Mlle*. J'ai essayé d'imaginer la conversation : *Gayla, dans les meilleures maisons, les bonnes domestiques n'appellent leur maîtresse que par leur nom complet. Nous voulons faire partie de celles-là, n'est-ce pas ?* Oui – ç'avait dû donner quelque chose dans ce goût-là.

Je n'aurais su dire si le problème venait de mon différend avec ma mère, ou d'un souci avec Amma. Je les entendais se chamailler comme des oiseaux dans la chambre d'Adora. Elle accusait Amma, à bon escient, d'avoir conduit la voiturette de golf sans sa permission. Comme dans toutes les agglomérations rurales, les habitants de Wind Gap étaient obsédés par les véhicules. La plupart des foyers possédaient une voiture et demie par occupant (la moitié en question consistant, selon la fourchette des revenus, en un véhicule de collection, ou un vieil os sur cales) ainsi que des bateaux, des jet-skis, des scooters, des tracteurs. Parmi l'élite de la ville, certains possédaient en outre des voiturettes de golf, que les gamins trop jeunes pour avoir le permis utilisaient pour se balader en ville. Techniquement, c'était illégal, mais jamais personne ne les arrêtait. J'ai deviné qu'après les meurtres, ma mère avait tenté de priver Amma de cet outil de liberté. À sa place, je l'aurais fait. Leur dispute égrenait depuis près d'une demi-heure des grincements de vieille balançoire à bascule. *Ne me mens pas, jeune fille…* L'avertissement était si familier à mes oreilles qu'il a ressuscité en moi un vieux et déplaisant sentiment de déjà-vu. Ainsi donc, de temps à autre, Amma se faisait attraper.

Quand le téléphone a sonné, j'ai décroché, pour éviter qu'Amma ne perde du terrain, et quelle n'a pas été ma surprise d'entendre au bout du fil le staccato de ma vieille copine Katie Lacey : Angie Papermaker recevait chez elle – une « soirée larmes » entre filles. Il s'agissait de vider quelques bouteilles de vin devant un film triste, de pleurer et de cancaner. J'étais invitée à les rejoindre. Angie habitait dans le quartier des nouveaux riches – dans une de ces grosses baraques, en banlieue. Quasiment dans le Tennessee. Je n'arrivais pas à déterminer si c'était de la jalousie, ou de la suffisance, que j'entendais dans la voix de Katie. La connaissant, probablement un peu des deux. Elle avait toujours été de ces filles qui convoitaient ce qu'avaient les autres, même si en réalité, elle ne le désirait pas vraiment.

J'avais immédiatement su, lorsque j'étais tombée sur Katie et ses amies chez les Keene, que je ne couperais pas à une soirée – au moins. J'avais donc le choix entre ça, ou terminer de retranscrire ma conversation avec John – ce qui me rendait dangereusement triste. De plus, tout comme ma rencontre avec Annabelle, Jackie et toute la bande de copines rosses de ma mère, cette réunion allait très certainement produire plus d'infos que je n'en aurais recueilli avec une douzaine d'interviews dans les règles.

Sitôt qu'elle s'est garée devant la maison, j'ai compris que Katie Lacey – devenue Katie Brucker – s'était, comme on pouvait s'y attendre, plutôt bien débrouillée. Je l'ai compris au fait qu'il ne lui avait pas fallu plus de cinq minutes pour passer me chercher (et il s'est avéré, effectivement, qu'elle n'habitait qu'à un pâté de maisons de chez nous), ainsi qu'au modèle de sa voiture : un de ces énormes 4×4 ridicules qui coûtent aussi cher que la maison de certaines familles, et offrent tout autant de confort. Dans mon dos, j'entendais un spectacle pour enfants glousser sottement dans le lecteur de DVD, malgré l'absence d'enfants. Et devant moi, le navigateur intégré au tableau de bord dispensait – bien inutilement – des directives au coup par coup.

Son mari, Brad Brucker, avait fait ses armes auprès du père de Katie, et quand le papa était parti à la retraite, il avait repris les rênes de l'affaire – ils distribuaient une hormone controversée, utilisée pour engraisser les poulets avec une effrayante rapidité. Ces pratiques inspiraient invariablement à ma mère une moue de dégoût – jamais elle n'avait rien utilisé de tel pour accélérer de façon aussi stupéfiante le processus d'élevage. Ce qui ne signifiait pas qu'elle bannissait les hormones : ses cochons étaient piqués aux substances chimiques jusqu'à devenir aussi charnus et rouges que des cerises gorgées de jus, jusqu'à ce que leurs pattes ne puissent plus supporter leur lucrative corpulence. Mais cela était mené à un train plus bonhomme.

Brad Brucker était le genre de mari à habiter là où Katie le décidait, à l'engrosser quand elle le demandait, à lui acheter un canapé chez *Pottery Barn* quand elle en manifestait le désir, et le reste du temps, à se taire. Il était beau si on prenait la peine de le regarder assez longtemps, et sa queue avait la taille de mon annulaire. Ça, je le savais de première main, grâce à un échange quelque peu mécanique, l'année où j'étais en seconde. Mais apparemment, le petit bidule fonctionnait bien : Katie était enceinte de trois mois, de son troisième enfant. Ils allaient s'acharner jusqu'à avoir un garçon. *On a vraiment envie d'avoir un petit polisson qui galope dans la maison.*

On a parlé de moi – Chicago, toujours pas de mari, mais croisons les doigts ! –, on a parlé d'elle, de ses cheveux, de son nouveau cocktail de vitamines, de Brad, de ses deux filles, Emma et Mackensie, des *ladies' auxiliary** de Wind Gap, et de l'affreux boulot qu'elles avaient fait au défilé de la Saint-Patrick. Puis, un soupir : *ces pauvres petites filles.* Oui, un soupir : le papier que j'écrivais sur ces malheureuses. Mais apparemment, ça ne la touchait pas outre mesure, car elle est vite repartie sur les *ladies' auxiliary*, et la dispersion qui régnait dans leurs rangs depuis que Becca Hart (née Mooney) avait pris la direction des activités. Becca, qui ne jouissait que d'une popularité de deuxième ordre, avait accédé au rang de vedette de la société locale en

* Association caritative d'entraide aux vétérans de guerre, exclusivement composée de femmes. *(N.d.T.)*

mettant le grappin sur Eric Hart, dont les parents possédaient un circuit de karting tentaculaire, un piège à touristes avec chutes d'eau et minigolf, dans le coin le plus moche des Ozarks. La situation échappait difficilement aux reproches. J'allais pouvoir juger par moimême, puisque Becca, justement, serait là. Elle n'était tout simplement pas à sa place.

La maison d'Angie ressemblait à un manoir dessiné par un enfant – si générique qu'elle semblait à peine réelle. Sitôt entrée dans le salon, j'ai senti combien je n'avais pas envie d'être là. Il y avait Angie, qui, sans aucune nécessité, avait perdu cinq kilos depuis le lycée et qui m'a lancé un sourire mesuré avant de repartir disposer un service à fondue. Il y avait Tish, qui avait joué à l'époque à la petite maman de la bande – celle qui nous retenait les cheveux pendant qu'on vomissait et qui, de temps à autre, fondait en larmes parce qu'elle ne se sentait pas aimée. Elle avait épousé un type de Newcastle, légèrement abruti sur les bords (m'avait appris Katie en chuchotant) mais qui gagnait très bien sa vie. Il y avait Mimi, allongée sur un canapé en cuir chocolat. Ado, elle avait une allure éblouissante qui n'avait pas perduré dans l'âge adulte. Personne d'autre ne semblait le remarquer. Tout le monde la désignait encore comme le canon de la bande. En guise de confirmation : l'énorme caillou qui étincelait à son doigt, cadeau de Joey Johansen, un gentil garçon dégingandé qui, à dix-huit ans, s'était métamorphosé en défenseur et avait brusquement demandé qu'on l'appelle Jo-Ha. (C'était tout ce dont je me souvenais à son sujet.) Et au milieu, la pauvre Becca, l'air à cran, mal à l'aise, et vêtue, assez comiquement, comme notre hôtesse.

(Angie avait-elle amené Becca faire du shopping ?)
Elle souriait à toutes celles qui croisaient son regard,
mais personne ne lui adressait la parole.

Nous avons regardé *Beaches*.

Quand Angie a rallumé les lumières, Tish sanglotait.

« J'ai recommencé à travailler », a-t-elle pleurniché,
en pressant des ongles rose corail sur ses yeux. Angie
lui a servi du vin, lui a tapoté le genou et l'a dévisagée
avec une inquiétude appuyée.

« Bon Dieu, ma puce, mais pourquoi ? » a murmuré
Katie. Même quand elle murmurait, sa voix au timbre
puéril cliquetait, comme si un millier de souris grigno-
taient des biscuits.

« Je croyais que j'en avais envie, puisque Tyler est
entré en maternelle, a expliqué Tish entre deux sanglots.
Je croyais que j'avais besoin d'un but. » Le dernier mot
est sorti comme un crachat – contaminé.

« Tu as déjà un but, a souligné Angie. Ne laisse pas
la société te dicter comment élever tes enfants. Ne
laisse pas les féministes te culpabiliser parce que tu as
ce qu'elles ne peuvent pas avoir, a-t-elle ajouté – et ce,
en me regardant.

– Elle a raison, Tish, elle a totalement raison, a insisté
Becca. Le féminisme, c'est permettre aux femmes de
faire les choix qu'elles veulent, quels qu'ils soient. »

Les autres femmes contemplaient Becca d'un air
dubitatif quand, brusquement, des sanglots ont éclaté
dans le coin où se tenait Mimi. L'attention s'est repor-
tée sur elle.

« Steven ne veut plus d'enfants, a-t-elle larmoyé.

– Mais pourquoi ? s'est indignée Katie avec une
étonnante véhémence.

204

– Il dit que trois, c'est assez.

– Assez pour lui, ou pour toi ? a lancé Katie d'un ton sec.

– C'est ce que je lui ai dit. Je veux une fille. » Toutes les femmes se sont caressé les cheveux. Katie, elle, s'est caressé le ventre. « Et moi, je veux un fils », a-t-elle pleurniché en fixant ostensiblement la photo du petit garçon d'Angie, trois ans, sur le manteau de la cheminée.

Tish et Mimi se sont livrées à un petit concours de larmes et de gémissements – *mes bébés me manquent... j'ai toujours rêvé d'une maison pleine de gosses, c'est tout ce que j'ai toujours voulu... c'est quoi le problème d'être juste mère au foyer ?* Je me sentais désolée pour elles – leur détresse semblait sincère – et naturellement, je ne pouvais que compatir au fait que la vie ne se déroulait pas toujours comme prévu. Mais après pas mal de hochements de tête et de murmures d'assentiment, je n'ai plus rien trouvé à dire, alors je me suis éclipsée dans la cuisine, pour me couper quelques tranches de fromage et rester en dehors de tout ça. Je connaissais ce rituel depuis le lycée, et je savais qu'il n'en fallait pas beaucoup plus pour que ça dérape. Assez rapidement, Becca m'a rejointe et a commencé à laver des assiettes.

« C'est presque toutes les semaines le même cirque, a-t-elle dit en esquissant un roulement d'yeux, feignant plus de perplexité que d'agacement.

– J'imagine que c'est un rituel cathartique », ai-je risqué. J'ai senti qu'elle attendait que j'élabore ma pensée. Je connaissais bien ce sentiment. Quand je devine que je suis sur le point d'obtenir un bon commentaire, il me semble que je peux presque plonger la main dans

205

la bouche de mon interlocuteur, pour lui décoller les mots de la langue.

« J'étais à mille lieues de me douter que ma vie était si misérable avant de fréquenter les petites soirées d'Angie », a chuchoté Becca en empoignant un couteau lavé de frais pour découper une tranche de gruyère – nous avions assez de fromage pour nourrir toute la population de Wind Gap.

« Oh, eh bien, te sentir torturée par tes contractions, ça te permet de mener une vie superficielle, sans t'obliger à payer les pots cassés par ta superficialité.

– Je crois que tu as raison, a observé Becca. Au lycée, vous étiez déjà comme ça ?

– Oui – quand on ne se poignardait carrément pas dans le dos.

– Quelle chance pour moi d'avoir été dans la bande des nulles. » Elle a éclaté de rire. « Je ne peux qu'être plus cool, aujourd'hui, non ? » J'ai éclaté de rire à mon tour et je lui ai servi un verre de vin blanc, légèrement étourdie par l'absurdité de cette situation – me retrouver ainsi précipitée dans mes années d'adolescence.

Quand nous avons regagné le salon, encore secouées de petits gloussements, toutes les autres, qui étaient en larmes, nous ont dévisagées en chœur, tel un hideux portrait de groupe victorien qui aurait pris vie.

« Bon, je suis ravie que vous vous amusiez, toutes les deux, a aboyé Katie.

– Compte tenu de ce qui se passe dans notre ville », a renchéri Angie. À l'évidence, le sujet s'était élargi.

« Qu'est-ce qui ne tourne pas rond, sur cette terre ? Pourquoi quelqu'un s'en prend à des petites filles ? a sangloté Mimi. Ces pauvres petites.

– Et leur arracher les dents, c'est *ça* que je n'arrive pas à digérer, a renchéri Katie.

– Je regrette qu'on ne les ait pas mieux traitées quand elles étaient en vie, a larmoyé Angie. Pourquoi les filles se montrent-elles aussi cruelles entre elles ?

– Les autres filles les tourmentaient ? a demandé Becca.

– Un jour, à la sortie des cours, elles ont coincé Natalie aux lavabos… Et elles lui ont coupé les cheveux », a repris Mimi, d'une voix toujours entrecoupée de sanglots. Son visage était complètement défait – bouffi, marbré. Son chemisier était maculé de coulures brunes de mascara.

« Elles ont obligé Ann à montrer son… intimité aux garçons, a dit Angie.

– Elles s'en prenaient toujours à celles-là parce qu'elles étaient un peu différentes, a expliqué Katie en essuyant délicatement quelques larmes sur son poignet.

– Qui ça, *elles* ? a demandé Becca.

– Demande à Camille, c'est elle la *journaliste* en charge du dossier, a rétorqué Katie avec un mouvement hautain du menton (une mimique qu'elle avait déjà au lycée, et qui signifiait qu'elle s'en prenait à vous, avec raison). Tu sais combien ta sœur est horrible, pas vrai, Camille ?

– Je sais que les filles peuvent être malheureuses.

– Alors, tu la défends ? » Katie m'a fusillée du regard. J'ai senti qu'on voulait m'embringuer dans les guerres intestines de Wind Gap et j'ai paniqué. *Rixe* a commencé à pulser sur mon mollet.

« Oh, Katie, je ne la connais pas assez bien pour pouvoir, ou pas, la défendre, ai-je répondu, en feignant de la lassitude.

— As-tu seulement pleuré une seule fois en pensant à ces fillettes ? » a attaqué Angie. Elles étaient toutes liguées contre moi, désormais, et me dévisageaient avec animosité.

« Camille n'a pas d'enfants, a souligné Katie avec componction. Je ne pense pas que ça la touche comme ça nous touche *nous*.

— Ce qui est arrivé à ces fillettes m'attriste énormément », ai-je répondu, mais ces mots sonnaient faux – aussi faux que les déclarations d'une candidate à un concours de beauté qui s'engage en faveur de la paix dans le monde. Ma tristesse n'avait pourtant rien de feint, mais l'étaler au grand jour, je trouvais ça minable.

« Sans vouloir être cruelle, a dit Tish, il me semble qu'une part de toi ne fonctionnera jamais si tu n'as pas d'enfants. Elle restera verrouillée.

— Je suis d'accord, a approuvé Katie. Je ne suis devenue vraiment femme que lorsque j'ai senti Mackensie dans mon ventre. Franchement, aujourd'hui, les gens passent leur temps à opposer Dieu à la science, mais on dirait que dès qu'il est question de bébés, les deux partis se réconcilient. La Bible dit : "Soyez fécondes et multipliez-vous", et du point de vue de la science – bon, si on résume –, c'est pour ça qu'on est faites, non ? Pour enfanter.

— *Girl power* », a marmonné Becca entre ses dents.

C'est elle qui m'a raccompagnée parce que Katie voulait rester dormir chez Angie. J'imagine que la nounou serait à pied d'œuvre le lendemain pour s'occuper de ses fillettes chéries. Becca a lâché quelques vannes sur l'obsession de la maternité chez les femmes, auxquelles j'ai répondu par de petits rires étranglés. *Facile à dire, pour toi – tu as deux gosses.* Je me sentais désespérément d'humeur mélancolique.

J'ai enfilé une chemise de nuit propre et me suis assise au milieu du lit. *Assez picolé pour ce soir*, me suis-je chuchoté. Je me suis caressé la joue, j'ai dénoué la tension de mes épaules. Je me suis murmuré des petits noms tendres. J'avais envie de me couper : *chérie* a enflé sur ma cuisse, *vilaine* me brûlait près du genou. J'avais envie de graver *stérile* sur ma peau. Telle serait ma condamnation : des entrailles à jamais improductives. Vides. Virginales. Je me suis représenté mon pelvis ouvert en deux sur une cavité bien nette, telle la tanière désertée d'un animal.

Ces pauvres petites filles. *Qu'est-ce qui ne tourne pas rond, sur cette terre ?* avait sangloté Mimi – mais à peine avait-on prêté attention à ces mots, tant la lamentation relevait d'un lieu commun. Mais à présent, elle retenait mon attention. Quelque chose ne tournait pas rond, dans cette ville. Affreusement pas rond. Une succession d'images ont défilé dans ma tête : j'ai vu Bob Nash, assis sur le bord du lit d'Ann, essayant de se rappeler les dernières paroles qu'il lui avait adressées. J'ai vu la mère de Natalie, en train de pleurer dans l'un des tee-shirts de sa fille. Et je me suis revue moi, à treize ans, sangloter de désespoir sur le plancher de la chambre de ma sœur disparue, un petit soulier décoré de fleurs dans la main. Et j'ai vu Amma, treize ans elle aussi, une femme-enfant au corps superbe, rongée par le désir d'être cette petite fille dont ma mère portait le deuil. J'ai vu ma mère, éplorée après la disparition de Marian. Et mordant la joue de ce bébé. J'ai vu Amma, affirmant son pouvoir sur des créatures inférieures, et riant aux éclats tandis qu'avec ses amies, elles coupaient les cheveux de Natalie, et que les boucles dégringolaient sur le sol. J'ai vu Natalie, poignardant sa petite camarade dans les yeux. Ma peau hurlait, les battements de mon cœur cognaient dans mes oreilles. J'ai fermé les yeux, j'ai enroulé les bras autour de moi et j'ai pleuré.

Après dix minutes à sangloter sur l'oreiller, la crise a commencé à se dissiper et des pensées terre à terre sont venues flotter dans ma tête : les commentaires de John Keene que je pourrais citer dans mon papier ; mon loyer, dont je devais m'acquitter la semaine suivante ; l'odeur douceâtre de la pomme qui était en train de pourrir dans la corbeille, à côté du lit.

Puis, derrière la porte, Amma a chuchoté mon nom. J'ai boutonné ma chemise de nuit jusqu'en haut, j'ai déroulé entièrement les manches et je lui ai ouvert. Avec sa chemise rose à fleurs, ses cheveux blonds flottant librement sur les épaules et ses pieds nus, elle était absolument adorable – il n'y avait pas d'autre mot.

« Tu as pleuré, a-t-elle observé, une note d'étonnement dans la voix.

– Un peu.

– À cause d'elle ? » Le dernier mot était pesant, je me le suis représenté, rond et lourd, s'écrasant sur l'oreiller avec un bruit sourd.

« Un peu, je crois.

– Moi aussi. » Elle a scruté l'encolure de ma chemise de nuit, le bord des manches. Elle essayait d'apercevoir mes cicatrices. « Je ne savais pas que tu t'automutilais, a-t-elle dit finalement.

– Je ne le fais plus.

– C'est une bonne chose, je suppose. » Elle s'est plantée au pied du lit, hésitante. « Camille, ça t'arrive de sentir qu'un sale truc va arriver, et de ne pouvoir rien faire pour l'empêcher? Tu ne peux rien faire – juste attendre.

– Comme une crise d'angoisse? » Je n'arrivais pas à détacher mes yeux de sa peau, dorée et lisse comme une glace en train de fondre.

« Non, pas vraiment. » On aurait dit à sa voix que je l'avais déçue, que j'avais échoué à élucider une devinette intelligente. « Bon, c'est pas grave. Je t'ai acheté un cadeau. » Elle m'a tendu une petite enveloppe carrée en papier fantaisie, en m'invitant à faire attention en l'ouvrant. À l'intérieur : un joint, soigneusement roulé.

« C'est mieux que cette vodka que tu bois, s'est-elle machinalement défendue. Tu bois beaucoup. Ça, c'est mieux. Ça ne te rendra pas aussi triste.

– Amma, franchement…

– Tu peux me remontrer tes entailles? » Elle souriait avec timidité.

« Non. » Un silence. J'ai brandi le joint. « Amma, je ne crois pas que tu devrais…

– Eh bien je le fais, alors accepte-le, ou pas. Je voulais juste être gentille. » Elle a plissé le front et tortillé un coin de chemise de nuit.

« Merci. C'est mignon de vouloir m'aider à me sentir mieux.

– Je peux être gentille, tu sais ? » a-t-elle dit, sans défroisser le front. Elle paraissait elle-même au bord des larmes.

« Je sais. Je me demande simplement pourquoi tu as décidé d'être gentille avec moi maintenant.

– Parfois, je n'y arrive pas. Mais là, je peux. Quand tout le monde dort et que tout est calme, c'est plus facile. » Elle a tendu le bras, sa main a papillonné devant mon visage, puis elle l'a baissée, elle m'a tapoté le genou et elle est repartie.

10

« *Je regrette qu'elle soit venue ici, parce que aujourd'hui elle est morte* », déclare un John Keene effondré à propos de sa sœur Natalie. « *Quelqu'un a tué ma petite sœur.* » Le corps de Natalie Keene, dix ans, a été découvert le 14 mai, dans l'étroit passage qui sépare le salon de beauté Cut-N-Curl de la quincaillerie Bifty, dans la petite ville de Wind Gap. C'est la seconde fillette assassinée ici en neuf mois : en août dernier, Ann Nash, neuf ans, avait été retrouvée sans vie dans un torrent des environs. Les deux fillettes ont été étranglées ; et à l'une comme à l'autre, l'assassin leur a arraché les dents.

« *C'était une gamine un peu loufoque, ajoute John Keene en pleurant doucement. Un peu garçon manqué.* » John Keene, dix-huit ans, a quitté Philadelphie avec sa famille il y a deux ans, pour s'installer à Wind Gap, où il vient aujourd'hui d'obtenir son bac. Il décrit sa cadette sous les traits d'une fillette intelligente, brillante, à l'imagination débordante. « *Une fois, raconte-t-il, elle avait inventé une langue, avec son propre alphabet, son propre vocabulaire. Avec n'importe quelle autre gamine, ça aurait donné du charabia* », observe-t-il avec un rire contrit.

Pour l'heure, ce sont les enquêteurs qui y perdent leur latin : les policiers de Wind Gap, tout comme Richard Willis, un inspecteur du Bureau des homicides détaché par Kansas City, admettent n'avoir guère de pistes. « Nous n'avons encore appréhendé personne, a déclaré Willis. Nous observons de près des suspects potentiels, membres de la communauté, mais nous considérons tout aussi attentivement la possibilité que ces meurtres soient l'œuvre d'un étranger. »

La police se refuse à tout commentaire concernant l'éventuel unique témoin du drame, un jeune garçon qui affirme avoir vu la personne qui a kidnappé Natalie Keene : une femme. D'après une source proche de l'enquête, la police suspecterait plutôt un homme, habitant à Wind Gap. C'est également l'opinion de James L. Jellard, cinquante-six ans, dentiste à Wind Gap, qui précise qu'arracher des dents « demande une certaine poigne. Elles ne viennent pas toutes seules. »

Tandis que la police poursuit ses investigations, Wind Gap a vu ses ventes de serrures de sécurité et d'armes à feu s'envoler. La quincaillerie locale a vendu près de quarante serrures de sécurité, et plus de trente permis de port d'arme à feu ont été délivrés dans la commune depuis le meurtre de Natalie Keene. « Je pensais que la plupart des gens du coin possédaient déjà des fusils, pour la chasse, s'étonne Dan R. Sniya, trente-cinq ans, propriétaire de la plus importante armurerie de la ville. À mon avis, pour tous ceux dont ce n'était pas le cas – eh bien, c'est chose faite. »

Un des habitants de Wind Gap à avoir complété son arsenal n'est autre que le père d'Ann Nash, Robert, quarante et un ans. « J'ai deux autres filles, et un fils. Ils seront protégés », dit-il. Nash décrit sa fillette disparue comme une enfant brillante. « Parfois, je me disais qu'elle était plus intelligente que son père. Et parfois, c'est elle qui se pensait plus intelligente que son père. » Sa fille, ajoute-t-il, était un vrai petit garçon manqué – tout comme Natalie : une fille qui aimait grimper aux arbres et se balader à vélo, et c'est justement lors d'une de ses promenades qu'elle a été kidnappée, en août dernier.

Le Père Louis D. Bluell, prêtre de la paroisse catholique de la ville, dit avoir observé les répercussions de ces meurtres sur la population : la fréquentation de la messe dominicale s'est sensiblement accrue et plusieurs des paroissiens sont venus lui demander des conseils spirituels. « Face à un tel événement, les gens éprouvent un sincère appétit de nourritures spirituelles, souligne-t-il. Ils veulent comprendre comment pareille chose a pu se produire. »

C'est également ce que voudraient comprendre les enquêteurs.

Avant d'envoyer le papier sous presse, Curry s'est moqué de tout ce florilège d'initiales. *Seigneur, c'est fou ce que les gens du Sud adorent les convenances.* Quand je lui ai fait remarquer qu'à proprement parler, le Missouri appartenait encore au Midwest, j'ai récolté un petit hennissement. *Et moi, à proprement parler, je suis dans la force de l'âge, mais va donc dire ça à cette pauvre Eileen, les jours où elle doit faire avec mon hygroma.* Il a également sabré la plupart des détails de ma conversation avec James Capisi, pour n'en retenir que quelques éléments d'ensemble. *On va passer pour des crétins si on accorde trop d'attention à ce gamin, surtout si la police n'a pas mordu,* a-t-il argué. Il a également sabré un commentaire sans intérêt de Mme Keene : « John est un très gentil garçon, très doux. » C'était le seul commentaire que j'avais obtenu avant qu'elle ne me chasse, l'unique chose qui avait sauvé ma pitoyable visite d'un total fiasco, mais Curry le trouvait gênant. Sans doute avait-il raison. Il était assez satisfait que nous ayons enfin un suspect dans le collimateur. « Un homme de Wind Gap. » Ma « source proche de l'enquête » était fabriquée de toutes pièces, ou plus euphémiquement, était un amalgame – tout le monde, de Richard jusqu'au curé, pensait que le criminel était effectivement un type du coin. Je n'ai pas révélé mon mensonge à Curry.

Le matin où le papier est paru, je suis restée au lit, les yeux rivés sur le téléphone ; j'attendais qu'il sonne, j'attendais le déluge de reproches. Ce serait la maman de John, ivre de rage en découvrant que j'avais été trouver son fils. Ou Richard, qui allait me reprocher d'avoir laissé fuir que le suspect serait un autochtone.

Tandis que les heures passaient en silence, je transpirais de plus en plus ; les taons bourdonnaient devant la moustiquaire de ma fenêtre ; Gayla rôdait devant ma porte, impatiente d'avoir accès à ma chambre. Draps et serviettes de toilette ont toujours été changés quotidiennement ; au sous-sol, le lave-linge tourne en permanence. Une habitude qui reste, je pense, du temps où

Marian était en vie. Des draps immaculés pour nous faire oublier toutes ces sécrétions, toutes ces humeurs corporelles froides et humides. J'étais à la fac quand je me suis aperçue que j'aimais l'odeur du sexe. Un matin, alors que j'entrais dans la chambre de mon amie, un garçon en est sorti précipitamment, il est passé devant moi avec un sourire en coin, tout en fourrant ses chaussettes dans sa poche. Mon amie paressait au lit, nue, barbouillée ; une jambe ballante dépassait de sous les draps. Cette odeur douceâtre et trouble, purement animale, évoquait le coin le plus reculé d'une caverne d'ours. Elle m'était presque étrangère, cette odeur frétillante de vie du petit matin. Le parfum le plus évocateur de mon enfance était celui de l'eau de Javel.

Il s'est avéré que le premier interlocuteur furibard à se manifester n'était aucun de ceux auxquels j'avais pensé.

« Je n'arrive pas à croire que tu m'aies complètement laissée de côté, s'est indignée Meredith Wheeler d'une voix métallique. Tu n'as rien utilisé de ce que je t'ai dit ! On ne sait même pas que j'étais là. C'est moi qui t'ai amené John, tu te rappelles ?

– Meredith, je ne t'ai jamais dit que j'allais utiliser tes déclarations, ai-je répondu, irritée par sa soif de se mettre en avant. Si tu as eu cette impression, j'en suis désolée. » J'ai coincé un ours en peluche ramolli sous ma tête, puis, dans un élan de culpabilité, je l'ai replacé au pied du lit. Les objets de l'enfance méritent allégeance.

« Je ne comprends pas pourquoi tu n'as pas voulu parler de moi. Si ton truc, c'était de te faire une idée de la personnalité de Natalie, alors tu avais besoin de John. Et si tu avais besoin de John, tu avais besoin de moi. Je suis sa petite amie. Franchement – il *m'appartient* quasiment, demande à n'importe qui !

– John et toi, ce n'était pas exactement le sujet de l'article. » Derrière la respiration de Meredith, j'entendais une ballade de country-rock, ainsi qu'un martèlement sourd et un sifflement.

« Mais tu cites d'autres gens de Wind Gap dans l'article. Tu cites cet abruti de père Bluell. Pourquoi pas moi ? John souffre énormément, et j'ai été très importante pour lui, je l'ai aidé à traverser tout ça. Il passe son temps à pleurer. C'est grâce à moi qu'il ne lâche pas prise.

– Quand j'écrirai un autre article pour lequel j'aurai besoin de nouveaux témoignages, je t'interviewerai. Si tu as quelque chose à ajouter à l'histoire. »

Martèlement. Sifflement. Elle était en train de repasser.

« Je sais des tas de trucs sur cette famille, et des tas de trucs sur Natalie que John n'imaginerait même pas. Ou ne raconterait pas.

– Bon, super. On reste en contact. À bientôt. » J'ai raccroché. Ce que me proposait cette fille me mettait mal à l'aise. Quand j'ai baissé les yeux, je me suis aperçue que j'avais écrit *Meredith* d'une écriture chantournée et enfantine en travers des cicatrices sur ma jambe gauche.

Amma se trouvait sous le porche, emmaillotée dans une couette rose, un linge humide posé sur le front. Sur un plateau en argent, ma mère avait disposé du thé, des tartines, et tout un assortiment de flacons ; elle tenait le dos de la main d'Amma et s'en caressait la joue d'un mouvement circulaire.

« Mon bébé, mon bébé », murmurait Adora en la berçant sur la balancelle.

Amma, tel un nouveau-né langé dans sa couverture, se prélassait, somnolente, en se pourléchant les lèvres de temps à autre. C'était la première fois que je revoyais ma mère depuis notre virée à Woodberry. J'ai papillonné devant elle, mais son regard est resté rivé sur Amma.

« Salut Camille, a fini par chuchoter celle-ci en esquissant un sourire.

– Ta sœur est souffrante. Elle est perturbée, depuis que tu es là, et maintenant elle a de la fièvre », a expliqué Adora en continuant à décrire des cercles avec la main. Je me suis imaginé les dents, sous sa joue, qui grinçaient les unes contre les autres.

Alan, me suis-je aperçue, était à l'intérieur, assis sur la bergère, et il les observait à travers la moustiquaire de la fenêtre.

« Tu dois faire un effort pour la mettre plus à l'aise en ta présence, Camille. Ce n'est qu'une petite fille », a roucoulé ma mère en regardant Amma.

Une petite fille, avec la gueule de bois. Après m'avoir quittée, la veille au soir, Amma était descendue pour boire un peu, seule. Ça marchait comme ça, dans cette maison. Je les ai laissées à leurs chuchotements ; *favorite* bourdonnait sur mon genou.

« Salut, miss Scoop ». Richard est venu se ranger à côté de moi au volant de sa voiture alors que je me dirigeais vers l'endroit où l'on avait découvert le corps de Natalie, afin d'y glaner quelques détails précis sur les ballons et les petits mots qui y avaient été déposés. Curry souhaitait un papier sur le thème « une ville en deuil ». Puisqu'il n'y avait aucune piste sur les meurtres. Le sous-entendu étant qu'il ferait mieux d'y en avoir une, et ce plus tôt que tard.

« Bonjour Richard.

– Bel article. » Maudit Internet. « Et je suis ravi d'apprendre que vous avez trouvé une source proche de l'enquête. » Il souriait.

« Et moi donc. »

Il a ouvert la portière côté passager. « Montez. On a du boulot.

– J'ai également du boulot de mon côté. Jusque-là, travailler avec vous ne m'a rien donné d'utilisable. Mon rédac' chef va bientôt me rapatrier.

– Ah non, pas question. Je n'aurai plus de distraction. Accompagnez-moi. J'ai besoin d'une visite guidée de la ville. En retour : je répondrai à trois questions, sans détour et en toute sincérité. Officieusement, il va de soi, mais je vous dirai ce que je sais, sans tricher. Allons, Camille. À moins que vous n'ayez rencard avec votre source.

– Richard.

– Non, sérieux – je m'en voudrais d'interférer dans une idylle naissante. Vous et ce mystérieux type, vous deviez faire une jolie paire.

– Fermez-la. » Je suis montée dans sa voiture. Il s'est penché vers moi, a tiré ma ceinture de sécurité et l'a bouclée, puis s'est immobilisé un instant, ses lèvres tout près des miennes.

« Je dois veiller à votre sécurité. » Il a désigné un des ballons qui flottaient dans la venelle où l'on avait retrouvé le corps de Natalie. « Remets-toi vite », y était-il écrit.

« Pour moi, ça résume à la perfection Wind Gap », a dit Richard.

Il voulait que je l'emmène dans tous les lieux secrets de la ville, les endroits que seuls les gens du coin connaissent. Ceux où l'on se retrouve pour s'envoyer en l'air ou fumer des joints, où les ados vont picoler, où on va s'isoler pour tenter de comprendre à quel moment sa vie a déraillé. Tout le monde voit, un jour ou l'autre, sa vie dérailler. Pour moi, ça a été le jour où Marian est morte. Suivi de près par celui où je me suis emparée de ce couteau.

« Nous n'avons pas encore trouvé les scènes de crime, a dit Richard, une main sur le volant, l'autre posée sur le dossier de mon siège. Nous n'avons que celles où l'on a déposé les corps, et qui sont plutôt contaminées. » Il a marqué une pause. « Désolé, *scène de crime*, c'est une expression horrible.

— Oui, ça fait penser à un équarrissoir.

— Waouh. Vous avez du vocabulaire, Camille. *Équarrissoir*, on doit pas l'entendre souvent, dans le coin.

— Oui, j'avais oublié à quel point vous êtes cultivés, vous les gens de Kansas City. »

Je lui ai dit de s'engager sur une route gravillonnée qui n'était pas indiquée, et nous nous sommes garés dans des mauvaises herbes qui nous arrivaient aux genoux, à une quinzaine de kilomètres au sud de l'endroit où l'on avait retrouvé le corps d'Ann. L'air était humide. J'ai éventé ma nuque, et tiré sur mes manches longues qui me collaient aux bras. La transpiration qui perlait sur ma peau emprisonnait les vapeurs de l'alcool que j'avais bu la veille au soir. Richard pouvait-il les sentir ? Nous nous sommes enfoncés dans les bois ; puis, nous avons dévalé un coteau, avant d'en escalader un autre. Le feuillage des peupliers de Virginie chatoyait, comme caressé par une brise imaginaire. De temps à autre, nous entendions un animal détaler, ou un oiseau qui prenait brusquement son envol. Richard me suivait d'un pas assuré, en écartant les branchages. Le temps d'atteindre l'endroit que j'avais en tête, nos vêtements étaient trempés, et mon visage ruisselait.

C'était une ancienne école, une bicoque d'une seule pièce et légèrement affaissée d'un côté ; une vigne vierge s'entortillait autour de ses planches. À l'intérieur, il restait une moitié de tableau noir, cloué au mur, et orné de dessins élaborés décrivant des scènes de pénétration – avec des pénis et des vagins qui n'étaient rattachés à aucun corps. Le sol était jonché de feuilles mortes et de cadavres de bouteilles d'alcool ; certaines canettes de bière, rouillées, dataient de l'époque où il n'y avait pas de languette pour les décapsuler. Quelques-uns des petits pupitres étaient encore là. L'un d'eux était recouvert d'une nappe, et un bouquet de roses desséchées, dans un vase, trônait en son centre. Un lieu bien navrant pour un dîner romantique. Il fallait espérer que ça s'était bien passé.

« Beau travail », a souligné Richard en désignant un des dessins. Sous sa chemise en oxford qui lui collait à la peau, je distinguais les reliefs d'un torse musclé.

« C'est surtout un repaire de gamins, à l'évidence, ai-je dit. Mais comme c'est près du torrent, j'ai pensé que je devais vous le montrer.

— Mm mm. » Il m'a dévisagée en silence. « Qu'est-ce que vous faites, à Chicago, quand vous ne bossez pas ? » Il s'est penché vers le pupitre, a extrait une rose fanée du vase et a commencé à effriter ses feuilles.

« Qu'est-ce que je fais ?

— Vous avez un petit ami ? Je parie que oui.

— Non. Ça fait longtemps que je n'ai pas eu de petit ami. »

Il a commencé à détacher les pétales. Je n'aurais su dire si ma réponse l'intéressait. Il a relevé la tête et m'a souri.

« Vous n'êtes vraiment pas facile, Camille. Vous ne *donnez* pas beaucoup. Vous me faites bosser. J'aime bien ça – ça change. La plupart des filles, c'est impossible de leur rabattre le caquet. Sans vouloir vous vexer.

— Je ne cherche pas à vous donner du fil à retordre. Simplement, ce n'est pas la question à laquelle je m'attendais », ai-je répondu en reprenant pied dans la conversation. Du bavardage, et des badinages. Je pouvais y arriver. « Et vous, vous avez une copine ? Je parie que vous en avez deux. Une blonde et une brune, pour les assortir à vos cravates.

— Faux, sur tous les tableaux. Pas de copine en ce moment, et la dernière était rousse. Elle n'était assortie à rien de ce que je possède. Fallait que je m'en sépare. Dommage, c'était une fille chouette. »

Richard était le genre de mec que je n'appréciais pas en temps normal – un mec né dans un milieu bourgeois, et qui avait reçu l'éducation qui allait avec : de l'allure, du charme, l'intelligence, du fric aussi, sans doute. Ces hommes-là ne m'avaient jamais intéressée ; ils étaient lisses et, en général, lâches. Ils fuyaient d'instinct toutes les situations susceptibles de les plonger dans l'embarras, ou de les déstabiliser. Mais Richard, lui, ne m'ennuyait pas. Peut-être à cause de ce sourire en coin. Ou parce qu'il gagnait sa vie en se colletant avec des atrocités.

« Vous êtes déjà venue ici quand vous étiez gamine, Camille ? » Sa voix était posée, presque timide. Il a détourné le regard ; le soleil de l'après-midi illuminait ses cheveux d'un reflet doré.

« Évidemment. C'est le lieu idéal pour des activités inconvenantes. »

Il s'est avancé vers moi, m'a tendu ce qui restait de la rose et a caressé du doigt ma joue moite de transpiration.

« C'est ce que je vois. C'est bien la première fois que je regrette de n'avoir pas grandi à Wind Gap.

– Vous et moi, nous nous serions très bien entendus. » J'étais sincère. Brusquement, cela m'attristait de n'avoir pas connu, en grandissant, un garçon comme Richard, quelqu'un qui, au moins, m'aurait lancé des défis.

« Vous savez que vous êtes très belle, pas vrai ? a-t-il repris. Je vous le dirais volontiers, mais j'ai l'impression que c'est le genre de remarque que vous repoussez. À la place, je me disais… »

Il m'a obligée à lever la tête vers lui et il m'a embrassée, lentement d'abord, puis, quand il a vu que je ne me dégageais pas, il m'a enlacée, en glissant sa langue dans

224

ma bouche. C'était la première fois qu'on m'embrassait depuis presque trois ans. J'ai passé la main entre ses omoplates, et la rose s'est émiettée dans son dos. J'ai écarté son col, et j'ai léché son cou.

« Je crois que tu es la plus belle fille que j'aie jamais rencontrée, a-t-il dit en suivant du doigt la ligne de ma mâchoire. La toute première fois que je t'ai vue, je n'ai pu penser à rien d'autre de toute la journée. Vickery m'a renvoyé dans mes pénates. » Il a éclaté de rire.

« Je te trouve très beau aussi », ai-je dit en emprisonnant ses mains pour éviter qu'elles ne se baladent. Le tissu de ma chemise était fin, je n'avais pas envie qu'il sente mes cicatrices.

« *Je te trouve très beau aussi ?* » Une fois de plus, il a éclaté de rire. « Bon sang, Camille, le romantisme, c'est vraiment pas ton truc, hein ?

– Je suis déstabilisée, c'est tout. Je veux dire que, pour commencer, c'est une mauvaise idée – toi et moi.

– Oh oui, affreuse. » Il m'a embrassé le lobe de l'oreille.

« Et… Tu ne veux pas inspecter les lieux ?

– Mademoiselle Preaker, j'ai fouillé cet endroit lors de ma seconde semaine à Wind Gap. Je voulais juste me balader avec toi. »

Il s'est avéré qu'il avait également exploré les deux autres endroits auxquels je pensais : une cabane de chasseur abandonnée, dans les bois, au sud, où il avait trouvé un ruban à cheveux en écossais jaune qu'aucun des parents des fillettes n'avaient pu identifier ; et les falaises, à l'est de Wind Gap, où l'on pouvait s'asseoir pour contempler, un peu plus loin en contrebas, le Mississipi. Il y avait découvert une empreinte de basket d'enfant, qui ne correspondait à aucune des paires que possédaient les fillettes. On avait retrouvé des traînées de sang séché sur des plantes grasses, mais qui ne correspondait pas à celui des fillettes. Une fois de plus, je m'avérais inutile. Mais encore une fois, Richard semblait s'en ficher. On a tout de même poussé jusqu'aux falaises, après avoir acheté en route un pack de bières, et nous nous sommes assis au soleil, pour admirer le Mississipi et ses reflets gris qui scintillaient tel un serpent paresseux.

C'était l'un des lieux favoris de Marian, lorsqu'elle pouvait quitter le lit. Un instant, j'ai senti son poids d'enfant sur mon dos, ses rires brûlants de fièvre dans mon oreille, ses bras décharnés cramponnés à mes épaules.

« Où emmènerais-tu une petite fille pour l'étrangler ? » a demandé Richard.

Je suis revenue d'un coup au présent. « Dans ma voiture, ou chez moi.

— Et pour lui arracher les dents ?

— Dans un endroit qu'on peut récurer à fond. Un sous-sol. Une baignoire. Les petites étaient déjà mortes, n'est-ce pas ?

— C'est une de tes questions ?

— Oui.

— Elles étaient déjà mortes. Toutes les deux.

— Mortes depuis assez longtemps pour qu'il n'y ait pas de sang quand on leur a arraché les dents ? »

En bas sur le fleuve, une barge qui glissait le long du courant a commencé à dévier de son cap ; des hommes sont apparus sur le pont, munis de longues perches pour la remettre dans le droit chemin.

« Dans le cas de Natalie, il y a eu du sang. On lui a arraché les dents sitôt après l'avoir étranglée. »

J'ai eu une vision de Natalie Keene – ses yeux bruns ouverts, le regard fixe, étendue dans une baignoire, pendant que quelqu'un lui arrachait les dents. Le sang sur son menton. Une paire de tenailles, dans une main. Une main de femme.

« Tu crois à l'histoire de James Capisi ?

— Franchement, je n'en sais rien, Camille, et je ne dis pas ça pour te faire plaisir. Ce môme a eu une peur bleue. Sa mère nous harcèle pour qu'on les fasse surveiller. Il est convaincu que cette femme va venir s'en prendre à lui. Je l'ai un peu asticoté, je l'ai traité de menteur, pour voir s'il changeait son histoire. Ça n'a rien donné. » Il s'est tourné face à moi. « Je vais te dire un truc : James Capisi croit dur comme fer à son histoire. Mais je ne vois pas comment elle peut être vraie. Ça ne correspond à aucun profil de ma connaissance. Je ne le sens pas. Intuition de flic. Bon, tu lui as parlé – qu'est-ce que tu en penses ?

— Je suis d'accord avec toi. Je me demande s'il ne flippe pas tout bêtement à cause du cancer de sa mère, et ne projette pas cette terreur sur autre chose. Je ne sais pas… Et John Keene ?

— Question profil, l'âge colle, il est parent de l'une des victimes ; et semble peut-être un peu trop anéanti par toute l'histoire.

— Sa sœur a été assassinée…

— C'est sûr. Mais… Je suis un mec, et je peux dire que les ados préféreraient se suicider plutôt que de pleurer en public. Et lui, il a été chialer dans toute la ville. » Richard a soufflé dans sa bouteille de bière pour émettre un bruit creux, un signe de reconnaissance à l'adresse d'un remorqueur qui passait par là.

La lune s'était levée et les grillons s'en donnaient à cœur joie quand Richard m'a déposée devant chez moi. Leurs crissements étaient assortis à la pulsation entre mes jambes, là où j'avais laissé Richard me caresser. Braguette baissée, j'avais guidé sa main jusqu'à mon clitoris et je l'avais retenue là, de crainte qu'il ne la balade et ne tombe sur les reliefs de mes cicatrices. Nous nous sommes tripotés comme deux écoliers (*gluanté* a rosi et pulsé, fort, sur mon pied gauche quand j'ai joui) ; j'étais moite et je sentais le sexe lorsque j'ai ouvert la porte, pour trouver ma mère assise au pied de l'escalier, en compagnie d'un pichet d'*amaretto sour*.

Elle portait une chemise de nuit rose de petite fille, avec des manches ballon et un ruban en satin autour du décolleté. Ses mains, sans nécessité aucune, avaient été emmaillotées de frais dans cette gaze neigeuse qu'elle avait réussi à garder totalement immaculée, en dépit du fait qu'elle avait un sacré coup dans le nez. En me voyant, elle a oscillé légèrement, tel un fantôme qui hésite à s'évanouir. Mais elle est restée et m'a fait signe de sa main nuageuse.

« Camille. Viens t'asseoir. Non ! Va d'abord te chercher un verre dans la cuisine. Tu peux bien boire un verre avec Mère. Avec ta mère. »

Voilà qui pourrait virer au cauchemar, ai-je marmonné en attrapant un verre. Mais sous la contrariété, une pensée : un moment seule avec *elle* ! C'était comme retrouver un vieux hochet rescapé de l'enfance. Et avoir l'occasion de le réparer.

Ma mère m'a servie, d'un geste leste mais maîtrisé, en remplissant le verre à ras bord. Ç'allait être périlleux de le porter à ma bouche sans en renverser une goutte. Elle m'a observée avec une ébauche de sourire ironique. Puis elle s'est ré-adossée au pilier de l'escalier, a replié les pieds sous elle, et a bu une gorgée.

« Je crois que j'ai enfin compris pourquoi je ne t'aime pas », a-t-elle lâché.

Qu'elle ne m'aimait pas, je le savais – mais jamais je ne l'avais entendue l'admettre aussi ouvertement. J'ai essayé de me dire que j'étais intriguée, tel un scientifique sur le point de faire une découverte, mais ma gorge s'est nouée et j'ai dû me concentrer pour continuer à respirer.

« Tu me rappelles ma mère, Joya. Froide, distante, et tellement suffisante. Ma mère, elle non plus, ne m'a jamais aimée. Et si vous, les filles, vous ne m'aimez pas, ne comptez pas sur moi pour le faire. »

Une lame de fureur a déferlé en moi. « Je n'ai jamais dit que je ne t'aimais pas – c'est ridicule. Complètement ridicule. C'est toi qui ne m'as jamais aimée, même quand j'étais gosse. Je n'ai jamais senti rien d'autre que de la froideur de ta part, alors ne t'avise pas de retourner l'accusation contre moi. » J'ai commencé à frotter ma paume, fort, sur le rebord de la marche. Ma mère m'a regardée, a esquissé un sourire et j'ai arrêté.

« Tu te montrais tout le temps entêtée, tu n'étais jamais gentille. Je me souviens qu'à six ou sept ans, j'ai voulu te mettre des rouleaux pour la photo de classe. Tu as refusé, et tu t'es coupé les cheveux, courts, avec mes ciseaux de couture. » Je ne me souvenais pas d'avoir fait ça. Mais je me souvenais d'avoir entendu raconter qu'Ann l'avait fait.

« Je ne crois pas, maman.

– Forte tête. Comme ces pauvres petites filles. J'ai essayé d'être proche d'elles – de ces petites filles qui sont mortes.

– Proche d'elles ? Que veux-tu dire ?

– Elles me faisaient penser à toi, à galoper dans la ville comme des casse-cou. Comme de jolis petits animaux sauvages. Je pensais que si je parvenais à être proche d'elles, je te comprendrais mieux. Que si je parvenais à les apprécier, peut-être que je finirais par t'aimer. Mais je n'ai pas réussi.

– Je ne m'y attendais pas. » La grande horloge a égrené ses onze coups. Combien de fois ma mère les avait-elle entendus, en grandissant dans cette maison ?

« Quand je te portais, quand j'étais jeune – tellement plus jeune que tu ne l'es aujourd'hui –, je croyais que tu allais me sauver. Je croyais que tu m'aimerais. Et aussi que ma mère m'aimerait. Quelle blague. » Sa voix s'est enrayée et s'est envolée vers les aigus, comme une écharpe rouge emportée par la tempête.

« J'étais bébé.

– Tu as désobéi dès le début, tu refusais de te nourrir. Comme si tu me punissais d'être née. Tu me ridiculisais. Tu me ravalais au rang d'enfant.

– Tu *étais* une enfant.

– Et là, tu reviens, et tout ce à quoi je peux penser, c'est : pourquoi Marian et pas elle ? »

Ma fureur est retombée et s'est muée en sombre désespoir. Mes doigts ont buté sur une écharde du plan-

230

cher. Je l'ai enfoncée sous un ongle. Je n'allais pas pleurer pour cette femme.

« De toute façon, je ne suis pas spécialement contente d'être celle qui reste, maman – si ça peut te réconforter.

– Tu es tellement haineuse.

– C'est toi qui m'as appris à l'être. »

Brusquement, ma mère s'est penchée vers moi, m'a attrapé les bras, et a passé la main dans mon dos. De la pointe d'un ongle, elle a suivi le tracé du cercle de peau vierge de toute cicatrice.

« Le seul endroit que tu as épargné », m'a-t-elle chuchoté. Son haleine était douceâtre, musquée, comme l'air qui flotte autour d'une source.

« Oui.

– Un jour, je graverai mon nom – là. » Elle m'a secouée, une seule fois, puis m'a relâchée, et m'a abandonnée sur l'escalier avec le reste d'alcool qui avait tiédi.

J'ai bu ce qu'il restait dans le pichet, et j'ai fait des rêves ténébreux et prégnants. Ma mère m'avait éventrée ; tandis que je gisais, chairs béantes, elle déballait mes organes, les disposait en rang sur mon lit, cousait ses initiales sur chacun d'eux, puis les replaçait en moi, en même temps que tout un tas d'objets dont j'avais oublié l'existence : une balle orange, en caoutchouc, que j'avais tirée à un distributeur de chewing-gums quand j'avais dix ans ; une paire de chaussettes violettes que je portais à douze ans ; une bague de camelote, plaquée or, que m'avait offerte un garçon en première année de fac. Et avec chaque objet qui réapparaissait, ce même soulagement qu'il ne soit plus perdu.

Quand je me suis réveillée, il était midi passé, j'étais désorientée, affolée. J'ai bu une gorgée de ma flasque pour dissiper la panique, puis j'ai foncé à la salle de bains et j'ai vomi la vodka en même temps que des filets de salive sucrée et brunie par l'*amaretto sour*.

Je me suis déshabillée et j'ai glissé dans la baignoire ; la porcelaine était fraîche contre mon dos. Je me suis allongée, j'ai ouvert l'eau et j'ai laissé le niveau monter, me recouvrir, j'ai laissé l'eau entrer dans mes oreilles, les submerger, avec ce *gloup !* satisfaisant d'un bateau qui s'abîme. Aurai-je jamais le cran de laisser l'eau me recouvrir le visage – de me noyer, les yeux grands ouverts ? *Refuse tout simplement de relever la tête de cinq centimètres, et ce sera réglé.*

L'eau m'a picoté les yeux, m'a recouvert le nez, m'a enveloppée tout entière. Je me suis vue d'en haut : de la chair stigmatisée, et des traits sereins tremblotant sous un film d'eau. Mon corps a refusé cette paix. *Corsage, sale, harceler, veuve !* hurlait-il. Mon ventre s'est convulsé, ma gorge s'est nouée, avide d'air. *Doigt, pute, vain !* Quelques instants de discipline. Quelle pure façon de mourir. *Bourgeon, éclos, beau.*

J'ai refait surface d'un coup, en inhalant goulûment. Haletante, visage tendu vers le plafond. *Doux, tout doux*, me suis-je intimé. *Tout doux, ma belle, ça va aller.* Je me suis tapoté la joue, en me parlant comme à un bébé – quelle misère ! –, mais ma respiration s'est bloquée.

Et là, élan de panique. J'ai passé la main dans mon dos, j'ai cherché le cercle sur ma peau. Il était toujours intact.

Des nuages sombres stagnaient comme un couvercle sur la ville ; le soleil pointait sur leurs bords et teintait tout d'un jaune cireux, comme si nous étions des cafards sous des tubes de néon. J'étais encore affaiblie par ma discussion avec ma mère, et cette luminosité maladive semblait de circonstance. J'avais rendez-vous avec Meredith Wheeler, chez elle, pour une interview concernant les Keene. Je n'étais pas certaine de récolter grand-chose, mais sans doute pourrais-je en extraire une petite citation. J'en avais besoin, n'ayant eu aucun retour des Keene après la parution de mon dernier article. Et la vérité, c'était que John habitant désormais derrière chez Meredith, il m'était impossible de le joindre sans passer par elle. Je suis sûre qu'elle adorait ça.

J'ai marché péniblement jusqu'à Main Street pour récupérer ma voiture là où je l'avais abandonnée la veille, le temps de mon excursion avec Richard. Je me suis laissée choir derrière le volant, étiolée, et j'ai tout de même réussi à débarquer chez Meredith avec une demi-heure d'avance. Sachant qu'elle devait s'activer à pomponner la maison en prévision de ma visite, j'ai supposé qu'elle m'installerait dans le patio, et que ça me laisserait l'occasion de voir si John était dans les parages. En fait, Meredith n'était carrément pas chez elle, mais j'ai entendu de la musique, derrière la maison. J'ai fait le tour, pour découvrir, à une extrémité de la piscine, les quatre blondes en bikinis fluo qui se passaient un joint, et John, assis à l'ombre, à l'autre extrémité, qui les observait. Amma, toute bronzée, délicieuse de blondeur, aussi menue et colorée qu'un amuse-gueule, ne montrait plus aucune trace de sa gueule de bois de la veille.

À la vue de toutes ces chairs lisses, ma peau s'est mise à jacasser. Tout contact direct, en plus de ma panique de gueule de bois, était au-dessus de mes forces. Aussi suis-je restée là à les espionner depuis l'angle de la maison. N'importe qui aurait pu me voir, mais personne ne s'en est donné la peine. Les trois copines d'Amma, rapidement assommées par la marijuana et la chaleur, se sont affalées, à plat ventre, sur leurs serviettes.

Amma est restée debout ; sans quitter John des yeux, elle a étalé de l'huile solaire sur ses épaules, son buste et ses seins, en glissant les mains sous le soutien-gorge de son maillot, et en regardant John la regarder. Il ne manifestait aucune réaction, comme un gamin rivé depuis six heures devant le poste de télévision. Plus les gestes d'Amma devenaient lascifs, plus il demeurait impassible. Un des triangles du soutien-gorge a glissé de côté et révélé un sein rebondi. Treize ans…, ai-je songé, mais j'ai tout de même ressenti une pointe d'admiration pour la gamine. À son âge, quand j'étais triste, je me faisais mal. Amma, elle, faisait du mal aux autres. Quand je voulais qu'on fasse attention à moi, je me soumettais de moi-même aux garçons : *fais-moi ce que tu veux ; mais apprécie-moi*. Les avances sexuelles d'Amma prenaient la forme d'une agression. De longues jambes menues, des poignets fins, une voix aiguë et enjôleuse – le tout braqué comme un pistolet.

Fais-moi ce que je veux ; et peut-être que je t'apprécie-
rai.

« Hé, John, qui je te rappelle ? a lancé Amma.

– Une petite fille dévergondée et qui s'imagine que c'est plus mignon que ça ne l'est en réalité », lui a rétorqué John. Il était assis au bord du bassin, en short et en tee-shirt, jambes enfoncées dans l'eau. Un fin duvet noir, presque féminin, les recouvrait.

« C'est vrai ? Alors pourquoi t'arrêtes pas de me mater, depuis ta cachette ? a repris Amma, en pointant un pied en direction de l'ancienne remise et de sa lucarne décorée d'un rideau à carreaux bleus. Meredith va être jalouse.

– J'aime bien t'avoir à l'œil, Amma. Sache que je t'ai toujours à l'œil. »

Une supposition : ma demi-sœur est allée dans sa chambre, sans sa permission, et a fouillé dans ses affaires. Ou bien elle l'a attendu sur son lit.

« Je vois ça », a-t-elle riposté en riant, jambes largement écartées. Elle paraissait monstrueuse, sous cette lumière souffreteuse, avec les rayons du soleil qui creusaient des poches d'ombre sur son visage.

« Ton tour viendra, un jour, Amma, a dit John. Bientôt.

– T'es viril. À ce qu'il paraît », lui a-t-elle répliqué. Kylie a relevé la tête, a fixé son amie, a souri, puis s'est rallongée.

« Patient, aussi.

– Vaut mieux pour toi. » Elle lui a soufflé un baiser.

L'*amaretto sour* s'est rappelé à mon bon souvenir, et ces plaisanteries me retournaient l'estomac. Cela me

déplaisait que John Keene flirte avec Amma, toute pro-
vocatrice qu'elle soit. Elle n'avait que treize ans.

« Coucou ! » ai-je lancé. Amma s'est réveillée de sa
torpeur et a agité les doigts dans ma direction. Deux
des trois blondes ont soulevé la tête, brièvement. John a
mis les mains en coupe et puisé de l'eau pour se friction-
ner le visage avant de m'adresser une ébauche de sourire. Il se repassait la conversation qui venait d'avoir
lieu, en essayant de deviner ce que j'en avais entendu.
Je me trouvais à égale distance d'Amma et de John ; je
suis allée rejoindre ce dernier, et je me suis assise à plus
d'un mètre cinquante de lui.

« Tu as lu l'article ? » Il a hoché la tête.

« Ouais, merci. C'était sympa. Le passage sur
Natalie, du moins.

— Je suis venue pour discuter avec Meredith ; elle
va me parler de Wind Gap. Il se peut qu'on évoque
Natalie. Tu n'y vois pas d'inconvénient ? »

Il a haussé les épaules.

« Non, bien sûr. Meredith n'est pas encore rentrée. Il
n'y avait plus de sucre pour le thé glacé. Elle a paniqué,
elle a filé en chercher sans même se maquiller.

— Scandaleux !

— Pour Meredith, oui.

— Comment ça se passe, ici ?

— Oh, bien. » Il s'est mis à se caresser la main droite.
Un geste d'autoréconfort. Une fois de plus, j'ai eu
mal pour lui. « Je ne sais pas si ça se passerait mieux
ailleurs, alors c'est dur de juger si ici, c'est mieux, ou
pis. Tu vois ce que je veux dire ?

— Quelque chose comme : cet endroit est un cauchemar, et j'ai envie de mourir, mais j'ai du mal à penser

à un endroit où je me sentirais mieux ? » Il s'est tourné et m'a dévisagée ; l'ovale du bassin se reflétait dans ses yeux bleus.

« C'est exactement ça. » *J'ai l'habitude*, ai-je songé.

« Tu as pensé à consulter un thérapeute ? Ça pourrait t'aider.

– Ouais, John, ça pourrait réprimer quelques-unes de tes pulsions. Elles peuvent être mortelles, tu sais ? On n'a pas envie de retrouver d'autres gamines édentées. » Amma s'était glissée dans l'eau et flottait à quelque trois mètres de nous.

John s'est levé d'un bond. Un instant, j'ai cru qu'il allait plonger, et l'étrangler. Mais il s'est contenté de braquer un doigt dans sa direction ; il a ouvert la bouche, puis l'a refermée, et a gagné sa chambre mansardée.

« C'était vraiment cruel, Amma, ai-je observé.

– Mais rigolo, a protesté Kylie, qui flottait non loin de nous sur un matelas gonflable rose pétard.

– Quel taré », a ajouté Kelsey en venant barboter alentour.

Jodes était assise sur sa serviette, genoux remontés sous le menton, le regard rivé sur la remise.

« Tu étais si gentille avec moi, l'autre soir, ai-je murmuré à Amma. Pourquoi es-tu tellement différente maintenant ? »

L'espace d'une fraction de seconde, elle a paru déstabilisée. « Je ne sais pas. J'aimerais pouvoir y changer quelque chose. Vraiment. » Elle est partie à la nage rejoindre ses copines ; au même moment, Meredith est apparue à la porte et m'a hélée, l'air contrarié.

La maison des Wheeler avait un air familier : un canapé prétentieux et trop rembourré ; une table basse sur laquelle trônait une maquette de voilier ; une ottomane joviale en velours vert acide ; une photo en noir et blanc de la tour Eiffel, prise sous un angle abrupt. *Pottery Barn*, catalogue de printemps. Jusqu'aux assiettes jaune citron que Meredith a disposées sur la table, avec des tartelettes aux baies rouges.

Elle avait revêtu une robe à bretelles en lin, dont la couleur évoquait une pêche encore verte, et avait attaché ses cheveux au creux de la nuque, en une queue-de-cheval souple, qui couvrait ses oreilles. Une opération qui avait dû réclamer vingt bonnes minutes de mise au point. Tout à coup, elle ressemblait beaucoup à ma mère. Elle aurait pu être la fille d'Adora, et être bien plus crédible que moi dans le rôle. J'ai senti naître un élan de rancune, que j'ai tenté d'étouffer tandis qu'elle nous servait du thé glacé, le sourire aux lèvres.

« Je ne sais pas ce que te racontait ma sœur, mais j'imagine que c'était forcément des horreurs, ou des trucs cochons, alors je m'excuse. Encore que je sois sûre que tu n'ignores pas que c'est Amma la meneuse. » Elle a regardé sa tartelette, mais semblait peu disposée à la manger. Trop jolie.

« Tu connais Amma probablement mieux que moi, ai-je observé. Elle et John semblent…

– C'est une gamine perpétuellement en demande. » Elle a croisé les jambes, les a décroisées, a rajusté sa robe. « Amma a peur de se racornir et de s'évanouir en fumée si jamais l'attention se détourne d'elle un seul instant. L'attention des garçons, surtout.

– Pourquoi n'aime-t-elle pas John ? Elle insinuait que c'est lui qui a tué Natalie. » J'ai enclenché mon dictaphone, à la fois parce que je ne voulais pas perdre mon temps avec des histoires de rivalité d'ego, et que j'espérais que Meredith ferait, à propos de John, une remarque qui vaudrait le coup d'être imprimée. S'il était le principal suspect, du moins dans l'esprit des habitants de Wind Gap, il me fallait pouvoir citer quelqu'un.

« C'est Amma, elle est comme ça. Elle a un penchant malveillant. John m'aime, et pas elle, alors elle l'agresse. Quand elle n'essaie pas de me le voler. Comme si ça pouvait arriver !

– On dirait tout de même que ça jase pas mal, et que des gens pensent que John pourrait être impliqué dans tout ça. Pourquoi, selon toi ? »

Elle a haussé les épaules et a contemplé avec une moue la bande qui défilait.

« Tu connais la chanson. Il n'est pas d'ici. Il est intelligent, il a un peu roulé sa bosse, et il est huit fois plus canon que n'importe qui d'autre dans le coin. Les gens aimeraient que ce soit lui, parce que ça voudrait dire que cette... *malveillance* n'est pas sortie de Wind Gap. Qu'elle est venue d'ailleurs. Mange donc ta tartelette...

– Et toi, tu crois qu'il est innocent ? » J'ai mordu dans la tartelette ; un peu de gelée a coulé sur ma lèvre.

« Évidemment. Tout ça, c'est juste des ragots sans fondement. Juste parce que quelqu'un est parti faire un tour en bagnole... y a des tas de gens qui font ça, dans le coin. Pour John, c'est juste une question de mauvais timing.

— Et les familles ? Que peux-tu me dire à propos de l'une ou l'autre fillette ?

— C'étaient des amours, des gamines adorables, très bien élevées. C'est comme si Dieu était venu chercher les meilleures gamines de Wind Gap pour les emporter au paradis, rien que pour lui. » Elle avait répété – le débit de sa phrase n'avait rien de spontané. Même son sourire paraissait calculé au plus juste : trop étriqué, il aurait fait mesquin ; trop large, il aurait traduit un contentement qui n'était pas de circonstance. Celui-là était juste. Je suis courageuse et confiante, procla-mait-il.

« Meredith, je sais que ce n'est pas ce que tu penses de ces gamines.

— Ah bon ? Quel genre de commentaire tu veux, alors ? a-t-elle répliqué, d'un ton sec.

— Un commentaire sincère.

— Je ne peux pas faire ça. John me haïrait.

— Je ne suis pas obligée de mentionner ton nom dans l'article.

— En ce cas, à quoi ça sert de m'interviewer ?

— Si tu sais, à propos de ces petites, quelque chose que les gens taisent, tu devrais me le dire. Selon la nature de l'information, ça pourrait détourner l'atten-tion de John. »

Meredith a siroté sagement quelques gorgées de thé et a tamponné ses lèvres couleur fraise sur la serviette.

« Mais tu pourras quand même citer mon nom quelque part dans l'article ?

— Je peux te citer nommément, ailleurs.

– Je veux que tu écrives le truc à propos de Dieu »,
a-t-elle dit en minaudant comme une petite fille. Elle
s'est tordu les mains, et m'a adressé un sourire en
coin.

« Non, non, pas ça. Je vais rapporter tes propos sur
le fait que John n'est pas d'ici, et que c'est pour ça que
les gens font des commérages.

– Pourquoi tu peux pas citer la phrase que je veux ? »
Je l'ai imaginée à cinq ans, costumée en princesse, en
train de rouspéter parce que sa poupée préférée n'appréciait pas son thé imaginaire.

« Parce qu'elle va à l'encontre de pas mal de trucs
que j'ai entendus, et que personne ne s'exprime spontanément comme ça. Ça sonne faux. »

C'était le bras de fer le plus pitoyable que j'avais
jamais disputé avec un sujet interviewé, et une façon
de procéder totalement contraire à la déontologie de
ma profession. Mais je voulais entendre sa maudite
histoire. Meredith a entortillé son ras-du-cou en argent
autour d'un doigt en me dévisageant.

« Tu sais que tu aurais pu être mannequin ?

– J'en doute », ai-je répondu d'un ton sec. Chaque
fois qu'on me disait que j'étais jolie, je pensais à toutes
ces choses monstrueuses qui grouillaient sous mes vêtements.

« Si, je t'assure. Quand j'étais petite, je voulais être
toi. Je pensais à toi, tu sais ? Tu vois, nos mamans sont
amies, alors je savais que tu étais à Chicago, et je t'imaginais, dans une super baraque, mariée avec un ban-
quier d'affaires super canon. Toi, dans la cuisine, en
train de boire du jus d'orange, et lui qui monte dans sa

Jaguar pour aller au bureau. Mais j'imagine que j'étais à côté de la plaque.

— Oui. Mais ça n'a pas l'air mal, cela dit. » J'ai croqué une bouchée de tartelette. « Bon, parle-moi de ces gamines.

— Boulot-boulot, hein ? T'as jamais été super sympa. Je suis au courant, pour ta sœur. Tu avais une sœur qui est morte.

— Meredith, on peut discuter, un jour. Avec plaisir. Une fois qu'on aura bouclé ça. Occupons-nous de cette histoire et après on pourra se détendre. » Je n'avais aucune intention de m'attarder une minute de plus, une fois l'interview terminée.

« OK... bon, voilà : je pense savoir pourquoi... les dents..., a-t-elle dit en mimant l'action.

— Pourquoi ?

— Ça me scie que tout le monde refuse de le prendre en compte, a-t-elle dit en jetant un regard alentour. Mais c'est pas moi qui te l'ai dit, d'accord ? a-t-elle repris. Ces deux gamines, elles mordaient.

— Comment ça, "elles mordaient" ?

— Elles avaient mauvais caractère. Des tempéraments qui te flanquaient la frousse – qui faisaient penser à des tempéraments de garçons. Mais elles ne cognaient pas. Elles mordaient. Regarde. »

Elle a tendu sa main droite. À la naissance du pouce, trois cicatrices blanches luisaient dans la lumière.

« Ça, c'est Natalie. Et ça, aussi. » Elle a dégagé les cheveux de ses oreilles : le lobe gauche était amputé de moitié. « Ma main, elle l'a mordue un jour où je lui passais du vernis sur les ongles. À mi-opération, elle a décrété que ça ne lui plaisait pas, mais je lui ai dit de me laisser terminer, et pendant que je lui tenais la main, elle a planté ses dents dans la mienne.

– Et le lobe ?

– Je suis restée dormir chez eux, un soir, parce que ma voiture refusait de démarrer. Je dormais dans la chambre d'amis, et tout à coup, je me suis réveillée, il y avait du sang partout sur les draps, et j'avais l'impression que mon oreille était en feu. Et Natalie hurlait comme si c'était elle qui était en flammes. Ses cris étaient encore plus effrayants que ma douleur. Son père a dû venir la maîtriser. Cette gamine avait de sérieux problèmes. On a cherché mon lobe, pour voir si on pouvait le recoudre, mais il était introuvable. À mon avis, elle l'a avalé. » Elle a lâché un éclat de rire dont le son évoquait le contraire d'une aspiration d'air. « C'est surtout pour elle que je me sentais mal. »

Mensonge.

« Et Ann, elle était aussi terrible ?

– Pire. Il y a plein de gens dans la ville qui portent la trace de ses dents. Y compris ta mère.

– Quoi ? » Mes mains sont devenues moites ; ma nuque s'est glacée.

« Ta maman lui servait de tutrice scolaire et Ann ne pigeait pas un truc. Elle a pété les plombs ; elle lui a arraché quelques cheveux et lui a mordu le poignet. Fort. Je crois qu'il a fallu faire des points. » Images du bras menu de ma mère prisonnier de petites dents, Ann qui secoue la tête comme un chien, du sang qui perle sur la manche de ma mère, sur les lèvres d'Ann. Un hurlement, les dents qui lâchent leur proie.

Un petit cercle au tracé irrégulier, et à l'intérieur, un anneau de peau intacte.

11

De retour dans ma chambre, j'ai passé quelques coups de fil ; ma mère n'était nulle part en vue. J'entendais Alan, en bas, qui réprimandait sèchement Gayla pour avoir mal découpé les escalopes.

« Je sais que ça peut paraître insignifiant, Gayla, mais voyez donc la chose sous cet angle : ce sont les détails insignifiants qui font la différence entre un bon dîner et une expérience gastronomique. » Gayla a émis un son d'assentiment. Même ses *mm-hum* avaient un son nasillard.

J'ai appelé Richard sur son portable – il était une des rares personnes à Wind Gap à en posséder un, mais je suis mal placée pour canarder, vu que je suis une des rares personnes de Chicago à résister. Je n'ai tout simplement pas envie d'être joignable en permanence.

« Inspecteur Willis. » En arrière-fond, j'ai entendu qu'on appelait quelqu'un dans un haut-parleur.

« Tu es occupé, Inspecteur ? » ai-je dit en rougissant. La légèreté me donnait l'impression de flirter, qui me donnait l'impression d'être idiote.

« Bonjour, a-t-il répondu d'un ton très formel. Je suis en train de boucler un truc ; je peux te rappeler ?

– Bien sûr, mon numéro…
– Il s'est affiché sur mon écran.
– Merveilleux.
– À qui le dis-tu. »

Vingt minutes plus tard : « Désolé, j'étais à l'hôpital de Woodberry avec Vickery.
– Une piste ?
– Plus ou moins.
– Un commentaire ?
– J'ai passé une très agréable soirée, hier. »
J'avais écrit *Richard flic, Richard flic* une bonne douzaine de fois sur ma jambe, et il fallait que j'arrête car l'envie d'attraper un rasoir me démangeait.

« Moi aussi ; écoute, je dois te poser une question sans ambages et il me faut une réponse. Officieuse. Ensuite, il me faut un commentaire que je puisse imprimer.
– OK, je vais essayer de t'aider, Camille. Quelle est la question ?
– On peut se retrouver dans ce rade où on a bu un verre, la première fois ? J'ai besoin de t'avoir en face pour te poser ma question, besoin de sortir de cette baraque – et oui, je vais le dire : j'ai besoin de boire un verre. »

Quand je suis arrivée au *Sensors*, il y avait là trois mecs avec lesquels j'avais été en classe, trois braves gars, dont l'un avait eu son heure de gloire, une année à la foire de l'État, en gagnant un ruban bleu pour une truie grasse jusqu'à l'obscénité, et qui perdait du lait. Un stéréotype rustique qui aurait beaucoup plu à Richard.

Nous avons échangé quelques amabilités – ils m'ont offert ma première tournée – et ils m'ont montré les photos de leurs mômes, huit au total. L'un d'eux, Jason Turnbough, était toujours aussi blond et joufflu qu'un gamin. Pendant presque toute la conversation, il avait la langue qui dépassait du coin des lèvres et les joues roses, et ses yeux bleus et ronds faisaient la navette entre mon visage et ma poitrine. Il s'est calmé sitôt que j'ai sorti mon magnéto et que je leur ai demandé de me parler des meurtres. Là, ce sont les bobines rotatives qui ont retenu toute son attention. Les gens trouvent ça tellement excitant de voir leur nom imprimé. Comme si c'était une preuve de leur existence. Je me suis imaginé une prise de bec entre des fantômes qui épluchaient des piles de vieux journaux. L'un montrait un nom sur une page. *Regarde, mon nom est écrit là. Je te disais bien que j'avais été vivant. Je te disais bien que j'avais existé.*

« Qui aurait pensé, quand on était au bahut, qu'on serait là, un jour, à parler de meurtres à Wind Gap ? s'est ébahi Tommy Ringer, qui était devenu un brun velu, avec une longue barbe.

– Je sais, sans rire, je bosse dans un supermarché, putain ! » a renchéri Ron Laird, un garçon bonhomme avec un museau de souris et une voix qui portait. Les trois compères rayonnaient d'une fierté civique déplacée. L'infamie s'était abattue sur Wind Gap, et ils avaient encaissé le coup. Ils pouvaient continuer à bosser au supermarché, au drugstore, au couvoir. À leur mort – avec le fait d'avoir été des époux et des pères –, cela figurerait sur la liste de leurs états de service. Et c'était quelque chose qui leur était arrivé, tout simplement. Non – plus exactement, c'était quelque chose qui était arrivé dans leur ville. Je n'étais pas certaine que Meredith ait vu juste : quelques personnes auraient adoré que l'assassin soit un type qui était né et avait grandi à Wind Gap. Un type avec lequel ils avaient autrefois pêché, quelqu'un avec qui ils avaient été scouts. L'histoire n'en serait que plus croustillante.

Richard a ouvert énergiquement la porte, qui était bien plus légère qu'elle n'y paraissait. Tout client qui n'était pas un habitué des lieux s'y laissait prendre, et toutes les quelques minutes, cette porte allait dinguer contre le mur. Ce qui fournissait une ponctuation non dénuée d'intérêt aux conversations.

Tandis qu'il traversait la salle en jetant sa veste sur une épaule, les trois hommes ont grogné.

« Ce type.

– Je suis foutrement impressionné, mec.

– Garde quelques neurones pour l'enquête, mon pote. T'en as besoin. »

Je suis descendue de mon tabouret, j'ai passé la langue sur mes lèvres et j'ai souri.

« Bon, les copains, faut que je bosse. C'est l'heure de l'interview. Merci pour les verres.

– On sera là, quand t'en auras ta claque », a lancé Jason. Richard s'est contenté de lui sourire en marmottant *abruti* entre ses dents.

J'ai descendu mon troisième bourbon et intercepté au vol la serveuse pour qu'elle nous reserve, et cela fait, j'ai calé le menton au creux de ma main. Avais-je vraiment envie de parler boulot ? me suis-je interrogée. Richard avait une cicatrice au-dessus du sourcil droit, et une minuscule fossette dans le menton. Il a passé par deux fois son pied sur le mien, à l'insu des regards.

« Alors que se passe-t-il, Scoop ?

— Écoute, il faut que je sache un truc. Il le faut vraiment, et si tu ne peux pas me répondre, tu ne peux pas, mais s'il te plaît, réfléchis bien. » Il a hoché la tête.

« Quand tu penses à la personne qui a commis ces meurtres, est-ce que tu as quelqu'un en particulier en tête ?

— J'ai quelques personnes dans le collimateur.

— Homme, ou femme ?

— Pourquoi me demandes-tu ça avec autant d'urgence maintenant, Camille ?

— Il faut que je sache, c'est tout. »

Il n'a pas répondu. Il a bu une gorgée, s'est passé plusieurs fois la main sur le menton, ombré d'une barbe naissante.

« Je ne crois pas qu'une femme s'en serait prise à ces petites de cette façon. » Il a touché de nouveau mon pied. « Hé, que se passe-t-il ? Tu vas me le dire, à la fin ?

— Je ne sais pas. Je flippe. J'ai besoin de savoir vers où diriger mes énergies, c'est tout.

— Laisse-moi t'aider.

— Tu savais que ces deux gamines étaient connues pour mordre les gens ?

— On m'a laissé entendre, à l'école, qu'il y avait eu un incident, qu'Ann aurait tué l'oiseau d'un voisin. Quant à Natalie, vu ce qui s'est passé à son ancienne école, on la surveillait de près.

— Natalie a mordu et a arraché le lobe de quelqu'un qu'elle connaissait.

– Non. Je n'ai aucune plainte enregistrée contre Natalie depuis son arrivée ici.

– Il n'y a pas eu de plainte. J'ai vu l'oreille, Richard. Le lobe a été arraché, et il n'y a aucune raison pour que la personne m'ait raconté un bobard. Ann, elle aussi, a attaqué quelqu'un. Elle l'a mordu. Je me demande de plus en plus si ces filles ne se seraient pas embrouillées avec la mauvaise personne. C'est comme si on les avait abattues. Comme un de ces animaux nuisibles. C'est peut-être pour ça qu'on leur a arraché les dents.

– Reprenons, lentement. D'abord, qui ont-elles mordu l'une et l'autre ?

– Je ne peux pas le dire.

– Putain, Camille, c'est pas un jeu ! Dis-moi.

– Non. » Son éclat de colère me surprenait. Je m'étais attendue à ce qu'il rigole, et me dise que la rébellion me rendait jolie.

« Il s'agit d'une enquête pour meurtres, OK ? Si tu as des informations, j'ai besoin de les connaître.

– Ben, fais ton boulot.

– J'essaie, Camille, mais le fait qu'on traîne ensemble ne m'aide pas beaucoup.

– Comme ça, tu sais ce qu'on ressent, ai-je marmonné puérilement.

– Bien. » Il s'est frotté les yeux. « La journée a été vraiment longue, alors… bonsoir. J'espère que je t'ai aidée. » Il s'est levé et a fait glisser son verre à moitié plein vers moi.

« Il me faut une déclaration officielle.

– Plus tard. J'ai besoin de prendre un peu de recul. Tu avais peut-être raison – toi et moi, c'était une très mauvaise idée. »

Richard parti, les trois mecs m'ont invitée à les rejoindre. J'ai décliné d'un mouvement de tête, et j'ai terminé mon verre en faisant semblant de prendre des notes, jusqu'à ce qu'ils partent à leur tour. En fait, je n'avais rien écrit d'autre que *endroit malsain, endroit malsain*, sur douze pages.

Cette fois, lorsque je suis arrivée à la maison, c'était Alan qui m'attendait, assis sur la causeuse victorienne en noyer et brocart blanc, vêtu d'un pantalon blanc, d'une chemise en soie et de délicates pantoufles de soie blanche. S'il avait été le sujet d'une photographie, il aurait été impossible de le situer précisément dans une époque – gentleman victorien, dandy edwardien, minet des années cinquante ? Un mari au foyer du vingt et unième siècle, qui n'avait jamais travaillé, buvait pas mal, et de temps à autre, faisait l'amour à ma mère.

Il était très rare qu'Alan et moi nous adressions la parole en dehors de la présence de ma mère. Quand j'étais petite, une fois où il m'avait croisée dans le couloir, il s'était baissé avec raideur, à hauteur de mes yeux, et m'avait dit : « Bonjour, j'espère que tu vas bien. » Nous vivions à ce moment-là depuis plus de cinq ans sous le même toit, et c'était là tout ce qu'il avait trouvé à me dire. Pour ma part, je n'avais pu lui offrir en retour qu'un « oui, ça va ». Mais ce soir-là, Alan semblait prêt à accepter de m'affronter. Il n'a pas prononcé mon nom, il a simplement tapoté le coussin à côté de lui. Il tenait en équilibre sur son genou une assiette à gâteau où s'alignaient plusieurs queues de sardines argentées. Je les avais senties depuis le hall d'entrée.

« Camille, a-t-il dit en piquant une queue d'une four-chette à poisson, tu rends ta mère malade. Je vais devoir te demander de partir si la situation ne s'améliore pas.

— Comment ça, je la rends malade ?

— Tu la tourmentes. En lui parlant sans arrêt de Marian. Tu ne peux pas te demander à voix haute, devant une mère qui a perdu son enfant, à quoi le corps de celui-ci peut bien ressembler aujourd'hui, six pieds sous terre. J'ignore si quelqu'un peut jamais l'envisa-ger avec détachement, mais Adora, elle, ne peut pas. » Un morceau de poisson a dégringolé sur son plastron et a laissé une traînée de taches graisseuses, de la taille d'un bouton.

« Tu ne peux pas lui parler des corps de ces deux petites filles mortes, ou de la quantité de sang qui a dû jaillir de leur bouche quand on leur a arraché les dents, ou du temps que ça a dû prendre pour les étrangler.

— Alan, je n'ai jamais rien dit de tout ça à ma mère. Ni rien d'approchant, même. Je ne sais pas de quoi elle parle, franchement. » Je n'étais pas indignée – lasse, simplement.

« Je t'en prie, Camille. Je sais combien tes relations avec ta mère sont tendues. Combien tu as toujours jalousé le bien-être des autres. C'est vrai, tu sais – tu ressembles vraiment à la mère d'Adora. Elle a monté la garde dans cette maison telle… une sorcière, une vieille femme aigrie. Les rires l'offensaient. La seule fois où elle a souri, c'est lorsque tu as refusé de téter. Quand tu as refusé de prendre le sein d'Adora. »

Ce mot sortant d'entre les lèvres huileuses d'Alan m'a embrasée en dix endroits différents. *Sucer, salope, caoutchouc* ont tous pris feu.

« Et c'est Adora qui t'a raconté ça. »

Il a hoché la tête, en pinçant béatement les lèvres.

« Tout comme c'est par elle que tu sais que j'ai tenu des propos horribles sur Marian et les petites filles.

— Tout à fait, a-t-il confirmé en détachant chaque syllabe.

— Adora est une menteuse. Si tu l'ignores encore, c'est que tu es un imbécile.

— Adora a eu une vie difficile. »

Je me suis forcée à rire. Alan ne s'est pas laissé démonter. « Quand elle était petite, sa mère venait dans sa chambre au milieu de la nuit et la pinçait, a-t-il poursuivi en zieutant le dernier morceau de sardine. Elle prétendait qu'elle avait peur qu'Adora ne meure pendant son sommeil. À mon avis, elle aimait tout simplement lui faire mal. »

Un souvenir qui cliquette : Marian, dans sa chambre de malade toute palpitante de machines. Une douleur aiguë dans mon bras. Ma mère, debout devant moi, en chemise de nuit vaporeuse, qui me demande si je vais bien. Et qui embrasse le cercle de peau rosie en me disant de repartir dormir.

« Je pense qu'il te fallait savoir tout ça, a repris Alan. Ça pourrait t'inciter à plus de gentillesse à l'égard de ta mère. »

Je n'avais aucune intention de faire montre de plus de gentillesse à l'égard de ma mère. Je voulais juste que cette conversation se termine.

« Je vais m'efforcer de partir le plus rapidement possible.

— Ce serait une bonne chose, si tu n'es pas capable de faire des efforts. Mais tu pourrais te sentir mieux si tu essayais. Ça pourrait t'aider à guérir. À guérir ton esprit, du moins. »

Alan a soulevé la dernière sardine et n'a fait qu'une bouchée de sa chair molle. Tandis qu'il mâchait, je croyais l'entendre broyer les minuscules arêtes.

Un gobelet de glaçons, une bouteille pleine de bourbon dérobée dans l'arrière-cuisine, et je me suis retirée dans ma chambre pour boire. L'effet a été rapide, sans doute parce que j'ai bu vite. Mes oreilles étaient brûlantes et sur ma peau, les clignotements avaient cessé. Je pensais à ce mot, sur ma nuque. *Disparaître*. *Disparaître* chassera mes malheurs, me disais-je, en perdant les pédales. *Disparaître* chassera mes soucis. Serions-nous aussi monstrueux, si Marian n'était pas morte ? D'autres familles se remettent de telles épreuves. Elles font leur deuil, et repartent de l'avant. Nous, Marian continuait de nous hanter. Une fillette blonde peut-être un brin trop mignonne pour son propre bien, devant laquelle tout le monde était peut-être un peu trop gaga. Et ce, avant qu'elle ne tombe malade, vraiment malade. Elle s'était inventé un ami invisible, un ours en peluche géant prénommé Ben. Quel genre d'enfant s'invente pour ami un ours en peluche ? Elle collectionnait les rubans à cheveux et les rangeait par ordre alphabétique de couleurs. Elle était le genre de fillette qui exploitait sa beauté avec tant de joie qu'il était impossible de lui en tenir rigueur. Les battements de cils, les jeux avec ses boucles. Elle appelait ma mère « Mœur » et Alan… peut-être l'appelait-elle Alan – je n'arrive pas à restituer sa présence, dans ces souvenirs. Elle nettoyait toujours son assiette, gardait sa chambre dans un ordre impeccable et refusait de s'habiller autrement qu'en robe et chaussures Mary Janes. Elle m'appelait « Mille », et ne pouvait pas détacher ses mains de moi.

Je l'adorais.

Ivre mais nullement résolue à m'en tenir là, je me suis servi un verre et j'ai longé le couloir sur la pointe des pieds, jusqu'à la chambre de Marian. La porte de celle d'Amma, juste avant celle de Marian, était fermée depuis des heures. Quel effet cela pouvait-il faire de grandir dans la chambre voisine de celle d'une sœur disparue qu'on n'avait jamais connue ? J'ai éprouvé un élan de chagrin pour Amma. Alan et ma mère se trouvaient dans leur chambre, mais la lumière était éteinte, et on n'entendait que le ronronnement du ventilateur. Il n'y a pas d'air conditionné dans ces vieilles demeures victoriennes, et ma mère trouve les climatiseurs portables vulgaires, donc l'été, on transpire. Il faisait trente-deux degrés, mais la chaleur me procurait une sensation de sécurité, comme quand on marche sous l'eau.

Son oreiller, sur le lit, avait conservé un léger creux. Des vêtements y étaient étalés, comme pour couvrir un enfant vivant. Une robe violette, des chaussettes blanches, des souliers vernis blancs. Qui avait fait ça – ma mère ? Amma ? Le porte-perfusion qui avait suivi Marian partout durant sa dernière année était toujours là, sur le qui-vive, étincelant, à côté des autres équipements médicaux : le lit, plus haut de soixante centimètres qu'un lit standard pour faciliter l'accès au malade ; le moniteur cardiaque ; le bassinet. J'étais dégoûtée que ma mère n'ait pas viré tous ces trucs. C'était une chambre clinique, entièrement privée de vie. La poupée préférée de Marian, une grosse poupée de chiffon avec des boucles blondes en fil de nylon, assorties à celles de ma sœur, avait été enterrée avec elle. Evelyn ? Ou Eleanor ? Les autres s'alignaient sur un jeu d'étagères, contre le mur, tels des spectateurs sur des gradins. Une vingtaine ou plus, avec des visages pâles en porcelaine et des yeux vitreux.

C'était si facile de la revoir là, assise en tailleur sur ce lit, chétive, couverte de perles de transpiration, les paupières ourlées de violet. En train de battre un jeu de cartes ou de peigner sa poupée, ou de colorier, avec rage. J'entendais encore le bruit : celui du crayon qu'on presse de toutes ses forces sur le papier. Les gribouillis sombres, tracés avec tant de violence que la mine déchirait la feuille. Et Marian, relevant la tête vers moi, essoufflée, haletante.

« Je suis fatiguée de mourir. »

J'ai filé rejoindre ma chambre comme si j'avais le diable aux trousses.

Le téléphone a sonné six fois avant qu'Eileen ne décroche. Au nombre des objets que les Curry ne possèdent pas : un micro-ondes, un magnétoscope, un lave-vaisselle, un répondeur. Elle m'a répondu d'une voix aimable, mais nerveuse. J'imagine qu'ils ne reçoivent pas beaucoup d'appels après onze heures du soir. Elle a prétendu qu'ils ne dormaient pas, qu'ils n'avaient simplement pas entendu la sonnerie, mais il a fallu deux bonnes minutes avant que Curry n'arrive au bout du fil. Je l'ai imaginé en train de nettoyer ses lunettes avec un coin de son pyjama, enfiler de vieilles pantoufles en cuir, et regarder le cadran lumineux d'un réveil. Une image réconfortante.

Et puis je me suis souvenu que c'était celle d'une pub que j'avais vue, pour une pharmacie de Chicago ouverte toute la nuit.

Cela faisait trois jours que je n'avais pas parlé à Curry. Et près de quinze que j'étais à Wind Gap. En toutes autres circonstances, il m'aurait appelée trois fois par jour pour faire le point. Mais il n'arrivait pas à se résoudre à m'appeler chez un simple citoyen – chez ma mère, rien que ça – au fin fond du Missouri, un État qui, dans son esprit de type qui a toujours vécu à Chicago, est l'équivalent du Sud profond. En toutes autres circonstances, il aurait ronchonné et m'aurait reproché de ne pas rester joignable, mais pas ce soir-là.

« Cubby, ça va ? Quoi de neuf ?

– Bon, je n'ai pas encore obtenu de déclaration officielle, mais ça ne saurait tarder. La police est convaincue que le meurtrier est un homme, un homme de Wind Gap, et ils n'ont ni ADN ni de scènes de crime ; ils n'ont vraiment pas grand-chose. Soit le meurtrier est un maître de l'art, soit c'est un génie par accident. En ville, la population incline à penser que c'est John Keene, le frère de Natalie. J'ai une déclaration de sa petite amie qui proteste de son innocence.

– Bien, très bien, mais en fait… Je te demandais de *tes* nouvelles. Tout se passe bien pour toi, là-bas ? Il faut me le dire, parce que je ne vois pas ton visage. Et ne joue pas les stoïques.

– Je ne vais pas très bien, mais qu'est-ce que ça peut faire ? » J'avais dit ça d'une voix plus aiguë et plus amère que je n'en avais eu l'intention. « C'est un bon sujet, et je pense que je suis sur le point de trouver un truc. Je pense qu'il me faut encore quelques jours, une semaine et… je ne sais pas. Ces fillettes mordaient les gens. C'est ce que j'ai appris aujourd'hui, et le flic avec lequel je travaille n'était même pas au courant.

– C'est toi qui le lui as appris? Quel a été son commentaire?

– Pas de commentaire.

– Pourquoi diable n'as-tu pas obtenu de commentaire, petite? »

Tu vois, Curry, l'inspecteur Willis a eu l'impression que je lui cachais une information, alors il est parti bouder dans son coin, comme la plupart des hommes qui n'obtiennent pas ce qu'ils veulent d'une femme avec laquelle ils ont batifolé.

« J'ai merdé. Mais je l'aurai. J'ai besoin de quelques jours avant d'écrire un nouveau papier, Curry. Pour collecter un peu plus de couleur locale, et cuisiner ce flic. Je crois qu'ils sont presque convaincus qu'un peu de presse leur filerait un coup de pouce. Non pas qu'on lise notre canard, ici. » Et pas davantage à Chicago.

« Ils le liront. Ça te vaudra quelques bonnes critiques, Cubby. Tu tiens le bon bout. Insiste. Va bavarder avec tes anciennes amies. Elles seront peut-être plus ouvertes. Sans compter que c'est bon pour notre dossier – dans cette série de reportages sur les crues au Texas, celle qui a gagné le Pulitzer, il y avait un papier entier axé sur le regard du type qui rentre au pays pendant une tragédie. Excellente lecture. En plus, un visage amical et quelques bières pourraient te faire du bien. T'en as déjà bu quelques-unes ce soir, si je ne me trompe.

– Quelques-unes.

« – Tu sens que… c'est un mauvais cadre pour toi ? Avec la convalescence ? » J'ai entendu le frottement d'un briquet qu'on allume, le crissement d'une chaise de cuisine sur le lino, et un grognement quand Curry s'est assis.

« Oh, ce n'est pas à vous de vous inquiéter de ça.

– Évidemment que si. Ne joue pas les martyres, Cubby. Je ne vais pas te pénaliser, si tu as besoin de partir. Tu dois prendre soin de toi. Je pensais que ça pourrait te faire du bien de rentrer chez toi, mais… j'oublie parfois que les parents ne sont pas toujours… bons pour leurs gamins.

– Chaque fois que je suis ici… » Je me suis interrompue, pour tenter d'agencer mes pensées de façon cohérente. « Chaque fois que je suis ici, j'ai l'impression de n'être pas quelqu'un de bien. » Et là, j'ai éclaté en larmes, j'ai sangloté en silence tandis que Curry bafouillait à l'autre bout de la ligne. Je l'imaginais en train de paniquer, d'appeler Eileen à la rescousse.

« Ooooh, Camille, a-t-il chuchoté, tu es une des personnes les mieux que je connaisse. Et tu sais, les gens bien, il y en a pas des masses dans le monde. Depuis que mes vieux sont partis, en gros, ça se résume à Eileen et toi.

– Je ne suis pas quelqu'un de bien. » De la pointe du stylo enfoncée dans la chair de ma cuisse, je gribouillais des mots. *Faux, femme, dents.*

« Si, Camille, tu es quelqu'un de bien. Je vois comment tu traites les gens, même la lie de la lie. Tu leur donnes de… la dignité. Tu es compréhensive. Pourquoi crois-tu que je te garde ? Pas parce que tu es une journaliste de génie. » Silence et lourdes larmes à mon bout de la ligne. *Faux, femme, dents.*

« Ce n'était pas drôle ? a repris Curry. Ça se voulait drôle.

— Non.

— Mon grand-père était dans le vaudeville. Mais j'imagine que je n'ai pas hérité du gène.

— Ah bon ?

— Oh ouais, il a débarqué directement d'Irlande à New York. C'était un type hilarant, il jouait de quatre instruments… » J'ai entendu un autre frottement de briquet. J'ai tiré la mince couverture sur moi, j'ai fermé les yeux et j'ai écouté l'histoire de Curry.

12

Richard habitait dans le seul collectif de Wind Gap, une boîte en préfabriqué conçue pour abriter quatre locataires. Seuls deux appartements étaient occupés. Les quatre grosses colonnes qui soutenaient l'abri à voitures avaient été taguées en rouge, d'affilée : *Démocrates dehors, démocrates dehors, démocrates dehors*, et puis, à l'aveuglette *J'aime bien Louie*.

Mercredi matin. Les nuages stagnaient toujours au-dessus de la ville. Le temps était orageux, étouffant, venteux ; la lumière, d'un jaune pisseux. J'ai cogné à la porte avec l'angle d'une bouteille de bourbon. Quand on n'a rien d'autre à donner, on se rabat sur des cadeaux. J'avais renoncé aux jupes. Elles rendent mes jambes trop accessibles, face à quelqu'un qui a les mains baladeuses. Si tant est qu'il eût encore envie de les balader.

Il a ouvert la porte, enveloppé d'une odeur de sommeil. Cheveux en bataille, caleçon, tee-shirt enfilé à l'envers. Pas de sourire. La pièce était glaciale. Je sentais l'arrivée d'air froid depuis le seuil.

« Tu veux entrer, ou tu veux que je sorte ? » a-t-il demandé en se grattant le menton. Puis, il a avisé la bouteille. « Entre, donc. Je suppose qu'on va se soûler ? »

L'appart était sens dessus dessous, ce qui m'a étonnée. Des pantalons qui pendouillaient des chaises, une
poubelle à deux doigts de déborder, des cartons empi-
lés curieusement dans les passages, qui obligeaient à
faire des détours. Il m'a fait signe de m'asseoir sur un
canapé en cuir crevassé et il est revenu avec des glaçons et deux verres sur un plateau. Il nous a servi deux
généreuses rasades.

« Bon, je n'aurais pas dû me montrer si grossier hier
soir, a-t-il dit.

— Ouais. Tu vois, j'ai l'impression de te donner pas
mal d'infos, et de ne rien obtenir en échange.

— J'essaie d'élucider un meurtre. Tu essaies de rela-
ter l'enquête. Je pense avoir la priorité. Il y a certaines
choses, Camille, que je ne suis tout simplement pas
autorisé à te dire.

— Et réciproquement – j'ai le droit de protéger mes
sources.

— Ce qui peut aider à protéger l'auteur des
meurtres.

— Tu peux débrouiller ça tout seul, Richard. Je
t'ai presque tout dit. Bon sang, bosse un peu par toi-
même. » Nous nous sommes toisés.

« J'adore quand tu te la joues grand reporter qui a
baroudé. » Il a souri. Secoué la tête. M'a taquinée de
son pied nu. « J'adore ça. Vraiment. »

Il nous a resservis. On allait être faits avant midi.
Il m'a attirée vers lui, m'a embrassé le lobe, puis m'a
enfoncé la langue dans l'oreille.

« Alors, jeune fille de Wind Gap, tu étais vilaine
comment ? a-t-il chuchoté. Raconte-moi la première
fois que tu l'as fait. » La première fois avait également

été la deuxième, la troisième et la quatrième, grâce à mon petit intermède l'année où j'étais en quatrième. J'ai décidé de m'en tenir à la première.

« J'avais seize ans », ai-je menti. Ça me semblait plus judicieux de me vieillir, pour ne pas casser l'ambiance. « Je me suis tapé un footballeur, dans les toilettes, pendant une fête chez lui. »

Je tenais mieux l'alcool que Richard, qui semblait déjà bourré ; il promenait un doigt autour de mon mamelon, tendu sous la chemise.

« Mm… tu as joui ? »

J'ai hoché la tête. Je me souviens d'avoir fait semblant. Je me souviens d'un murmure d'orgasme, mais pas avant que le troisième type n'ait pris le relais. Je me souviens que je l'avais trouvé gentil de haleter dans mon oreille : « Ça va ? Ça va ? »

« Et là, tu veux ? Avec moi ? » a chuchoté Richard.

J'ai hoché la tête et il s'est allongé sur moi. Ses mains, qui fourmillaient, qui cherchaient à se faufiler sous ma chemise, puis qui bataillaient avec le bouton de ma braguette, tiraient sur mon pantalon pour le faire descendre.

« Attends, doucement. À ma façon, ai-je murmuré. J'aime le faire habillée.

— Non, je veux te caresser.

— Non, chéri, c'est moi qui décide. »

J'ai descendu mon pantalon juste un peu, j'ai couvert mon ventre sous la chemise, et n'ai cessé de le distraire avec des baisers judicieusement placés. Puis je l'ai guidé en moi, et on a baisé, tout habillés, tandis que la crevasse sur le canapé me râpait le derrière. *Ordures, pomper, petite, fille…* C'était la première fois, en dix ans, que je me retrouvais avec un homme. *Ordures, pomper, petite, fille.* Ses grognements ont bientôt couvert les psalmodies de ma peau. Ce n'est qu'à ce moment-là que j'ai pu prendre du plaisir. Ces ultimes et exquises poussées.

Quand ça a été terminé, il est resté allongé à moitié à côté de moi, à moitié sur moi, en haletant, le poing encore refermé sur le col de ma chemise. Le ciel avait viré au noir. On était sur le point d'essuyer un gros orage.

« Dis-moi qui l'a fait, selon toi », ai-je soufflé. Il a semblé choqué. Attendait-il que je dise « je t'aime » ? Il a tortillé mes cheveux, fourré sa langue dans mon oreille. Quand on leur refuse tout accès à d'autres parties du corps, les hommes font une fixation sur l'oreille. C'est quelque chose que j'avais appris au cours des dix années écoulées. Richard ne pouvait pas me caresser la poitrine, les fesses, les bras ou les jambes, mais pour l'instant, mon oreille semblait le contenter.

« Entre toi et moi, c'est John Keene. Le gamin était très proche de sa sœur. D'une façon malsaine. Il n'a pas d'alibi. Je pense qu'il a un truc avec les petites filles contre lequel il essaie de lutter, mais il finit par les tuer, et leur arracher les dents pour se procurer des sensations fortes. Il ne va pas pouvoir tenir beaucoup plus longtemps, cela dit. Ça va s'accélérer. On se renseigne pour savoir s'il a eu des comportements bizarres à Philadelphie. Il se pourrait que les problèmes de Natalie ne soient pas la seule raison qui les a poussés à déménager.

— Il me faut une déclaration officielle.

– Qui t'a raconté que les filles mordaient, et qui ont-elles mordu ? » a-t-il chuchoté. Son souffle était brûlant dans mon oreille. Dehors, la pluie a commencé à marteler le trottoir comme vache qui pisse.

« Meredith Wheeler. Elle m'a dit que Natalie lui avait arraché le lobe de l'oreille d'un coup de dents.

– Et puis ?

– Ann a mordu ma mère. Au poignet. C'est tout.

– Tu vois, ce n'était pas si dur. Bonne petite, a-t-il chuchoté en recommençant à me caresser le téton.

– Maintenant, fais-moi une déclaration officielle.

– Non. » Il m'a souri. « C'est moi qui décide. »

On a baisé une fois de plus, cet après-midi-là, et Richard a fini, à contrecœur, par me faire une déclaration concernant une éclaircie dans l'enquête et une probable arrestation. Quand je l'ai quitté, il s'était endormi ; j'ai couru sous la pluie jusqu'à ma voiture. Une hypothèse a résonné dans ma tête, avec un bruit de ferraille : Amma aurait obtenu davantage de lui.

J'ai roulé jusqu'à Garrett Park et parce que je ne voulais pas rentrer à la maison, j'ai regardé tomber la pluie, assise dans la voiture. Demain, ai-je songé, cet endroit grouillera de gamins qui entameront un long été de paresse. Mais là, il n'y avait que moi, qui me sentais toute collante et idiote. Je n'arrivais pas à déterminer si j'avais été maltraitée. Par Richard, par ces garçons qui m'avaient pris ma virginité, par n'importe qui. Dans quelque débat que ce soit, je n'étais jamais vraiment de mon côté. J'aimais bien la méchanceté de cette sentence de l'ancien testament, *elle a eu ce qu'elle méritait*. Parfois, les femmes récoltent ce qu'elles méritent.

Le silence, suivi d'un grondement. La voiture jaune s'est rangée près de moi; Amma et Kylie se partageaient le siège du passager. Un garçon coiffé au pétard à mèche, en tricot de peau taché avec des lunettes de station-service était au volant; à l'arrière se trouvait son sosie, en version maigre. Des volutes de fumée s'échappaient de la voiture, en même temps qu'un parfum d'alcool aromatisé aux agrumes.

« Monte, on va faire la fête », m'a lancé Amma. Elle brandissait une bouteille de vodka bon marché aromatisée à l'orange. Elle a tiré la langue; une goutte de pluie s'y est écrasée. Ses cheveux et son débardeur ruisselaient déjà.

« Je suis bien là. Merci.

— Ça a pas l'air. Allez! Il y a des patrouilles de police dans le parc. Ils vont te faire un Alcootest, c'est sûr. Je te *sens* d'ici.

— Allez viens, chiquita, a lancé Kylie. Tu peux nous aider à maintenir ces garçons dans le rang. »

J'ai réfléchi à mes options : rentrer à la maison, et boire seule. Aller dans un bar, et boire avec n'importe quels types qui traîneraient là. Suivre ces gamins, et peut-être surprendre quelques ragots intéressants. Une heure. Ensuite, je rentrerai dormir. Et puis, il y avait Amma et son intrigante amitié à mon égard. Je détestais l'admettre, mais cette petite commençait à m'obséder.

Les gamins ont poussé des cris de joie quand je me suis installée à l'arrière. Amma a fait circuler une autre bouteille, du rhum chaud qui avait un goût de lotion solaire. J'ai craint qu'ils ne me demandent de leur acheter de l'alcool. Non parce que j'aurais refusé, mais parce que assez pathétiquement, je désirais juste qu'ils veuillent bien de moi. Comme si j'étais redevenue populaire. Que je n'étais plus une tarée. Et que j'avais été adoptée par la fille la plus cool de l'école. À cette pensée, j'étais à deux doigts de sauter de la voiture et de rentrer à pied. Mais Amma a refait circuler la bouteille. Un anneau de brillant à lèvres rose scintillait autour du goulot.

Le garçon assis à mes côtés, qu'on m'avait présenté par son seul prénom – Nolan – a hoché la tête et essuyé la transpiration sur sa lèvre supérieure. Des bras maigres, semés de croûtes, et un visage constellé de boutons d'acné. Crystal meth. Le Missouri est le second État du pays qui compte le plus de drogués. On s'emmerde dans le coin, et on a des tonnes de produits de synthèse destinés à l'élevage. Quand j'étais ado, c'étaient surtout les accros aux drogues dures qui prenaient ça. Aujourd'hui, c'était devenu une drogue récréative. Nolan caressait du doigt le dos côtelé du siège du chauffeur devant lui, de haut en bas, mais il m'a regardée assez longtemps pour dire : « T'as genre l'âge de ma mère. Je kiffe.

— Ça m'étonnerait que j'aie l'âge de ta mère.

— Si, elle a quoi – trente-trois, trente-quatre balais ? » On n'était pas loin.

« Comment s'appelle-t-elle ?

— Casey Rayburn. » Je la connaissais. Quelques années de plus que moi. Milieu prolo. La main lourde sur le gel capillaire, et un penchant prononcé pour les Mexicains qui bossaient à l'abattage des poulets, vers la frontière de l'Arkansas. Au cours d'une retraite organisée par la paroisse, elle avait raconté au groupe qu'elle avait tenté de se suicider. À l'école, les filles s'étaient mises à la surnommer Casey Razor.

« Ce devait être avant mon époque, ai-je répondu.

– Mec, cette nana était trop cool pour traîner avec ta toxico de mère, a dit le conducteur.

– Va te faire foutre, a chuchoté Nolan.

– Camille, regarde ce qu'on a. » Amma s'est penchée par-dessus le siège du passager, de telle sorte qu'elle a écrasé son derrière sur le visage de Kylie, et elle a agité un flacon de pilules sous mon nez. « OxyContin. Avec ça, tu te sens super bien. » Elle a tiré la langue et y a déposé trois pilules, comme une rangée de boutons blancs, qu'elle a mâchées avant de les avaler avec une gorgée de vodka.

« Non merci, Amma. » L'OxyContin, c'est cool. En prendre avec sa petite sœur, ça ne l'est pas.

« Oh, allez, Mille, rien qu'une, a-t-elle dit d'un ton enjôleur. Tu te sentiras plus légère. Je me sens telle-ment bien, tellement contente, là. Il faut que ce soit pareil pour toi.

– Je me sens bien, Amma. » L'entendre m'appeler Mille m'avait ramenée vers Marian. « Je te promets. »

Elle s'est retournée, en affichant une mine irrémédia-blement morose.

« Allons Amma, tu peux pas faire la tête pour ça, ai-je dit en lui effleurant l'épaule.

– Si. » Sa réaction m'a été insupportable ; je per-dais du terrain, et j'ai éprouvé ce dangereux besoin de plaire, exactement comme au bon vieux temps. Et fran-chement, un cachet, ça n'allait pas me tuer.

« D'accord, donne-m'en un. Un seul. »

Elle s'est aussitôt illuminée et a fait volte-face.

« Tire la langue. Comme pour la communion. La communion de la drogue. »

Je me suis exécutée. Elle a déposé la pilule sur le bout de ma langue et a poussé un petit cri aigu.

« Bonne fille. » Elle a souri. Je commençais à en avoir marre d'entendre ça.

Nous nous sommes garés devant l'une des belles demeures victoriennes de Wind Gap, entièrement rénovée et repeinte dans une palette de bleus, roses et verts, ridicule mais censée être dans le coup. En réalité, on aurait dit la maison d'un marchand de glaces qui avait perdu la raison. Un garçon, torse nu, était en train de vomir dans les buissons sur le côté de la maison ; deux gamins se vautraient dans ce qu'il restait d'un parterre de fleurs, et un jeune couple s'étreignait comme des araignées sur une balançoire pour gosses. Nous avons abandonné Nolan, qui caressait encore les coutures du siège, dans la voiture. Le conducteur, Damon, a verrouillé les portières « pour que personne le fasse chier. » J'ai trouvé l'attention délicate.

L'OxyContin aidant, j'étais d'humeur à jouer le jeu et tandis que nous entrions dans la maison, je me suis surprise à chercher des visages de ma jeunesse : des garçons en teddy, les cheveux tondus en brosse ; des filles aux cheveux permanentés, arborant de grosses créoles dorées. L'odeur de *Drakkar Noir* et de *Giorgio*.

Il ne restait rien de tout ça. Les garçons présents étaient des bébés en baskets et bermuda de *skater* ; les filles, en dos-nu et minijupe, exhibaient un nombril percé d'un anneau, et tous et toutes m'ont dévisagée comme si je pouvais être un flic. *Non – mais j'en ai baisé un cet après-midi.* J'ai hoché la tête, souriante. *Je suis affreusement de bonne humeur*, ai-je songé distraitement.

Dans la salle à manger, aussi sombre qu'un antre, on avait poussé la table d'un côté pour dégager une piste de danse et disposer des glacières. Amma s'est mise à guincher dans le cercle, elle se tortillait contre un garçon jusqu'à ce qu'il ait la nuque qui vire au rouge. Elle lui a chuchoté quelques mots à l'oreille, et sitôt qu'il a eu hoché la tête, elle a ouvert une glacière et y a pêché quatre bières, qu'elle a tenues contre sa poitrine mouillée, en feignant d'avoir du mal à les transporter tandis qu'elle passait en se dandinant devant un groupe de garçons qui semblaient apprécier le spectacle.

Les filles, elles, l'appréciaient moins. Je croyais voir les remarques venimeuses fuser à travers la fête comme une rangée de pétards. Mais les blondinettes avaient deux atouts dans leur manche : primo, elles étaient accompagnées du dealer local, ce qui était pour sûr un argument de poids. Deuzio, comme elles étaient bien plus jolies que la plupart des filles présentes, les garçons rechigneraient à les sacquer. Et la soirée, à en juger par les photos qui trônaient sur le manteau de la cheminée, était donnée par un garçon, brun, à la beauté sans caractère, qu'on voyait poser en costume universitaire sur sa photo de fin d'études ; à côté se trouvait un portrait de ses fiers parents. Je connaissais la maman : c'était la sœur aînée d'une de mes amies du lycée. L'idée de me retrouver dans une fête donnée par son fils m'a valu ma première attaque de nervosité.

« Ohmondieuohmondieuohmondieu. » Une petite brune aux yeux de grenouille, et dont le tee-shirt claironnait fièrement *The Gap* nous a dépassés en courant pour alpaguer une fille aux airs, elle aussi, de batracien. « Ils sont venus. Ils sont là.

— Merde, c'est trop excellent, a lâché son amie. On leur dit bonjour ?

— À mon avis, vaut mieux attendre de voir ce qui se passe. Si JC ne veut pas d'eux, mieux vaut rester en dehors de ça.

— Complètement. »

J'avais compris avant de le voir. Meredith Wheeler venait de pénétrer dans le salon, en traînant John Keene à sa suite. Quelques garçons l'ont salué d'un hochement de tête, quelques autres lui ont tapoté l'épaule. D'autres lui ont ostensiblement tourné le dos, en refermant leur cercle. Ni John ni Meredith ne m'avaient remarquée, ce qui m'a soulagée. Quand Meredith a avisé, devant la porte de la cuisine, un groupe de gamines maigrichonnes et aux jambes arquées, sans doute des consœurs majorettes, elle a poussé un cri aigu et s'est précipitée vers elles, laissant John en rade dans le salon. Les filles se sont montrées encore plus glaciales que ne l'avaient été les garçons. « Salut, a dit l'une d'elles sans sourire. Je croyais que tu avais dit que vous ne veniez pas.

— J'ai décidé que c'était idiot. N'importe qui avec un minimum de jugeote sait que John est un mec cool. On va pas se retrouver comme deux putains de parias à cause de toutes ces… conneries.

— Non, Meredith, ce n'est pas cool. JC n'est pas cool sur le sujet, lui a rétorqué une rousse qui était soit la petite copine de JC, soit une postulante au titre.

— Je vais aller lui parler, a geint Meredith. Laissez-moi lui parler.

270

– Je crois que tu devrais partir, point.

– C'est vrai qu'ils ont emporté les vêtements de John ? » a demandé une troisième fille qui avait une expression maternelle – celle qui, à la fin de la soirée, tenait les cheveux des copines pendant qu'elles dégueulaient.

« Oui, mais c'est pour le *disculper* complètement. Pas parce qu'il a des ennuis.

– Peu importe », a asséné la rousse. Je la détestais.

Meredith a balayé la salle du regard, en quête de visages plus amicaux, et c'est là qu'elle m'a vue. Elle a eu l'air déroutée ; puis, elle a vu Kylie, et là, sa surprise s'est muée en fureur.

Abandonnant John près de la porte, où, avec une feinte nonchalance, il affectait de consulter sa montre, de nouer son lacet, tandis qu'une rumeur de scandale se propageait dans l'assemblée, elle a foncé vers nous.

« Qu'est-ce que vous fichez là ? » Ses yeux étaient remplis de larmes, de la transpiration perlait sur son front. La question semblait ne s'adresser à aucune de nous. Peut-être se la posait-elle à elle-même.

« On est avec Damon », a lancé Amma. Elle a sautillé deux fois sur la pointe des pieds. « J'en crois pas mes yeux que *tu* sois là. Et qu'il se montre, *lui*.

– Bon Dieu, t'es vraiment qu'une petite peste. Tu ne sais rien de rien, sale petite baiseuse de camé. » La voix de Meredith tremblait, comme un couvercle qui roule vers le bord d'une table.

« C'est toujours mieux que de baiser qui tu baises, a riposté Amma. Saluuuut, assassin. » Elle a agité la main en direction de John, qui a semblé s'apercevoir de sa présence, et a fait la tête de quelqu'un qui vient de se prendre une gifle.

Il s'apprêtait à nous rejoindre quand JC est apparu et l'a pris à part. Deux grands gaillards, en train de discuter de mort et de fêtes. Dans la pièce, le volume sonore s'est transformé en un murmure feutré. Tous les regards étaient braqués sur JC qui tapotait John dans le dos pour le diriger droit vers la porte. John a adressé un signe de tête à Meredith, qui s'est empressée de le suivre, tête basse, mains sur le visage. Juste avant que John ne franchisse la porte, un garçon a lâché, d'une voix stridente et provocante : « Assassin d'enfants ! » Il y a eu des éclats de rire nerveux et des roulements d'yeux. Meredith a poussé un cri perçant, un seul, avec sauvagerie, puis elle a fait volte-face et hurlé, toutes dents dehors : « Allez tous vous faire foutre ! » avant de claquer la porte.

Le même garçon l'a singée pour le bénéfice du public, un *allez tous vous faire foutre* mièvre et puéril, accompagné d'un déhanchement. JC a remonté le volume de la musique – sur laquelle une jeune nana, d'une voix trafiquée, tenait des propos provocants sur la fellation.

J'avais envie de suivre John, de le prendre dans mes bras. Jamais je n'avais vu personne avoir l'air à ce point esseulé, et il était peu probable que Meredith soit d'un quelconque réconfort. Qu'allait-il faire, une fois livré à lui-même, dans cette ancienne remise ? Avant que je ne puisse m'élancer après lui, Amma m'a pris la main pour m'entraîner à l'étage, dans le « salon VIP », où, aidée des blondes et de deux lycéens au crâne rasé, elle a fait une razzia dans le placard de la mère de JC, jetant ses plus beaux vêtements sur le lit pour faire un nid de

satin et de fourrure, dans lequel tout le monde s'est installé. Amma m'a attirée près d'elle et a sorti une pilule
d'ecstasy de son soutien-gorge.

« T'as déjà joué à la roulette ? » m'a-t-elle demandé.
J'ai secoué la tête. « Tu fais circuler l'ecsta de langue
en langue, et celle sur laquelle il se dissout gagne le
gros lot. Cela dit, vu que c'est la meilleure came de
Damon, on va tous décoller un peu.

– Non merci, je suis bien comme ça. » J'avais failli
accepter, avant de remarquer les mines effarées des
deux garçons. J'avais dû leur rappeler leur mère.

« Oh, allez, Camille ! Je le dirai à personne, a pleurniché Amma en se rongeant un ongle. Fais-le avec moi.
Les filles ?

– Camiiiiille, s'il te plaît ! » ont piaulé Kylie et
Kelsey. Jodes, elle, m'observait en silence.

L'OxyContin, l'alcool, mes ébats de l'après-midi,
l'orage qui planait toujours, ma peau accidentée (*frigo*
qui s'impatientait sur un bras), ma mère, qui polluait
mes pensées – j'ignore ce qui, de tout cela, a pesé le
plus : tout à coup, j'ai laissé Amma me planter avec
animation un baiser sur la joue. D'un signe de tête, j'ai
acquiescé, et la pilule a commencé à passer de langue
en langue – Kylie, un garçon, Kelsey, l'autre garçon,
Jodes, dont la langue hésitante et tremblante s'est tendue vers Amma, qui a gobé l'ecsta, avant de le déposer
dans ma bouche. Elle m'a enlacée, et j'ai senti sa petite
langue douce et brûlante pousser la pilule loin sur ma
langue, où elle s'est dissoute comme une barbe à papa.

« Bois beaucoup d'eau, m'a-t-elle chuchoté avant de
contempler les autres en gloussant et de s'affaler à la
renverse sur un vison.

— Putain, Amma ! Le jeu avait même pas commencé, a râlé un des garçons, les joues rouges.

— Camille est mon invitée, a déclaré Amma en simulant une attitude hautaine. Un petit rayon de soleil ne lui fera pas de mal. Elle a eu une vie de merde. On a une sœur qui est morte, comme John Keene. Elle ne s'en est jamais remise. » Elle avait annoncé ça à la façon d'une hôtesse qui aide ses invités à briser la glace pendant un cocktail : *David est propriétaire d'une quincaillerie, James rentre tout juste d'une mission en France, et ah oui, Camille ne s'est jamais remise de la mort de sa sœur. Puis-je resservir quelqu'un ?*

« Je dois y aller », ai-je dit. Je me suis relevée, d'un mouvement trop brusque. Un dos-nu en satin rouge est resté accroché à mon dos. Je disposais d'une quinzaine de minutes avant de commencer à décoller pour de bon, et ce n'était pas là que j'avais envie d'être quand ça se produirait. Mais de nouveau, problème : Richard, certes, buvait, mais selon toute vraisemblance, il ne tolérerait rien de plus sérieux, et une chose était certaine, je n'avais aucune envie de me retrouver dans ma chambre étouffante, seule et défoncée, à guetter ma mère.

« Viens avec moi », a proposé Amma. Elle a glissé la main dans son soutien-gorge rembourré, a extrait une autre pilule de la doublure et l'a gobée, avec un grand sourire cruel qui a douché d'un coup l'espoir qui se lisait sur le visage de ses camarades. Rien pour eux.

« Allons nager, Mille, ça va être tellement puissant, quand ça va commencer à monter. » Elle a souri, en découvrant ses dents blanches et régulières. Je n'avais plus la force de lutter – cela semblait plus simple de suivre. On a descendu l'escalier et gagné la cuisine (où

deux jeunes garçons à la peau de pêche nous ont jau-
gées, l'air dérouté : l'une était un poil trop jeune, l'autre
irrévocablement trop vieille). Nous avons attrapé une
bouteille d'eau dans le frigo (le mot s'est remis soudain
à haleter sur ma peau, comme un chiot qui aperçoit un
chien plus gros) qui débordait de jus de fruits et de
ragoût, de fruits frais et de pain de mie. Tout à coup, ce
réfrigérateur familial innocent, sain, qui ignorait tout
de la débauche qui sévissait partout ailleurs dans la maison, m'a émue.

« Viens, je meurs d'envie de nager », a trépigné
Amma en tirant sur mon bras comme une gamine.
Qu'elle était. *Je prends de la drogue avec ma sœur
de treize ans*, me suis-je chuchoté. Mais dix bonnes
minutes venaient de s'écouler, et l'idée n'a fait naître
qu'une palpitation de bonheur. C'était une marrante,
ma petite sœur, la fille la plus populaire de Wind Gap,
et elle voulait que je traîne avec elle. *Elle m'aime
comme m'aimait Marian.* J'ai souri. L'ecsta avait lâché
sa première vague d'optimisme chimique dans mon
sang, je la sentais monter en moi comme un gros ballon
d'essai, et m'éclabousser la voûte du palais d'embruns
de bonne humeur. Je pouvais presque en sentir le goût –
pétillant comme une gelée rose.

Kelsey et Kylie ont voulu nous emboîter le pas, mais
Amma s'est retournée vers elles en riant. « Je veux
pas de vous, les filles. Vous restez ici. Aidez Jodes à
s'envoyer en l'air, elle a besoin d'une bonne baise. »

Kelsey a décoché un regard mauvais à Jodes, qui se
tenait, hésitante et nerveuse, dans l'escalier. Kylie a
regardé le bras d'Amma, autour de ma taille. Les deux

filles se sont toisées, puis Kelsey s'est blottie contre Amma et a posé la tête sur son épaule.

« On veut pas rester ici, on veut venir avec toi, a-t-elle pleurniché. S'il te plaît. »

Amma s'est dégagée d'un mouvement sec, et lui a souri comme à une débile. « Sois mignonne et lâche-moi les baskets, tu veux ? J'en ai marre de vous. Vous êtes trop chiantes. »

Tandis que Kelsey se reculait, désarçonnée, les bras encore à moitié tendus, Kylie a haussé les épaules et, d'une démarche dansante, est allée se mêler à la foule. Elle a arraché une bière des mains d'un garçon plus âgé et l'a dévisagé en se léchant les lèvres – non sans se retourner, pour voir si Amma l'observait. Ce n'était pas le cas : Amma, avec une sollicitude d'amoureux, était en train de me guider vers la porte, de me conduire jusqu'au bas du perron, jusque sur le trottoir, où de minuscules pousses jaunes d'oxalide jaillissaient d'entre les fissures.

Je les ai désignées du doigt. « C'est beau. »

Amma a opiné. « J'adore le jaune quand je suis défoncée. Tu sens quelque chose ? » J'ai hoché la tête ; à chaque réverbère que nous croisions, son visage s'allumait, puis s'éteignait ; oubliés, les projets de baignade – nous nous dirigions, en pilote automatique, vers la maison d'Adora. Je sentais la nuit pendre sur moi comme une chemise de nuit souple et humide, et dans un flash, j'ai revu une scène de l'hôpital, dans l'Illinois : moi, m'éveillant, en nage, avec un affreux sifflement dans l'oreille. Et ma camarade de chambre, la majorette, en train de se convulser par terre, le visage violet, à côté du flacon de Windex. Un vagissement comique – les gaz *post mortem*. Et un éclat de rire incrédule – le mien, ici à Wind Gap, qui faisait écho à celui qui m'avait échappé dans cette horrible chambre, dans la lumière blonde du matin.

Amma a glissé sa main dans la mienne. « Qu'est-ce que tu penses… d'Adora ? »

J'ai senti l'effet de la drogue vaciller, puis s'élancer à nouveau dans sa spirale.

« Je pense que c'est une femme très malheureuse. Et perturbée.

– Je l'entends crier des noms, quand elle fait sa sieste : Joya, Marian… toi. »

J'ai tapoté la main d'Amma.

« Je suis contente de n'avoir pas à entendre ça. Mais j'en suis désolée pour toi.

– Elle aime bien s'occuper de moi.

– Super.

– C'est bizarre. Quand elle s'est occupée de moi, après, j'aime baiser. »

Elle a soulevé l'arrière de sa jupe, découvrant un string rose vif.

« Tu ne devrais pas laisser les garçons abuser de toi, Amma. Parce que ce n'est rien d'autre. À ton âge, ce n'est pas réciproque.

– Parfois, tu laisses les gens te faire du mal, mais en réalité, c'est toi qui leur fais du mal », m'a rétorqué Amma en sortant une sucette de sa poche. À la cerise. « Tu vois ce que je veux dire ? Quand quelqu'un cherche à te bousiller, et que tu le laisses faire, c'est toi qui le bousilles encore plus. Et après, c'est toi qui as le pouvoir. Tant que tu ne perds pas la tête.

– Amma, je disais juste… » Mais elle a continué à jacasser.

« J'aime bien notre maison. J'aime bien sa chambre. Le sol est célèbre. Je l'ai vu en photo dans un magazine, une fois. Ça s'intitulait : "Splendeurs d'ivoire : l'art de vivre dans le Sud de jadis." Parce que aujourd'hui, évidemment, on ne trouve plus d'ivoire. C'est dommage. Vraiment dommage. »

Elle a calé la sucette dans sa bouche et a capturé une luciole, qu'elle a tenue entre deux doigts avant de lui arracher la queue et de l'aplatir autour de son doigt, pour s'en faire une bague luisante. Puis elle a lâché l'insecte agonisant dans l'herbe et a admiré sa main.

« Elles t'aimaient bien, les filles, quand tu avais mon âge ? a-t-elle demandé. Parce que avec moi, elles sont vraiment pas sympas. »

J'ai tenté de réconcilier l'image d'une Amma culottée, autoritaire, effrayante parfois (je la revoyais s'en prendre à mes talons, dans le parc – quel genre de gamine, à treize ans, harcèle ainsi les adultes ?), avec celle d'une fille en butte à des comportements ouvertement hostiles. Elle a vu mon regard et a lu dans mes pensées.

« Bon, c'est pas qu'elles sont pas *sympas*. Elles font tout ce que je leur dis de faire. Mais elles ne m'aiment pas. À la seconde où je me plante, à la seconde où je fais un truc pas cool, elles seront les premières à se liguer contre moi. Parfois, avant de me coucher, j'écris tout ce que j'ai dit et fait dans la journée. Ensuite, je me mets des notes : un A quand j'ai assuré, un F quand je m'en veux à mort d'avoir été si nulle. »

Du temps où j'étais au lycée, je tenais chaque jour un journal de bord de mes différentes tenues. Je ne remettais jamais deux fois la même chose sans avoir laissé un mois s'écouler.

« Ce soir, par exemple, Dave Rard, un mec de première super canon, m'a dit qu'il savait pas s'il serait capable d'attendre un an, que je sois au lycée – pour sortir avec moi, tu vois. Je lui ai répondu : "Ben, n'attends pas." Et je me suis cassée. Et tous les mecs étaient là, langue pendante. Ça, ça vaut un A. Mais hier, sur Main Street, j'ai trébuché devant les filles et elles se sont esclaffées. Ça, c'est un F. Ou peut-être un D, parce que j'ai été si vache avec elles le reste de la journée que Kelsey et Kylie ont pleuré toutes les deux. Avec Jodes, vu qu'elle passe son temps à chialer, ça n'a rien d'un challenge.

– C'est plus sûr d'être craint qu'aimé, ai-je observé.

– Machiavel », a gazouillé Amma. Elle a ri et s'est éloignée devant moi en sautillant – pour caricaturer un comportement de son âge, ou laisser s'exprimer librement son énergie juvénile, je n'aurais su dire.

« Comment connais-tu ça ? » J'étais impressionnée, et je l'appréciais de plus en plus. Une gamine intelligente, et bousillée. Un air de déjà-vu.

« Je connais des tonnes de trucs que je ne devrais pas connaître. »

Je me suis mise à gambader à ses côtés. J'étais défoncée, et bien consciente que je ne me serais pas comportée de la sorte si j'avais été sobre, mais j'étais trop heureuse pour m'en soucier. Mes muscles chantaient.

« Je suis plus intelligente que la plupart de mes profs, en fait. J'ai passé un test de QI. Je devrais être en seconde. Mais Adora pense que j'ai besoin de fréquenter des enfants de mon âge. Bref. Je vais partir d'ici, pour entrer au lycée. En Nouvelle-Angleterre. »

Elle avait dit ça du ton légèrement émerveillé de quelqu'un qui ne connaît la région qu'en photo – de la petite fille éblouie par ces images sponsorisées par les prestigieux établissements de la Ivy League : *les gens intelligents partent étudier en Nouvelle-Angleterre.* J'étais mal placée pour la juger – je n'y avais jamais été moi-même.

« Il faut que je me tire d'ici, a repris Amma en affectant une lassitude de femme au foyer dorlotée. Je passe mon temps à mourir d'ennui. C'est pour ça que je me conduis mal. Je sais que parfois… je dépasse les bornes.

– Avec le sexe, tu veux dire ? » Je me suis immobilisée, mon cœur dansait sur un rythme de rumba. L'air embaumait le parfum des iris, et je le sentais pénétrer dans mes narines, s'insinuer dans mes poumons, dans mon sang. Mes veines allaient sentir le violet.

« C'est juste histoire de se lâcher. Tu comprends ce que je veux dire. Je *sais* que tu comprends. » Elle m'a pris la main, avec un sourire doux et candide, et m'a caressé la paume. C'était le contact le plus doux, peut-être, dont j'avais jamais fait l'expérience. Sur mon mollet gauche, *tarée* a hoqueté un soupir.

« Et comment tu te lâches ? » Nous approchions de la maison de ma mère, et j'étais à présent complètement partie. Ma chevelure bruissait sur mes épaules comme une nappe d'eau tiède et mon corps oscillait sans répondre à une musique en particulier. Il y avait une coquille d'escargot sur le bord du trottoir, et j'ai suivi des yeux les méandres de ses fioritures.

« Tu sais. Tu sais bien comment, parfois, on a besoin de faire mal. »

Elle avait dit ça comme elle aurait fait l'article pour un nouveau produit capillaire.

« Il existe de meilleurs moyens pour lutter contre l'ennui et la claustrophobie que de faire mal, ai-je dit. Tu es intelligente, tu le sais. »

J'ai brusquement senti ses doigts, sous les poignets de ma chemise, qui caressaient les crêtes de mes cicatrices. Je l'ai laissée faire.

« Tu te coupes, Amma ?

– Je fais mal », a-t-elle dit d'une voix aiguë tout en s'éloignant dans une pirouette extravagante, tourbillonnante, tête rejetée en arrière et bras déployés comme des ailes de cygne. « Et j'adore ça ! » a-t-elle hurlé. L'écho s'est propagé le long de la rue, jusqu'à l'angle, où la maison de ma mère montait la garde.

Amma a tournoyé jusqu'à ce qu'elle s'effondre sur le trottoir dans un tintement métallique de bracelets ; un de ses joncs en argent a glissé de son poignet et a dévalé la rue, en roulant comme s'il était ivre.

Je voulais discuter de tout ça avec elle, étant l'adulte, mais j'ai eu une nouvelle montée, alors je l'ai simplement aidée à se relever (elle, hilare, un coude ouvert et en sang) et nous avons avancé vers la maison de notre mère en tournicotant sur nous-mêmes, mains dans les mains. Le visage d'Amma était fendu d'un immense sourire. Et en voyant ses longues dents humides, j'ai songé combien ces petits carrés d'os étincelants, ces incisives qui ressemblaient à des tesselles de mosaïque prêtes à coller sur une table, pourraient subjuguer un meurtrier.

« Je suis tellement heureuse avec toi, a déclaré Amma dans un rire, en me soufflant au visage son haleine brûlante et légèrement ivre. Tu es comme mon âme sœur.

– Tu es comme ma sœur », ai-je répondu. Blasphème ? Rien à foutre.

« Je t'aime ! » a hurlé Amma.

Nous tournoyions si rapidement que mes joues battaient et me chatouillaient. Je riais comme une gamine. *Jamais je n'ai été aussi heureuse qu'en cet instant.* La lumière des réverbères était presque rosée, les longs cheveux d'Amma étaient des caresses de plume sur mes épaules, ses pommettes saillaient sur sa peau bronzée comme des petites mottes de beurre. Une de mes mains a lâché celle d'Amma pour se tendre vers l'une d'elles, et notre improbable manège s'est écrasé au sol avec violence.

J'ai senti l'os de ma cheville craquer contre le trottoir – *pop !* du sang a jailli, éclaboussant ma jambe. Des bulles rouges ont éclos sur la poitrine d'Amma, qui avait dérapé le long du trottoir. Elle a baissé les yeux sur son décolleté, puis elle m'a regardée, de ses yeux bleus et brillants de husky, et elle a passé les doigts sur cette dentelle ensanglantée. Elle a lâché un long cri perçant, puis elle a posé la tête au creux de mes cuisses, en riant.

Elle a recueilli un bouton de sang sur le bout d'un doigt et, avant que j'aie pu l'en empêcher, l'a étalé sur mes lèvres. Il avait un goût de fer et de miel. Elle m'a regardée et m'a caressé le visage ; je l'ai laissée faire.

« Je sais que tu crois qu'Adora m'aime plus que toi, mais tu te trompes », a-t-elle dit. Et là, comme en réponse à un signal, la lanterne de notre porche, en haut du coteau, s'est illuminée.

« Tu veux dormir dans ma chambre ? » a proposé Amma, un peu calmée.

Je nous ai imaginées dans son lit, sous sa couverture à pois, en train de nous chuchoter des secrets et de nous endormir, membres emmêlés, et puis j'ai compris que c'était Marian et moi que je revoyais. Marian, qui avait déserté son lit d'hôpital et s'était endormie à mes côtés. Lovée contre mon ventre, fiévreuse et ronronnante. Au matin, il me faudrait la ramener en douce dans sa chambre, avant que notre mère ne soit réveillée. Un pur moment de tension dramatique dans une maison paisible, ces cinq secondes à la tirer le long du couloir, à deux pas de la chambre de ma mère, à redouter que la porte ne s'ouvre à cet instant précis, tout en n'étant pas loin de le souhaiter. *Elle n'est pas malade, maman.* C'était ce que j'avais prévu de crier si jamais on se faisait prendre. *Ça va, elle a quitté son lit parce qu'elle n'est pas vraiment malade.* J'avais oublié avec quel acharnement je le croyais.

Grâce à la drogue, cependant, c'étaient en cet instant des souvenirs agréables, que mon cerveau feuilletait comme les pages d'un livre pour enfants. Dans ces souvenirs, Marian m'apparaissait tel un petit lapin – un petit lapin qu'on aurait habillé comme ma sœur. Et dont il me semblait presque sentir la fourrure sur ma peau. Je me suis redressée, et me suis aperçue que les cheveux d'Amma me caressaient la jambe.

« Alors, tu veux ?

– Non, pas ce soir, Amma. Je suis morte de fatigue et je veux dormir dans mon lit. » C'était vrai. La drogue avait frappé vite, fort, et les effets étaient sur le point de se dissiper. Je sentais que ce serait chose faite dans dix minutes, et je ne voulais pas d'Amma dans les parages quand j'allais redescendre.

« Je peux venir dormir dans ta chambre, alors ? » Elle était debout, baignée par la lumière des réverbères. Sa jupe en jean pendait sur ses hanches étroites, son dos-nu était de travers, et déchiré. Une traînée de sang s'étirait près des lèvres. Prometteur.

« Non. On va dormir chacune de notre côté. On fera un truc ensemble demain. »

Elle n'a rien répondu, elle s'est contentée de détaler et de courir le plus vite qu'elle pouvait en direction de la maison, en remontant les pieds très haut derrière elle, comme une petite fille dans un dessin animé.

« Amma ! Attends, tu peux dormir avec moi, d'accord ? » Je me suis élancée à ses trousses. Mais entre la drogue et l'obscurité, cette course-poursuite du regard me donnait l'impression de m'acharner à traquer quelqu'un tout en surveillant dans un miroir ce qui se passait dans mon dos. Je n'ai pas compris que sa silhouette sautillante avait fait demi-tour et qu'en fait, elle courait à ma rencontre. Sur moi. Elle m'a percutée tête la première, son front s'est écrasé contre ma mâchoire, et nous sommes tombées une fois de plus, sur le trottoir. Mon crâne a émis un craquement aigu en le heurtant, et une douleur s'est embrasée dans mes dents du bas. Je suis restée allongée une seconde, les cheveux d'Amma roulés dans mon poing ; au-dessus de ma tête, une luciole palpitait au même rythme que mon pouls.

Et puis Amma a commencé à glousser tout en palpant le point qui avait déjà viré au bleu soutenu, évoquant le tracé d'une prune.

« Merde. Je crois que tu m'as cabossé la figure.

– Je crois que tu m'as cabossé le crâne », ai-je chuchoté. Je me suis assise, avec la sensation d'être dans les vapes. Un filet de sang que le trottoir avait étanché dégoulinait à présent le long de ma nuque. « Bon sang, Amma, tu es trop brutale.

– Je croyais que t'aimais bien ça. » Elle a tendu la main et m'a aidée à me relever. À l'intérieur de ma tête, le sang clapotait, d'arrière en avant. Amma a retiré une bague, un fin anneau d'or orné d'un péridot vert pâle qu'elle portait au majeur, et l'a glissée sur mon petit doigt. « Tiens. Je veux que tu aies ça. »

J'ai secoué la tête. « La personne qui te l'a donnée, qui qu'elle soit, voudrait que tu la gardes.

– C'est Adora qui me l'a donnée. Plus ou moins. Elle s'en fiche, crois-moi. Elle avait l'intention de la donner à Ann, mais... Bon, Ann n'est plus là, et la bague traînait là. Elle est affreuse, non ? J'ai toujours soutenu qu'elle me l'avait donnée. Ce qui n'est pas très vraisemblable, vu qu'elle me déteste.

– Elle ne te déteste pas. » Nous nous sommes remises en route. Au sommet du coteau, la lanterne du porche brillait d'une lueur sinistre.

« Elle ne t'aime pas, a hasardé Amma.

– Non.

– Eh bien, elle ne m'aime pas non plus. Différemment, c'est tout. » On a grimpé l'escalier, en écrasant des mûres sous nos semelles. L'air embaumait le glaçage d'un gâteau pour enfants.

« Elle t'a aimée davantage, ou moins, après la mort de Marian? a-t-elle demandé en me prenant le bras.

– Moins.

– Donc ça n'a servi à rien.

– Quoi?

– Le fait qu'elle meure n'a rien arrangé.

– Non. Maintenant, tu ne fais plus de bruit jusqu'à ce qu'on soit dans ma chambre, OK? »

On a gravi l'escalier à pas de loup; je maintenais une main au creux de ma nuque pour retenir le sang; Amma traînaillait dangereusement derrière moi, s'arrêtant pour humer une rose dans le vase de l'entrée, pour sourire à son reflet dans le miroir. Le silence régnait dans la chambre d'Adora, comme d'habitude. Seul le ventilateur ronronnait dans l'obscurité derrière sa porte close.

J'ai refermé celle de ma chambre derrière nous, j'ai retiré mes baskets détrempées par la pluie (et que l'herbe fraîchement tondue avait quadrillées de vert), j'ai essuyé le long de ma jambe des traînées de mûres écrasées et j'ai commencé à déboutonner ma chemise avant de sentir le regard d'Amma rivé sur moi. J'ai fait mine de me glisser dans le lit, trop épuisée pour me déshabiller. J'ai tiré les couvertures et je me suis pelotonnée loin d'Amma en marmonnant "bonne nuit". J'ai entendu ses vêtements glisser par terre; la seconde suivante, la lumière s'est éteinte et Amma s'est pelotonnée contre mon dos, nue, à l'exception de sa culotte. J'avais envie de pleurer à l'idée d'être capable de dormir avec quelqu'un sans aucun vêtement, sans me soucier d'un mot qui pourrait glisser de sous une manche, ou un revers de pantalon.

« Camille ? » Sa voix était paisible, enfantine, hésitante. « Tu sais, on dit parfois qu'on est obligé de faire
mal parce que sinon, on est tellement engourdi qu'on
ne sent rien ?

– Mm mm.

– Et si c'était le contraire ? a chuchoté Amma. Si
c'était parce que ça te fait un bien fou, que tu faisais
mal ? Comme si tu ressentais un fourmillement, comme
si quelqu'un laissait un interrupteur allumé dans ton
corps. Et qu'il n'y avait pas d'autre moyen de l'éteindre
que de faire mal. Ça veut dire quoi ? »

J'ai fait semblant de dormir. J'ai fait semblant de ne
pas sentir son doigt suivre le tracé de *disparaître*, inter-
minablement, sur ma nuque.

Un rêve. Marian, dans sa chemise de nuit blanche
poissée de transpiration, une boucle blonde collée
contre sa joue. Elle me prend la main et essaie de me
tirer du lit. *C'est dangereux, ici*, chuchote-t-elle. *Tu es
en danger.* Je lui réponds de me ficher la paix.

13

Il était quatorze heures passées quand je me suis réveillée, les tripes nouées, la mâchoire douloureuse à force d'avoir grincé des dents cinq heures durant. Saloperie d'ecstasy. Amma ne devait pas être très fraîche, elle non plus. Elle avait abandonné un petit tas de cils sur l'oreiller, à côté de moi. Je les ai recueillis et étalés au creux de ma paume. Raidis par le mascara, ils y ont laissé une traînée bleu foncé. Je les ai époussetés dans une soucoupe qui traînait sur ma table de nuit. Puis, je suis allée dans la salle de bains, vomir. Ça ne m'a jamais gênée, de vomir. Enfant, lorsque j'étais malade, je me souviens que ma mère me retenait les cheveux et m'encourageait, d'une voix réconfortante : *Débarrasse-toi de toutes ces cochonneries, ma chérie. Ne t'arrête pas avant qu'elles soient toutes sorties.* Il s'avère que j'aime ces haut-le-cœur, cette faiblesse, cette bave. Prévisible, je sais, mais vrai.

J'ai verrouillé ma porte, je me suis entièrement déshabillée, et je me suis recouchée. Une douleur partait de mon oreille gauche, me traversait le crâne et se propageait le long de ma colonne vertébrale. Mes entrailles se soulevaient, la douleur m'empêchait quasiment d'ouvrir la bouche, et une de mes chevilles était en feu. Et je continuais à saigner, à en juger par les auréoles de sang qui constellaient les draps. Le côté où avait dormi Amma était lui aussi ensanglanté : une traînée discrète là où elle s'était gratté la poitrine, et une tache plus sombre, sur l'oreiller.

Mon cœur battait trop vite, et je n'arrivais pas à reprendre mon souffle. Ma mère était-elle au courant de ce qui s'était passé ? Je devais le savoir. Avait-elle vu Amma ? Allais-je avoir des problèmes ? J'étais malade de panique. Une chose atroce était sur le point d'arriver. À travers ma paranoïa, je n'ignorais pas ce qui se passait. En réalité, mon niveau de sérotonine, qui avait grimpé très haut avec la drogue, la veille, venait de dégringoler, et j'étais échouée sur la face sombre. Tout en me disant ça, j'ai enfoui mon visage dans l'oreiller et j'ai commencé à sangloter. J'avais oublié ces petites filles, ces petites mortes ; jamais je n'avais vraiment pensé à elles. Pis : j'avais trahi Marian, je l'avais remplacée par Amma, je l'avais ignorée dans mes rêves. Il y aurait des conséquences. J'ai pleuré comme j'avais vomi, avec des haut-le-cœur, pour me purger, jusqu'à ce que l'oreiller soit détrempé, et mon visage, aussi bouffi que celui d'un alcoolique. Puis, la poignée de la porte a tourné. Je me suis calmée, je me suis caressé la joue, en espérant que le silence soit dissuasif.

« Camille. Ouvre-moi. » Ma mère, qui ne semblait pas en colère. Mais enjôleuse. Prévenante, même. Je n'ai pas répondu. La poignée a tourné quelques fois encore. On a frappé. Et puis, le silence, et des pas feutrés le long du couloir.

Camille, ouvre-moi. L'image de ma mère, assise sur le bord de mon lit, me présentant une cuillerée de sirop à l'odeur aigre. Ses médicaments me rendaient toujours plus malade que je ne l'étais déjà. Estomac fragile. Moins fragile que celui de Marian, mais fragile tout de même.

Mes mains sont devenues moites. *S'il vous plaît, faites qu'elle ne revienne pas.* Dans un flash, j'ai vu Curry, avec une de ses vilaines cravates qui dansait devant son ventre, entrant en trombe dans la chambre, pour venir me sauver. Puis m'emportant dans ses bras jusque dans sa Ford Taurus enfumée, où Eileen me caressait les cheveux tout au long du chemin du retour jusqu'à Chicago.

Ma mère a glissé une clé dans la serrure. J'ignorais qu'elle en avait une. Elle a pénétré dans la chambre avec une expression hautaine, le menton en l'air comme d'habitude, la clé pendue à un long ruban rose. Elle était vêtue d'une robe d'été bleu clair et tenait un flacon d'alcool, une boîte de mouchoirs en papier et une trousse à maquillage en satin rouge.

« Bonjour, ma puce, a-t-elle soupiré. Amma m'a raconté ce qui vous était arrivé. Mes pauvres chéries. Elle a passé la matinée à se purger. Je te jure, et je sais que je vais paraître prétentieuse, mais excepté celle qui provient de notre petite usine, la viande n'est plus tout à fait fiable, ces temps-ci. Amma m'a dit que c'était probablement le poulet.

— Oui, je suppose. » Je n'avais d'autre choix que d'accréditer le mensonge d'Amma. Il était évident qu'elle savait bien mieux manœuvrer que moi.

« Je n'en reviens pas que vous vous soyez toutes les deux évanouies dans notre escalier pendant que je dormais tranquillement dans la maison. Je déteste cette idée. Si tu voyais ses bleus ! On croirait qu'elle s'est battue. »

C'était impossible que ma mère ait avalé ce bobard. Elle, la spécialiste des maladies et des plaies, ne pouvait se laisser berner que si elle y consentait. Et voilà qu'elle allait me soigner, et que j'étais trop faible et trop désespérée pour l'envoyer paître. J'ai recommencé à pleurer, sans pouvoir me contrôler.

« J'ai envie de vomir, maman.

– Je sais, ma puce. » Elle a arraché le drap d'un mouvement ample et quand, instinctivement, j'ai croisé les bras sur ma poitrine, elle les a replacés le long de mon corps avec fermeté.

« Je dois voir ce qui ne va pas, Camille. » Elle a observé ma mâchoire, d'un côté, puis de l'autre, elle a tiré ma lèvre inférieure, comme si elle examinait un cheval. Elle a soulevé mes bras, lentement, l'un après l'autre, et a inspecté mes aisselles, palpant les creux, puis elle a cherché, le long de mon cou, des ganglions gonflés. Je me souvenais de la marche à suivre. Elle a glissé une main entre mes jambes – un geste bref, professionnel. Le meilleur moyen de savoir si on avait de la température, disait-elle toujours. Puis lentement, en effleurant ma jambe de ses doigts frais, elle a enfoncé le pouce dans la plaie béante sur ma cheville. Une substance vert vif a giclé sous mes yeux et machinalement, j'ai replié les jambes et je me suis tournée sur le flanc. Elle en a profité pour me tâter le crâne, jusqu'à ce qu'elle tombe, tout en haut, sur l'hématome qui ressemblait à un fruit écrasé.

« Encore un instant, Camille, et ce sera terminé. » Elle a imbibé d'alcool ses mouchoirs en papier et elle a récuré ma cheville jusqu'à ce que les larmes et la morve me brouillent la vue. Ensuite, elle l'a bandée, en serrant fort, dans un ruban de gaze qu'elle a coupé avec les petites pinces qui se trouvaient dans sa trousse à maquillage. La blessure, immédiatement, a saigné, et le bandage a vite ressemblé au drapeau du Japon : du blanc immaculé, estampillé d'un rond rouge agressif. Ensuite, d'une main, elle m'a forcée à pencher la tête vers l'avant, et j'ai senti qu'on tirait d'un coup sec sur mes cheveux. Elle était en train de les couper ras autour de la blessure. J'ai voulu me dégager.

« Arrête, Camille. Je vais te blesser. Rallonge-toi et sois sage. » Elle a appuyé une main fraîche sur ma joue, elle a maintenu ma tête bien en place sur l'oreiller et, *snip, snip, snip*, elle a taillé dans la masse d'une mèche, jusqu'à ce que je sente un répit. Un sinistre courant d'air, auquel mon scalp n'était pas accoutumé. J'ai levé la main, et senti sous mes doigts une plaque épineuse, de la taille d'une pièce de monnaie. Ma mère s'est empressée de me replacer la main le long du corps avant de tamponner de l'alcool sur la plaie. Une fois de plus, la douleur m'a coupé le souffle.

Elle m'a fait rouler sur le dos et a passé un gant de toilette mouillé sur mes membres, comme si j'étais grabataire. Ses paupières avaient rosi, là où elle avait tiré sur ses cils. Et ses joues étaient empourprées, comme celles d'une petite fille. Elle a fouillé au fond de sa trousse, parmi les flacons de pilules et les tubes, et en a

292

extrait un mouchoir en papier plié en carré, pelucheux, et légèrement taché. Qui renfermait une pilule d'un bleu électrique.

« Une seconde, ma chérie. »

Je l'ai entendue descendre précipitamment l'escalier et j'ai su qu'elle allait à la cuisine. Puis, avec la même hâte, elle est revenue. Avec un verre de lait.

« Tiens, Camille, avale-la avec ça.

– C'est quoi, ce truc ?

– Un médicament. Ça empêchera la plaie de s'infecter, et ça éliminera toute bactérie que tu aurais pu attraper avec la nourriture.

– C'est quoi ? » ai-je insisté.

Des rougeurs sont apparues sur son décolleté, et son sourire a vacillé comme la flamme d'une bougie dans un courant d'air.

« Camille, je suis ta mère, et tu es chez moi. » Des yeux rougis, vitreux. Je me suis détournée, étreinte par un nouvel élan de panique. *C'est grave. J'ai fait un truc grave.*

« Camille. Ouvre la bouche. » Une voix réconfortante, enjôleuse. *Soigner* a commencé à pulser près de mon aisselle gauche.

Je me souviens qu'enfant, je rejetais tous ces cachets, tous ces médicaments, et que c'est comme ça que je l'avais perdue. Elle me faisait penser à Amma avec son ecstasy – Amma, qui m'avait cajolée, qui avait eu besoin que j'accepte ce qu'elle m'offrait. Le refus implique tellement plus de conséquences que la soumission. Ma peau était en feu là où elle m'avait nettoyée, et je retrouvais cette même sensation de contentement qu'après m'être coupée. J'ai repensé à Amma, à cette impression de plénitude qui avait émané d'elle quand elle était enveloppée dans les bras de ma mère, fragile et transpirante.

Je me suis retournée, j'ai laissé ma mère poser la pilule sur ma langue, me faire boire le lait épais et m'embrasser.

J'ai sombré dans le sommeil en quelques minutes; mon haleine fétide flottait dans mes rêves comme une brume aigre. Ma mère entrait dans ma chambre et m'annonçait que j'étais malade. Elle s'allongeait sur moi et posait ses lèvres sur les miennes. Je sentais son souffle descendre dans ma gorge. Puis elle se mettait à me becqueter. Puis elle se dégageait, me souriait et me lissait les cheveux. Et là, elle recrachait mes dents dans ses mains.

Je me suis réveillée au crépuscule, en proie au vertige, brûlante. Faible. Un filet de salive avait séché le long de mon cou. Je me suis enveloppée dans un peignoir léger et quand je me suis souvenue du cercle tondu sur le haut de mon crâne, je me suis remise à pleurer. *C'est rien, tu as pris un ecsta, et là c'est la descente*, me suis-je chuchoté en me tapotant la joue. *Et une vilaine coupe de cheveux, ce n'est pas la fin du monde. Tu te feras une queue-de-cheval.*

Je me suis engagée dans le couloir d'un pas chancelant, les articulations de mes jambes se déboîtaient en craquant, celles de mes doigts étaient enflées, sans que j'en comprenne la raison. Au rez-de-chaussée, ma mère chantait. J'ai frappé à la porte d'Amma et j'ai entendu un geignement de bienvenue.

Amma, assise par terre, nue, devant son énorme maison de poupée, suçait son pouce. Les cernes sous ses yeux étaient presque violets, et ma mère lui avait bandé le front, et la poitrine. Amma avait enturbanné sa poupée préférée de mouchoirs en papier, sur lesquels elle avait essaimé des taches au feutre rouge, et elle l'avait assise sur son lit.

« Qu'est-ce qu'elle t'a fait ? » a demandé Amma d'une voix ensommeillée, en ébauchant un sourire.

Je me suis tournée pour lui montrer ma tonsure.

« Et elle m'a filé un truc qui m'a mise dans les vapes et m'a filé la nausée.

— Un cachet bleu ? »

J'ai hoché la tête.

« Ouais, elle l'aime bien, celui-là, a marmonné Amma. Tu t'endors, t'as chaud, tu baves, et après, elle peut inviter ses copines à venir te voir.

— Elle a déjà fait ça ? » Mon corps, sous la pellicule de transpiration, s'est glacé. J'avais raison : il menaçait de se produire un truc affreux.

Amma a haussé les épaules. « Je m'en fiche. Parfois, je le prends pas – je fais juste semblant. Comme ça, on est contentes toutes les deux. Je joue à la poupée, ou je bouquine, et dès que je l'entends arriver, je fais semblant de dormir.

— Amma ? » Je me suis assise à côté d'elle, par terre, et je lui ai caressé les cheveux. « Elle te donne beaucoup de cachets et de médicaments ?

— Uniquement quand je suis sur le point d'être malade.

— Que se passe-t-il alors ?

– Parfois, mon corps devient brûlant et je me mets à délirer, et elle doit me donner des bains froids. D'autres fois, ça me fait vomir. Il arrive aussi que j'aie des frissons dans tout le corps, que je n'aie plus de force – juste envie de dormir. »

Ça recommençait. Exactement comme Marian. J'ai senti la bile monter dans le fond de ma gorge, qui s'est serrée. J'ai recommencé à pleurer. Je me suis levée, puis rassise. Mon estomac était barbouillé. Je me suis pris la tête dans les mains. Amma et moi étions malades *exactement comme Marian*. Il avait fallu attendre que ça me saute aux yeux avec une évidence criante avant de comprendre enfin – près de vingt ans trop tard. J'avais envie de hurler de honte.

« Joue à la poupée avec moi, Camille. » Elle n'avait pas remarqué mes larmes, ou bien les avait ignorées délibérément.

« Je ne peux pas, Amma. J'ai du travail. N'oublie pas de faire semblant de dormir quand maman revient. »

J'ai enfilé péniblement des vêtements sur ma peau douloureuse et je me suis regardée dans la glace. *Tu délires. Tu te fais des films. Mais non, faux : ma mère a tué Marian. Ma mère a tué ces petites filles.*

J'ai titubé jusqu'aux toilettes, je me suis agenouillée, et j'ai vomi un jet chaud, salé ; des éclaboussures ont ricoché contre la porcelaine et sur mes joues. Quand mon estomac s'est dénoué, je me suis aperçue que je n'étais pas seule. Ma mère se tenait derrière moi.

« Ma pauvre chérie », a-t-elle murmuré. Je me suis éloignée à quatre pattes, je me suis redressée en prenant appui contre le mur et je l'ai regardée.

« Pourquoi t'es-tu habillée, chérie ? Tu n'es pas en état d'aller où que ce soit.

— Il faut que je sorte. Il faut que je travaille. L'air me fera du bien.

— Camille, retourne te coucher. » Sa voix était impérieuse, aiguë. Elle a marché d'un pas décidé vers le lit, a tiré les couvertures et tapoté le matelas. « Allons, ma puce, sois raisonnable, il s'agit de ta santé. »

Dans un équilibre hésitant, j'ai attrapé mes clés de voiture sur la table et j'ai foncé devant elle.

« Impossible, maman ; j'en ai pas pour longtemps. »

J'ai abandonné Amma dans sa chambre avec ses poupées malades, et une fois au volant, j'ai descendu le raidillon de l'allée si vite qu'en déboulant sur la route, j'ai embouti mon pare-chocs contre l'asphalte. Une grosse bonne femme avec une poussette m'a dévisagée en secouant la tête.

J'ai d'abord roulé sans destination définie, en essayant de rassembler mes pensées, tout en passant en revue les visages des gens que je connaissais à Wind Gap. Il fallait que quelqu'un me dise, sans ambages, si je faisais entièrement fausse route, au sujet d'Adora, ou si j'avais tapé dans le mille. Quelqu'un qui connaissait Adora, qui avait eu de mon enfance une vision adulte, et qui avait vécu ici pendant toutes ces années où moi j'avais été absente. C'est là que j'ai pensé à Jackie O'Neele, avec son Juicy Fruit, son penchant pour l'alcool et ses commérages. Jackie, et cette chaleur maternelle déphasée à mon égard, et dont un commentaire sonnait à présent comme une mise en garde : *Tant de choses ont mal tourné.* J'avais besoin de Jackie – cette femme qu'Adora avait rejetée, qui disait tout ce qui lui passait par la tête, qui connaissait ma mère depuis toujours. Et qui, très clairement, voulait me dire quelque chose.

Sa maison, de construction récente mais conçue pour ressembler aux belles demeures des plantations d'avant la guerre de Sécession, n'était qu'à quelques minutes. Un gamin pâle et maigrichon, avachi sur le siège d'une tondeuse à gazon, décrivait de consciencieux allers-retours sur la pelouse, clope au bec. Son dos était accidenté de boutons en relief, inflammés et si gros qu'ils ressemblaient à des plaies. Encore un accro au Crystal meth. Jackie aurait dû supprimer l'intermédiaire et filer directement les vingt dollars au dealer.

Je connaissais la femme qui est venue m'ouvrir la porte. Geri Shilt, une fille qui avait fréquenté Calhoon High School, une classe au-dessus de la mienne. Elle portait un uniforme d'infirmière amidonné, comme Gayla, et avait toujours ce kyste rond et rose sur la joue qui m'avait toujours inspiré pitié. Tomber sur Geri – visage prosaïque, s'il en était, de mon passé – a bien failli me faire faire demi-tour, m'inciter à remonter dans ma voiture et ignorer mes inquiétudes. L'irruption de quelqu'un d'aussi dénué d'imagination dans mon univers me portait à mettre en doute mes pensées. Mais je n'ai pas fait demi-tour.

« Salut Camille, que puis-je pour toi ? » La raison de ma présence semblait le cadet de ses soucis – un singulier manque de curiosité qui la distinguait des autres femmes de Wind Gap. Sans doute n'avait-elle aucune copine avec laquelle échanger des ragots.

« Salut Geri, je ne savais pas que tu travaillais chez les O'Neele.

– Je vois pas pourquoi tu l'aurais su. »

Les fils de Jackie, tous nés à un an d'intervalle, devaient avoir une petite vingtaine d'années – genre vingt, vingt et un, vingt-deux. J'avais le souvenir de garçons bien en chair, au cou épais, sempiternellement vêtus de shorts de sport en polyester, qui avaient hérité des yeux anormalement ronds de leur mère et d'une dentition proéminente d'un blanc étincelant. Jimmy, Jared et Johnny. Je les ai entendus, deux d'entre eux du moins, taper dans un ballon dans l'arrière-cour. À en juger par son regard revêche, sans doute Geri avait-elle décidé que la meilleure façon de s'y prendre avec eux consistait à rester à l'écart de leur chemin.

« Je suis revenue…, ai-je commencé.

– Je sais pourquoi tu es là », m'a-t-elle coupée. Son ton n'était ni agressif ni bienveillant. Simplement catégorique. Je n'étais qu'un autre obstacle dans sa journée.

« Ma mère est une amie de Jackie et je me suis dit que…

– Je sais qui sont les amies de Jackie, crois-moi. »

Elle ne paraissait pas disposée à me laisser entrer. Elle m'a dévisagée d'une manière hautaine, puis a regardé la voiture dans mon dos.

« Jackie est amie avec beaucoup de mères de tes amies, a repris Geri.

– Mm… je n'ai plus trop d'amies dans le coin, aujourd'hui. » Ce dont j'étais fière, mais délibérément, j'ai mis une note de regret dans ma voix. Moins je la contrarierais, plus vite elle me laisserait entrer, et j'éprouvais le besoin urgent de parler à Jackie avant de m'épuiser en palabres. « En fait, même quand je vivais ici, je ne crois pas que j'avais beaucoup d'amies.

– Katie Lacey. Sa mère les fréquente toutes. »

Cette bonne vieille Katie, qui m'avait traînée à la « soirée larmes » avant de s'en prendre à moi. Je l'imaginais faisant ronfler le moteur de son 4×4 dans les rues de la ville, ses jolies petites filles sur la banquette arrière, habillées avec un goût irréprochable, prêtes à imposer leur loi aux autres gamines du jardin d'enfants, ayant appris auprès de leur mère à se montrer particulièrement cruelles avec les fillettes moches, les fillettes pauvres, et toutes celles qui voulaient juste qu'on leur fiche la paix. Ça, c'était trop demander.

« J'ai honte d'avoir été un jour amie avec une fille comme Katie Lacey.

– Ouais, bon, toi, ça allait. » Et là d'un coup, je me suis souvenue qu'à l'époque, elle avait un cheval baptisé Butter*. La vanne, c'était qu'évidemment, même l'animal domestique de Geri faisait du lard.

« Pas vraiment. » Je n'avais jamais participé activement à des actes de cruauté, mais je ne les avais jamais empêchés non plus. Je me tenais toujours en touche, telle une ombre ronchon, et je faisais semblant de rire.

Geri n'avait pas bougé de l'embrasure ; elle tripotait le bracelet de sa montre bon marché qui lui étranglait le poignet, manifestement perdue dans ses propres souvenirs. De mauvais souvenirs.

Alors pourquoi, en ce cas, être restée à Wind Gap ? J'avais croisé tant de visages connus, depuis mon retour. Des filles avec lesquelles j'avais grandi, et qui

---

* Soit « beurre ». *(N.d.T.)*

300

n'avaient jamais trouvé l'énergie de partir. C'était une ville qui, avec ses chaînes câblées et sa droguerie bien achalandée, engendrait le contentement de soi. Celles qui étaient restées étaient victimes du même apartheid qu'autrefois. D'un côté, les belles filles insignifiantes comme Katie Lacey, qui vivaient aujourd'hui, comme attendu, dans des maisons victoriennes rénovées, fréquentaient le même club de tennis qu'Adora à Woodberry et faisaient, comme elle, quatre fois l'an, un pèlerinage-shopping à Saint Louis. De l'autre, les laiderons, des souffre-douleur comme Geri Shilt, condamnées à nettoyer derrière les belles, tête baissée, mine abattue, et qui attendaient que l'on continue à les maltraiter. Ces femmes n'étaient ni assez fortes ni assez futées pour partir. Elles n'avaient aucune imagination. Alors elles restaient à Wind Gap et revivaient en boucle leurs années d'adolescence. Et voilà que je me retrouvais coincée tout comme elles, incapable de me tirer de là.

« Je vais prévenir Jackie que tu es là. » Geri a fait un détour pour gagner l'escalier de service, préférant traverser le salon plutôt que la cuisine, dont la baie vitrée l'aurait exposée aux regards des fils de la maison.

La pièce dans laquelle on m'a introduite était d'une blancheur obscène où explosaient quelques taches de couleur, comme si un gamin espiègle y avait fait de la peinture au doigt. Des courtepointes rouges, des rideaux jaunes et bleus, un vase en céramique vert brillant rempli de fleurs. Au-dessus de la cheminée, un portrait en noir et blanc de Jackie, la moue ridiculement lascive, la mise en plis apprêtée, les griffes repliées sous le menton avec une feinte timidité. On aurait dit un de ces petits chiens toilettés à l'excès. Même dans mon état entre deux eaux, j'ai éclaté de rire.

« Camille chérie ! » Jackie, en robe d'intérieur satinée, avec des boucles d'oreilles en diamant de la taille de parpaings, a traversé la pièce, bras tendus. « Tu es venue me voir. Mais tu as une mine épouvantable, ma puce. Geri, apporte-nous des bloody mary, presto ! » Elle beuglait, littéralement, d'abord en s'adressant à moi, puis à Geri. J'imagine que c'était pour rire. Geri s'est attardée sur le seuil jusqu'à ce que Jackie frappe dans ses mains.

« Je suis sérieuse, Geri. Et n'oublie pas le sel sur le bord du verre, cette fois. La croix et la bannière pour trouver du bon personnel de nos jours », a-t-elle marmonné en se tournant vers moi, sans la moindre dérision, sans se rendre compte qu'on ne disait ça qu'à la télé. Je suis sûre que Jackie passait ses journées devant l'écran, un verre dans une main, la télécommande dans l'autre, et la journée filait, rideaux tirés, tandis que se succédaient les talk-shows du matin, les séries sentimentales, puis les retransmissions de procès, puis les rediffusions, les sitcoms, les séries policières, et plus tard dans la nuit, les films qui racontaient des histoires de femmes violées, harcelées, trahies ou assassinées.

Geri a apporté les bloody mary sur un plateau, avec des bâtonnets de céleri, des légumes au vinaigre et des olives. Comme on le lui avait demandé, elle a tiré les rideaux avant de nous laisser. Jackie et moi nous sommes installées dans la semi-pénombre de cette pièce blanche réfrigérée par l'air conditionné. Nous nous sommes dévisagées un instant, puis Jackie s'est penchée pour ouvrir le tiroir de la table basse. Trois fioles de vernis à ongles, une Bible en piteux état, et plus d'une demi-douzaine de flacons de cachets délivrés uniquement sur ordonnance. J'ai pensé à Curry et à son bouquet de roses auxquelles on avait retiré les épines.

« Tu veux un antalgique ? J'en ai de bons.

— Il vaudrait mieux, je crois, que je garde les idées claires, ai-je répondu, sans trop savoir si sa proposition était sérieuse. Tu pourrais presque ouvrir une pharmacie, à ce qu'on dirait.

— Je ne te le fais pas dire. J'ai une chance folle. » J'ai senti un parfum de colère délayée dans un peu de jus de tomate. « OxyContin, Percocet, Percodan, toutes les nouveautés que mon dernier docteur en date possède en stock. Mais je dois reconnaître que c'est marrant. » Elle a versé quelques pilules rondes et blanches dans sa paume et les avalées d'un coup, puis m'a souri.

« Qu'est-ce que tu as ? » Je redoutais presque d'entendre la réponse.

« C'est le plus drôle, ma chérie. Personne n'en sait foutre rien. L'un dit que c'est un lupus, l'autre de l'arthrite, un troisième parle de sorte de syndrome auto-immun, le quatrième et le cinquième ont décrété que tout était dans ma tête.

— Et toi, t'en penses quoi ?

— Ce que j'en pense *moi* ? a-t-elle dit en roulant des yeux. J'en pense que tant qu'ils me filent des médocs, ça ne gêne pas vraiment. » Elle a éclaté de rire. « Ils sont vraiment marrants. »

Je n'aurais su dire si elle faisait bonne figure, ou si elle était franchement accro.

« Je suis un peu étonnée qu'Adora ne se soit pas engouffrée dans le créneau des maladies, a-t-elle ajouté, d'un ton venimeux. Je pensais qu'une fois que je l'aurais fait, elle aurait eu envie de faire monter les enchères, pas vrai ? Cela dit, elle ne se serait pas contentée d'un bon vieux lupus tout bête. Elle aurait trouvé un moyen d'attraper... j'en sais rien – un cancer du cerveau. Pas vrai ? »

Elle a bu une autre gorgée de bloody mary, qui a laissé au-dessus de sa lèvre supérieure un trait rouge et salé qui la faisait paraître enflée. Cette seconde gorgée l'a apaisée, et, de même qu'aux obsèques de Natalie, elle m'a dévisagée comme si elle tentait de mémoriser mon visage.

« Bonté divine, c'est tellement bizarre de voir que tu es devenue adulte, a-t-elle dit en me tapotant le genou. Pourquoi es-tu là, ma chérie ? Tout va bien, à la maison ? Non, sans doute pas. C'est... c'est ta maman ?

– Non, non, rien de tout ça. » Je détestais être un livre ouvert.

« Ah. » Elle a eu l'air désarçonnée ; sa main a papillonné sur sa robe, dans un geste qui évoquait les films en noir et blanc. Je m'y étais mal prise en oubliant qu'ici, c'était bien vu d'être ouvertement avide de ragots.

« Enfin, non, excuse-moi, je ne suis pas très franche, là. Je veux effectivement parler de ma mère. »

Jackie s'est aussitôt ranimée. « T'as du mal à la cerner, hein ? Ange ou démon, ou les deux – c'est ça ? » Jackie a glissé un coussin de satin vert sous son minuscule postérieur, elle a étendu les jambes et posé les pieds sur mes genoux. « Ça t'embêterait de me les masser un peu, ma cocotte ? Ils sont propres. » De sous le canapé, elle a sorti un sachet de minibarres chocolatées, comme celles qu'on distribue aux enfants le soir d'Halloween, qu'elle a posé sur son ventre. « Seigneur, il va falloir que je me débarrasse de cette manie, mais en attendant ça va me faire du bien par où ça passe. »

J'ai tiré parti de cette bulle de félicité. « Est-ce que ma mère a toujours… été comme elle est aujourd'hui ? » L'étrangeté de la question m'a fait grincer des dents, mais Jackie s'est mise à caqueter aussitôt, telle une sorcière.

« C'est-à-dire, ma cocotte ? Belle ? Charmante ? Adorée ? Diabolique ? » Ses orteils ont frétillé tandis qu'elle déballait un chocolat. « Masse. » J'ai entrepris de malaxer ses pieds froids ; les plantes étaient aussi rêches qu'une carapace de tortue. « Adora. Bon sang… Adora était riche et belle, et ses dingos de parents faisaient la loi dans la ville. Ils ont créé ce maudit élevage de cochons à Wind Gap, nous ont donné des centaines d'emplois – ils possédaient également la raffinerie d'huile de noix, à l'époque. Les Preaker décidaient de tout. Tout le monde leur léchait les bottes.

– À quoi ressemblait sa vie… à la maison ?

– Adora était… maternée à outrance. Je n'ai jamais vu ta grand-mère Joya lui sourire ou avoir un geste aimant, mais elle était tout le temps sur son dos. Toujours en train de lui arranger sa coiffure, de lui rajuster ses vêtements et… ah oui, elle faisait ce *truc*. Pour lui effacer une trace sur le visage, au lieu d'humecter son pouce, elle la léchait. Elle l'attrapait par le cou, et lui léchait le visage. Quand Adora pelait à la suite d'un coup de soleil – ça nous arrivait à toutes, à l'époque, on en savait bien moins que votre génération sur les indices de protection solaire – Joya s'installait à côté de ta maman, elle lui enlevait son chemisier, et elle la pelait, en arrachant de longs lambeaux de peau. Joya adorait ça.

– Jackie…

– Je ne te mens pas. Tu devais regarder ton amie se faire mettre à poil devant toi et se faire… bichonner. Inutile de te dire que ta maman était tout le temps malade. Elle passait sa vie avec des tuyaux, des aiguilles et tout un tas de machins plantés dans le corps.

– De quoi souffrait-elle ?

– D'un peu de tout. Mais surtout du stress de devoir vivre avec Joya. Ses ongles longs, jamais vernis. Comme des ongles d'homme. Et ses cheveux, longs aussi, qu'elle laissait gris et libres dans son dos.

– Où était mon grand-père, dans tout ça ?

– Aucune idée. Je ne me souviens même pas de son prénom. Herbert ? Herman ? On ne le voyait jamais, et quand il était là, il ne disait rien… il était absent. Tu vois le genre. Comme Alan. »

Elle a fourré un autre chocolat dans sa bouche et a frétillé des orteils. « Tu sais, le fait de t'avoir aurait pu anéantir la vie de ta mère. » Il y avait du reproche dans sa voix, comme si j'avais échoué à m'acquitter d'une tâche sans difficulté. « Pour toute autre qu'elle, se faire mettre en cloque avant le mariage, ici à Wind Gap à l'époque, ç'aurait été la fin des haricots, a poursuivi Jackie. Mais ta mère a toujours eu le chic pour se faire dorloter par les gens. *Les gens en général* – pas seulement les garçons, mais aussi les autres filles, leurs mères, les professeurs.

306

– Pourquoi ça ?

– Ma petite Camille, une belle fille se tire toujours de toutes les situations, si elle sait s'y prendre. Je ne t'apprends rien, sans doute. Pense à tout ce que les garçons ont fait pour toi au cours des années passées, et qu'ils n'auraient jamais fait si tu n'avais pas eu ce visage. Et si les garçons sont gentils avec toi, les filles le sont aussi. Adora a joué la carte de cette grossesse avec beaucoup de talent : fière, mais un peu brisée, et très cachottière. Ton papa est venu pour cette visite fatidique, et ils ne se sont jamais plus revus. Ta maman n'a jamais parlé de lui. Tu étais toute à elle, dès le départ. C'est ça qui a tué Joya. Sa fille avait fini par avoir en elle quelque chose que Joya ne pouvait pas atteindre.

– Ma mère a-t-elle cessé d'être malade après la disparition de Joya ?

– Elle s'est bien portée pendant quelque temps, a dit Jackie par-dessus son verre. Ensuite, Marian est arrivée assez vite, et du coup, elle n'avait plus vraiment le temps d'être malade.

– Est-ce que ma mère… » J'ai senti un sanglot enfler dans ma gorge, que j'ai ravalé avec ma vodka noyée d'eau. « Est-ce que ma mère était… quelqu'un de gentil ? »

Jackie a gloussé de nouveau. Elle a enfourné un chocolat, et du nougat est resté collé sur ses dents. « C'est ça que tu veux savoir ? Si elle était gentille ? » Elle a marqué une pause. « *À ton avis ?* » a-t-elle repris en parodiant ma voix.

Elle a replongé la main dans son tiroir et a décapsulé trois flacons ; elle en a extrait des pilules qu'elle a disposées, de la plus grosse à la plus petite, sur le dos de sa main.

« Je ne sais pas. Je n'ai jamais été proche d'elle.

– Mais tu as vécu avec elle. Ne joue pas à ce jeu-là avec moi, Camille. Ça m'épuise. Si tu pensais que ta maman était quelqu'un de gentil, tu ne serais pas là en train de demander ce qu'il en est à sa meilleure amie. »

Jackie a enfoncé les cachets, en commençant par le plus gros, dans un chocolat, qu'elle a gobé. Les papiers d'emballage jonchaient sa poitrine ; le trait rouge bordait toujours sa lèvre et un épais revêtement de caramel lui tapissait les dents. Entre mes mains, ses pieds étaient devenus moites.

« Excuse-moi. Tu as raison. Dis-moi juste… Tu penses qu'elle est malade ? »

Jackie a arrêté de mastiquer, elle a posé une main sur la mienne et a lâché un léger soupir.

« Laisse-moi le dire tout haut parce que voilà trop longtemps que je le pense, et les pensées, ça peut me jouer de mauvais tours, tu vois – elles vont, elles viennent. C'est comme essayer de capturer un petit poisson à la main. » Elle s'est penchée et m'a serré le bras. « Adora te dévore, et si tu cherches à l'en empêcher, ça n'en sera que pis pour toi. Regarde un peu ce qui arrive à Amma. Regarde ce qui est arrivé à Marian. »

Oui. Juste en dessous de mon sein gauche, *bout de chou* a commencé à me démanger.

« Alors tu penses quoi ? » ai-je insisté. *Dis-le.*

« Je pense qu'elle est malade, et je pense que sa maladie est contagieuse », a chuchoté Jackie. Le tremblement de sa main faisait tinter les glaçons dans son verre. « Et je pense qu'il est temps pour toi de partir, ma cocotte.

— Excuse-moi, je ne voulais pas t'importuner plus longtemps.

— Non, je voulais dire *partir d'ici*. Quitter Wind Gap. Tu es en danger, ici. »

Moins d'une minute plus tard, j'ai refermé la porte, abandonnant Jackie à la contemplation de son portrait qui la toisait de la cheminée.

14

J'ai manqué de me casser la figure en descendant le perron de chez Jackie, tant mes jambes se dérobaient. Dans mon dos, j'ai entendu ses fils psalmodier le chant de ralliement de l'équipe de foot du lycée. J'ai roulé jusqu'à l'angle de la rue, je l'ai dépassé et je me suis garée sous un taillis de mûriers, puis j'ai appuyé la tête sur le volant.

Ma mère avait-elle été vraiment malade ? Et Marian ? Et Amma et moi ? Il me semble parfois que la maladie est tapie en chaque femme, attendant le moment opportun pour éclore. J'ai connu tellement de femmes *malades* tout au long de ma vie ! Des femmes atteintes de douleurs chroniques, de maladies en perpétuelle gestation. Des femmes *fragiles*. Les hommes, certes, peuvent se rompre des os, souffrir de maux de dos, passer une ou deux fois sur le billard, pour se faire arracher les amygdales, se faire placer une hanche en plastique. Les femmes, elles, *se consument*. Rien d'étonnant à ça, vu l'intensité du trafic auquel un corps de femme doit faire face : tampons, spéculums, queues, doigts, vibromasseurs, et que sais-je encore. Entre les jambes, par-derrière, dans la bouche. Les hommes adorent introduire des choses à l'intérieur des femmes, n'est-ce pas ? Des concombres, des bananes, des bouteilles, un rang de perles, un stylo feutre, un poing. Une fois, un mec a voulu tenter l'expérience avec un talkie-walkie. J'ai refusé.

Souffrante, malade, malade comme un chien. Comment démêler le vrai du faux ? Amma était-elle vraiment malade et avait-elle besoin des médicaments que lui administrait ma mère, ou bien étaient-ce ces médicaments qui la rendaient malade ? Était-ce sa pilule bleue qui m'avait fait vomir, ou bien m'avait-elle empêchée d'être plus malade que je ne l'aurais été sans elle ?

Marian serait-elle morte si elle n'avait pas eu Adora pour mère ?

Je savais qu'il me fallait appeler Richard, mais pour lui dire quoi ? *J'ai peur. J'ai raison, j'en ai la preuve. Je veux mourir.* Je suis repassée devant la maison de ma mère, puis j'ai bifurqué vers l'est, en direction de l'usine à porcs et j'ai fait un arrêt chez *Heelah*, ce rade borgne et réconfortant où quiconque reconnaîtrait la fille de la patronne aurait la sagesse de la laisser à ses pensées.

L'endroit empestait le sang de cochon et l'urine ; même le pop-corn dans des coupes sur le comptoir sentait la viande. Deux types en blousons de cuir, casquettes de base-ball – moustaches en guidon de vélo et regards renfrognés –, ont levé les yeux à mon entrée avant de se reconcentrer sur leurs bières. Le barman m'a servi mon verre de bourbon sans un mot. La voix de Carol King sortait en sourdine des enceintes. À ma seconde tournée, le barman a désigné un point dans mon dos et m'a demandé :

« C'est lui que vous cherchez ? »

John Keene, avachi devant un verre dans le seul box de la salle, jouait à arracher les échardes du rebord de la table. L'alcool avait marbré de rose sa peau laiteuse, et à en juger par ses lèvres humides et par la façon dont il faisait claquer sa langue, sans doute avait-il déjà vomi. J'ai pris mon verre et je suis allée m'asseoir en face de lui, sans rien dire. Il m'a souri et m'a tendu la main.

« Salut Camille. Comment tu vas ? Tu es tellement fraîche et pimpante. » Il a promené le regard alentour. « C'est tellement crade, ici.

— Je crois que je vais bien, John. Et toi, ça va ?

— Oui, bien sûr, super. On a assassiné ma sœur, je suis sur le point de me faire coffrer et ma copine, qui me colle au train comme un pot de glu depuis que je suis arrivé dans ce patelin pourri, est en train de comprendre que je n'ai plus rien du prince charmant. Non pas que ça m'affecte outre mesure. Elle est gentille, mais…

— Sans surprise ? ai-je avancé.

— Ouais, c'est ça. J'étais sur le point de casser, avant Natalie. Maintenant, je ne peux pas. »

Une décision de cet ordre serait disséquée par tous les habitants de la ville – Richard inclus. *Qu'est-ce que cela veut dire ? En quoi ça prouve sa culpabilité ?*

« Pas question que je retourne chez mes parents, a-t-il marmonné. Je préfère m'en aller dans ces putains de bois et me foutre en l'air, plutôt que de revenir dans cette baraque, avec toutes les affaires de Natalie qui me regardent.

– Je te comprends. »

Il a pris la salière et l'a fait tourner entre ses doigts.

« Je crois bien que tu es la seule personne à me comprendre. C'est comment, de perdre une sœur et d'être supposé s'en remettre ? Passer à autre chose. Tu t'en es *remise*, toi ? » Il avait dit ces mots avec tant d'amertume que je m'attendais à voir sa langue virer au jaune.

« Tu ne t'en remets jamais. C'est une plaie qui s'infecte. Ça m'a détruite. » Ça faisait du bien de le dire à voix haute.

« Pourquoi tout le monde trouve-t-il bizarre que la mort de Natalie m'affecte ? » John a fait tomber la salière, qui a cliqueté par terre. Le barman nous a décoché un regard agacé. Je l'ai ramassée et avant de la reposer de mon côté de la table, j'ai lancé une pincée de sel par-dessus mon épaule, pour nous porter chance à tous les deux.

« J'imagine que quand tu es jeune, les gens s'attendent à ce que tu acceptes plus facilement les choses, ai-je dit. Et tu es un mec. Les mecs ne sont pas censés s'attendrir. »

Il a lâché un grognement. « Mes parents m'ont filé un de ces bouquins pour t'aider à gérer le deuil : *Les hommes face à la mort*. Ça dit que parfois, tu as besoin de laisser pisser, besoin d'être juste dans le déni. Que le déni peut être bénéfique aux hommes. Alors pendant une heure, j'ai fait semblant de n'en avoir rien à foutre. Et ça a marché, un petit moment. J'étais dans ma chambre, chez Meredith, et je pensais… à des conneries. Je contemplais ce petit carré de ciel bleu par la fenêtre, et je n'arrêtais pas de me répéter : *tout va bien, tout va bien, tout va bien*. Comme si j'étais redevenu môme. Et cela fait, j'ai eu la certitude que rien, jamais plus, n'irait bien. Même s'ils chopent celui qui a fait ça, ça ne pourra jamais aller bien. Pourquoi tout le monde s'acharne à dire qu'on se sentira mieux, une fois que quelqu'un aura été arrêté ? Surtout qu'à ce qu'il semblerait, le quelqu'un en question va être moi. » Il a lâché un rire qui sonnait comme un grondement et il a secoué la tête. « Putain, c'est vraiment n'importe quoi ! » Et puis, du coq à l'âne : « Tu veux un autre verre ? Tu veux bien boire un autre verre avec moi ? »

Il était déjà fait – il oscillait lourdement sur lui-même –, mais jamais je ne détournerai un compagnon de souffrance du soulagement d'un black-out. Parfois, c'est la voie la plus logique. J'ai toujours été convaincue qu'une sobre lucidité était réservée à ceux qui ont le cœur plus endurci. J'ai descendu un petit verre cul sec au comptoir pour me mettre à niveau, puis j'ai regagné la table avec deux bourbons. Un double pour moi.

« C'est comme si on avait choisi les deux petites filles de Wind Gap qui avaient une vraie personnalité pour les éliminer », a dit John. Il a bu une gorgée de bourbon. « Tu crois que ta sœur et la mienne auraient été amies ? »

Dans ce lieu imaginaire où elles vivaient l'une et l'autre, où Marian ne vieillirait jamais.

« Non. » Tout à coup, je me suis mise à rire. John m'a imitée.

« Alors comme ça, ta sœur disparue est trop bien pour ma sœur disparue ? » a-t-il lâché. On a ri encore, puis son rire a vite tourné à l'aigre, et on a recommencé à siroter nos verres. J'avais déjà l'esprit embrumé.

« Je n'ai pas tué Natalie, a-t-il murmuré.

– Je sais. »

Il m'a pris une main pour en envelopper la sienne.

« Elle avait du vernis sur les ongles. Quand on l'a retrouvée. Quelqu'un lui a verni les ongles, a-t-il marmonné.

– Peut-être l'a-t-elle fait elle-même.

– Natalie détestait ce genre de trucs. C'est à peine si elle se laissait brosser les cheveux. »

Un silence, de plusieurs minutes. Carole King avait cédé la place à Carly Simon. Des voix de femmes sans prétention dans un rade d'assommeurs.

« Tu es belle, a dit John.

– Toi aussi, tu es beau. »

Sur le parking, John a tripoté maladroitement ses clés et me les a tendues sans faire d'histoires quand je lui ai dit qu'il était trop soûl pour prendre le volant. Non pas que je sois en meilleure forme. Je l'ai raccompagné, avec ma vision trouble, jusque chez Meredith, mais en approchant de la maison, il a secoué la tête et m'a demandé si je voulais bien le conduire au motel, à la périphérie de la ville. Le même que celui où je m'étais arrêtée avant d'arriver ici – ce petit refuge où l'on pouvait se préparer à affronter Wind Gap et sa pesanteur.

Nous avons roulé vitres ouvertes, l'air tiède de la nuit s'engouffrait dans l'habitacle, collait la chemise de John contre son torse, faisait battre mes manches longues au vent. Mis à part son épaisse chevelure, John était quasiment imberbe. Même ses bras n'étaient recouverts que d'un fin duvet. Il paraissait presque nu, en mal de quelque chose pour le couvrir.

J'ai payé la chambre, la numéro 9, parce que John n'avait pas de carte de crédit, je lui ai ouvert la porte, je l'ai aidé à s'asseoir sur le lit, je lui ai apporté de l'eau tiède dans un gobelet en plastique. Les yeux rivés sur ses pieds, il a refusé d'en boire.

« John, il faut que tu boives un peu d'eau. »

Il a vidé le verre d'un trait, l'a laissé rouler par terre. Il m'a attrapé la main. J'ai essayé de la dégager – plus par instinct qu'autre chose –, mais il l'a serrée plus fort.

« J'ai vu ça l'autre jour », a-t-il dit en suivant du doigt une jambe du *m* de *misère*, sous le poignet de mon chemisier. Son autre main s'est posée sur mon visage et l'a caressé. « Je peux voir ? »

– Non. » J'ai à nouveau tenté de me dégager.

« Laisse-moi voir, Camille. » Il tenait bon.

« Non, John. Personne ne le voit.

– Si. Moi. »

Il a retroussé ma manche. Yeux plissés, il s'est efforcé de déchiffrer les sillons dans ma peau. Je ne sais pas pourquoi je l'ai laissé faire. Il avait un regard perspicace, tendre. La journée écoulée avait sapé mes forces. Et j'en avais tellement marre de ces jeux de cache-cache ! De ces dix ans et plus pendant lesquels je m'étais obligée à la dissimulation, où je n'avais noué aucune relation – avec un ami, un informateur, ou une caissière du supermarché – sans anticiper en permanence quelle cicatrice risquait de se révéler au regard. *Laisse John regarder. S'il te plaît, laisse-le faire.* Quel besoin avais-je de me cacher de quelqu'un qui recherchait l'oubli aussi ardemment que moi ?

Il a retroussé l'autre manche, et la vue de mes deux bras ainsi exposés, nus, m'a coupé le souffle.

« Personne n'a jamais vu ça ? »

J'ai secoué la tête.

« Pendant combien de temps as-tu fait ça, Camille ?

– Longtemps. »

Il a contemplé fixement mes bras, puis il a remonté les manches plus haut. Il a déposé un baiser sur *lasse*.

« C'est l'état dans lequel je suis, a-t-il dit, en suivant du doigt les cicatrices, jusqu'à ce que ma peau se hérisse. Laisse-moi les voir tous. »

Il a passé ma chemise par-dessus ma tête et je me suis assise, comme un enfant obéissant. J'ai retiré mes chaussures, mes chaussettes, mon pantalon. Je frissonnais, en soutien-gorge et en culotte, dans cette chambre où l'air conditionné soufflait un air glacial. John a ouvert le lit, m'a fait signe de m'allonger, et je me suis exécutée ; je me sentais à la fois fiévreuse et frigorifiée.

Il a soulevé mes bras, mes jambes, m'a fait rouler sur le dos. Il m'a lue. Il a prononcé les mots à voix haute, tous ces mots vibrants de rage, absurdes : *four, nausée, château*. Il a retiré ses vêtements, comme s'il avait conscience d'une inégalité, les a roulés en boule et jetés par terre, avant de poursuivre sa lecture. *Cloque, malveillant, nœud, brosse*. Il a dégrafé mon soutien-gorge d'un claquement de doigts, me l'a retiré. *Bourgeon, dosage, flacon, sel*. Il bandait. Il a posé les lèvres sur mes mamelons. C'était la première fois, depuis que j'avais commencé à me taillader sérieusement, que je permettais à un homme de faire ça. Quatorze ans.

Ses mains, sur tout mon corps – dos, seins, cuisses, épaules. Je les ai laissées faire. Sa langue, dans ma bouche, au creux de ma nuque, sur mes mamelons, entre mes jambes, et puis encore dans ma bouche. Mon goût sur ses lèvres. Les mots se tenaient cois. Je me suis sentie exorcisée.

Je l'ai guidé en moi, j'ai joui vite, fort, une fois, deux fois. J'ai senti ses larmes sur mes épaules tandis qu'il frémissait en moi. Nous nous sommes endormis, corps emmêlés, et un mot, un seul, a fredonné, une fois : *présage*. Bon ou mauvais, je l'ignorais.

Sur le moment, j'ai choisi de le prendre en bonne part. Quelle bêtise.

Tôt le matin, les branches des arbres, derrière la fenêtre, brillaient dans la lumière de l'aube comme des centaines de mains miniatures. Je suis allée, nue, reremplir notre gobelet au lavabo ; nous avions l'un et l'autre la gueule de bois, et en effleurant mes cicatrices, la faible lumière du soleil a ressuscité les mots. Fin de l'amnistie. Ma lèvre s'est retroussée involontairement de dégoût à la vue de ma peau, et je me suis enveloppée dans une serviette avant de regagner le lit.

John a bu une gorgée d'eau, puis il m'a soulevé délicatement la tête, a versé quelques gouttes dans ma bouche et a bu le reste. Ses doigts ont tiré sur la serviette. Je me suis cramponnée à elle, aussi rêche qu'une éponge à vaisselle sur mes seins, et j'ai secoué la tête.

« Pourquoi ? a-t-il chuchoté contre mon oreille.

– L'impitoyable lumière du matin, ai-je répondu dans un souffle. Il est temps de renoncer à l'illusion.

– Quelle illusion ?

– Que tout peut aller bien, ai-je expliqué en l'embrassant sur la joue.

– Attends encore un peu. » Il m'a enlacée de ses
bras menus, inoffensifs. Des bras d'adolescent. J'avais
beau me dire ça, je me sentais bien, en sécurité. Je me
sentais belle, *propre*. J'ai enfoui mon visage contre son
cou et j'ai respiré son odeur : celle de l'alcool et d'un
après-rasage agressif, de ceux qui évoquent le jaillisse-
ment bleuté d'une eau glaciaire. Quand j'ai rouvert les
yeux, j'ai vu à l'extérieur, par la fenêtre, les tournoie-
ments rouges d'un gyrophare de police.

Bang bang bang. La porte s'est ébranlée comme si
elle allait se laisser aisément enfoncer.

« Camille Preaker. Commissaire Vickery. Ouvrez, si
vous êtes là. »

On s'est empressés de ramasser nos vêtements épar-
pillés. John avait un regard d'oiseau effarouché. Le cliquetis des boucles de ceintures, le froissement des che-
mises, allaient nous trahir. Autant de bruits de panique,
de culpabilité. J'ai rabattu les draps sur le lit, passé les
doigts dans mes cheveux. Tandis que John se postait
en retrait derrière moi et, doigts glissés dans les pas-
sants de sa ceinture, affectait une pose décontractée,
maladroite, j'ai ouvert la porte.

Richard. Chemise blanche repassée de frais, cravate
à rayures, et un sourire qui a fondu sitôt qu'il a vu
John. À ses côtés, Vickery, qui se grattait la moustache
comme si la peau le démangeait en dessous ; ses yeux
sont passés plusieurs fois de John à moi, puis il s'est
tourné et a dévisagé Richard, bien en face.

Richard n'a rien dit, il m'a juste décoché un regard noir, il a croisé les bras et inspiré, profondément. Je suis sûre que la chambre sentait le sexe.

« Bon, tu as l'air d'aller bien », a-t-il dit avec un rictus forcé. Je savais qu'il était outré parce que la peau qui dépassait de son col était cramoisie comme celle d'un personnage qui bout de rage dans un dessin animé. « John, ça va ? Bien ?

— Bien, merci, a répondu John en s'avançant à côté de moi.

— Mademoiselle Preaker, votre mère nous a appelés, il y a quelques heures de ça, en voyant que vous n'étiez pas rentrée, a marmonné Vickery. Elle a dit que vous aviez été un peu souffrante, que vous aviez fait une chute – quelque chose dans ce goût-là. Elle était inquiète. Vraiment très inquiète. Sans compter qu'avec toutes les horreurs qui se passent dans cette ville, on n'est jamais trop prudent. Je suppose qu'elle sera contente d'apprendre que vous êtes… ici. »

La fin de la phrase sonnait comme une interrogation sur laquelle je n'avais nulle intention de rebondir. À Richard, je devais une explication. À Vickery, aucune.

« Je peux me charger de l'appeler moi-même, merci. J'apprécie votre sollicitude. »

Richard contemplait ses pieds en se mordillant la lèvre, c'était la première fois que je le voyais déstabilisé. Une appréhension visqueuse m'a soulevé l'estomac. Il a relâché son souffle, d'une seule et longue traite, il a posé la main sur ses lèvres, et nous a dévisagés – moi d'abord, puis John. Deux gamins qui s'étaient mal conduits, pris la main dans le sac.

« Viens, John, on va te reconduire à la maison, a dit Richard.

— Camille peut s'en charger, merci quand même inspecteur Willis.

— T'es majeur, fiston ? a demandé Vickery.

— Il a dix-huit ans, a précisé Richard.

— En ce cas, tout va bien, passez une bonne journée tous les deux », a repris Vickery. Il a esquissé un sourire en direction de Richard et a marmonné dans sa barbe « ont déjà passé une bonne nuit ».

« Richard, je t'appelle plus tard », ai-je lancé.

Il a levé la main et l'a agitée dans ma direction, tout en me tournant le dos pour rejoindre sa voiture.

John et moi n'avons guère parlé pendant le trajet jusque chez ses parents, où il allait essayer de dormir quelques heures dans la salle de jeux, au sous-sol. Il fredonnait des mesures d'un vieil air de *be-bop* des années cinquante tout en scandant le rythme du bout des doigts sur la poignée de la portière.

« Tu crois que ça craint ? a-t-il finalement demandé.

— En ce qui te concerne, pas tant que ça, peut-être. Ça montre que tu es un bon petit Américain, un garçon sain, qui s'intéresse aux femmes et aux aventures que le hasard pousse sur sa route.

— Ça n'avait rien d'une aventure de hasard. Je ne le sens pas du tout comme ça. Toi si ?

— Non. C'était une expression malheureuse. C'était tout sauf ça. Mais j'ai plus de dix ans de plus que toi, et je couvre cette enquête… C'est un conflit d'intérêt. Des journalistes bien meilleurs que moi se sont fait virer pour ce genre de chose. » Je sentais le soleil du matin braquer sa lumière sur mon visage, mes pattes d'oie, les années qui pesaient sur moi. Le visage de John, en dépit d'une soirée arrosée et de quelques heures de sommeil à peine, conservait une fraîcheur de pétale.

« Cette nuit. Tu m'as sauvé. Ça m'a sauvé. Si tu n'étais pas restée avec moi, j'aurais fait une connerie. Je le sais, Camille.

– Toi aussi tu m'as donné le sentiment d'être en sécurité. » J'étais sincère, mais les mots sont sortis avec cette intonation chantonnante et fourbe qui était celle de ma mère.

J'ai déposé John à un pâté de maisons de chez ses parents, et comme j'ai brusquement détourné la tête au dernier moment, son baiser a atterri sur ma joue. *Personne ne peut prouver qu'il s'est passé quelque chose*, ai-je songé à cet instant.

Je suis repartie vers Main Street, où je me suis garée devant le poste de police. Un des réverbères était resté allumé. Cinq heures quarante-sept. Comme il n'y avait personne à l'accueil, j'ai sonné. Le désodorisant d'ambiance près de ma tête a craché un trait de parfum citronné pile sur mon épaule. J'ai appuyé une seconde fois sur la sonnette, et Richard est apparu derrière la vitre de la lourde porte qui menait vers les bureaux. Il m'a dévisagée un instant. Je m'attendais qu'il tourne une fois de plus les talons, je l'espérais presque, mais non, il a ouvert la porte et s'est avancé dans le hall d'entrée.

« Par quoi veux-tu commencer, Camille ? » Il s'est assis sur l'un des fauteuils inconfortablement rebondis et s'est pris la tête dans les mains. Sa cravate se balançait entre ses jambes.

« Les apparences étaient trompeuses, Richard. Je sais que ça fait cliché, mais c'est la vérité. » *Nie, nie, nie.*

« Camille, quarante-huit heures seulement après que toi et moi avons couché ensemble, je te retrouve dans une chambre de motel avec le principal suspect de mon enquête sur des meurtres d'enfants. Même si les apparences sont trompeuses, ça fait désordre.

– Il n'a rien fait, Richard. Je sais avec certitude qu'il n'a rien fait.

– Ah ouais ? C'est tout ce dont vous avez parlé pendant qu'il te tringlait ? »

De la colère, ça c'est bien, ai-je songé. Ça, je sais gérer. Mieux que le désespoir et la pose tête-dans-les-mains.

« Il ne s'est rien passé de tout ça, Richard. Je suis tombée sur lui chez *Heelah*, il était bourré – ivre mort. Et j'avais vraiment peur qu'il se fasse du mal. Je l'ai emmené au motel parce que je voulais rester avec lui et écouter ce qu'il avait à dire. J'ai besoin de lui pour mon article. Et tu sais ce que j'ai appris ? Ton enquête a bousillé ce gosse, Richard. Et le pire, c'est que je crois bien que tu n'es même pas convaincu de sa culpabilité. »

Seule ma dernière phrase était exempte de mensonge – ce que je n'ai compris qu'à l'instant où les mots sortaient de ma bouche. Richard était un mec intelligent, un flic très compétent, extrêmement ambitieux, c'était son premier gros dossier, il avait sur le dos toute une communauté outragée qui réclamait à cor et à cri une arrestation, et jusque-là, il n'avait pas eu de pot. Si la culpabilité de John avait été pour lui plus qu'un simple vœu, il l'aurait arrêté depuis belle lurette.

« Camille, en dépit de ce que tu penses, tu ne connais pas tous les éléments de l'enquête.

– Crois-moi, Richard, je n'ai jamais pensé que c'était le cas. Je me suis toujours sentie quantité négligeable et tenue à l'écart. Tu t'es débrouillé pour me baiser sans rien me lâcher pour autant. Pas de fuite, avec toi.

– Ah, tu es encore en rogne à cause de ça ? Je croyais que tu étais une grande fille. »

Silence. Un jet citronné. J'entendais vaguement le tic-tac de la grosse montre en argent au poignet de Richard.

« Laisse-moi te prouver que je peux être bonne joueuse. » J'étais revenue en pilote automatique, comme au bon vieux temps : prête à tout pour me soumettre à son bon vouloir, pour le rasséréner, ressusciter son affection pour moi. L'espace de quelques instants, la nuit précédente, je m'étais sentie totalement apaisée, mais découvrir Richard devant cette porte de motel avait ruiné les restes de cette plénitude. Je voulais la retrouver.

Je me suis agenouillée et j'ai commencé à descendre sa braguette. J'ai senti, un bref instant, sa main se poser en coupe au dos de ma tête, mais pour aussitôt me hisser sans ménagement par l'épaule.

« Putain, Camille, tu fais quoi, là ? » Il s'est aperçu de la force avec laquelle il m'agrippait l'épaule et a lâché prise.

« Je voulais juste aplanir les choses entre nous. » Je jouais avec le bouton de sa chemise, en refusant de croiser son regard.

« Ça ne marchera pas, Camille. » Il a déposé un baiser presque chaste sur mes lèvres. « Il faut que tu le saches avant qu'on aille plus loin. Il faut que tu le saches, point. »

Ensuite, il m'a demandé de partir.

J'ai traqué le sommeil pendant quelques heures fugaces, à l'arrière de ma voiture. C'était comme s'acharner à lire un panneau entre des wagons de train qui défilent devant vous. Au réveil, j'étais toute collante, et de mauvais poil. J'ai acheté un kit brosse à dents-dentifrice au *FaStop*, en même temps qu'un flacon de lotion – la plus puissamment parfumée que j'aie pu trouver – et un spray pour les cheveux. Je me suis brossé les dents dans les toilettes d'une station-service, je me suis frictionnée de lotion sous les bras, entre les jambes, j'ai raidi mes cheveux avec la laque. Il a résulté de tout ça une odeur de transpiration et de sexe mal dissimulée sous un nuage de fraise et d'aloès.

Je ne me sentais pas la force de rentrer et d'affronter ma mère, et comme une idiote, je me suis dit que j'allais plutôt bosser. (Comme si j'allais encore écrire ce papier. Comme si je n'allais pas envoyer tout ça au diable.) Me souvenant que Geri Shilt avait évoqué Katie Lacey, j'ai décidé de revenir la voir. Elle faisait du tutorat à l'école primaire, dans les classes qu'avaient fréquentées à la fois Natalie et Ann. Ma propre mère avait également été tutrice scolaire – un poste convoité, réservé aux élites, et auquel ne pouvaient prétendre que les femmes qui ne travaillaient pas puisqu'il impliquait de débarquer deux fois par semaine à l'école pour aider à organiser les cours d'art plastique, de travail manuel ou d'éducation musicale et, pour les filles le jeudi, de couture. Enfin, à mon époque du moins, c'était couture. Aujourd'hui, il devait s'agir d'une activité plus neutre, plus unisexe, plus moderne. Initiation à l'informatique, ou à l'art d'utiliser les fours à micro-ondes.

Katie, comme ma mère, vivait au sommet d'un coteau. L'élégant escalier qui conduisait à la maison traversait une pelouse, le long d'une bordure de tournesols. Un catalpa, aussi fin et élégant qu'un doigt, était juché au sommet, pendant féminin du chêne au tronc solide situé à sa droite. Il était à peine dix heures, mais Katie, mince et hâlée, prenait déjà un bain de soleil sur le belvédère, un ventilateur portatif posé à proximité. Du soleil sans chaleur. Il lui restait à inventer le moyen de bronzer sans risquer un cancer. Ou, pour le moins, sans risquer d'attraper des rides. Elle m'a vue m'engager dans l'escalier – une ombre agaçante qui se mouvait sur le vert profond de sa pelouse – et s'est abritée les yeux pour distinguer les traits de l'intrus.

« Qui est là ? » a-t-elle lancé d'une voix forte. Ses cheveux, naturellement d'une blondeur de blé au lycée, étaient aujourd'hui d'un blond platine cuivré, et ils jaillissaient d'une queue-de-cheval au sommet de sa tête.

« Salut Katie. C'est Camille.

– Camiiiiiiille ! Oh mon Dieu, je descends. »

C'était un accueil plus généreux que celui auquel je m'étais attendue de la part de Katie, dont je n'avais plus entendu parler depuis la « soirée larmes » chez Angie. Ses rancunes allaient et venaient toujours au gré de la brise.

Elle a jailli sur le seuil, avec ses yeux bleu vif qui scintillaient dans son visage tanné. Ses bras, bruns et aussi maigres que ceux d'une fillette, m'évoquaient ces cigarillos français qu'Alan s'était mis à fumer, un hiver. Ma mère l'avait exilé au sous-sol, rebaptisé pompeusement « fumoir ». Alan n'avait pas tardé à renoncer aux cigarillos, au profit du porto.

Katie avait enfilé un débardeur rose fluo par-dessus son bikini. Elle m'a serrée dans ses bras tartinés de beurre de cacao et m'a fait entrer. « Pas d'air conditionné dans cette vieille maison, comme chez ta mère », m'a-t-elle expliqué. Mais son mari et elle avaient tout de même installé un climatiseur dans leur chambre. Les gamines, j'imagine, pouvaient transpirer tout leur soûl. Non pas qu'elles fussent à plaindre. Toute l'aile est de la maison, avec une cabane en plastique jaune, un toboggan, un cheval à bascule dessiné par un designer, semblait dédiée à leurs jeux. Mais rien de tout cela ne semblait utilisé. De grosses lettres colorées couraient le long d'un mur. Mackensie. Emma. Des photos de blondinettes souriantes, avec des nez en trompette et des regards éteints, et des bouches qui ne se refermaient jamais. Aucun portrait cadré serré sur les visages, mais toujours des plans larges pour mettre en valeur les vêtements – des salopettes roses ornées de marguerites, des robes rouges et des culottes bouffantes à pois, des bonnets de Pâques et des Mary Janes. À gamines ravissantes, fringues *vraiment* ravissantes. Je venais d'inventer un slogan pour toutes les accros au shopping de Wind Gap.

Katie Lacey Brucker semblait se ficher pas mal de la raison qui m'amenait chez elle en ce vendredi matin. Il a été question du déballage d'une célébrité dont elle lisait la biographie, des concours de beauté pour enfants. *Mackensie meurt d'envie de devenir mannequin.* Bon, elle est aussi jolie que sa mère, qui pourrait le lui reprocher ? *C'est vrai, Camille ? C'est adorable de ta part de dire ça – je n'avais jamais eu l'impression que tu me trouvais jolie.* Mais évidemment, ne sois pas sotte. *Tu veux boire quelque chose ?* Absolument, avec plaisir. *Nous n'avons pas d'alcool.* Bien sûr, ce n'est pas du tout ce que je voulais dire. *Du thé glacé ?* Le thé glacé, c'est parfait, c'est impossible d'en trouver à Chicago, les petites spécialités régionales me manquent, tu devrais voir comment ils fabriquent leur jambon, là-haut. C'est génial de rentrer à la maison.

Katie est revenue avec une carafe en cristal de thé glacé. Curieux, vu que depuis le salon, je l'avais vue sortir une grosse brique du réfrigérateur. Une bouffée d'arrogance, avant de me souvenir aussitôt que je n'étais pas particulièrement franche, moi non plus. N'avais-je pas dissimulé mon piètre état corporel sous de puissants parfums de plantes synthétiques ? Sous des effluves d'aloès et de fraise, mais également de citron, sur mon épaule.

« Ce thé est merveilleux, Katie. Je te jure que je pourrais boire du thé glacé à tous les repas.

– Comment font-ils leur jambon, là-haut ? » Elle a replié les jambes sous ses fesses et s'est penchée vers moi. Son regard fixe et empreint de sérieux, comme si elle tentait de mémoriser la combinaison d'un coffre-fort, m'a ramenée au temps du lycée.

Je ne mange pas de jambon. Je n'en ai jamais plus mangé depuis que, petite, j'ai visité l'usine familiale. Ce n'était même pas un jour d'abattage, mais le spectacle m'avait tenue éveillée des nuits entières. Ces centaines d'animaux en cage, entassés dans une telle promiscuité qu'ils ne pouvaient même pas se retourner, l'odeur écœurante de sang et de merde qui prenait à la gorge. Dans un flash, je me suis souvenue d'Amma, contemplant ces cages avec fascination.

« Ils ne le sucrent pas assez.

– Mm hum. À ce propos, voudrais-tu un sandwich, ou autre chose ? J'ai du jambon de chez ta mère, du steak de chez Deacon, du poulet de chez Coveys. Et de la dinde de Lean Cuisine. »

Katie était le genre de femme qui préférerait s'agiter du matin au soir, récurer le carrelage de la cuisine à la brosse à dents et ramasser les peluches sur les planchers au cure-dent, plutôt que de s'appesantir sur un sujet dérangeant. À jeun, du moins. Néanmoins, je l'ai convaincue de me parler d'Ann et de Natalie, en lui garantissant l'anonymat, et j'ai mis mon magnétophone en route. Les petites étaient gentilles, mignonnes, adorables – le révisionnisme enjoué de rigueur. Et puis.

« Mais nous avons tout de même eu un incident avec Ann, en cours de couture. » Ah, il existait donc toujours. Réconfortant, j'imagine. « Elle a planté son aiguille dans la joue de Natalie Keene. Je pense qu'elle visait l'œil, tu vois, comme Natalie quand elle a blessé cette gamine dans l'Ohio. » *À Philadelphie.* « Elles étaient sagement assises l'une à côté de l'autre, tout allait bien – elles n'étaient pas copines, elles étaient dans des classes différentes, mais le cours de couture est commun. Et Ann fredonnait un air pour elle seule, on aurait dit une vraie petite maman. Et là, tout à coup, c'est arrivé.

– Natalie a-t-elle été gravement blessée ?

– Mm, non, pas tant que ça. Moi et Rae Whitescarver, on a écarté Ann, et Natalie avait cette aiguille plantée dans la joue, à quelques centimètres à peine de l'œil. Elle ne pleurait pas, ni rien. Elle respirait juste bruyamment, comme un cheval en colère. »

Une image s'est imposée à moi : Ann, avec ses cheveux coupés à la diable, qui passe l'aiguille dans l'étoffe, puis se rappelle une histoire concernant Natalie et ses ciseaux – un acte de violence qui la distingue. Et sans y réfléchir à deux fois, voilà l'aiguille qui s'enfonce dans la chair, plus facilement qu'elle ne l'aurait imaginé ; le métal qui, d'une seule poussée, bute contre l'os. Et dépasse de la joue de Natalie, comme un harpon miniature.

« Ann a fait ça sans raison précise ?

– Une chose que j'ai apprise concernant ces deux-là, c'est qu'elles n'avaient besoin d'aucune raison pour frapper.

– Les autres filles les tourmentaient-elles ? Étaient-elles sous pression ?

– Ha ha ! » C'était un éclat de rire sincèrement surpris, mais parfaitement maîtrisé et totalement inattendu. Comme un chat qui vous regarde et lâche : *Miaou.*

« Bon, je ne dirai pas qu'elles piaffaient de joie à l'idée d'aller à l'école, a poursuivi Katie. Mais pour ça, tu devrais demander à ta petite sœur.

– Je sais, tu as dit qu'Amma les prenait pour têtes de Turcs…

– Que Dieu nous vienne en aide quand elle va débarquer au lycée. »

J'ai attendu sans un mot que Katie Lacey Brucker passe la vitesse supérieure et embraye sur ma sœur. Pour m'en apprendre des vertes et des pas mûres, ai-je supposé. Inutile de chercher plus loin pourquoi elle était si contente de me voir.

« Tu te souviens comment on menait la danse à Calhoon ? Comment ce qu'on trouvait cool le devenait, comment tout le monde détestait ceux et celles qu'on n'aimait pas ? » Elle semblait rêveuse, comme si elle évoquait le monde enchanté des contes de fées. Je me suis contentée d'opiner du chef. Je me souviens d'un geste particulièrement cruel de ma part : une fille d'une absolue sincérité, avec qui j'avais été copine en primaire – Lee Ann – avait manifesté trop d'inquiétude quant à mon état mental, et suggéré que j'étais peut-être déprimée. Je l'avais ostensiblement snobée un jour où elle était accourue vers moi pour bavarder avant le début des cours. Je la revois encore : les livres sous le bras, cette jupe à l'imprimé bizarre, sa tête un peu baissée quand elle s'est adressée à moi. Je lui ai tourné le dos, je l'ai empêchée de se joindre à la bande de filles avec laquelle j'étais, et j'ai lâché une vanne sur son accoutrement conformiste de bonne paroissienne. Les filles en ont rajouté des couches et des couches. Toute la semaine, elle avait été la cible de nos railleries.

Elle avait passé ses deux dernières années de lycée collée aux basques des profs pendant la pause déjeuner.
Il aurait suffi d'un mot de ma part pour mettre fin à ce
cirque, mais je n'ai rien dit. J'avais besoin qu'elle reste
à l'écart.

« Ta sœur est comme nous, en trois fois pis. Et elle a
une tendance prononcée à la méchanceté.

– Comment ça ? »

Katie a sorti un paquet de cigarettes du tiroir de la
console et en a allumé une avec une longue allumette
pour cheminée. Elle était restée une fumeuse clandes-
tine.

« Oh, elle et ces trois autres gamines, ces petites
blondes qui ont déjà des nichons, elles font la loi au
collège, et c'est Amma le chef. Franchement, ça craint.
Parfois, c'est drôle, mais la plupart du temps, ça craint.
Elles obligent cette petite boulotte à leur apporter
chaque jour à déjeuner, et avant de la congédier, elles
l'obligent à manger un truc sans les mains, juste en plon-
geant le visage dans l'assiette. » Elle a plissé le nez,
mais ne semblait pas affligée outre mesure. « Une fois,
elles ont coincé une autre gamine, elles l'ont obligée à
soulever sa chemise et à s'exhiber devant les garçons.
Parce qu'elle était plate. Et elles l'ont forcée à dire des
cochonneries en même temps. D'après une rumeur
qui court, elles ont embarqué une de leurs anciennes
copines – une certaine Ronna Deel, avec laquelle elles
s'étaient fâchées – à une fête, elles l'ont soûlée… et
elles l'ont comme qui dirait offerte à des garçons plus
âgés. Et elles ont monté la garde devant la porte jusqu'à
la fin.

– Elles ont à peine *treize ans* », ai-je dit. J'ai repensé à ce que j'avais fait au même âge. Pour la première fois, j'ai réalisé à quel point c'était effroyablement jeune.

« Elles sont précoces. Nous-mêmes, on a fait des trucs assez pendables et on n'était pas beaucoup plus âgées. » Le tabac lui donnait une intonation rauque. Elle a recraché la fumée et a regardé le nuage bleu flotter au-dessus de nous.

« On n'a jamais rien fait d'aussi cruel.

– On n'en a pas été loin, Camille. » *Toi, pas moi.* Nous nous sommes dévisagées, tandis que nous dressions, chacune dans notre tête, la liste de nos petites démonstrations de pouvoir.

« Quoi qu'il en soit, Amma a pas mal déconné avec Ann et Natalie. C'était bien de la part de ta maman de s'intéresser autant à elles.

– Ma mère servait de tutrice à Ann, je sais.

– Oui, elle travaillait avec elle le jour du tutorat, et elle les accueillait chez vous, leur donnait un goûter après l'école. Parfois, elle venait même pendant la récréation, et on la voyait qui les observait dans la cour, derrière les grilles. »

Un flash : ma mère, doigts passés dans les mailles de la clôture, le regard avide. Un autre flash : ma mère toute de blanc vêtue, tenant Natalie d'une main, et barrant ses lèvres d'un doigt pour dire à James Capisi de se taire.

« C'est bon ? a repris Katie. J'en ai un peu marre de parler de tout ça. » Elle a arrêté le magnéto.

« Alors, j'ai entendu des trucs sur toi et le joli flic », a-t-elle enchaîné en souriant. Une mèche s'est détachée de sa queue-de-cheval, et je me suis souvenue de Katie, penchée sur ses pieds, en train de se vernir les ongles et de me demander ce qui se passait entre moi et un des joueurs de l'équipe de basket sur lequel elle avait des vues. Quand elle a mentionné Richard, j'ai essayé de conserver un visage impassible.

« Ah, les rumeurs…, ai-je répondu avec un sourire. Un mec, une nana, tous les deux célibataires… Ma vie n'est pas vraiment palpitante.

– Il se pourrait que John Keene dise le contraire. » Elle a sorti une autre cigarette, l'a allumée et a recraché la fumée tout en me fixant de ces yeux d'un bleu de porcelaine. Sans sourire cette fois. Je savais que j'avais le choix : lui donner quelques détails, la satisfaire. Si, à dix heures du matin, l'histoire était déjà parvenue aux oreilles de Katie, tout Wind Gap serait au courant d'ici à midi. Ou bien nier, m'exposer à sa colère, perdre sa coopération. J'avais déjà son interview, et pour sûr, je me fichais pas mal de rester dans ses bonnes grâces.

« Ah, une autre rumeur… Les gens devraient se trouver des passe-temps plus intéressants dans le coin.

– Vraiment ? Pour moi, ça te ressemble assez. Tu étais toujours partante pour prendre du bon temps. »

Je me suis levée, plus que prête à partir. Katie m'a suivie à l'extérieur, en se mordillant l'intérieur de la joue.

« Merci pour ton temps, Katie. C'était sympa de te revoir.

– Plaisir partagé, Camille. Profite bien du reste de ton séjour ici. » J'avais passé la porte et j'étais déjà en train de descendre le perron quand elle m'a appelée : « Camille ? » Je me suis retournée et je l'ai vue, la jambe gauche tournée vers l'intérieur, comme une petite fille, une posture qu'elle avait déjà au lycée. « Conseil d'amie : rentre te laver. Tu pues. »

Effectivement, je suis rentrée. Mon cerveau trébuchait sur une succession d'images – toutes de ma mère, toutes menaçantes. *Présage.* Le mot s'est remis à pulser sur ma peau. Un nouveau flash : Joya, décharnée et échevelée, avec ses ongles longs, en train de peler ma mère. Et un autre : ma mère, avec ses pilules et ses potions, en train de me raser les cheveux. Encore un autre : Marian, des os dans un cercueil, un ruban de satin blanc noué dans ses boucles blondes et sèches comme un bouquet fané. Et puis aussi : ma mère, en train de prendre soin de ces fillettes aux comportements violents. Ou s'y efforçant. Natalie et Ann n'étaient pas trop du genre à supporter ça. Et Adora détestait les petites filles qui ne cédaient pas à ses étranges penchants au maternage. Avait-elle peint les ongles de Natalie avant de l'étrangler ? Ou après ?

Tu es folle de penser ce que tu es en train de penser. Tu es folle de ne pas le penser.

15

Trois vélos roses, agrémentés de paniers en osier et de rubans au guidon, étaient alignés sous le porche. J'ai jeté un œil dans l'un des paniers et j'ai vu un énorme tube de brillant à lèvres et un joint, glissé dans un sachet de sandwich.

Je suis entrée discrètement par une porte latérale et j'ai grimpé l'escalier à pas de loup. Les filles étaient dans la chambre d'Amma. Ça ricanait bruyamment et ça poussait des cris aigus de ravissement. J'ai ouvert la porte sans frapper. Impoli, mais je ne pouvais pas supporter l'idée de cette petite mise en scène précipitée pour offrir un air innocent aux adultes. Les trois blondes, en petit short et minijupe qui découvraient leurs jambes rasées et fines comme des baguettes, faisaient cercle autour d'Amma. Celle-ci, assise par terre, traficotait dans sa maison de poupée, un tube de Super Glu à portée de main. Ses cheveux étaient relevés haut sur sa tête, noués par un gros ruban bleu. En voyant que c'était moi, les filles ont poussé un nouveau piaillement, et m'ont accueillie avec des sourires outranciers, euphoriques. On aurait dit des oiseaux interloqués.

« Salut Mille, a bafouillé Amma, qui n'avait plus ses bandages, mais m'a semblé changée et fiévreuse. On joue à la poupée. Pas vrai que j'ai la plus belle maison de poupée? » Sa voix était sirupeuse, calquée sur ces voix d'enfants des séries familiales des années cinquante. Difficile de concilier cette Amma-là avec celle qui m'avait donné de la drogue deux soirs auparavant. Ma sœur qui, prétendument, jouait les mères maquerelles pour se marrer.

« Ouais, Camille, tu la trouves pas géniale sa maison de poupée? » a lancé en écho la blonde cuivrée d'une voix rauque. Jodes était la seule à ne pas me regarder. Elle fixait la maison de poupée, comme si elle voulait entrer dedans.

« Tu te sens mieux, Amma?

— Oh, tout à fait, ma chère sœur, a-t-elle henni. J'espère que tu te sens mieux toi aussi. »

Les filles ont lâché une nouvelle vague grondante de ricanements. J'ai refermé la porte, agacée par ce jeu que je ne comprenais pas. « Tu devrais peut-être emmener Jodes avec toi », a lancé une des filles, derrière la porte close. Jodes ne faisait plus partie de la bande pour très longtemps.

J'ai fait couler un bain brûlant en dépit de la chaleur, et pendant que le niveau montait lentement, je me suis assise dans la baignoire, genoux relevés sous le menton. La salle de bains embaumait le savon mentholé et l'odeur douceâtre des humeurs féminines. Je me sentais à vif, cassée de partout, et c'était bon. J'ai fermé les yeux, je me suis enfoncée dans l'eau, en laissant l'eau entrer dans mes oreilles. *Seule.* Je regrettais de n'avoir pas gravé ce mot dans ma peau, étonnée soudain qu'il n'orne pas mon corps. Le rond de cheveux ras qu'Adora m'avait laissé sur la tête s'est couvert de chair de poule, comme s'il se portait volontaire. Mon visage a eu froid, lui aussi, et quand j'ai rouvert les yeux, j'ai vu ma mère, encadrée par ses longs cheveux blonds, flotter au-dessus de l'ovale de la baignoire.

J'ai chaviré, j'ai croisé les bras sur ma poitrine et projeté quelques embruns sur sa robe en vichy rose.

« Ma chérie, où étais-tu passée ? J'étais folle d'inquiétude. Je serais bien partie moi-même à ta recherche, mais Amma a passé une mauvaise nuit.

– Qu'est-ce qu'elle a ?

– Où étais-tu cette nuit ?

– De quoi souffre Amma, Mère ? »

Elle a tendu une main vers mon visage et j'ai eu un mouvement de recul. Elle a froncé les sourcils, tendu à nouveau sa main, et elle m'a tapoté la joue et lissé les cheveux. Quand elle a retiré sa main, elle a semblé stupéfaite de voir qu'elle était mouillée, comme si ce contact avait pu lui abîmer la peau.

« J'ai dû m'occuper d'elle », a-t-elle répondu simplement. Mes bras se sont hérissés. « Tu as froid, ma puce ? Tes tétons sont tout durs. »

Elle tenait un verre de lait bleuâtre, qu'elle m'a tendu sans un mot. *Soit ce truc me fait vomir, et je saurai que je ne suis pas folle, soit il n'en est rien, et je saurai que je suis une odieuse créature.* J'ai bu le lait tandis que ma mère fredonnait et s'humectait de la langue la lèvre inférieure, avec tant d'ardeur que c'en était presque obscène.

« Tu n'as jamais été aussi docile quand tu étais petite, a-t-elle observé. Tu étais tellement têtue. Peut-être ton caractère a-t-il été un peu cassé. Dans un bon sens. Il en avait besoin. »

338

Elle m'a laissée, et j'ai attendu une heure, sans bouger de la baignoire, qu'il se passe quelque chose – des grondements dans l'estomac, des vertiges, une poussée de fièvre. Je suis restée immobile, comme quand je suis dans un avion, et que j'ai peur qu'un seul mouvement un peu brusque suffise à précipiter l'appareil dans une chute en piqué. Rien. Quand je suis sortie de la salle de bains, Amma était dans mon lit, les bras nonchalamment croisés.

« Tu es vraiment dégueu, m'a-t-elle lancé. J'arrive pas à croire que tu as baisé avec un *assassin d'enfants*. Tu es aussi infâme qu'elle le dit.

– Amma, n'écoute pas ce que raconte maman. On ne peut pas lui faire confiance. Et ne... » *Quoi ? N'avale rien de ce qu'elle te donne ? Dis-le, Camille, si tu le penses vraiment.* « Ne t'en prends pas à moi, Amma. On se fait du mal les uns aux autres affreusement vite dans cette famille.

– Parle-moi de sa bite, Camille. C'était bien ? » La voix conservait cette même affectation rebutante que tantôt, mais Amma n'était nullement détachée : elle se tortillait sous mes draps, une lueur sauvage dans le regard, le visage empourpré.

« Amma, je n'ai pas envie de parler de ça avec toi.

– Tu jouais moins les adultes il y a quelques soirs de ça, frangine. On n'est plus amies ?

– Amma, il faut que je m'allonge.

– Une nuit difficile, hein ? Ben attends – tout ne va qu'empirer. » Elle a déposé un baiser sur ma joue, s'est glissée hors du lit, et s'est sauvée dans le couloir en faisant claquer ses grosses sandales en plastique.

Vingt minutes plus tard, les vomissements ont commencé, accompagnés de haut-le-cœur violents et de suées qui me donnaient l'impression de voir mon estomac se contracter et prêt à éclater. Entre deux quintes de toux sèche, je m'asseyais par terre, à côté de la cuvette des toilettes, et m'adossais au mur, vêtue d'un vieux tee-shirt. Dehors, j'entendais les geais bleus qui pépiaient. À l'intérieur, ma mère, qui appelait Gayla. Une heure plus tard, je vomissais toujours – une bile verdâtre qui jaillissait de moi comme du sirop, lentement mais avec vigueur.

J'ai enfilé des vêtements et me suis brossé énergiquement les dents – en enfonçant trop loin la brosse dans la bouche, ce qui a recommencé à me donner des haut-le-cœur.

Alan, installé sous le porche, était plongé dans la lecture d'un gros volume relié, laconiquement intitulé *Chevaux*. Une coupe en verre bosselée, d'un orange de fête foraine, contenant une part de pudding verdâtre, était posée sur l'accoudoir de son rocking-chair. Il était vêtu d'un costume en seersucker bleu et était coiffé d'un panama. Il affichait la sérénité d'une mare.

« Ta mère sait que tu sors ?

– J'en ai pas pour longtemps.

– Tu as fait des efforts avec elle dernièrement, Camille, et je t'en remercie. Elle semble aller un peu mieux. Même les relations avec… Amma sont plus faciles. » On aurait dit qu'il marquait toujours un temps d'arrêt avant de prononcer le prénom de sa fille, comme si une connotation un peu sale lui était attachée.

« Bien, Alan. Très bien.

– J'espère que tu te sens également mieux avec toi-même, Camille. C'est important, de s'aimer. Une bonne attitude est aussi contagieuse qu'une mauvaise.

« – Amuse-toi bien avec les chevaux.

– Toujours. »

Le trajet jusqu'à Woodberry a été ponctué d'embardées précipitées sur les bas-côtés, où j'ai vomi encore de la bile, et un peu de sang. Trois arrêts, dont un où, incapable d'ouvrir la portière à temps, j'ai vomi dans la voiture. J'ai nettoyé les dégâts avec de la vodka, en me servant du pot qui avait contenu les biscuits à la fraise.

L'hôpital Saint-Joseph, à Woodberry, est un énorme cube de brique mordoré, à la façade quadrillée de fenêtres aux vitres ambrées. Marian l'avait surnommé « la Gaufre ».

Derrière le comptoir d'informations, une grosse bonne femme, au buste comiquement proéminent, envoyait des signaux « ne pas déranger ». Je me suis plantée devant elle et j'ai attendu. Elle a feint d'être captivée par sa lecture. Je me suis approchée davantage. En suivant de l'index chaque ligne, elle a continué à lire son magazine.

« Excusez-moi », ai-je dit, d'un ton qui mêlait impatience et condescendance et que, même moi, je trouvais insupportable.

Elle avait une ombre de moustache, des doigts jaunis par la nicotine et des canines assorties qui pointaient sous sa lèvre supérieure. *Le visage que tu montres aux gens leur indique comment te traiter*, me répétait toujours ma mère dès que je résistais à ses tentatives pour me pomponner. Cette femme ne pouvait pas être bien traitée.

« J'ai besoin de retrouver un dossier médical.

– Faites une demande auprès de votre médecin.

– Le médecin de ma sœur.

– Dites à votre sœur de faire une demande auprès de son médecin. » Elle a tourné la page de son magazine.

« Ma sœur est morte. » Il existait des façons plus douces de tourner ça, mais je voulais que la bonne femme percute. Apparemment, ce n'était pas assez : elle renâclait encore à m'accorder son attention.

« Ah. Désolée. Elle est morte ici ? » J'ai hoché la tête.

« Morte à l'arrivée. Elle a reçu beaucoup de soins en urgence ici, et son médecin était attaché à cet hôpital.

– Le décès remonte à quand ?

– 1er mai 1988.

– Nom de Dieu. Ça fait un bail. J'espère que vous êtes patiente. »

Quatre heures plus tard, après deux empoignades tapageuses avec des infirmières indifférentes, un flirt désespéré avec un administrateur au teint pâle et aux traits fuyants, et trois voyages aux toilettes pour vomir, on a déposé les dossiers de Marian sur mes genoux.

Il y en avait un pour chaque année de sa vie, chacun toujours plus gros que le précédent. Je ne comprenais pas la moitié des gribouillages des médecins. La plupart concernaient des demandes d'examens, et des résultats, qui n'avaient jamais servi à rien. Des scanners du cerveau et du cœur. Un examen qui avait nécessité d'introduire un tuyau dans sa gorge pour lui examiner l'estomac, rempli de teinture rayonnante. Des électrocardiogrammes. Il y avait également des listes de diagnostics possibles – diabète, souffle au cœur, reflux acides, maladie du foie, hypertension pulmonaire, dépression, maladie de Crohn, lupus. Et également une feuille de papier à lettres rose, lignée, féminine. Agrafée au compte-rendu d'un séjour d'une semaine pendant lequel Marian avait subi des examens de l'estomac. Une écriture soignée, ronde, mais volontaire – le stylo avait gravé chaque mot profondément dans le papier. Ça disait :

Je suis l'infirmière qui s'est occupée de Marian Crellin et qui a procédé aux examens de cette semaine, ainsi que cela a plusieurs fois été le cas lors des précédentes hospitalisations de jour. J'ai la très forte conviction [« très forte » souligné deux fois] que cette petite fille n'est pas du tout malade. Je crois que sans sa mère, elle serait en parfaite santé. L'enfant manifeste des symptômes de maladie après être restée seule avec sa mère, même les jours où elle se sentait bien jusqu'à la visite de celle-ci. Sa mère ne témoigne aucun intérêt vis-à-vis de Marian quand celle-ci va bien – pour tout dire, elle semble même la punir d'aller bien. La mère ne prend sa fille dans ses bras que lorsque celle-ci est malade ou qu'elle pleure. Moi et plusieurs autres infirmières qui, pour des raisons de politique interne, ont choisi de ne pas cosigner ma déclaration, sommes fermement persuadées que cette fillette, ainsi que sa sœur, devraient être retirées de leur foyer pour de plus amples observations.

Beverly Van Lumm.

L'indignation, dictée par l'intégrité. Si seulement celle-ci s'était manifestée plus souvent ! Je me suis représenté Beverly van Lumm, une femme à forte poitrine, aux lèvres pincées, au chignon volontaire, en train de rédiger cette lettre dans la pièce voisine après avoir été contrainte d'abandonner Marian, privée de forces, dans les bras de ma mère, et avant que celle-ci, sans tarder, ne rappelle les infirmières à la rescousse.

Une heure plus tard, j'avais retrouvé la trace de l'infirmière en question au service pédiatrique, qui se résumait à une grande salle de quatre lits, dont seuls deux étaient occupés. Par une petite fille, qui lisait sagement, et un petit garçon, dans le lit voisin, qui dormait assis, le cou enserré dans un bracelet métallique qui semblait vissé à sa colonne vertébrale.

Beverly Van Lumm ne ressemblait en rien à la femme que j'avais imaginée : c'était un petit bout de femme qui avait largement dépassé la cinquantaine, avec des cheveux gris coupés très court et un stylo glissé derrière l'oreille, vêtue d'un pantalon à fleurs et d'une blouse bleu vif. Quand je me suis présentée, elle a semblé se souvenir immédiatement de moi, et n'a pas paru trop surprise que j'aie fini par me montrer.

« C'est tellement bon de te revoir après toutes ces années, même si je déteste les circonstances, a-t-elle dit d'une voix grave et chaleureuse. Parfois, je rêve tout éveillée que c'est Marian elle-même qui revient, adulte, peut-être avec un bébé ou deux. Ça peut être dangereux, de rêver tout éveillée.

– Je suis venue vous voir parce que j'ai lu votre lettre. »

Elle a lâché un grognement et remis en place le capuchon de son stylo.

« Pour ce à quoi ça a servi… Si je n'avais pas été si jeune, si impressionnable, si impressionnée par tous ces grands patrons, j'aurais fait plus que me contenter d'écrire une lettre. Évidemment, à l'époque, accuser les mères de ce genre de choses – c'était pas très courant. J'ai bien failli me faire virer. On ne veut jamais croire un truc pareil. On croirait une histoire sortie de chez les frères Grimm – SMP.

– SMP ?

– Syndrome de Münchausen par procuration. Le soignant, généralement la mère, presque toujours la mère, rend son enfant malade pour attirer l'attention sur elle. Le syndrome Münchausen simple, c'est quand on se rend soi-même malade pour attirer l'attention. Dans le cas d'un Münchausen par procuration, on rend son enfant malade pour montrer combien on est une mère attentionnée et dévouée. Les frères Grimm, tu vois ce que je veux dire ? C'est un peu comme si une méchante sorcière se déguisait en bonne fée. Je suis étonnée que tu n'en aies jamais entendu parler.

– Ça me dit quelque chose.

– Ça commence à être assez connu. Populaire. Les gens adorent ce qui est nouveau et sordide. Je me souviens du temps où on a commencé à parler de l'anorexie, dans les années quatre-vingt. Plus il y avait de téléfilms sur le sujet, plus les filles s'affamaient. Mais tu m'as l'air d'aller bien. J'en suis heureuse.

– Ça va, dans l'ensemble. J'ai une autre sœur, qui est née après Marian, je m'inquiète pour elle.

– Tu fais bien. Quand on a une maman qui souffre d'un Münchausen par procuration, il ne fait pas bon être la préférée. Tu avais de la chance que ta mère ne s'intéresse pas davantage à toi. »

Plus loin dans le couloir, un homme en panoplie verte d'infirmier s'est élancé vers nous dans une chaise roulante, suivi de deux gros types hilares vêtus comme lui.

« Des internes, a précisé Beverly en levant les yeux au ciel.

– Aucun médecin n'a jamais donné suite à votre rapport ?

– Moi j'appelais ça un rapport, mais pour eux, c'était de l'enfantillage, des mesquineries d'infirmière jalouse. Comme je te disais, c'était une époque différente. Les infirmières sont un peu plus respectées aujourd'hui. Juste un petit peu plus. Et pour être honnête, Camille, je n'ai pas insisté. Je venais de divorcer, j'avais besoin de garder mon boulot, et au fond, j'avais envie que quelqu'un me dise que je me trompais. On a besoin de croire qu'on se trompe. Quand Marian est morte, j'ai picolé pendant trois jours d'affilée. Quand je suis redescendue sur terre, et que j'ai demandé au chef du service de pédiatrie s'il avait lu ma note, Marian était déjà enterrée. On m'a répondu de prendre une semaine de congé. Pour eux, je n'étais qu'une bonne femme hystérique. »

J'avais brusquement les yeux humides, parcourus de picotements, et elle m'a pris la main.

« Je suis désolée, Camille.

– Je suis tellement en colère. » Des larmes dévalaient le long de mes joues, que j'ai essuyées d'un revers de main jusqu'à ce que Beverly me tende un paquet de mouchoirs en papier. « Qu'une telle chose ait pu se passer. Que ça m'ait pris aussi longtemps pour comprendre.

– Tu sais, ma puce, il s'agit de ta mère. Je n'arrive pas à imaginer ce que ça doit être, pour toi, de t'attaquer à un tel problème. Enfin, il semblerait que justice va être rendue. Depuis combien de temps le policier enquête-t-il sur ce dossier ?

– Quel policier ?

– Willis, c'est ça ? Un beau jeune homme, efficace. Il a photocopié chaque page du dossier de Marian, et il m'a bombardée de questions. Il ne m'a pas dit qu'il y avait une autre petite fille impliquée. Mais il m'a dit que toi, tu allais bien. Je crois qu'il a un peu le béguin pour toi – il s'est trémoussé sur sa chaise et il est devenu tout timide lorsqu'il a parlé de toi. »

J'ai arrêté de pleurer, j'ai roulé les mouchoirs en boule et je les ai jetés dans la corbeille à côté de la petite lectrice. La fillette a jeté un regard curieux vers la corbeille, comme si le courrier venait d'arriver. J'ai remercié Beverly et j'ai pris la direction de la sortie. Je me sentais à cran et j'avais besoin de ciel bleu.

Beverly m'a rattrapée devant les ascenseurs et a pris mes mains dans les siennes. « Emmène ta sœur loin de cette maison, Camille. Elle est en danger. »

Entre Woodberry et Wind Gap, après la sortie 5, il y a un bar de motards qui vend des packs de bières à emporter sans demander de carte d'identité. J'y allais souvent quand j'étais au lycée. À côté de la cible de fléchettes, il y avait un téléphone public. J'ai sorti une pleine poignée de pièces et j'ai appelé Curry. C'est Eileen, de sa voix douce et aussi posée qu'un roc, qui a

décroché, comme d'habitude. J'ai commencé à sangloter avant d'avoir pu dire autre chose que mon nom.

« Camille, ma chérie, que se passe-t-il ? Tu vas bien ?
Non, ça ne va pas, bien sûr. Oh, je suis désolée. J'avais
bien dit à Frank de te faire revenir après ton dernier
coup de fil. Que se passe-t-il ? »

J'ai continué à sangloter, je n'arrivais même pas à
trouver quelque chose à dire. Une fléchette s'est fichée
dans la cible avec un bruit mat.

« Tu n'as pas recommencé… à te faire mal ? Camille ?
Ma chérie, tu me fais peur.

— Ma mère… », ai-je articulé avant de m'effondrer à
nouveau. J'étais secouée de sanglots qui montaient du
tréfonds de mes entrailles, comme pour les purger.

« Ta mère ? Elle va bien ?

— Nooooon. » Une longue plainte, comme un vagissement d'enfant. Une main posée sur le téléphone ; Eileen
qui, d'un murmure plein d'urgence, appelle Frank, des
mots – *il s'est passé quelque chose… affreux* – deux
secondes de silence, un verre qui se brise. Curry s'était
levé trop précipitamment de table, son verre de whisky
avait valsé par terre. Juste une supposition.

« Camille, parle-moi, qu'est-ce qui ne va pas ? » La
voix de Curry, bourrue, m'a fait sursauter – comme
si deux mains m'avaient empoigné les bras pour me
secouer.

« Je sais qui l'a fait, Curry, ai-je sifflé entre mes
dents. Je le sais.

— Bon, c'est pas une raison pour pleurer, Cubby. La
police a procédé à une arrestation ?

— Pas encore. Je sais qui l'a fait. » *Thunk !* sur la
cible.

348

J'ai collé mes lèvres contre le combiné. « Ma mère, ai-je chuchoté.

— Qui ? Camille ! Parle plus fort. Tu es dans un bar ?

— C'est ma mère qui l'a fait ! » ai-je glapi – les mots étaient sortis comme une éclaboussure.

Un silence qui a duré trop longtemps. « Camille, tu as subi beaucoup de stress, et j'ai eu affreusement tort de t'envoyer là-bas, si tôt après... Bon, je veux que tu te rendes à l'aéroport le plus proche et que tu reviennes ici, directement. Inutile d'aller chercher tes affaires, tu laisses la voiture à l'aéroport et tu rentres à la maison. On s'occupera de tout ça plus tard. Avance le prix du billet, je te rembourse sitôt que tu es là. Mais il faut que tu rentres à la maison. Tout de suite. »

La maison, la maison, maison – on aurait dit qu'il essayait de m'hypnotiser.

« Je n'ai jamais eu de maison, ai-je gémi en recommençant à sangloter. Je dois régler ça, Curry. » J'ai raccroché, au moment précis où il m'ordonnait de ne pas le faire.

J'ai fini par retrouver Richard chez *Gritty*, attablé devant un dîner tardif. Il consultait des coupures d'un quotidien de Philadelphie qui relataient l'agression aux ciseaux de Natalie. Il m'a accueillie avec un signe de tête maussade et quand je me suis assise en face de lui, il a baissé les yeux sur son gruau de maïs graisseux, puis a relevé la tête pour étudier mon visage bouffi.

« Ça va ?

— Je pense que ma mère a tué Marian, et je pense qu'elle a tué Ann et Natalie. Et je sais que tu le penses aussi. Je rentre tout juste de Woodberry, espèce de connard. »

Le chagrin s'était mué en indignation quelque part entre les sorties 5 et 2. « Je n'arrive pas à croire que pendant tout le temps que tu me draguais, tu essayais juste de me soutirer des infos sur ma mère. Quel genre de sinistre salaud es-tu ? » Je tremblais, je bégayais.

Richard a sorti un billet de dix dollars de son portefeuille, l'a coincé sous l'assiette, et est venu à côté de moi. Il m'a pris le bras. « Viens, Camille, allons dehors. Ce n'est pas l'endroit indiqué pour parler de ça. » Il m'a dirigée vers la porte, jusque devant la voiture, côté passager, sans lâcher mon bras et m'a obligée à monter.

Il a roulé en silence jusqu'au sommet du promontoire, en levant la main pour m'imposer le silence chaque fois que je faisais mine d'ouvrir la bouche. J'ai fini par lui tourner le dos et me coller contre la vitre, d'où j'ai regardé les bois défiler dans un accéléré bleu vert.

Nous nous sommes garés là où nous avions contemplé le fleuve, quelques semaines auparavant. Il bouillonnait en contrebas dans l'obscurité, capturant dans son courant des fragments de clair de lune. C'était comme observer un scarabée fouiller parmi des feuilles mortes.

« Bon, c'est à mon tour de tomber dans les clichés, a dit Richard, en m'offrant son profil. Oui, au début, je me suis intéressé à toi parce que je m'intéressais à ta mère. Mais j'ai craqué pour toi, en toute sincérité. Autant que tu peux craquer pour quelqu'un d'aussi renfermé que toi. Évidemment, je comprends pourquoi. Au début, je pensais t'interroger dans les règles, mais j'ignorais dans quelle mesure Adora et toi étiez proches. Je ne voulais pas que tu la préviennes. Et je n'étais pas sûr de mon coup, Camille. Je voulais disposer d'un peu de temps pour mieux l'étudier. Ce n'était qu'une intuition. Rien de plus. Des ragots çà et là, sur toi, sur Marian, sur Amma et ta mère. Mais c'est vrai que les femmes ne correspondent pas au profil, pour ce genre de meurtres. Des meurtres d'enfants en série. Ensuite, ma vision des choses a changé.

– Pourquoi? ai-je soufflé, d'une voix aussi terne qu'un vieux morceau de ferraille.

– À cause de ce môme, James Capisi. Je n'arrêtais pas de revenir à lui et à son histoire de méchante fée tout droit sortie d'un conte. » J'entendais en écho Beverly et ses frères Grimm. « Je continue à croire qu'il n'a pas vu ta mère, mais je pense qu'il se souvient de quelque chose, de quelque chose qu'il a senti, ou d'une peur inconsciente qui s'est transformée et s'est incarnée dans ce personnage. Là, j'ai commencé à me demander : quel genre de femme pourrait assassiner des petites filles et leur voler leurs dents? Une femme qui veut exercer un contrôle absolu sur tout. Une femme dont l'instinct maternel est parti en vrille. Natalie et Ann avaient toutes les deux été… pomponnées avant d'être tuées. Les deux couples de parents ont fait remarquer des détails curieux. Les ongles de Natalie vernis en rose vif. Les jambes d'Ann rasées. Et à un moment donné, on leur avait mis, à l'une comme à l'autre, du rouge à lèvres.

– Et les dents?

– Quelle meilleure arme pour une petite fille que son sourire ? » a répondu Richard. En me regardant enfin. « Et dans le cas de ces deux gamines, il s'agissait littéralement d'une arme. C'est ton histoire de morsures qui a vraiment fait converger les éléments pour moi. L'assassin était une femme qui n'appréciait pas la force de caractère chez les représentantes de son sexe, qui trouvait ça vulgaire. Elle essayait de materner ces petites filles, de les dominer, de les transformer, pour qu'elles cadrent avec sa propre vision de la féminité. Quand elles ont refusé de s'y plier, quand elles se sont rebellées, l'assassin s'est indigné. Ces fillettes devaient mourir. La strangulation est la définition même de la domination. Un meurtre au ralenti. Un jour, au bureau, je venais de mettre le profil par écrit, j'ai fermé les yeux et j'ai vu le visage de ta mère. La flambée de violence, sa proximité avec les petites victimes – et elle n'avait pas d'alibi, pour aucun des deux soirs. L'intuition de Beverly Van Lumm à propos de Marian n'a fait que conforter la mienne. Même si nous devons encore exhumer Marian pour voir si nous pouvons obtenir des preuves plus concrètes. Des traces de poison, ou quelque chose.

– Laisse-la tranquille.

– Je ne peux pas, Camille. Tu sais que c'est la chose à faire. On sera très respectueux. » Il a posé la main sur ma cuisse. Pas sur ma main, ni sur mon épaule, mais sur ma cuisse.

« John a-t-il réellement été un suspect ? » La main s'est retirée.

« Son nom revenait tout le temps. Vickery faisait un genre de fixette. Il s'est imaginé que si Natalie était violente, John l'était peut-être aussi. En plus, il n'est pas d'ici, et tu sais combien les étrangers sont suspects.

— Est-ce que tu as de vraies preuves contre ma mère, Richard, ou bien tout ça n'est-il que suppositions ?

— Demain, on reçoit le mandat de perquisition pour fouiller la maison. Elle aura conservé les dents. Je te dis ça à titre de courtoisie. Parce que je te respecte, et que j'ai confiance en toi.

— Bien. » *Chute* s'est enflammé sur mon genou gauche. « Il faut que je tire Amma de là.

— Il n'arrivera rien ce soir. Tu vas rentrer, et passer une soirée normale. Conduis-toi le plus naturellement possible. Je pourrais recueillir ta déposition demain, ça nous donnera un coup de pouce pour l'enquête.

— Elle nous fait du mal, à Amma et à moi. Elle nous drogue, nous empoisonne. » Je me sentais de nouveau nauséeuse.

« Camille, pourquoi ne l'as-tu pas dit plus tôt ? On aurait pu te faire passer des examens. Ça aurait fait avancer l'enquête. Non d'un chien !

— Merci de te soucier de moi, Richard.

— Personne ne t'a jamais dit que tu étais exagérément susceptible, Camille ?

— Pas une seule fois. »

Gayla se tenait devant la porte, tel un fantôme posté en sentinelle sur le seuil de notre maison en haut du coteau. Elle a disparu dans un vacillement, et à l'instant où je me suis garée sous l'auvent, la lumière s'est allumée dans la salle à manger.

Jambon. Je l'ai senti avant même de franchir la porte. Avec des blettes et du maïs. Ils étaient tous attablés, tels des comédiens avant le lever du rideau. Scène : dîner. Ma mère, assise avec grâce à une extrémité de la table, Alan et Amma de part et d'autre, un couvert disposé pour moi à l'autre bout. Gayla, vêtue de son uniforme d'infirmière, a avancé ma chaise avant de regagner la cuisine dans un bruissement. J'en avais marre de voir des infirmières. Sous le plancher, la machine à laver le linge grondait, comme d'habitude.

« Bonsoir ma chérie, bonne journée ? a lancé ma mère d'une voix trop forte. Assieds-toi, nous t'attendions pour commencer. J'ai pensé que nous pourrions dîner en famille puisque tu pars bientôt.

– Ah bon ?

– Ils sont sur le point d'arrêter ton jeune ami, ma chérie. Ne me dis pas que je suis mieux informée que la presse. » Elle s'est tournée vers Alan, puis vers Amma, et elle a souri, telle une sympathique hôtesse qui fait circuler les amuse-gueules. Elle a actionné sa clochette et Gayla a apporté le jambon sur un plat de service en argent. Une tranche d'ananas glissait sur son flanc, tout en adhérant à la gélatine tremblotante.

« Adora, tu découpes », a dit Alan en réponse à un haussement de sourcils de ma mère.

Quelques mèches de cheveux blonds ont trembloté tandis qu'elle découpait des tranches minces et les disposait dans les assiettes. J'ai secoué la tête pour refuser la part que me proposait Amma, et je l'ai passée à Alan.

« Pas de jambon, a grommelé ma mère. Tu n'es toujours pas sortie de cette phase, Camille ?

– La phase qui consiste à ne pas aimer le jambon ? Non.

354

« — Tu crois que John sera exécuté ? m'a demandé Amma. Ton John dans le couloir de la mort. » Ma mère l'avait affublée d'une robe à bretelles blanche ornée de rubans roses, et lui avait fait deux tresses serrées. Sa rage suintait d'elle comme une puanteur.

« Le Missouri applique la peine de mort et c'est sans nul doute le genre de meurtre qui réclame la peine de mort, si tant est qu'un crime la mérite, ai-je répondu.

— On a encore la chaise électrique ? a voulu savoir Amma.

— Non, a indiqué Alan. Et maintenant, mange ta viande.

— Injection létale, a murmuré ma mère. Comme quand on euthanasie un chat. »

Je me suis représenté ma mère, sanglée sur un lit roulant, en train de badiner avec le médecin avant que l'aiguille ne s'enfonce dans sa veine. C'était approprié, qu'elle meure d'une aiguille empoisonnée.

« Camille, si tu étais un personnage de conte de fées, tu serais qui ? a lancé Amma.

— La Belle au bois dormant. » Passer sa vie dans les rêves, ça me semblait trop bon.

« Moi, je serais Perséphone.

— Je ne sais pas qui c'est », ai-je dit. Gayla a déposé sans ménagement des blettes et du maïs dans mon assiette. Je me suis forcée à manger ce dernier, grain par grain, tandis qu'à chaque mouvement de mâchoire, les haut-le-cœur, comme un réflexe, me soulevaient l'estomac.

« C'était la reine des morts, a expliqué Amma, rayonnante. Elle était si belle que Hadès l'avait enlevée et emportée dans son royaume souterrain pour en faire son épouse. Mais sa mère était si farouche qu'elle a obligé Hadès à lui rendre Perséphone. Mais uniquement six mois par an. Du coup, elle passait la moitié de sa vie avec les morts, et l'autre parmi les vivants.

— Amma, pourquoi diable une telle créature t'attire-t-elle ? Tu peux te montrer tellement morbide, a protesté Alan.

— J'ai de la peine pour Perséphone parce que même quand elle est de retour parmi les vivants, les gens ont peur d'elle, à cause de l'endroit d'où elle vient, a expliqué Amma. Et même quand elle est avec sa mère, elle n'est pas vraiment heureuse, parce qu'elle sait qu'elle va devoir repartir dans le monde souterrain. » Elle a décoché un grand sourire à Adora, et a enfourné une grosse bouchée de jambon. Elle pavoisait.

« Gayla, du sucre ! a-t-elle claironné en direction de la porte.

— Sers-toi de la sonnette, Amma », a rouspété ma mère. Elle non plus ne mangeait pas.

Gayla est apparue avec une coupe de sucre, et a saupoudré une grosse cuillerée sur le jambon et les tomates d'Amma.

« Je veux le faire, a pleurniché Amma.

— Non, laisse faire Gayla, a dit ma mère. Tu en mets trop.

— Tu seras triste quand John sera exécuté, Camille ? a repris Amma en suçotant une bouchée de jambon. Tu serais plus triste si c'était John, ou si c'était moi, qui mourait ?

— Je n'ai pas envie que quiconque meure. Je pense qu'il y a eu déjà trop de morts comme ça à Wind Gap.

— Bravo, a approuvé Alan, d'humeur étonnamment festive.

— Certaines personnes devraient mourir. John devrait mourir, a poursuivi Amma. Même s'il ne les a pas tuées, il devrait quand même mourir. Sa vie est foutue maintenant que sa sœur est morte.

— Si on suit ta logique, je devrais mourir parce que ma sœur est morte et que ça a foutu ma vie en l'air », ai-je répondu. J'ai mâchonné un autre grain de maïs. Amma m'a dévisagée attentivement.

« Peut-être. Mais je t'aime bien, alors j'espère pas. T'en penses quoi ? » a-t-elle enchaîné en se tournant vers Adora. Un détail m'a alors frappée : jamais elle ne s'adressait à elle nommément, en l'appelant Mère, maman, Adora. Comme si elle ignorait son nom, et qu'elle essayait de n'en rien laisser paraître.

« Il y a longtemps, très longtemps que Marian est morte, et je pense que nous pourrions peut-être tous tirer un trait là-dessus », a répondu ma mère avec lassitude. Puis, soudain, son visage s'est éclairé. « Mais ce n'est pas le cas, et on se contente d'aller de l'avant, n'est-ce pas ? » Coup de sonnette, couverts qu'on débarrasse, et Gayla qui fait le tour de la table comme un loup décati.

Sorbet aux oranges sanguines en dessert. Ma mère qui s'éclipse discrètement dans la buanderie, et en revient avec deux fines fioles en cristal, et les yeux humides et rougis.

« Camille et moi allons boire un digestif dans ma chambre », a-t-elle annoncé aux autres en rectifiant sa coiffure devant le miroir de la desserte. Elle était déjà en robe de nuit et vêtue pour la circonstance, me suis-je alors aperçue. Tout comme je le faisais enfant, quand j'étais convoquée auprès d'elle, je l'ai traînée par la main en haut de l'escalier.

Et je me suis retrouvée dans sa chambre, en ce lieu où j'avais toujours désiré me trouver. Ce lit massif, hérissé de ces oreillers qui évoquaient des bernicles. Le miroir en pied incrusté dans le mur. Et le fameux sol en ivoire, qui faisait tout luire dans la pièce, comme si nous nous trouvions dans un paysage enneigé et baigné de clair de lune. Elle a empilé les coussins par terre, rabattu le couvre-lit et m'a invitée, de la main, à m'asseoir sur le lit, avant de m'y rejoindre. Pendant tous ces mois qui avaient suivi la mort de Marian, quand elle gardait la chambre et m'en refusait l'entrée, jamais je n'aurais eu l'audace de m'imaginer étendue sur ce lit avec elle. Et voilà que j'y étais, plus de quinze ans trop tard.

Elle a passé la main dans mes cheveux et m'a tendu mon verre. J'ai humé : ça sentait les pommes au four. Je l'ai tenu d'une main ferme, mais sans y tremper mes lèvres.

« Quand j'étais petite, ma mère m'a emmenée dans les bois et m'y a laissée, a commencé Adora. Elle ne semblait pas en colère, ni bouleversée. Indifférente. On aurait presque dit qu'elle s'ennuyait. Elle ne m'a pas expliqué pourquoi elle faisait ça. Elle ne m'a pas adressé la parole, en fait. M'a simplement ordonné de monter dans la voiture. J'étais pieds nus. Quand on est arrivées là-bas, elle m'a pris la main et m'a entraînée sur le chemin, puis à l'écart du chemin, avec détermination. Ensuite, elle m'a lâché la main et m'a dit de ne pas la suivre. J'avais huit ans, j'étais vraiment petite. Mes pieds étaient fendillés et déchiquetés quand je suis enfin arrivée à la maison, et elle s'est contentée de me regarder par-dessus son journal, avant de monter dans sa chambre. Cette chambre.

— Pourquoi me racontes-tu ça ?

— Quand un enfant sait, à un si jeune âge, que sa mère se désintéresse complètement de lui, ça provoque des malheurs.

— Je sais l'effet que ça fait, crois-moi. » Elle m'a passé la main dans les cheveux ; d'un doigt, elle jouait avec le cercle de peau dénudée.

« Je voulais t'aimer, Camille. Mais tu étais si difficile. Marian, elle, était si facile.

— Ça suffit, maman.

— Non. Ça ne suffit pas. Laisse-moi prendre soin de toi, Camille. Juste une fois, aie besoin de moi. »

Qu'on en finisse. Qu'on en finisse, une bonne fois pour toutes.

« D'accord », ai-je dit. J'ai vidé mon verre d'un trait, j'ai détaché ses mains de ma tête et intimé à ma voix de ne pas trembler.

« J'ai toujours eu besoin de toi, maman. C'était un vrai besoin. Pas un de ces besoins que tu créais de toutes pièces, et que tu pouvais satisfaire ou ignorer à ta convenance. Et jamais je ne pourrai te pardonner pour Marian. C'était un bébé.

— Elle sera toujours mon bébé. »

16

Je me suis endormie sans mettre le ventilateur en marche et quand je me suis réveillée, les draps me collaient au corps. Imbibés de transpiration et d'urine. Je claquais des dents, je sentais le battement de mon pouls derrière mes orbites. J'ai empoigné la corbeille au pied du lit et j'ai vomi. Du liquide chaud, avec quatre grains de maïs qui surnageaient.

Ma mère est arrivée dans ma chambre avant même que j'aie pu me lever. Je me la suis imaginée assise dans le fauteuil du palier, à côté de la photo de Marian, en train de repriser des chaussettes en attendant que je sois malade.

« Viens, mon bébé. Viens dans la baignoire », a-t-elle murmuré. Elle m'a aidée à passer ma chemise par-dessus la tête, à baisser mon pantalon de pyjama. Je l'ai vue balayer ma nuque, mes seins, mes hanches, brièvement, de son regard bleu et aigu.

J'ai vomi une nouvelle fois en entrant dans la baignoire, tandis que ma mère me tenait la main pour m'aider à conserver l'équilibre. Une nouvelle giclée de liquide chaud sur mon buste et sur la porcelaine. Adora a attrapé une serviette qu'elle a imbibée d'alcool et m'a essuyée avec une équanimité de laveur de vitres. Je me suis assise dans la baignoire pendant qu'elle me versait des verres d'eau froide sur la tête pour faire tomber la fièvre. Elle m'a fait avaler deux autres pilules avec un autre verre de lait couleur de ciel maladif. J'ai accepté le tout avec la même amertume vengeresse que celle qui m'emplissait quand je me soûlais pendant quarante-huit heures d'affilée. *Je ne suis pas encore KO, qu'as-tu d'autre dans ta manche ?* Je voulais me montrer perverse. Je devais bien ça à Marian.

Vomir dans la baignoire ; la vider ; la reremplir ; la vider à nouveau. Des poches de glace sur mes épaules, entre mes jambes. Des bouillottes sur mon front, mes genoux. Une pince qui fouille dans la blessure sur ma cheville, puis l'alcool dont on l'arrose. L'eau qui vire au rose. Et cette imploration qui monte de ma nuque – *disparaître, disparaître, disparaître.*

Adora avait arraché jusqu'au dernier de ses cils ; de grosses larmes tombaient goutte à goutte de son œil gauche, sa langue ne cessait d'humecter sa lèvre supérieure. Tandis que je perdais conscience, une pensée : *On s'inquiète pour moi. Ma mère transpire à force de s'occuper de moi. C'est flatteur. Personne d'autre ne ferait ça pour moi. Marian. Je suis jalouse de Marian.*

Je flottais dans la baignoire à moitié remplie d'eau tiède quand je me suis réveillée à nouveau, à cause des cris. Faible, brûlante, je suis sortie de la baignoire, me suis enveloppée dans un peignoir tout fin – les cris haut perchés de ma mère ferraillaient dans mes oreilles – et j'ai ouvert la porte, juste au moment où Richard déboulait.

« Camille, ça va ? » Les gémissements de ma mère, sauvages, éraillés, qui lacéraient l'air dans son dos.

Et puis, il est resté bouche bée. Il m'a incliné la tête d'un côté, il a regardé les cicatrices sur mon cou. Il a ouvert mon peignoir, et a cillé.

« Nom de Dieu. » Risquons-nous à jouer les médiums : il hésitait entre la crise de rire ou de panique.

« Quel est le problème avec ma mère ?

— Quel est *ton* problème ? Tu t'automutiles ?

— J'écris des mots, ai-je marmonné comme si ça changeait quoi que ce soit.

— Des mots, oui, je vois ça.

— Pourquoi ma mère hurle-t-elle ? » J'étais dans les vapes et je me suis laissée choir par terre, sans ménagement.

« Camille, tu es malade ? »

J'ai hoché la tête. « Vous avez trouvé quelque chose ? »

Vickery et plusieurs policiers sont passés précipitamment dans le couloir devant ma porte. Ma mère a suivi d'un pas chancelant quelques secondes plus tard, en leur criant de partir, de faire montre de respect, en leur promettant qu'ils allaient le regretter.

« Pas encore, a répondu Richard. Jusqu'à quel point es-tu malade ? » Il a posé sa main sur mon front et a noué la ceinture de mon peignoir, en fuyant mon regard.

J'ai haussé les épaules comme une gamine boudeuse.

« Tout le monde doit quitter la maison, Camille. Habille-toi et je vais te conduire chez le médecin.

« – Oui, tu as besoin de tes preuves. J'espère qu'il me reste assez de poison dans les veines. »

Le soir venu, on avait extrait du tiroir de sous-vêtements de ma mère les objets suivants :

Huit flacons d'antipaludéens portant des étiquettes européennes – de gros cachets bleus qui avaient été retirés du marché en raison de leur tendance à provoquer des accès de fièvre et des troubles de la vision. Dont on a retrouvé des traces dans mes tests toxicologiques.

Soixante-dix cachets de laxatifs réservés à l'industrie agroalimentaire, utilisés à l'origine pour dilater les intestins des animaux d'élevage. Dont on a retrouvé des traces dans mes tests toxicologiques.

Trois douzaines de bêtabloquants, qui, pris à contre-emploi, peuvent provoquer des vertiges et des nausées. Dont on a retrouvé des traces dans mes tests toxicologiques.

Trois flacons de sirop d'ipéca, indiqué pour provoquer des vomissements en cas d'empoisonnement. Dont on a retrouvé des traces dans mes tests toxicologiques.

Cent soixante et une tablettes de tranquillisants pour chevaux. Dont on a retrouvé des traces dans mes tests toxicologiques.

Une trousse d'infirmière renfermant des douzaines de cachets en vrac, des flacons et des seringues, autant de choses dont Adora n'avait pas l'usage. Aucun bon usage.

Dans sa boîte à chapeau, on a trouvé un carnet avec une couverture à fleurs, qui serait une des pièces citées au procès, dans lequel figuraient des passages tels que :

14 septembre 1982

J'ai décidé aujourd'hui d'arrêter de m'occuper de Camille pour me concentrer sur Marian. Camille n'est jamais devenue une bonne patiente – être malade ne la rend que plus hargneuse et méchante. Elle n'aime pas que je la touche. Je n'ai jamais vu pareil comportement. Elle a hérité de la méchanceté de Joya. Je la hais. Marian est tellement adorable quand elle est malade. Elle raffole de moi et veut que je reste tout le temps à ses côtés. J'adore essuyer ses larmes.

23 mars 1985

Marian a encore dû aller à Woodberry, « difficultés respiratoires depuis le lever, et troubles gastriques ». J'ai mis mon tailleur jaune, mais finalement, je l'ai regretté – j'ai peur qu'avec mes cheveux blonds, ça me donne un air délavé. Ou d'ananas ambulant ! Le docteur Jameson est très compétent et gentil, il s'intéresse à Marian, mais n'est pas du tout fouineur. Il semblerait que je l'impressionne. Il a dit que j'étais un ange et que tous les enfants devraient avoir une mère comme moi. Nous avons légèrement flirté, en dépit des alliances. Les infirmières sont quelque peu inquiétantes. Jalouses, probablement. Je vais raffoler vraiment de la prochaine visite (visiblement, il est question d'opération !). Il se pourrait que je demande à Gayla de préparer son pain de viande hachée. Les infirmières adorent les petites attentions

pour leur salle de repos. Un gros ruban vert autour
du plat, peut-être ? Il faut que j'aille chez le coiffeur
avant la prochaine urgence... J'espère que le doc-
teur Jameson (Rick) sera de garde...

10 mai 1988
   Marian est morte. Je n'ai pas pu m'arrêter. J'ai
perdu six kilos et je n'ai plus que la peau sur les os.
Tout le monde est incroyablement gentil. Les gens
peuvent se montrer vraiment merveilleux.

La preuve la plus importante a été retrouvée sous le
coussin en brocart jaune de la causeuse, dans la chambre
d'Adora : une paire de tenailles, petites et féminines,
maculées de sang. Les tests ADN ont établi qu'il s'agissait bien du sang de Natalie Keene et Ann Nash.
   Des dents, en revanche, nulle trace dans la maison.
Des semaines durant, après ces événements, j'ai eu des
visions de l'endroit où elles avaient pu finir : j'ai vu
une décapotable bleu layette roulant capote rabattue
comme d'habitude, une main de femme qui dépassait
de la vitre, puis un jet de dents dans le fourré, le long
de la route, près du chemin dans les bois. Une paire de
délicates sandales qui s'embourbait sur la rive de Falls
Creek – des dents qui dégringolaient comme des graviers dans le courant. Une chemise de nuit rose flottant
dans la roseraie d'Adora – des mains qui creusaient la
terre – et des dents qu'on enterrait, comme des osse-
ments miniatures.
   Les dents n'ont été retrouvées dans aucun de ces
endroits. J'ai demandé aux policiers de fouiller les
lieux.

17

Le 28 mai, Adora Crellin a été inculpée des meurtres d'Ann Nash, de Natalie Keene, et de Marian Crellin. Alan a immédiatement payé la caution afin qu'elle puisse attendre le procès chez elle, confortablement. Au vu des circonstances, la cour a statué qu'il valait mieux que j'assure la garde de ma demi-sœur. Deux jours plus tard, j'ai mis le cap au nord pour regagner Chicago, Amma à côté de moi dans la voiture.

Elle était épuisante. Amma était en demande perpétuelle, et rongée d'anxiété – elle avait pris l'habitude de faire les cent pas, tel un chat sauvage en cage, en me bombardant hargneusement de questions (Pourquoi les gens sont-ils si bruyants ? Comment pouvons-nous vivre dans un endroit si minuscule ? Est-ce que c'est dangereux, dehors ?) et en exigeant que je l'assure de mon amour. Elle consumait tout un surplus d'énergie depuis qu'elle n'était plus clouée au lit plusieurs jours par mois.

Le mois d'août venu, elle s'est passionnée pour les personnages de meurtrières, jusqu'à l'obsession. Lucrèce Borgia, Lizzie Borden – une femme de Floride qui avait noyé ses trois filles à la suite d'une dépression nerveuse. « Je trouve qu'elles ont un truc spécial », disait-elle d'un ton de défi. Elle cherche un moyen de pardonner à sa mère, disait sa pédopsychiatre. Amma était allée consulter cette femme deux fois, puis s'était littéralement allongée par terre en hurlant quand j'avais essayé de la traîner à sa troisième consultation. Elle passait le plus clair de ses journées à traficoter dans la maison de poupée, cette réplique de la maison d'Adora. Une façon de gérer les événements monstrueux qui s'y sont déroulés, m'a expliqué sa psy quand je l'ai appelée. Il me semble alors qu'elle devrait tout casser, ai-je répondu. Le jour où j'ai rapporté à la maison une étoffe pour changer le dessus-de-lit d'Adora qui n'avait pas la bonne nuance de bleu, Amma m'a giflée. Elle a craché par terre quand j'ai refusé de payer soixante dollars pour un canapé miniature en noyer. J'ai essayé la thérapie qui consistait à la prendre et à la serrer dans mes bras – un programme ridicule qui indiquait que je devais la serrer fort contre moi en répétant *je t'aime, je t'aime, je t'aime, je t'aime*, tandis qu'elle se débattait pour se dégager. À quatre reprises, elle a réussi, en me traitant de garce avant de claquer sa porte. La cinquième fois, on a commencé à rire toutes les deux.

Alan a lâché quelques billets pour inscrire Amma à la Bell School – vingt-deux mille dollars par an, sans compter les livres et les fournitures – à neuf blocs à peine de chez nous. Elle s'y est rapidement fait des amies, un petit cercle de jolies gamines qui ont appris à avoir la nostalgie du Missouri. Il y en avait une que j'appréciais tout particulièrement, Lily Burke. Elle était aussi intelligente qu'Amma, mais voyait les choses plus en rose. Elle avait un visage éclaboussé de taches de rousseur, des incisives surdimensionnées et des cheveux brun chocolat, qui, avait souligné Amma, étaient exactement de la même teinte que le tapis de mon ancienne chambre. Mais ça ne m'empêchait pas de l'apprécier.

Lily est devenue une présence familière de l'appartement, elle m'aidait à préparer le dîner, me demandait des conseils pour ses devoirs, me racontait des histoires de garçons. Progressivement, Amma s'est faite de plus en plus discrète à chacune de ses visites. Arrivé octobre, elle fermait ostensiblement la porte de sa chambre quand Lily arrivait.

Une nuit, je me suis réveillée et j'ai vu Amma debout à côté de mon lit.

« Tu préfères Lily à moi », a-t-elle chuchoté. Elle avait de la fièvre, sa chemise de nuit collait à son corps en sueur, et elle claquait des dents. Je l'ai accompagnée dans la salle de bains, je l'ai assise sur les toilettes, j'ai mouillé un gant pour éponger son front. Puis, nous nous sommes dévisagées. Des yeux bleu ardoise, exactement comme ceux d'Adora. Vides d'expression. Comme une mare en hiver.

J'ai versé deux cachets d'aspirine dans ma paume, je les ai remis dans le flacon, puis replacés dans ma paume. Un ou deux cachets. C'était si simple à donner. Aurais-je envie de lui en donner un autre, et puis encore un autre ? Aurais-je envie de soigner une petite fille malade ? Il y a eu comme un bruissement de reconnaissance quand elle a levé les yeux vers moi, transie et nauséeuse : *Mère est ici.*

Je lui ai donné deux aspirines. L'odeur m'a fait venir l'eau à la bouche. J'ai vidé le reste du tube dans le lavabo.

« Maintenant, il faut que tu me mettes dans la baignoire et que tu me laves », a-t-elle pleurniché.

Je lui ai retiré sa chemise de nuit. Nu, son corps était saisissant : des jambes de petite fille, droites comme des baguettes ; une cicatrice ronde et dentée sur sa hanche, telle une moitié de capsule de bouteille ; une ombre de duvet qui évoquait le chaume séché au creux des jambes. Des seins lourds, voluptueux. Treize ans.

Elle a grimpé dans la baignoire et a remonté les jambes sous le menton.

« Il faut que tu me frictionnes avec de l'alcool, a-t-elle larmoyé.

– Non, Amma, détends-toi simplement. »

Son visage a viré au rose et elle s'est mise à pleurer.

« C'est comme ça qu'elle fait », a-t-elle chuchoté. Les larmes se sont transformées en sanglots, puis en un hurlement d'affliction.

« Nous n'allons plus faire comme elle », ai-je annoncé.

Le 12 octobre, Lily Burke a disparu alors qu'elle rentrait de l'école. Quatre heures plus tard, on a retrouvé son corps soigneusement adossé à une benne à ordures, à trois blocs de notre appartement. Seules six dents avaient été arrachées, les deux incisives du haut et quatre molaires.

J'ai téléphoné à Wind Gap et j'ai patienté douze minutes en ligne avant d'avoir confirmation, par la police, que ma mère était bien chez elle.

C'est moi qui l'ai découvert. J'ai laissé la police le découvrir, mais je l'avais découvert la première. J'ai mis l'appartement sens dessus dessous, Amma sur mes talons tel un chien enragé. J'ai retourné les coussins du canapé, fouillé dans les tiroirs. *Qu'as-tu fait, Amma ?* Quand je me suis attaquée à sa chambre, elle était calme. Hautaine. J'ai fouillé dans ses culottes, j'ai renversé le contenu de son bonheur-du-jour, retourné son matelas.

J'ai examiné son bureau, sur lequel il n'y avait que des stylos, des stickers, et une tasse qui puait la Javel.

J'ai vidé, pièce par pièce, tout le contenu de la maison de poupée – la réplique de mon lit à colonnes, de la méridienne d'Amma, de la causeuse jaune citron. Et une fois que j'ai eu flanqué par terre la réplique du lourd baldaquin en cuivre de ma mère, et détruit celle de sa table de toilette, l'une de nous a poussé un hurlement. Ou peut-être toutes les deux ensemble. Le sol de la chambre de ma mère. La sublime mosaïque en ivoire. Dupliquée avec des dents humaines. Cinquante-six petites dents, bien propres et blanchies à l'eau de Javel, étincelantes.

D'autres étaient impliquées dans les meurtres de Wind Gap. En échange de peines plus légères en structures psychiatriques, les trois blondes ont reconnu avoir aidé Amma à tuer Ann et Natalie. Elles avaient emprunté la voiturette de golf d'Adora et s'étaient baladées près de chez Ann, l'avaient convaincue de monter avec elles. *Ma mère veut te dire bonjour.*

Elles avaient cahoté en direction des bois, prétextant un genre de goûter sur l'herbe. Elles avaient pomponné Ann, elles avaient joué un peu avec elle, puis après quelques heures, s'étaient lassées. Elles avaient commencé à l'entraîner vers le torrent. La fillette, sentant se lever un vent étrange, avait tenté de s'enfuir, mais Amma s'était élancée à sa poursuite, l'avait saisie à bras-le-corps et assommée avec une pierre. Elle avait récolté une morsure. Cette demi-lune dentée dont j'avais vu la cicatrice sur sa hanche, mais dont je n'avais pas su identifier l'origine.

Les trois blondes avaient contenu Ann pendant qu'Amma l'étranglait avec une corde à linge qu'elle avait dérobée dans la cabane à outils d'un voisin. Il avait ensuite fallu une heure pour calmer Jodes, et une heure encore à Amma pour arracher les dents. Jodes, pendant tout ce temps, avait pleuré. Puis les quatre filles avaient transporté le corps jusqu'au torrent et l'y avaient lâché, avant de filer se laver chez Kelsey, dans la remise. Ensuite, elles avaient regardé un film. Sur le titre duquel aucune n'était d'accord. Mais toutes se souvenaient d'avoir mangé de la pastèque et bu du vin blanc, dans des bouteilles de Sprite au cas où la mère de Kelsey serait venue jeter un œil.

James Capisi n'avait pas menti à propos de la femme spectrale. Amma avait volé un de nos draps immaculés, s'était façonné une robe grecque, avait attaché ses cheveux blonds très clairs et s'était poudrée jusqu'à avoir la peau scintillante. Elle était Artémis, la chasseresse sanguinaire. Natalie avait tout d'abord été déroutée quand Amma lui avait chuchoté à l'oreille : « *C'est un jeu. Suis-moi, on va s'amuser.* » Elle avait attrapé la fillette dans les bois, puis l'avait ramenée dans la remise chez Kelsey, où les quatre l'avaient séquestrée pendant quarante-huit heures. Elles l'avaient pomponnée, lui avaient rasé les jambes, l'avaient habillée et nourrie à tour de rôle tout en se délectant de ses cris qui allaient croissant. Juste après minuit, le 14, Amma l'avait étranglée pendant que ses amies la maîtrisaient. Là encore, c'était Amma qui s'était chargée d'arracher les dents. Ce n'est pas trop difficile d'extraire des dents de lait, paraît-il, si on force vraiment sur les tenailles. Et si on se moque de l'état dans lequel elles seront à l'arrivée. (Un flash : le sol de la maison de poupée d'Amma, avec sa mosaïque de dents cassées irrégulièrement, et dont certaines étaient réduites à l'état d'esquilles.)

Les filles avaient gagné, dans la voiturette d'Adora, l'arrière de Main Street à quatre heures du matin. La venelle entre la droguerie et l'institut de beauté était juste assez large pour permettre à Amma et Kelsey, en transportant Natalie par les mains et les pieds, de s'y engager en file indienne. Elles l'avaient adossée au mur, et avaient attendu qu'on la découvre. De nouveau, Jodes avait pleuré. Il avait été question de la tuer elle aussi – les trois autres redoutant qu'elle ne craque. Le projet était sur le point d'être mis à l'œuvre quand ma mère avait été arrêtée.

Amma a tué Lily sans le secours de personne, elle l'a frappée sur la nuque, à l'aide d'une pierre, puis étranglée à mains nues ; elle lui a arraché six dents et lui a coupé les cheveux. Tout ça dans une ruelle, derrière cette benne où l'on avait retrouvé le corps. Elle avait transporté la pierre, les tenailles et les ciseaux depuis l'école, dans le sac à dos rose bonbon que je lui avais acheté.

Des cheveux brun chocolat de Lily Burke, Amma avait tressé un tapis pour ma chambre, dans sa maison de poupée.

Épilogue

Adora a été reconnue coupable de meurtre avec préméditation pour ce qu'elle a fait à Marian. Son avocat prépare déjà le procès en appel, ce qui est chroniqué avec lyrisme par l'équipe qui s'occupe du site Web de ma mère, freeadora.org. Alan a fermé la maison de Wind Gap et a pris un appartement à deux pas de la prison, à Vandelia. Les jours où il ne peut pas lui rendre visite, il lui écrit.

Quelques livres bâclés ont paru en hâte sur l'histoire de notre famille de criminelles ; j'ai reçu un déluge d'offres de la part des éditeurs. Curry m'a poussée à accepter l'une d'elles, puis s'est empressé de se raviser. Je lui en sais gré. John m'a écrit une lettre gentille, bourrée de souffrance. Il se doutait depuis le début que c'était Amma et il s'était installé chez Meredith en partie pour la « tenir à l'œil ». Ce qui expliquait la conversation que j'avais surprise entre lui et Amma, qui aimait tant jouer avec son chagrin. De la souffrance partagée sous forme de flirt. Ou d'intimité – ainsi ma mère, me triturant les plaies de sa pince à épiler. En ce qui concerne mon autre romance de Wind Gap, je suis sans nouvelles de Richard. Au regard qu'il avait posé sur mon corps mutilé, je savais que je n'en aurais pas.

Amma restera enfermée jusqu'à son dix-huitième anniversaire, et vraisemblablement au-delà. Les visites sont autorisées deux fois par mois. Je suis allée la voir une fois ; je me suis installée avec elle dans une cour de récréation plaisante, ceinte de fils barbelés. Des fillettes en pantalon de détenues et tee-shirt se suspendaient aux barres et aux anneaux, sous la surveillance de matonnes grasses et acariâtres. Trois petites filles avaient dévalé par saccades un toboggan tordu, plusieurs fois de suite, sans un mot, pendant tout le temps qu'avait duré ma visite. Amma avait coupé ses cheveux très court. Peut-être parce qu'elle s'efforçait de se donner un air plus dur, mais au contraire, cela lui conférait une aura de greluche détachée des contingences. Quand je lui ai pris la main, elle était moite de transpiration. Elle l'a retirée.

Je m'étais promis de ne pas évoquer les meurtres, de rendre cette visite aussi légère que possible. Au lieu de quoi, les questions ont fusé presque immédiatement. Pourquoi les dents ? Pourquoi ces fillettes-là, précisément, qui étaient si brillantes, si intéressantes ? Comment pouvaient-elles l'avoir offensée ? Comment avait-elle pu faire une chose pareille ? Cette dernière question avait jailli comme une réprimande, comme si je lui faisais la morale pour avoir organisé une fête à la maison en mon absence.

Amma a contemplé d'un regard amer les trois fillettes qui jouaient sur le toboggan et a déclaré qu'elle détestait tout le monde ici, que toutes les filles étaient tarées, ou idiotes. Elle détestait qu'on l'oblige à faire la lessive, à tripoter les vêtements des autres. Puis elle s'est abîmée un instant dans le silence, et j'ai pensé qu'elle allait simplement ignorer ma question.

« J'étais leur amie, pendant un petit moment, a-t-elle dit finalement, en parlant dans son menton. On s'amusait, on courait dans les bois. On était déchaînées. On faisait du mal ensemble. Une fois, on a tué un chat. Mais ensuite elle (comme d'habitude, le nom d'Adora n'a pas franchi ses lèvres) s'est intéressée à elles. Je ne pouvais jamais rien avoir pour moi seule. Elles n'étaient plus mon secret. Elles n'arrêtaient pas de venir à la maison. Elles ont commencé à me poser des questions sur le fait que j'étais tout le temps malade. Elles allaient tout gâcher. Elle ne s'en est même pas aperçue. » Amma a frictionné vigoureusement ses cheveux en brosse. « Et pourquoi a-t-il fallu qu'Ann… la morde ? Je n'arrêtais pas de penser à ça. Pourquoi Ann pouvait la mordre, et pas moi ? »

Elle a refusé d'en dire davantage, et ne m'a plus répondu que par soupirs et toussotements. Pour ce qui était des dents, elle les avait arrachées uniquement parce qu'elle en avait besoin. La maison de poupée devait être la perfection incarnée, comme tout ce qu'elle aimait.

Je pense que ça va plus loin. Ann et Natalie ont payé de leur vie l'intérêt que leur manifestait Adora. Amma avait été tout simplement blessée au vif. Elle, qui avait laissé si longtemps ma mère la rendre malade. *Parfois, tu laisses des gens te faire du mal, mais en réalité, c'est toi qui leur fais du mal.* En laissant Adora la rendre malade, Amma la tenait en son pouvoir. En retour, elle exigeait une loyauté et un amour exclusifs. Auxquels aucune autre petite fille ne pouvait prétendre. C'étaient les mêmes raisons qui l'avaient poussée à assassiner Lily Burke. Parce que, comme elle le suspectait, j'aimais bien cette petite.

On peut évidemment, j'imagine, trouver des milliers d'autres raisons à ce geste. Au final, restent les faits : Amma prenait plaisir à faire mal. *J'aime la violence,* m'avait-elle crié une fois. J'en rejette la faute sur ma mère. Un enfant nourri au poison considère que faire mal participe du bien-être.

Le jour de l'arrestation d'Amma, le jour où tout ce drame s'est enfin entièrement dénoué, Curry et Eileen sont venus monter la garde sur mon canapé. J'ai glissé un couteau sous ma manche, et je suis allée dans la salle de bains, j'ai retiré ma chemise et j'ai enfoncé la lame, profondément, dans le rond de peau intacte, dans mon dos. J'ai remué la lame d'avant en arrière jusqu'à ce que la peau soit gribouillée d'un émincé de lambeaux. Curry a déboulé juste au moment où j'allais m'attaquer au visage.

Avec Eileen, ils ont mis mes affaires dans un sac et m'ont embarquée chez eux, où je dispose d'un lit et d'un petit espace pour moi dans l'ancienne salle de jeux, au sous-sol. Tous les objets pointus ou tranchants ont été placés sous clé, mais je n'ai pas vraiment essayé de leur mettre la main dessus.

J'apprends à être choyée. J'apprends à avoir des parents. Je suis retombée en enfance, le lieu du crime. Eileen et Curry viennent me réveiller le matin et me bordent le soir avec des baisers (dans le cas de Curry, avec une gentille chiquenaude sous le menton). Je ne bois rien de plus fort que le pétillant de raisin que Curry aime tant. Eileen me fait couler des bains et parfois me brosse les cheveux. Cela ne me donne pas la chair de poule, et nous trouvons que c'est un bon signe.

Nous sommes presque le 12 mai, et cela fait quasiment un an jour pour jour que je suis rentrée de Wind Gap. Il se trouve que, cette année, la fête des Mères tombe justement ce jour-là. Bien vu. Parfois, je repense à la nuit où je me suis occupée d'Amma, je me souviens combien je m'étais montrée douée pour la calmer, l'apaiser. Je rêve parfois que je la lave et que je lui sèche le front. Je me réveille, l'estomac retourné, la lèvre supérieure humide de transpiration. Étais-je douée pour m'occuper d'Amma par simple gentillesse ? Ou bien cela me plaisait-il, parce que je souffre de la maladie d'Adora ? J'hésite entre les deux, surtout la nuit, quand ma peau commence à pulser.

Mais depuis quelque temps, j'incline en faveur de la gentillesse.

Remerciements

Un grand merci à mon agent, Stephanie Kip Rostan, qui m'a gracieusement accompagnée tout au long de cette aventure qu'est l'écriture d'un premier roman, et à mon éditrice, Sally Kim, qui par ses questions percutantes et ses innombrables réponses, m'a aidée à sculpter cette histoire. En plus d'être intelligentes et de m'avoir encouragée, elles se sont révélées être de formidables compagnes de dîner.

Ma gratitude va également aux docteurs D.P. Lyle et John R. Klein, ainsi qu'au lieutenant Emmet Helrich, qui m'ont aidée à élucider des faits d'ordre médical, dentaire et policier, ainsi qu'à mes chefs de rubrique de *Entertainment Weekly*, notamment Henry Goldblatt et Rick Tetzeli.

Je me dois encore de remercier mon formidable cercle d'amis, et tous ceux qui m'ont aidée, par leurs lectures, leurs avis, et leur soutien tout au long de l'écriture de *Sur ma peau* : Dan Fierman, Krista Stroever, Matt Stearns, Katy Claldwell, Josh Wolk, Brian Raftery. À ceux-là s'ajoutent mes quatre cousines spirituelles qui sont des sœurs pour moi – Sarah, Tessa, Kam et Jessie, qui, dans les moments critiques, ont su trouver les mots gentils qui m'ont dissuadée de tout jeter au feu. Dan Snierson est peut-être l'être le plus constant dans son optimisme et le meilleur des hommes de la planète – merci de ta confiance inébranlable et dis à Jurgis d'y aller doucement dans son compte-rendu. Emily Stone m'a prodigué ses conseils et son humour depuis le Vermont, Chicago et l'Antarctique et je remercie Susan et Errol Stone de m'avoir accueillie dans leur maison-refuge au bord du lac. Brett Nolan, le meilleur lecteur du monde – un compliment que je ne fais pas à la légère – m'a détournée de quelques références accidentelles aux Simpson, et est l'auteur du mail de deux mots le plus rassurant que j'aie jamais reçu. Scott Brown, le malheureux, a eu droit à la lecture d'innombrables versions de ce roman, et m'a également tenu compagnie lors d'une retraite dont j'avais grandement besoin loin de la réalité.

Enfin, je voudrais assurer de mon amour et de mon affection ma grande famille du Missouri – dont aucun membre, je suis heureuse de le dire, n'a inspiré en quoi que ce soit les personnages de ce roman. Mes parents m'ont loyalement encouragée à écrire depuis les bancs de l'école primaire, lorsque j'ai annoncé que quand je serai grande, je serai écrivain, ou paysanne. Ma carrière de paysanne n'ayant jamais vraiment décollé, j'espère que vous aimerez le roman.

Le Livre de Poche s'engage pour l'environnement en réduisant l'empreinte carbone de ses livres. Celle de cet exemplaire est de :

400 g éq. CO_2

Rendez-vous sur www.livredepoche-durable.fr

PAPIER À BASE DE FIBRES CERTIFIÉES

Composition réalisée par Asiatype

Achevé d'imprimer en mars 2013, en France sur Presse Offset par
Maury-Imprimeur – 45330 Malesherbes
N° d'imprimeur : 179427
Dépôt légal 1re publication : mars 2008
Édition 07 – mars 2013
LIBRAIRIE GÉNÉRALE FRANÇAISE – 31, rue de Fleurus – 75278 Paris Cedex 06

31/2070/6